CHICKEN IMPOSSIBLE

Anne C. Voorhoeve, geboren 1963, hat sich nach rund zwanzig Jahren als Autorin historischer Romane für junge Leser von vier eigenen Gartenhühnern zu ihrem ersten Krimi inspirieren lassen. Schauplatz ist Spandau, der grüne, wasserreiche Berliner Stadtrand, wo sie selbst seit 2010 lebt, arbeitet und nicht mehr wegmöchte. Ihre All-Age-Romane wurden vielfach ausgezeichnet, u.a. mit dem Buxtehuder Bullen, dem Batchelder Award und einer Nominierung für den Deutschen Jugendliteraturpreis.

CHICKEN IMPOSSIBLE

ANNE C. VOORHOEVE

EIN KRIMI AUS DEM HÜHNERSTALL

emons:

Bibliografische Information der Deutschen Nationalbibliothek
Die Deutsche Nationalbibliothek verzeichnet diese Publikation
in der Deutschen Nationalbibliografie; detaillierte bibliografische
Daten sind im Internet über http://dnb.d-nb.de abrufbar.

© Emons Verlag GmbH
Cäcilienstraße 48, 50667 Köln
info@emons-verlag.de
Alle Rechte vorbehalten
Umschlaggestaltung: Nina Schäfer
Gestaltung Innenteil: DÜDE Satz und Grafik, Odenthal
Lektorat: Marit Obsen
Druck und Bindung: sourc-e GmbH, Köln
Printed in Europe 2025
ISBN 978-3-7408-2351-1
Ein Krimi aus dem Hühnerstall
Originalausgabe
2. Auflage

Unser Newsletter informiert Sie
regelmäßig über Neues von emons:
Kostenlos bestellen unter
www.emons-verlag.de

Dieser Roman wurde vermittelt durch die
Agentur Schuldes, Ravensburg.

Do not go gentle into that good night,
Old age should burn and rave at close of day;
Rage, rage against the dying of the light.

Dylan Thomas (1914–1953)

Immer noch Ratlosigkeit
in der Waldsiedlung

Es gibt sie noch: Berliner Kieze, die so weit vom Trubel der Großstadt entfernt sind, dass sich der Spaziergänger in ein brandenburgisches Dorf versetzt fühlt. Katzen bummeln über die Straße, ihr einziger Feind der Fuchs. Hinter mannshohen Hecken schlagen Hunde an, sobald jemand vorbeigeht. Mehrmals am Tag weht das helle Geläut des katholischen Seniorenheims über die Gärten hinweg, bei Westwind, aus Richtung des Waldes, das der Glocken des evangelischen Johannesstifts.

Häuser verschiedenster Stile sind seit Beginn des letzten Jahrhunderts hier entstanden, der Ursprung als Arbeitersiedlung noch gut erkennbar: einstöckige Reihen- und Doppelhäuschen, viele mit Spitzdächern, Er-

kern und liebevoll gepflegten alten Holztüren und Fensterläden. Jedes hat einen Garten, schmal und lang wie ein Handtuch, dahinter führen Stichwege – hier Wirtschaftswege genannt – kreuz und quer durch die Siedlung und bieten Ausblicke auf Holzschuppen, Schaukeln und Gemüsebeete. Denkmalgeschützte Mehrfamilienhäuser wurden aufwendig restauriert, die Wohnungen sind teuer und gelangen nur selten auf den Markt; es soll Wartelisten in der Siedlung geben. Junge Leute, die hier aufgewachsen sind, kehren mit ihren eigenen Familien zurück.

Der Wohlstand der fünfziger Jahre zeigt sich am Rande der Siedlung: Einfamilienhäuser mit Gartenflächen, auf denen ein halber Straßenzug der alten Reihenhäuschen Platz gehabt hätte. Gras- und Sandstreifen ersetzen die Gehwege, als wäre dieser Abschnitt der Siedlung bereits der Beginn des Wanderweges durch den Spandauer Forst, der an einem Ende der Straße einen viel genutzten Zugang hat. Am anderen Ende führt ein holpriger, unbefestigter Weg zum Zaun der JVA Hakenfelde. »Justizvollzugsanstalt des offenen Vollzuges Berlin«, steht am Tor. Villenähnliche Gebäude, viel Grün, Gartenteich. Egon Krenz und Günter Schabowski saßen hier ein und der wegen Betrugs verurteilte Brandenburger Hotelier Axel Hilpert, der vor drei Jahren überraschend in der JVA verstarb. Eines natürlichen Todes, wie sich herausstellte.

Hier die friedliche Siedlung, dort der Luxusknast – zwei Welten, wie es scheint. Doch wer kann schon hinter all die Hecken schauen? Der Mord an einer alten Dame, umgebracht von ihrer eigenen Schwester, ausgerechnet hier, in der beschaulichen Waldsiedlung Hakenfelde, gibt den Ermittlern seit dem Auffinden der Toten am vergangenen Mittwoch Rätsel auf. Niemand hat es kommen sehen. Die Täterin schweigt. Ihr Anwalt ebenfalls, seit seine erste Stellungnahme zur Tat in der Öffentlichkeit für Befremden und Kopfschütteln sorgte: Man solle die Hühner befragen, die die beiden alten Damen sich in diesem Frühjahr angeschafft haben.

Ratlos sind auch die Nachbarn, die vorbeigehen und am Zaun stehen bleiben. Hinter der undurchdringlich dichten Hecke und dem hohen Tor hört man es rascheln und gackern, als hätte das immer noch auf dem Grundstück lebende Federvieh in der Tat etwas zu erzählen.

Eine Tragödie, da sind sich alle einig. Zwei gepflegte, freundliche alte Damen lebten hier. Helene F. (72) hat ihre Mutter bis zu deren Tod vor drei Jahren gepflegt. Ihre Schwester Hildegard M. (77)

zog erst danach ein, beide hatten das Grundstück gemeinsam geerbt und wollten ihren Lebensabend zusammen verbringen. Hilde, die verwitwet war »und das nötige Geld mitbrachte«, wie Anwohner berichten, und die unverheiratete Helene, die das Grundstück in Schuss hielt. In diesem Sommer ersetzte plötzlich ein mannshohes Tor den bisherigen Eingang. Danach wurden die Schwestern kaum noch gesehen, obwohl vor allem Helene F. zuvor ein geselliger Mensch gewesen sein soll. Wieso das Zusammenleben der beiden alten Damen mit einem gewaltsamen Tod endete, kann sich keiner der Anwohner erklären.

Was ist passiert? Die Ermittler werden es nicht leicht haben, so viel steht für die Nachbarn fest.

1

Wir haben ja eine Weile gebraucht, um die Gesichter zu unterscheiden – vor allem, wenn nur eine der beiden vor uns stand. Sie sahen für uns so gleich aus, wie meine Schwester und ich für ihre Art schwer zu unterscheiden sind. »Diese Hühner ähneln sich wie ein Ei dem anderen«, hörten wir sie zu Beginn oft sagen.

Man muss genauer hinsehen, bei uns wie bei ihnen. Bei uns sind es kleine Details, die bald zu erkennen sind, wie etwa ein krummer Zacken im Kamm. Bei ihnen waren es vor allem die Stimmen, die ganz eigene Weise, sich zu bewegen, und eine unterschiedliche Ausstrahlung, die uns von Anfang an auffiel. Hinzu kam: Nur eine von ihnen redete mit uns. Das war die, die gleich bei unserer Ankunft von Namen sprach.

Einen Namen zu bekommen, war beruhigend. Wir wussten damals noch nicht, warum das so wichtig sein sollte, aber Mutter hatte es uns eingeschärft, und als sich die beiden fremden Gesichter über unseren Karton beugten, fiel es uns wieder ein: *Wenn sie euch Namen geben, habt ihr gewonnen.*

»Und hier«, begrüßte uns die hellere Stimme, »haben wir Rocky und Amy.«

Wir hatten gewonnen, noch bevor wir überhaupt aus dem Karton heraus waren!

Die Gesichter, die über uns schwebten – oder vielmehr die Hauben –, waren hingegen eine echte Überraschung. Mutter hatte uns von den Menschen erzählt, aber dass es unter ihnen Artverwandte der Rasse Paduaner gibt, hatte sie nicht erwähnt. Die Federn dieser beiden Exemplare waren eine echte Pracht. Sie standen in allen Richtungen vom Kopf ab. Die Farben Grau, Weiß und Braun überwogen.

Mutter, das wurde mir in diesem Augenblick klar, konnte nicht alles wissen. Sie war in ihrem Leben selbst nur auf zwei Höfen gewesen, und wir würden möglicherweise Dinge erleben, die sie nie gesehen hatte.

Auf der Stelle wollte ich Mutter erzählen, dass es unter den Menschen Hühnerartige gab – eine wichtige Information für künftige Generationen, die sie aufziehen würde! Aber dann fiel mir ein, dass ich Mutter nicht wiedersehen würde, nicht unser vertrautes Gehege und auch nicht die anderen Schwestern bis auf diese eine, mit der man mich – ruck, zuck von der Stange gegriffen, in der Reihenfolge, in der wir am vergangenen Abend schlafen gegangen waren – aus reinem Zufall in den Karton gesteckt hatte.

Erst im Karton hatten wir erkannt, wer die andere war, mit der wir unser restliches Leben teilen würden. Wir waren ganz zufrieden, nachdem wir einander identifiziert hatten. Sie stand in der Rangordnung ein klein wenig unter mir, ich würde das beim Fressen immer wieder verteidigen müssen, aber alles in allem würden wir gut miteinander klarkommen. Doch meine Lieblingsschwester war eine andere gewesen. Sie hatte zwar auch an meiner Seite gesessen, aber an der anderen, der falschen. Sie würde ich nicht wiedersehen.

Ein Anflug von Sehnsucht ergriff mich, der mich tief auf den Boden des Kartons drückte. Dabei hatte ich gewusst, dass auf Freundschaften unter Junghühnern keine Rücksicht genommen wird, wenn es um den Tiertransport geht. Der Tiertransport war kein Geheimnis; schon als Küken hatten wir erfahren, dass man die meisten von uns an andere, unbekannte Orte bringen würde, wenn wir vier Monate alt waren. Mutter hatte erklärt, dass das kein Grund zur Sorge sei, im Gegenteil. Alles, was sie uns beibrachte, bereitete uns darauf vor, woanders ein gutes Leben zu führen.

Wir lernten, Würmer und Käfer aufzuspüren und Insekten

aus der Luft zu fangen. Wir lernten, die Formen der Schatten zu unterscheiden, die über uns auftauchen konnten, und auf jedes Geräusch, jede kleinste Veränderung in unserer Umgebung zu achten. Manchmal ist es nur ein Lufthauch, der den Fuchs ankündigt.

Wir lernten, wie die Welt beschaffen ist: Es gibt Oberhühner und Hühner, die ihnen Platz machen müssen. Es geht eigentlich immer um einen Platz. Den wärmsten Platz zwischen den Geschwistern, den besten Platz am Futtertrog, den gemütlichsten Platz auf der Stange … Darum zu kämpfen, lernten wir voneinander, nicht von Mutter. Sie half höchstens einmal nach, wenn eine von uns es übertrieb, und sorgte mit einem scharfen Schnabelhieb für Ordnung.

Wir lernten, dass es solche und solche Orte und Menschen gibt und dass wir auf alle Eventualitäten vorbereitet zu sein hatten. Ein Huhn weiß erst, welche seiner Fähigkeiten es brauchen wird, wenn es am Ort seiner Bestimmung angekommen ist. Dann gilt es, die Lage richtig einzuschätzen, sich auf das zu konzentrieren, was möglich ist … und alles andere am besten zu vergessen. Nur das Huhn selbst weiß, was es unter anderen Umständen noch draufgehabt hätte.

Was den Tiertransport betrifft, hatte Mutter uns geraten, darauf zu achten, mit wem wir abends auf die Schlafstange gingen. Ausgerechnet die Stange, der Platz, an dem wir uns am sichersten fühlten, würde der Ort sein, an dem sie uns packen würden, da wir schon im Halbdunkel nicht mehr genug sehen, um entwischen zu können. Meine Lieblingsschwester und ich hatten uns Abend für Abend eng aneinandergedrückt. Aber trotzdem hatte eine Hand dazwischengepasst und uns auseinandergeschoben, und das war das Letzte, was wir voneinander gespürt haben.

»Rocky und Amy?« Die Mundwinkel des zweiten Gesichts, das über uns schwebte, waren tief nach unten gezogen, die Stimme heiser und dunkel. »He, Lene! Jetzt mach dich nicht lächerlich. Du willst doch nicht ernsthaft nach ihnen rufen?«

»Wie wollen wir uns denn sonst mit ihnen verständigen?«, erwiderte die andere, und die beiden blickten einander auf eine Weise an, die ich später noch oft gesehen habe. Als spräche eine von ihnen eine Sprache, die die andere nicht kennt.

»Ich habe nicht die Absicht, mich mit einem Huhn zu verständigen, und ich hoffe, du ersparst mir diese Peinlichkeit ebenfalls. Man kann ›Tuck, tuck‹ rufen, wenn es unbedingt sein muss. Darauf hören sie.«

»Wir werden sehen«, erwiderte die Erste und griff in den Karton, um uns endlich herauszuheben.

Darauf hatten wir lange gewartet, trotzdem stimmte meine Schwester, die als Erste an der Reihe war, ein Riesengeschrei an. Und wenn Ihnen eine von meiner Rasse ins Ohr trompetet, spüren Sie das bis in die Zahnwurzeln, das kann ich Ihnen versichern! Dieses Überraschungsmoment wissen wir dann blitzschnell zu nutzen, um uns aus Ihrem vor Schreck gelockerten Griff zu befreien.

Klappt oft. Diesmal jedoch nicht. Das Flügelschlagen, das auf ein erfolgreiches Abhauen hingedeutet hätte, blieb aus, das Trompeten meiner Schwester entfernte sich. Wohin, konnte ich nicht erkennen, weil der Deckel über mir sofort wieder zugeklappt worden war und ich erneut im Dunkeln saß. Aus Leibeskräften begann nun auch ich zu brüllen, damit sie mich nicht etwa vergaßen. Die letzte Nacht saß mir noch ganz schön in den Knochen. Das Rumpeln des Transporters, das Schwanken der Kiste, der Geruch der Angst. Es waren noch andere Kisten dabei gewesen, aus denen gänzlich unbekannte Geräusche und Gerüche drangen; Stimmen, die wir nie zuvor gehört hatten. Die Transporte finden bei Nacht statt, weil wir dann angeblich nichts davon mitbekommen und »stressfrei reisen«. Pustekuchen! Wenn Sie nichts sehen, heißt das nicht, dass Sie keinen Stress haben, das können Sie sich ja wohl selbst ausmalen.

Ich blieb also im Karton zurück, hörte, wie die Stimme meiner Schwester sich entfernte – und vernahm plötzlich noch etwas anderes.

»Jessas, nai«, erklang eine Piepsstimme. »Sin des eddwa Amrocks?«

Stand da noch ein Karton? Ich verstummte, spitzte die Ohren und hörte, wie ein zweites Stimmchen ängstlich wisperte: »Oh nee! Bidde nee! Bidde koi Amrocks!«

Danach schrie auch ich, so laut ich konnte. Das mit den Namen mochte ja geklappt haben, aber dieser nächste wichtige Punkt ging eindeutig nicht an uns! Jedes Huhn träumt davon, mit seinesgleichen eine starke Schar zu bilden. Und uns, meine Schwester und mich, mussten diese Anfänger ausgerechnet mit zimperlichen Sundheimern zusammenstopfen?

Die Sundheimer jammerten mit. Da hatte, das war auch ihnen klar, jemand seinen Hühnerratgeber nicht sorgfältig gelesen, und welche weiteren Überraschungen daraus folgen konnten, wagte sich keine von uns auszumalen.

Der Boden vibrierte, die Frauen kamen zurück. »Ich glaube, sie streiten«, sagte die eine. »Von Karton zu Karton.«

»He-Lene«, antwortete die andere, »manchmal frage ich mich wirklich, was in deinem Kopf vorgeht.«

So hat es angefangen. Trotzdem soll keiner sagen, man hätte das Ende schon ahnen können.

Der Deckel klappte wieder auf, und zwei Hände packten mich, drückten meine Flügel fest an meinen Körper und hoben mich ins Freie. Sie müssen wissen: Wenn man uns so anfasst, ergeben wir uns fast sofort und fangen gar nicht erst an, uns zu wehren. Es ist ein Reflex, der uns nicht immer zum Vorteil gereicht.

Als Nächstes fühlte ich, wie man mich unter den Arm klemmte und an einem grauen Gebäude vorbeitrug; mehr konnte ich, geblendet von Sonnenlicht, nicht erkennen.

Die atemlos werdende Stimme der Missmutigen folgte uns. »Ein Fehler, ein ganz großer Fehler! Es gibt Eipulver, das hätten wir monatelang lagern können. Aber nein, meine Schwester bestellt Hühner!«

Die Schritte wurden schneller, als versuchte die Frau, die mich trug, der Stimme zu entfliehen. Schwestern waren sie also, genau wie wir! Und die Rangordnung unter ihnen schien geklärt, was ein friedliches Zusammenleben versprach. Das rangniedere Huhn weicht.

»So, da wären wir«, verkündete die helle Stimme.

Ich blinzelte – zuerst probehalber, dann voller Staunen. Meine Mutter hatte von den unterschiedlichsten Ställen berichtet, die auf uns warten konnten: von riesigen Mobilheimen, die von einem Wiesenstück zum nächsten gezogen wurden, bis zu zugigen Kleinstmodellen aus dem Baumarkt. Manche Hühner übernachten sogar in Autowracks! Auch diese spannende Frage hatte mich und meine Schwestern in den letzten Wochen beschäftigt: Wie würde unser künftiges Zuhause aussehen?

Was ich nun erblickte, hatte ich in meinen kühnsten Träumen nicht erwartet. Hinter dem Haus stand ein Traum auf hohen Stelzen, blau angestrichen, nagelneu, großes Frontfenster. Ihn umgab eine große geschlossene Voliere mit Komposthaufen, Holundersträuchern und mehreren dicken Sitzästen; unter dem Stall befand sich eine Sandbadestelle.

Auf der Stelle nahm ich alles zurück, was ich meinen neuen Halterinnen über das fehlende Studium von Hühnerratgebern unterstellt hatte. Ich war so entzückt, dass ich nun doch anfing zu strampeln, weil ich sofort alles erkunden wollte. Leider öffnete die Menschenschwester, die mich trug, mit ihrer freien Hand das große Fenster und entließ mich in den Stall. Das Fenster verschloss sie so schnell hinter mir, dass die Scheibe klirrte.

Ich brauchte einen Moment, um meine Schwester zu finden. Sie hockte zusammengekauert in einer der beiden mit Stroh ausgelegten Boxen, die ich korrekt als unsere künftigen Legenester identifizierte, und hatte Schnappatmung. Wenngleich aus einem anderen Grund als ich.

»Amy, *what the heck*!«, rief ich. »Kannst du mir sagen, wovor du Angst hast? Wir haben Namen, wir haben diesen absoluten Traum von einem Stall! Was willst du mehr?«

»Du hast gut reden!«, entgegnete sie bibbernd. »Du bist schließlich nicht als Erste ganz allein hier reingesetzt worden.«

Ich schlüpfte zu ihr ins Nest, um sie zu beruhigen.

»Und überhaupt«, sagte sie, »woher wissen wir, dass ich Amy und nicht Rocky bin?«

»Ich muss dir sagen«, erwiderte ich, »dass wir ein ganz anderes Problem haben.« Ich stupste sie an, als Aufforderung, mit mir zum Fenster zu kommen. Die Menschenschwestern waren gerade dabei, den zweiten Karton zur Voliere zu tragen, wohl um sich einen weiteren Weg mit einem kreischenden Huhn zu ersparen. Dass die braven Sundheimer keinen Pieps von sich gegeben hätten, konnten die beiden ja nicht wissen.

Amy wurde ganz aufgeregt, als sie den Karton erblickte. »Noch mehr Schwestern? *Wonderful!* Wer ist da wohl drin?«

»Wart's ab«, erwiderte ich nur.

Wir waren auf dem Hühnerhof mit unterschiedlichen Rassen aufgewachsen, aber durch einen Zaun getrennt, sodass wir die anderen nur beobachten konnten. Unsere Mutter war eine Große Brahma, die der Sundheimer gleich nebenan eine Orpington gewesen, die rund und gemütlich hinter ihren Küken herkullerte, während wir Amrocks versuchten, mit dem Tempo unserer langbeinigen Mutter Schritt zu halten.

Sie müssen wissen: Wenn ich von »Mutter« rede, meine ich unsere Glucke. Wir Amrocks, und das gilt auch für die Sundheimer, legen ein Ei, dann stehen wir auf und gehen. Wir haben keine Lust, Küken aufzuziehen, deshalb kommt in der Regel ein Brutkasten zum Einsatz, oder wir werden fremden Glucken unter die Flügel geschoben. Wer unser Ei gelegt hat, werden wir nie erfahren. Für uns ist das aber keineswegs traurig, im Gegenteil. Eine bessere Mutter als eine Große Brahma kann es gar nicht geben!

Und während ich bereits früh im Leben zufrieden erkannte, dass wir Amrocks in unserem Auslauf viel schneller unterwegs waren als andere Küken, stellte ich noch etwas fest, das mir überhaupt nicht gefiel: Unsere direkten Nachbarn, die weißen Hühner, wuchsen schneller als wir. Diese Sundheimer konnten am Ende durch den Maschendraht auf uns herabschauen. Und wäre der Zaun nicht gewesen, wir hätten ihnen schon gezeigt, was wir davon hielten.

Nun, das konnten wir jetzt nachholen, so viel stand fest!

Verstehen Sie mich nicht falsch: Wir Amrocks sind friedliche Hühner, das können Sie überall nachlesen. Aber wir wollen nun mal die Größten sein, wir ordnen uns freiwillig allenfalls Brahmas und Jersey Giants unter.

»Darf ich vorstellen«, rief die Menschenschwester, nachdem sie das Fenster geöffnet hatte, »hier kommen Susi und Heidi!«

Die Frau hielt den Karton vors Fenster und wartete darauf, dass die Hühner in den Stall hüpften.

»Sundheimer«, sagte Amy mit flacher Stimme.

Einige Sekunden vergingen. Aus dem Halbdunkel des Kartons starrten uns zwei bleiche Gesichter an. Wir hielten die Mitte des Stalls und blickten so bedrohlich, wie wir konnten.

Das wirkte überraschend kurz. Auf einmal tat das erste Sundheimer einen großen Schritt in unseren Stall, schüttelte die Flügel und blieb vor uns stehen. Mit seinem sanften, freundlichen Antlitz schaute es uns direkt in die Augen und gab eine Erklärung ab: »Grüß Godd, zusamme. Mir san aa ned begeischtert. Aber mir alle müsse jetzt wohl 's Beschte draus mache.«

War die lebensmüde? Hatte die noch nie etwas von Sicherheitsabstand gehört?

»Guck doch mal, wie süß!«, rief He-Lene. »Diese Federfüßchen! Und die Halskrause, grau-weiß wie das Gefieder der Amrocks! Haben wir die nicht perfekt ausgesucht?«

Aus der Nähe entdeckten Amy und ich unterdessen die nächste Provokation: Das Sundheimer war nicht nur größer als wir, ihm wuchs sogar bereits ein kleiner blassrosa Kammstreifen auf dem Kopf! Auch der Ansatz der Kehllappen war zu erkennen. Bei uns Amrocks wuchs noch gar nichts, weder auf dem Kopf noch unterm Schnabel.

»Duud jetzt nix Unübberleegtes.« Das Sundheimer las völlig korrekt an unseren Gesichtern ab, was gleich passieren würde. »Mir werdde Schweschtern werdde, ob's uns passt oder net. Verwandde kamma sich ned aussuche.«

Schwestern? Das war das Wort, das gerade noch gefehlt hatte, um das Unvermeidliche einzuleiten. Amy sprang mit gespreizten Krallen auf die Diplomatin zu, ich holte die andere aus dem Karton. Die war fett und schicksalsergeben und wehrte sich fast überhaupt nicht, von ihrem nervenzerfetzenden Gequieke einmal abgesehen. »I bin e g'fährdete Rass! I bin e g'fährdete Rass!«, rief sie, während die Diplomatin, das muss ich zugeben, einen respektablen Kampf hinlegte.

Die Menschenschwestern schrien wie am Spieß, rissen das

Fenster wieder auf und trieben uns auseinander. He-Lene krabbelte kurzerhand zwischen uns in die Einstreu und fuchtelte mit beiden Armen, bis sie über und über mit Buchenholzgranulat bedeckt war. Die Missmutige rannte fort und kam mit einem Stück Volierendraht zurück, das sie hektisch zwischen uns nagelten. Die Sundheimer bekamen die Stallseite mit den Nestern, somit mehr Platz als wir, dafür hatten wir Zugang zum Fenster.

So verbrachten wir die ersten drei Tage. Es war unerhört. Der Hühnerratgeber, den man diesen Frauen angedreht hatte, gehört vom Markt genommen! Wir finden unsere Schlafstange, auch ohne tagelang drinnen eingesperrt zu werden, das will ich hier mal ausdrücklich festhalten. Wir sind nicht doof.

2

Von ihrem Balkon im ersten Stock des Hauses hatte Helene Faber – über einen gepflegten Rasen, eine akkurat beschnittene Sichtschutzhecke und ein niedriges Gartentor hinweg – Ausblick auf die einst wie ausgestorben wirkende Straße und konnte sich nicht darüber freuen, dass Spaziergänge in Mode geblieben waren. Vor einiger Zeit, als es draußen vorübergehend nichts anderes zu tun gegeben hatte, als spazieren zu gehen und Fahrrad zu fahren, und als die nächste Umgebung die einzige gewesen war, in der man sich überhaupt aufhalten durfte, war die Waldsiedlung als Ausflugsziel entdeckt worden, und sie war es bis heute geblieben.

Die meisten, die an ihrem Grundstück vorbeiliefen, hatte Helene schon oft gesehen: vorwiegend Rentner wie sie selbst, in beigem Freizeitlook und mit betont forschen Schritten den Schmerzen in Knien und Hüften trotzend, aber auch Liebespaare jeden Alters, Väter und Söhne, ins Gespräch vertieft, Freundinnen mit und ohne Hund. Nur die schlendernden Jugendlichen waren rar geworden.

Und ihre Freundin Ingeborg. Im früheren Leben klug, patent und witzig, verließ Ingeborg dieser Tage kaum noch ihre Wohnung und verbrachte ihre Zeit damit, ihre Zipperlein zu zählen. Ingeborg war zutiefst davon überzeugt, dass die guten Jahre unwiederbringlich vorbei waren und es für sie beide nur noch eine Richtung geben konnte: steil bergab.

Helene hatte es mit gutem Zureden versucht. Sie hatte es mit Spott versucht. Sie hatte Ablenkung durch Ausflüge zu zweit, das Abonnement einer weniger pessimistischen Tageszeitung, sogar einen Sprachkurs angeregt. Vergebens. Mittlerweile hatte sie Ingeborgs Klagelieder so satt, dass sie kaum noch ans Telefon ging, wenn die Nummer ihrer Freundin auf dem Display erschien.

Doch es verging kein Tag, an dem sie Ingeborg nicht vermisste. Zum Beispiel dann, wenn sie mit ihrer Tasse Kaffee auf dem Balkon saß und fremde Leute beobachtete, die allesamt jemanden zum Spazierengehen hatten.

Wenn ich nicht bald etwas Abwechslung bekomme, werde ich verrückt. Das war eins ihrer geplanten Argumente gewesen, um ihre Schwester zur Hühnerhaltung hinter dem Haus zu überreden, aber sie hatte es gar nicht gebraucht, da ein anderes sofort überzeugt hatte: die Aussicht auf frische Eier und nahrhaftes Fleisch. Hildes größte Sorge war ein bevorstehender Versorgungsengpass. Seuchen, Kriege, Cyber-Attacken ... jederzeit konnte Chaos über das Land hereinbrechen, und wehe dem, der nicht vorbereitet war!

Selbstredend hatte Helene nicht die Absicht, ihre lieben Hühner zu essen, aber das war eine der Brücken, die sie überqueren würde, wenn sie davorstand. Die Hühner waren jung und würden noch lange Eier legen – mindestens vier Jahre, hatte der Züchter am Telefon versprochen, und wer wusste heute schon, was in vier Jahren sein würde?

Als hätte der Gedanke ans Essen ihn herbeigerufen, rollte in diesem Augenblick der Kleinbus des lokalen Supermarktes in die Einfahrt, und der Fahrer, ein stets gut gelaunter junger Mann mit Rastalocken, stieg aus, öffnete die Ladeklappe und hob eine schwere Kiste heraus.

Was in aller Welt hatte ihre Schwester da wieder bestellt? Die Vorräte in der Garage mussten sich längst bis zur Decke stapeln! Nicht dass Helene je einen Blick darauf hätte werfen dürfen – die Garage, die vorn an der Straße lag und eine zwischen Wildem Wein versteckte Seitentür zum Garten besaß, war für sie tabu. Der Schlüsseldienst Hakenfelde hatte eine Verriegelung an der Seitentür angebracht, die einem Regierungsbunker Ehre gemacht hätte, und die Absperrung zur Straße übernahm nun schon im dritten Jahr Helenes alter Twingo, der so dicht vor dem Tor geparkt werden musste, dass die Klappe nicht mehr zu öffnen war.

Seit ebenso langer Zeit sah Helene das Lieferfahrzeug mehrmals wöchentlich vor dem Grundstück halten und den jungen Mann seine Last zum Haus schleppen. Hilde erwartete ihn an der Tür. Einfacher wäre gewesen, er hätte den Karton gleich vorn neben der Garage abgestellt, in der der größte Teil des Inhalts schließlich ausgepackt werden würde, aber Hilde bestand darauf, so zu tun, als ob das Gebäude gar nicht existierte. Nur Helene war – notgedrungen – eingeweiht, konnte sie ihre doppelt hüftoperierte Schwester doch alle paar Tage mit Dosen, Tüten und Kartonagen zur Garage humpeln sehen, sobald der Lieferwagen wieder abgefahren war.

Nach Einbruch der Dunkelheit bemerkte Helene häufig einen dünnen Lichtschein, der durch einen Spalt in der Seitentür flackerte. Sie wusste nicht, ob Hilde spätabends ihre Vorräte zählte oder still für sich daran knabberte; sie wusste nicht einmal, wo der Schlüssel versteckt war. Wenn Hilde etwas zustieß, wurde sie das Haus auf den Kopf stellen oder die Garagentür sprengen müssen.

Sie hatte es an einem dieser langweiligen Nachmittage sogar schon gegoogelt: Dynamit legal erwerben. Erstaunt – und fast ein wenig enttäuscht – hatte sie festgestellt, dass es gar nichts Besonderes war, Sprengstoff zu kaufen. Es gab ihn sogar als Partyzubehör!

Der junge Mann rief einen Gruß zu ihr herauf, sie winkte ihm lächelnd. Jakob Mecklenburger, Künstlername »Curly« – seine rote Mütze trug die Aufschrift der Website, die Videos seiner mäßig gebuchten Jazz-Combo verlinkte. Helene klickte jeden Tag eins davon an; ihr kleiner Beitrag zu seiner Existenzgrundlage.

Auf einmal durchzuckte sie eine Eingebung: im ersten Stock junge Künstler aufzunehmen, die durch die hohen Mieten in Berlin in Not geraten waren und vom eigentlichen geliebten Beruf nicht mehr leben konnten. Es gab ein helles Dachstudio, das sich wunderbar als Arbeits- oder Probenraum eignen würde, und drei weitere kleine Zimmer. Den Garten würde man gemeinsam nutzen, sie, Helene, mittendrin, wenn gefeiert und Musik gemacht wurde. Und mehrmals pro Woche würde sie für alle kochen und die jungen Leute auf ihre Terrasse einladen!

Einen Augenblick lang war ihr schwindlig vor Aufregung und Begeisterung, dann fiel ihr ein, dass sie doch selbst im ersten Stock lebte – und das nun schon seit über zwei Jahren. Das Studio war ihr Wohnzimmer.

Verdammt. Schon wieder! Was war bloß los mit ihr?

Es kam in letzter Zeit häufiger vor, dass Helene ihre Lebensumstände für einige Augenblicke vergaß und Pläne schmiedete – um sich jedes Mal verblüfft und irritiert darauf zu besinnen, dass Mutter ihr Versprechen nicht gehalten hatte und ihr Ruhestand ganz anders geworden war, als sie hatte erwarten dürfen.

Konnte es sein, dass der Schock sie doch noch einmal einholte, nachdem sie ihre Gefühle jahrelang so gut unter Kontrolle geglaubt hatte? Dass es keine Pläne mehr gab, dass sie für den Rest ihres Lebens mit ihrer älteren Schwester in einem immer gleichen, nicht von ihr selbst bestimmten Tagesablauf feststeckte, sickerte jedes Mal, wenn es ihr nach einem dieser kurzen Tagträume wieder einfiel, brutaler denn je in ihr Bewusstsein.

Sie beugte sich vor und lauschte ungeniert, während Hilde und ihr Lieferant an der Haustür die Bestellung durchgingen.

Er: »Zwei Pfund Beste Bohne, zwei Packungen Irische Butter, zwei Packungen Kräuterfrischkäse …«

Sie: »Nicht so laut, junger Mann.«

Er: »Sorry. Ein Dinkelbrot, eine Packung Drillinge, Heringsfilet in Dillsoße, Romana-Salatherzen, Cocktailtomaten, eine Gurke, Lauchzwiebeln …«

Heute gab es also Frischware. Helene lief das Wasser im Mund zusammen, obwohl mit einer Einladung zum Mittagessen nicht zu rechnen war. Sie und Hilde teilten sich zwar Haus und Garten, aber eine WG, gemeinsames Hauswirtschaften, war nie Teil der Abmachung gewesen. Dafür musste wohl wirklich erst etwas passieren.

Es sei denn, Ingeborg behielt recht mit ihrer Prophezeiung:

»Die gibt dir nichts ab, wenn es drauf ankommt. Die konnte dich noch nie leiden.«

»Nun hör mir aber auf. Wir sind Schwestern!«, hatte Helene protestiert.

»Na und? Hast du vergessen, dass sie versucht hat, dich zu ermorden?«

Helene schüttelte leicht den Kopf, als ihr das Gespräch wieder in den Sinn kam. Vom Heringsfilet zum Mordversuch – wie flatterhaft ihre Gedanken geworden waren! Dabei konnte sie sich weder an einen Mordversuch erinnern, noch hatte sie je ernsthaft daran geglaubt – es war ein Gerücht, weiter nichts, ein Gerücht, das sie und ihre Schwester ihr Leben lang begleitet hatte wie eine Erbkrankheit.

An der Haustür verabschiedete Hilde ihren Lieferanten, und Helene hörte ihn »Ach, danke!« und »Das ist doch nicht nötig!« sagen, obwohl er sicherlich nicht mehr als fünfzig Cent Trinkgeld erhalten hatte. Einige Sekunden vergingen, in denen sie darauf wartete, dass der lockige Mecklenburger auf dem Weg zur Gartenpforte wieder in ihr Blickfeld trat.

Da erklang überraschend noch einmal seine Stimme. »Sagen Sie, halten Sie etwa Hühner? Hab ich da gerade ein Gackern gehört?«

»Ich, Hühner?« Hilde lachte erschrocken und gekünstelt. »Natürlich nicht!«

»Ach, dann kam es wohl von einem Nachbargrundstück. Mehrere Familien in der Siedlung halten jetzt Hühner, wissen Sie? Sie hätten hier auch genug Platz.«

»Ich bitte Sie. Was soll ich denn mit Hühnern? Ich habe im Übrigen auch kein Gackern gehört.«

»Ich schon. Ich bin mir sicher, denn mein Opa hatte … da! Da ist es doch wieder! Vielleicht ist ein Huhn von einem Nachbargrundstück zu Ihnen ausgebüxt. Soll ich mal nachsehen? Es scheint hinterm Haus zu sein.«

»Hinter dem Haus ist der Wald. Da ist ein Zaun, da kommen Sie gar nicht rüber. Vielen Dank für Ihre Hilfsbereitschaft, aber Sie müssen doch jetzt bestimmt weiter?«

»Na schön.« Curly klang leicht beleidigt. »Aber die Hausnummer 18 hat Hühner, da fahre ich jetzt vorbei und frage, ob eins vermisst wird. Schönen Tag noch! Und bleiben Sie gesund.«

Helene sah ihn den Rückweg antreten, sich noch einmal umdrehen, lauschen, am Kopf kratzen … da erklang am Fuße der Treppe auch schon die alarmierte Stimme ihrer Schwester: »He, Lene!«

Hörte nur sie das, oder hatte Hilde wirklich eine besondere Aussprache für ihren Namen? Wenn Hilde nach ihr rief, klang es immer wie ein Kommando.

Folgsam ging sie zum Treppenabsatz und blickte nach unten. Hilde schaute zu ihr herauf, eine Hand am Geländer, der erschrockene Blick dramatisch verstärkt durch die wirren Haare. Nachdem ihre Friseurin in den Ruhestand gegangen war, hatte Hilde mit der Nachfolgerin ein solches Desaster erlebt, dass sie zu Hause kurzerhand zur Schere gegriffen und eine Korrektur vorgenommen hatte. Danach blieben ihr nur noch zwei Möglichkeiten: die Haare stoppelkurz zu schneiden oder das Ergebnis ihres Selbstversuchs herauswachsen zu lassen. Sie hatte sich zähneknirschend für Letzteres entschieden und knurrte nun schon seit Wochen: »Langsam seh ich aus wie du.« Was an Helene allerdings abprallte – sie mochte ihre Naturlocken, auch in Grau.

»He, Lene!«, wiederholte Hilde. »Deine Hühner sind zu hören! Was jetzt?«

Langsam ging Helene die Treppe hinunter. Es war ihr nicht entgangen: Die Hühner verliehen ihrem Unmut darüber, dass sie seit drei Tagen im Stall eingesperrt waren, ausgesprochen lautstark Ausdruck.

»Wenn das so weitergeht, haben wir bald Gesindel auf dem Grundstück, das herumschleicht und stiehlt. Es gibt mehr zu finden als die Hühner, wie du sehr wohl weißt. Sie machen auf uns *aufmerksam*. He, Lene! Das muss aufhören. Wir beide sind hier *allein*!«

Hilde wirkte ehrlich verängstigt.

»Ich wollte sie sowieso heute rauslassen«, erwiderte Helene und schlüpfte in ihre Gartenschuhe, die neben der Haustür standen. »Auch wenn der Züchter sagt, man soll sie zu Beginn eine Woche einsperren.«

»Und wenn sie draußen noch lauter sind?« Lamentierend folgte Hilde ihr zum Stall, so dicht, dass Helene sie förmlich an ihren Hacken spürte. »Wir haben einen großen Fehler gemacht. Wir müssen jetzt schon einen Schlachter finden. Ich bestelle noch eine dritte Tiefkühltruhe.«

»Sei still, sie hören dich!«, zischte Helene. »Und was du gesagt hast, kommt nicht in Frage. Nur über meine Leiche!«

»Sie hören mich? He, Lene! Du solltest dich wirklich einmal durchchecken lassen.«

Den Stall und die Voliere hatten zwei Freunde von Ingeborgs Nichte nach Plänen aus dem Internet für sie gebaut. Hinter dem Fenster an der Vorderseite drängten sich die dunklen Leiber der beiden Amrocks ans Glas. Sie wichen zurück, als Helene das Fenster öffnete, und ließen ihre empörten heiseren Schreie hören.

»Diese Hühner haben Stimmen wie die Trompeten von Jericho«, sagte Hilde schaudernd.

Helene musste zugeben, dass sie mit dieser Art der Lautäußerung auch nicht gerechnet hatte. Im Rasseporträt auf YouTube hatten die Amrocks nicht so viel gesagt. Sie waren bei »Happy Huhn« allerdings auch nicht eingesperrt gewesen.

»Also gut, Hühner«, verkündete sie. »Wir haben verstanden. Wir lassen euch raus. Ich öffne gleich die kleine Hühnerklappe da vorne«, sie zeigte durch das Fenster auf die Stelle in der Stallwand, »und da seht ihr dann schon die Leiter …«

»Vielleicht möchtest du vorankriechen und es ihnen zeigen?«, fragte Hilde sarkastisch.

Helene versuchte, sich zu konzentrieren. Auf keinen Fall sollten die Hühner spüren, wie nervös sie war. Was, wenn der Züchter doch recht hatte und drei Tage Stallgewöhnung zu kurz waren? Aber ein Wort war ein Wort, auch gegenüber einem Huhn.

»Ich gehe jetzt um den Stall herum zur Klappe«, rief sie, um die Amrocks zu übertönen. »Wenn sie offen ist, kommt ihr ganz vorsichtig die Leiter runter. Der Stall ist etwa achtzig Zentimeter über dem Boden, ihr seid jetzt nämlich in Berlin, und da gibt es Waschbären.«

»He, Lene!«, schrie ihre Schwester. Woraufhin die Amrocks sich augenblicklich in Bewegung setzten. Geschrei schien das zu sein, was sie am besten verstanden – sie warteten Helenes Erläuterungen nicht ab, sondern flatterten kurzerhand an ihr vorbei aus dem Fenster und fingen gleich da, wo sie aufschlugen, zu scharren und zu picken an. Eine halbe Minute später plumpsten die Sundheimer, die vorschriftsmäßig die Hühnerklappe genutzt hatten, links und rechts von der Leiter und begannen mit der gleichen Tätigkeit.

Es war … rührend. Alle vier Hühner strahlten mit einem Mal eine innere Ruhe und Zufriedenheit aus, die auch Helene erfasste.

»Wie leicht es doch für ein Huhn ist, glücklich zu sein«, sagte sie zu Hilde. »Es braucht nur ein wenig Platz und etwas zu tun. Wir sollten uns ein Beispiel an ihnen nehmen.«

»Da könntest du recht haben. Wenn du so weitermachst, brauchen wir für dich nämlich auch einen Platz«, erwiderte Hilde düster.

3

Zu den lebendigsten Kindheitserinnerungen von Hilde Mattern, geborene Faber, gehörte der rot angelaufene Kopf ihrer Mutter, die sich zu ihr hinunterbeugte, und der übergroß im Gedächtnis gebliebene, hysterisch schreiende Mund, der Hildes Gesicht mit giftigem Nebel besprühte. Seitdem konnte sie es nicht ertragen, wenn ihre persönliche Distanzzone verletzt wurde; auch in ihrer Ehe hatte sie es kaum ausgehalten und leider nicht immer verbergen können, dass fremder Atem und fremde Spucke sie anekelten. Sie erinnerte sich an den tiefen Schrecken, den sie damals empfunden hatte; noch mit fast achtzig Jahren träumte sie mitunter davon. Eben noch weitestgehend unsichtbar, stand sie plötzlich im Zentrum der Aufmerksamkeit, alle Aufregung richtete sich auf sie. Etwas Dramatisches schien geschehen zu sein – etwas, wofür sie offenbar verantwortlich war –, aber niemand redete mit ihr, erklärte ihr, was gemeint war. Da waren nur Vorwurf, Geschrei und danach Schweigen.

Hilde war fünf, als ihre Schwester geboren wurde, und sie hatte sich wie verrückt darauf gefreut. Die anderen Kinder in der Siedlung hatten längst Geschwister, die sie stolz im Wagen durch die Gegend schoben und um die sie ein großes Gewese machten. Die heißesten Völkerballspiele wurden unterbrochen, wenn ein Brüderchen oder Schwesterchen in seinem Kinderwagen am Straßenrand zu schreien begann. Dann standen alle Kinder um den Wagen herum und behoben gemeinsam das Problem. Zumindest fast alle. Gisela, Rosemarie oder Waltraud gaben fachmännische Ratschläge, und selbst Günter, Hermann und Willi hatten etwas zu sagen. Nur Hilde und Ursula, das einzige andere geschwisterlose

Mädchen, konnten nichts anderes beitragen, als die Freunde stumm um ihre große Verantwortung zu beneiden.

Es waren denn auch die anderen Kinder, die Hilde darauf aufmerksam machten, dass sie bald selbst eine große Schwester sein würde. Sie schmückten diese Behauptung mit Details aus, die Hilde ihnen nicht abkaufte, aber diese eine große Nachricht stimmte: Ihre Mutter, beseelt lächelnd, bestätigte die Schwangerschaft, wenn auch erst auf Nachfrage. Eifersüchtig fragte sich Hilde, warum die Freundinnen es schon vor ihr gewusst hatten und wer es ihnen verraten haben könnte.

Eine Antwort erhielt sie, als Waltraud, in den Schwitzkasten genommen, schrie, ihre eigene Mutter habe schon vor Wochen davon gesprochen.

»Bist du doof, Hilde.« Waltraud war nicht einmal böse, als Hilde sie wieder losließ. Sie strich sich den Rock glatt und sah Hilde mitleidig an. »Bei Frauen wächst der Bauch, wenn sie ein Kind kriegen. Hast du gar nicht gemerkt, wie dick deine Mutter geworden ist? So was sieht man doch.«

Hilde war zutiefst beschämt. Schon die Nachricht von Helenes bevorstehender Ankunft war von einer Demütigung begleitet.

Der unbefriedigende Auftakt, der Hilde noch eine Weile beschäftigt hatte, war vergessen, als sie ihr Schwesterchen zum ersten Mal erblickte. Sie sah das schlafende Gesichtchen, die zarten Wimpern, das Stupsnäschen, die unfassbar winzigen Fäuste und wurde von einer gewaltigen Emotion ergriffen, die sie nie zuvor gespürt hatte.

Ihre Schwester! Ihr Baby! Ihr kleiner Mensch, den sie von dieser Sekunde an beschützen und behüten und für dessen Wohlergehen sie alles, wirklich alles tun wollte. Sie würde sich vor ihr Schwesterchen werfen, wenn Gefahr drohte; sie würde ihr Leben geben, wenn es sein musste. Und dieses kleine Baby, es würde sie lieben, es würde als Erstes ihren, Hildes Namen sagen und ihr überallhin folgen.

Leider spielte Mama nicht mit. »Nein, Hilde, du darfst Lenchen nicht mit nach draußen nehmen. Sie ist noch viel zu klein.«

»Aber Gisela steht draußen mit dem Heiko. Wir wollen so gern zusammen mit den Kinderwagen fahren.«

»Du kannst den Wagen doch gar nicht allein schieben, Hilde.«

Hilde schob die Unterlippe vor. Warum hatten ihre Eltern bloß so einen großen, schweren Kinderwagen gekauft? Den Wagen von Giselas Brüderchen Heiko konnte sie schieben und mühelos darüber hinweg auf die Straße blicken. Und wie! Aber an Hilde hatten Mama und Papa bei der Anschaffung anscheinend überhaupt nicht gedacht.

Der Sommer endete, und Hilde war nicht ein einziges Mal allein mit ihrer kleinen Schwester vor dem Haus gewesen, obwohl Helene wie viele andere Babys in der Siedlung im Frühjahr zur Welt gekommen war. Ihre Wagen standen am Straßenrand aufgereiht, während die Großen Himmel und Hölle spielten. Nur der Wagen, den Hilde dorthin gestellt hätte, war nicht dabei. Die kleine Helene wurde ihr nicht anvertraut.

Hilde sah die Wagen dort stehen und hätte weinen mögen. Im letzten Jahr war sie beschämt gewesen wegen ihrer Ahnungslosigkeit; das jetzt war viel schlimmer, weil sie tief in sich spürte, dass sie bereit war, dass sie nicht anders war als die anderen.

Es war so ungerecht! Es fühlte sich an, als wäre ihr etwas gestohlen worden – etwas, von dem anscheinend nur sie selbst der Überzeugung war, dass sie einen Anspruch darauf hatte.

Wie sie diesen Anspruch geltend machen konnte – sie wusste es nicht. Dabei war Hilde stets als Erste am Kinderbettchen, wenn die kleine Helene weinte, und sah mit eigenen Augen, wie froh das Baby war, sobald sie auftauchte. Wenn Lenchen sie erblickte, zu weinen aufhörte und unter Tränen zu lächeln begann, war es das absolute Glück.

Für die paar Sekunden, bis Mama ins Zimmer kam und ihr das Baby ungeduldig aus dem Arm nahm.

»Du sollst sie doch liegen lassen, Hilde, wie oft soll ich es noch sagen?«

»Aber sie hat doch geweint!«

Jetzt weinte auch Hilde. Aber Mama tröstete und wiegte nur das Lenchen, obwohl es schon längst wieder zufrieden war, gab ihm ein Küsschen und legte es zurück ins Bett.

»Siehst du? Schon schläft sie wieder ein. Lenchen braucht ihren Mittagsschlaf, du darfst sie nicht stören.«

Stören, dachte Hilde, und das Wort fraß sich tief in sie hinein.

Heinrich Faber, ihr Vater, war zwei Jahre vor Hildes Geburt auf nur noch einem Bein aus dem Krieg gekommen. Er arbeitete lange Stunden in der Verwaltung bei Siemens und war auf der Warteliste für ein Arbeiterhäuschen in der Waldsiedlung schnell nach oben gerückt, da andere Bewerber weniger Glück beim Überleben gehabt hatten. Die zweite Hälfte des Doppelhauses bewohnte die fünfköpfige Familie Sauter mit den Kindern Gisela, Ingeborg und Heiko; Gisela Sauter ging in Hildes Klasse und war ihre beste Freundin.

Einen Kriegsversehrten zum Vater zu haben, war nichts Besonderes. Das Besondere war, dass überhaupt noch ein Original-Vater da war. Viele Kinder in der Siedlung hatten, sofern sie nicht allein mit ihren Müttern aufwuchsen wie Hildes zweitbeste Freundin Ursula, Stiefväter. Die kleinen Geschwister waren also nicht einmal zur Gänze mit ihnen verwandt. Und trotzdem hatten sie mehr Rechte an den Babys als Hilde.

Mama war nicht mehr dieselbe wie früher. Die Tage, an denen Elisabeth Faber den Abwasch stehen ließ, ihr Töchterchen an beiden Händen nahm und mit ihr um den Küchentisch tanzte, während das Radio Schlager von Rita Paul oder Johannes Heesters spielte, waren vorbei. Die Ausflüge ins Café Fester, wo sie bei einem Stück Kuchen zusahen, wie die Trümmer der Altstadt abgeklopft und aus den Steinen neue Häuser gebaut wurden. Die Abende, an denen sie aneinandergekuschelt Hörspiele hörten, während Mama stopfte oder strickte.

Hilde versuchte zu verstehen, was passiert war, was zwischen sie geraten war. Warum war Mama so ungeduldig, warum konnte sie ihr einfach nichts mehr recht machen? Stets war da ein harter Ton in ihrer Stimme, wenn sie mit Hilde sprach, Hilde duckte sich vor diesem Ton. Alles, was Mama ihr zu sagen hatte, waren Ermahnungen wie: Hab ich dir nicht gesagt …? Hast du nicht verstanden …? Hilde, zum letzten Mal …

Und alles endete damit, dass Hilde weinte und Mama noch ungeduldiger wurde.

Eines Tages hörte Hilde, wie sie zu Giselas Mutter sagte: »Hilde ist unausstehlich, seit wir das Lenchen haben. Was soll ich bloß mit ihr machen?«

Sie bekam nicht mehr mit, was die Nachbarin antwortete, sie floh in blankem Entsetzen. Die Erde bebte, Risse überall, vor ihr nichts als ein schwarzes Loch.

Sechs Stunden später fand ihr Vater sie im Ziegenstall der Nachbarn auf der anderen Straßenseite. Weiter hatte sie sich nicht weggetraut, und während sie die nach ihr Suchenden draußen ihren Namen rufen hörte und zunehmend hungrig und beschämt darauf wartete, gefunden zu werden, hatte sie die Wahl ihres Fluchtorts zutiefst bereut. Sie sehnte sich nach einer Umarmung, nach Worten wie: »Mein Hildchen, ich bin so froh, dass du wieder da bist!« Aber wer würde sie auch nur anfassen wollen, wenn sie nach Ziege stank?

Und noch etwas fiel ihr auf: Unter denen, die sie riefen, erkannte sie die Stimmen von Papa und den Nachbarn und ihren Freunden, aber Mamas Stimme hörte sie nicht. Sie hatte sich nicht auf die Suche gemacht.

War Mama vielleicht sogar froh, dass sich ihr Problem von selbst gelöst hatte und sie gar nichts mehr *mit ihr machen* musste?

Papa ließ sich vom Gestank nicht abschrecken, er schob die Ziegen beiseite, deren Aufmerksamkeit abzuwehren Hilde aus Erschöpfung längst aufgegeben hatte, und nahm seine Tochter in den Arm. Eigentlich war es beinahe so, wie sie es sich gewünscht hatte. Papa war nicht ganz die richtige Person, mit Papa hatte sie keine Probleme, die es zu verzeihen und wiedergutzumachen galt. Aber zumindest er hatte sie lieb.

Hilde, stinkend, verdreckt und das Gesicht vom Weinen verquollen, begann laut zu schluchzen: »Mama will ... Mama will ...«

Auf keinen Fall wollte sie in diesem blamablen Zustand ins Freie getragen werden, wo jeder sie sehen konnte. Sie wollte hier sprechen, im Ziegenstall, Papa sollte Mama holen, und sie, Hilde, würde erst nach draußen kommen, wenn alles wieder gut und ihre Ehre wiederhergestellt war. Und Mama, Mama sollte schwören, dass sie nichts *mit ihr machen* würde, dass sie Hilde weder in ein Heim steckte noch zu Verwandten und erst recht nicht zu fremden Leuten!

Hilde schluckte und würgte verzweifelt an ihren Schluchzern, um die Worte herauszubringen, aber es war zwecklos, Papa hob sie hoch und trug sie ins Freie, und die halbe Nachbarschaft stand auf der Straße und sah sie verständnislos an. Einige hielten sich die Nase zu.

Das Donnerwetter von Mama blieb aus. Schweigend ließ sie kaltes Wasser in die Wanne und schrubbte Hilde mit einer Bürste, die sie normalerweise zum Putzen benutzte. Hilde schrie und heulte und konnte hinterher kaum glauben, dass ihre Haut nicht für alle sichtbar in Fetzen hing.

Man schickte sie ohne Essen ins Bett, wo sie ängstlich und schlaflos eine Weile liegen blieb, bis sie es nicht mehr aushielt, die Zimmertür einen Spalt öffnete und lauschte. Wie erwartet, redeten die Eltern leise im Wohnzimmer, und als sie sich die Treppe hinunterstahl, um herauszufinden, was sie mit ihr vorhatten, hörte sie Papa sagen: »Hilde ist nicht böse. Sie war nur viel zu lange Einzelkind, und jetzt muss sie eben lernen, dass sich nicht mehr alles nur um sie dreht. Ich hab damals auch eine Weile gebraucht, bis ich den Otto akzeptiert hatte.«

Seine Stimme zitterte ein wenig. Onkel Otto, Papas kleiner Bruder, war nicht aus dem Krieg zurückgekommen. Hilde hatte ihn nicht einmal kennengelernt.

»Vielleicht«, überlegte Papa, »solltest du sie mehr einbeziehen. Bettelt sie nicht dauernd, das Lenchen zum Spielen mitnehmen zu dürfen?«

»Das Lenchen ist noch viel zu klein«, wehrte Mama ab. »Und Hilde auch!«

»Ihre Freundinnen sind doch dabei. Die kennen sich aus. Für die ist es ganz normal, auf die Kleinen aufzupassen.«

»Ja, eben. Für ihre Freundinnen ist es normal. Hilde ist anders, sie ist eifersüchtig, und wozu sie fähig ist, um die Aufmerksamkeit auf sich zu lenken, hat sie heute ja deutlich gezeigt. Nein, Heini, ich werde das Lenchen ganz bestimmt nicht für Experimente zur Verfügung stellen!«

Am nächsten Tag musste sich Hilde von ihrer Freundin Gisela erst einmal erklären lassen, was das neue Wort bedeutete: *eifersüchtig.*

»Deine Eltern denken, dass du das Lenchen nicht leiden kannst.«

»Das stimmt doch gar nicht! Ich hab das Lenchen lieb!«, rief Hilde bestürzt.

»Dann musst du es wohl zeigen«, meinte Gisela.

In den folgenden Wochen bemühte sich Hilde nach Kräften, brav zu sein, nicht jedes Mal zu heulen, wenn ihr danach war, und keine Widerworte zu geben, um möglichst nicht aufzufallen. Mitunter fühlte es sich an, als wäre sie tatsächlich nicht mehr da, aber wenn man die Älteste war, musste es wohl so sein: Irgendwann hatte man die Mutter an jüngere Geschwister weiterzugeben, wie abgelegte Kleidung. Es tat weh, aber es war normal. Und Mama schien zufrieden, und vielleicht sagte sie jetzt abends zu Papa: »Ich habe mich geirrt, Hilde ist doch ganz anders, als ich dachte.«

Wenn Mama dabei war, durfte Hilde ihre Schwester in einem Kissen auf den Schoß nehmen und sie verliebt anschauen. Das war nicht gespielt, das Baby zu lieben war leicht – Lenchen war hübscher als eine Puppe mit ihrem dunklen Haarschopf und dem herrlichen zahnlosen Lächeln.

In solchen Momenten war Hilde versöhnt. Dem Lenchen ging es gut, das konnte jeder sehen, und Hilde trug eben auf andere Weise dazu bei, als sie es sich gewünscht hatte.

Sie begleitete Mama, wann immer diese mit Lenchen spazieren ging. Mama schob den Kinderwagen, Hilde lief nebenher und legte seitlich ihre Hand an den Griff. Sie nahm die Hand auch nicht herunter, wenn Bekannte in den Wagen schauten, um sich daran zu erfreuen, wie süß das Lenchen war. Hilde erinnerte sich, dass die Leute das noch im letzten Jahr über *sie* gesagt hatten. Aber dass Babys niedlicher waren als Sechsjährige mit Zahnlücke, war klar.

Auch das: normal. Kein Problem. Und auf gar keinen Fall Lenchens Schuld. Das Lenchen kann nichts dafür, dachte sie oft, wenn sie die Welt als ungerecht empfand, und auch wenn die Erwachsenen später etwas anderes behaupteten: Sie wusste es besser. Sie hatte dem Lenchen nie etwas vorgeworfen.

Als die Blätter von den Bäumen fielen und die Tage kürzer wurden, sagte Mama: »Ich muss in die Stadt, Hilde, ich werde zwei Stunden weg sein. Aber Giselas Mama weiß Bescheid und hat ein Auge auf euch beide. Wenn irgendwas ist, klingelst du bei Sauters.«

»Ich könnte doch mit Lenchen nach draußen gehen«, schlug Hilde begeistert vor. »Dann haben alle ein Auge auf uns.«

»Das tust du nicht. Du verlässt auf keinen Fall das Haus, hörst du? Du bleibst mit deiner Schwester hier. Wehe, ich höre nachher etwas anderes!«

Hilde hatte keine rechte Vorstellung, wie lange zwei Stunden dauerten, aber eines verstand sie: Während Mamas Abwesenheit gehörte das Lenchen ihr – und sie war fest entschlossen, aus dieser Gelegenheit so viel wie möglich herauszuholen.

Als Erstes hob sie ihre Schwester, die fest geschlafen hatte, aus dem Gitterbett, das im Elternschlafzimmer stand, und setzte sich mit ihr auf den Fußboden. Sie legte dazu wie immer ein Kissen auf ihren Schoß, und das Lenchen rutschte ihr nur ganz kurz aus dem Arm, während sie versuchte, das Kissen unter den Babypopo zu ziehen. Es waren bloß ein paar Zentimeter bis zum Fußboden, und das Lenchen heulte fast überhaupt nicht.

Das bisschen Weinen rechtfertigte auf keinen Fall, dass Giselas Mutter sofort angeschossen kam, um nach dem Rechten zu sehen.

Die Wand zwischen den Haushälften war dünn. Auf der anderen Seite hörte Hilde den kleinen Heiko bereits aus Leibeskräften brüllen und ahnte, dass seine Mama gerade auf dem Weg zu ihr war, aber es blieb keine Zeit, das Lenchen zurück ins Bett zu legen.

»Hilde! Was machst du denn? Du weißt doch, dass du das Lenchen nicht aus dem Bett nehmen darfst. Und auf dem Fußboden ist es sowieso zu kalt, auch für dich.«

Frau Sauter nahm das Baby von Hildes Schoß, legte es wieder in sein Bettchen und deckte es zu. Hilde mochte Frau Sauter, aber als sie zusehen musste, wie ihr nun auch noch eine fremde Mutter dazwischenfunkte, wurde sie von einem Schwall heißer Wut erfasst.

»Ich darf überhaupt nichts!«, schrie sie und bewarf Frau Sauter mit dem Kissen.

»Sag mal, spinnst du?« Resolut packte Frau Sauter Hilde an den Armen, zog sie hoch und schüttelte sie leicht. »Das machst du kein zweites Mal, mein Fräulein!«

Hilde brüllte: »Es stimmt doch! Ich darf hier überhaupt nichts! Das ist ungerecht!«

»Was darfst du denn nicht? Was wolltest du mit Lenchen auf dem Fußboden?«

»Ich wollte ihr nur eine Geschichte erzählen!«, schrie Hilde. »Ist das jetzt auch nicht mehr erlaubt?«

»Du kannst ihr eine Geschichte erzählen, während sie im Bett liegt. Pass mal auf, wir nehmen jetzt den Kommodenstuhl und stellen ihn hierher, und dann setzt du dich drauf und kannst mit deiner Schwester durchs Gitter reden, solange du willst.«

Hilde verschränkte die Arme und spürte, wie ihre Unterlippe beinahe die Nasenspitze berührte.

»Hör auf zu schmollen und setz dich auf den Stuhl«, befahl Frau Sauter. »Ich sag deiner Mutter nichts, versprochen. Soll Gisela kommen? Dann könnt ihr zusammen auf Lenchen aufpassen.«

»Nein«, sagte Hilde mürrisch und setzte sich, damit Frau Sauter Wort hielt und nicht petzte. Die neunmalkluge Gisela sollte bloß bleiben, wo sie war. Das waren *ihre* zwei Stunden mit Lenchen! Womöglich war die Hälfte davon schon um.

»Na schön. Mach, was du willst, aber lass das Baby im Bett. Kann ich mich darauf verlassen?«

Hilde nickte.

Kaum war die Nachbarin gegangen, sprang sie vom Stuhl und beugte sich wieder über das Gitter. Lenchen strahlte sie an. Eine süße kleine Träne hing noch an einer ihrer Wimpern, Hilde streckte den Finger aus und wischte sie zärtlich ab. Wieder ergriff sie dieses warme Glücksgefühl, an das sie sich so gern erinnerte.

Über dem Gitter hängend, Lenchens kleine Finger zwischen ihren, erzählte sie dem Baby ein paar Geschichten, zumindest bis zu den Stellen, wo sie nicht mehr weiterwusste, aber Lenchen machte es nichts aus, dass die Geschichten keinen richtigen Schluss hatten. Sie hörte aufmerksam zu, glukste und gurgelte und freute sich.

Sie freute sich auch, als Hilde auf die schöne Idee kam, Lenchens und ihr Gesicht mit Hilfe von Mamas Farbkasten zu verzieren. Hilde hatte Mama oft genug dabei zugesehen, um zu wissen, wie Gesichter bemalt wurden, und sie machte es ganz vorsichtig, damit es keine Sauerei auf dem Bettzeug gab.

Frau Sauter war perplex. Sie stand erst in der Tür und starrte Hilde an, dann beugte sie sich über das Babybett und betrachtete Lenchen. Im nächsten Augenblick fing sie fürchterlich an zu lachen. »Du wirst keinen Schönheitssalon eröffnen, Herzchen, so viel steht fest«, meinte sie.

Hilde war beleidigt. Sie hatte extra Mamas Lieblingsfarben ausgewählt, um ihr eine Freude zu machen! Das waren die Farben, von denen jetzt nicht mehr sehr viel da war, was Hilde allerdings erst auffiel, als Frau Sauter die Palette inspizierte und seufzte.

»Oh, Hilde. Weißt du, wie schwer so was zu bekommen ist? Nein, wahrscheinlich nicht …«

Frau Sauter hob das Lenchen aus dem Bett, trug es ins Badezimmer und wusch ihm das Gesicht. Lenchens Protestgeschrei erfüllte Hilde mit Genugtuung. Bei ihr war das Baby still gewesen – ganz im Gegensatz zum kleinen Heiko, der mal wieder zu brüllen begonnen hatte. Frau Sauter wirkte etwas gehetzt, als sie das Lenchen zurückbrachte, zumal nun auch noch die verzweifelte Stimme von Gisela durch die Wand drang: »Mamaaaa!«

»Kommst du mit zu uns?«, fragte Frau Sauter, aber sie hatte wohl mit keiner anderen Antwort gerechnet als Hildes sofortigem »Nö«, denn sie fügte übergangslos an: »Erstens: das Baby nicht aus dem Bett nehmen. Zweitens: von den Resten von Mamas Schminke wegbleiben. Verstanden?«

Hilde nickte, und die Nachbarin eilte zurück zu ihrem eigenen Schauplatz.

Als Frau Sauter gegangen war, bedauerte Hilde, nicht gefragt zu haben, wie viel von den zwei Stunden noch übrig war. Viel konnte es jetzt nicht mehr sein.

Entschlossen, keine Störungen mehr zuzulassen, zog sie den Kommodenstuhl zur Zimmertür und klemmte die Lehne unter die Klinke. Mama machte das oft in der Küche, weil sich die Tür zum Garten sonst bei jedem Windstoß von allein öffnete.

Hilde testete die Klinke. Sie war selbst überrascht, dass sie den Trick auf Anhieb hinbekommen hatte.

Nun aber! Sie huschte zum Bett, nahm das Lenchen heraus und machte es sich mit ihm auf dem Fußboden gemütlich. Das Lenchen guckte sie zuerst ein bisschen komisch an, und Hilde fiel ein, dass sie ja immer noch bunt bemalt war, aber als sie zu reden begann, erkannte ihre kleine Schwester sie sofort wieder und war zufrieden.

Zumindest für ein paar Minuten. Dann verzog sich Lenchens Gesicht, wurde dick und rot, und noch während Hilde erschrocken fragte: »Lenchen, was ist denn, tut dir was weh?«, traf sie wie eine Keule ein durchdringender Gestank und haute sie fast um.

»Bäh! Lenchen!«, rief sie angewidert, schubste das Kissen mit ihrem Schwesterchen von den Knien und sprang auf. Sofort begann das Lenchen zu weinen und auf seine Windel aufmerksam zu machen, und wie auf Kommando legte der Heiko nebenan auch wieder los, und Hilde wusste, was das bedeutete.

Das war der Moment, an dem ihre Erinnerung an diesen Nachmittag zu verschwimmen begann. Sie wusste noch ziemlich genau, dass sie die frischen Windeln in der Schublade gefunden hatte; sie glaubte mit etwas weniger Gewissheit, Frau Sauter, die an die Tür trommelte, zugeschrien zu haben, sie solle sie in Ruhe lassen, es sei alles in Ordnung, das Lenchen habe sich nur eingeschissen. Wie viel Zeit vergangen war, bis der Kopf von Opa Schulze im Fenster erschien – so hoch oben im ersten Stock! –, konnte sie nicht mehr sagen. Nur dass sie sich fast zu Tode erschrocken hatte, als da plötzlich noch jemand auftauchte und Krach machte, wo doch sowieso schon alles ein einziges Durcheinander von Stimmen, Gepolter und Geschrei gewesen war und sie fast lauter geheult hatte als eben noch das Lenchen.

4

Das dicke Sundheimer stand als Erstes auf. Lange vor dem
ersten Sonnenlicht brachte Susi unsere Sitzstange mit ihrem
ungeschickten Absprung zum Schwingen und meinen Schlaf-
rhythmus durcheinander. Zuerst beschwerte ich mich erfolg-
los darüber. Nach ein paar Tagen ließ ich die Augen einfach
geschlossen und versuchte, wieder einzudösen, während Susi
unterhalb des Kotbretts die Einstreu aufhäufelte, auf der Suche nach einem liegen gebliebenen Korn aus der Ration, die
He-Lene abends als Scharrfutter in den Stall streute. Danach
setzte sie sich vors Fenster, wartete auf den Sonnenaufgang
und seufzte tief, wenn es heller wurde und sie feststellen
musste, dass über Nacht kein Wunder passiert war. Draußen
gab es noch immer nichts zu sehen.

Denn das war, wir stellten es bald fest, der Nachteil unseres neuen Zuhauses: Es war ebenso schön wie langweilig.
Unsere komfortable Voliere stand eingeklemmt zwischen
einer grauen Hauswand mit einem einzelnen, so gut wie
nie geöffneten Fenster und einem Windschutz in unserem
Rücken, der uns, obgleich gut gemeint, den Blick in den
Wald versperrte. Auf der linken Seite, in trauter Eintracht
mit einem Haufen Sperrmüll, verwitterte inmitten eines Ur-
walds aus Gestrüpp ein Holzschuppen, der auf dem Nachbargrundstück in Vergessenheit geraten war. Rechts lag ein
gepflasterter, etwas düsterer kleiner Hof, und an genau der
Stelle, wo wir Aussicht auf das andere Nachbargrundstück
hätten haben können, stand ein Geräte- und Holzschuppen
im Weg, in dem auch unser Futter aufbewahrt wurde.

Dass sich hinter diesem Schuppen ein Durchgang zum
Wald befand, erkannten wir daran, dass die Passage mehrmals

am Tag von Katzen auf ihren beneidenswerten Streifzügen genutzt wurde. Anfangs waren sie noch stehen geblieben, um uns lange und fasziniert zu mustern, inzwischen beachteten sie uns nicht mehr und schlenderten an der Voliere vorbei, als wären wir Luft. Bei uns herrschte solche Eintönigkeit, dass wir nicht einmal mehr für Fressfeinde interessant waren!

Dabei waren wir überzeugt, dass es einen Garten geben musste. Neben dem Haus der Schwestern lag zwar nur ein dürrer Streifen Gras, aber den ganzen Tag über sahen wir Scharen von Insekten aus dem Wald kommen, die zielstrebig an unserer Voliere und dem Grasstreifen vorbei zu einem dahinterliegenden, geheimnisvollen Areal flogen.

Auf der anderen Seite des Hauses war ein Hühnerparadies! Wann würde He-Lene uns endlich die Tür öffnen?

Jeden Morgen um kurz nach acht kam sie in den Stall, und wir waren sicher: Heute! Heute ist es so weit! Wir gackerten aufgeregt, kletterten vor dem Fenster ungeduldig übereinander, quetschten uns durch die Hühnerklappe, sobald sie einen Spalt offen stand, und rannten schnurstracks zur Volierentür. Dort zeterten wir Amrocks in den tiefsten Tönen, und die Sundheimer gaben dringliche kleine Jammerlaute von sich. Ging es noch deutlicher?

Aber He-Lene schaute nur ratlos, klapperte mit dem Futterbehälter und fragte: »Ja, mögt ihr denn die Junghennenpellets nicht?«

An dieser Stelle ist wohl etwas Selbstkritik angebracht. Wir hätten schließlich an der Tür bleiben und so lange weiterzetern können, bis He-Lene kapierte. Leider löst das Klappern eines Futterbehälters bei uns den Reflex aus, sofort alles stehen und liegen zu lassen und zur Quelle des Geräuschs zu eilen. Und einmal am Futter, setzt alles Denken aus, da geht es nur noch darum, schneller zu fressen als alle anderen.

»Einen schönen Vormittag, meine lieben Hühner!«

Wenn wir He-Lenes Abschiedsgruß hörten, wussten wir, dass wir es wieder mal verpatzt hatten. He-Lene musste, ohne dass wir irgendetwas davon mitbekommen hatten, bereits unsere Hinterlassenschaften entfernt, den Mulch gerecht und die Tür hinter sich verriegelt haben, nun wandte sie sich um und ging zurück zum Haus. *Game over.*

»Morgen! Morgen lässt sie uns bestimmt in den Garten«, beschwor ich die anderen.

»Und wenn sie zu denen gehört, die ihren Garten nicht teilen?«, fragte Amy.

Die Sundheimer murmelten miteinander. Ihre Gesichter waren ernst, und ich konnte erkennen, dass sie Amys Befürchtung teilten, mir aber nicht direkt widersprechen wollten, weil ich das Oberhuhn war.

Das Oberhuhn. In diesen ersten Wochen musste ich mich selbst immerzu daran erinnern. Versetzen Sie sich in meine Lage: Eben noch waren Sie eine ängstliche Junghenne im Karton, und gerade mal ein paar Tage später sind Sie das Huhn, dem die Hennen vertrauen.

Mutter hatte dem Oberhuhn die letzte Lektion unserer Schulzeit gewidmet – ein Beleg dafür, welch große Bedeutung sie dem Thema beimaß.

»Nicht jede von euch würde als Oberhuhn glücklich werden«, sagte sie geradeheraus. »Stellt euch einfach folgende Fragen: Möchtet ihr das Huhn sein, das Streit schlichtet und für Frieden und Einvernehmen in der Herde sorgt? Möchtet ihr das Huhn sein, das immerfort und jederzeit Aug und Ohr in die Umgebung richtet und auf alle aufpasst, während sie fressen?«

»Ich dachte«, meldete sich meine Lieblingsschwester, »das macht der Hahn?«

»Das stimmt. Aber viele von euch werden ohne Hahn leben«, erwiderte Mutter mit Bedauern in der Stimme. »Dann braucht ihr eine große Schwester, die seine Aufgaben übernimmt und die Herde schützt. Diese große Schwester ist das Oberhuhn.«

»Das klingt nicht gerade nach Spaß«, meinte eine, und auch wir Übrigen schauten eher skeptisch drein.

»Nun, ihr würdet es nicht umsonst machen«, entgegnete Mutter lächelnd und fragte: »Möchtet ihr das Huhn sein, dem alle anderen am Futtertrog Platz machen und das im Winter den wärmsten Platz auf der Sitzstange bekommt?«

Woraufhin die meisten von uns begeistert Ja schrien und anfingen, sich doch für die Position des Oberhuhns zu erwärmen. Mutter berichtete, dass man häufig sogar darum kämpfen musste. So schlecht konnte der Posten also nicht sein.

»Es ist sowohl vorteilhaft als auch eine große, verantwortungsvolle Aufgabe«, schloss sie. »Ich wünsche euch ein Leben mit einem fähigen Oberhuhn, ob ihr es nun selbst seid oder nicht. Eine Herde ohne gutes Oberhuhn ist nichts als ein Hühnerhaufen.«

Es wärmte mein Herz, mir vorzustellen, wie stolz Mutter sicherlich auf mich wäre, wenn sie mich jetzt sehen könnte. Und ich hatte nicht einmal kämpfen müssen! Amy, die schon immer ein wenig unter mir gestanden hatte, focht mich auch im neuen Zuhause nicht an. Doch der augenscheinlichste Beweis meiner Autorität kam von den Sundheimern. Mit demütig gesenktem Kopf wichen sie aus, wenn ich an den Futtertrog trat, und blieben doch stets in meiner Nähe – bereit, beiseitezutreten, wenn ich es verlangte, aber demonstrativ Teil meiner Herde. Während der Mittagspause rückten sie so dicht an mich heran, dass unser Federkleid sich berührte.

Noch vor wenigen Tagen hätte ich das nicht toleriert. Ich wunderte mich selbst, wie schnell mein Bedürfnis, die Sundheimer zu triezen, verflogen war. Aber Oberhuhn zu sein, geht nun einmal damit einher, die Mitglieder der Herde nicht ohne triftigen Grund zu hacken.

Die Sundheimer gaben mir auch keinen Grund dazu, sie sind höfliche Hühner mit den allerbesten Manieren. Wenn sie nicht auf ihren befremdlichen Dialekt bestehen würden, könnte man sie ernster nehmen, aber da lassen sie nicht mit sich reden.

»Mir sen e g'fährdete badische Rass«, sagte Heidi, wann immer man sie aufforderte, sich das Kauderwelsch abzugewöhnen.

Eine Mitteilung, deren Bedeutung ich erst nach längerem Nachdenken verstand. Die Sundheimer glaubten offenbar, dass ihre Rasse aussterben würde, wenn sie anfingen, verständlich zu reden. Amy konnte die beiden schier nicht aushalten, aber ich gewöhnte mich langsam an ihre Marotten. Erstens, weil ich ihr Oberhuhn war. Und zweitens, weil ich inzwischen für jede noch so kleine Abwechslung dankbar war.

Ein lautes Summen ertönte aus Richtung des Waldes. Man wollte sich am liebsten abwenden und die Ohren zuhalten. Ohnmächtig mussten wir mitansehen, wie sich eine ganze Rotte Käfer auf den Weg in den Garten machte – wenige Meter entfernt, aber unerreichbar. Nur ein, zwei Mal am Tag kam es vor, dass sich ein dussliger Brummer für eine fatale Abkürzung entschied und sich durch den Volierendraht zwängte.

Und dann … Heureka! Wir gaben alles. Dem Huhn, das den Brummer schnappte, jagten alle anderen hinterher, wodurch das Insekt bis zu zehn Runden in mehreren Schnäbeln drehte, ehe auch der kleinste Rest von ihm vertilgt war. Leider schien sich das im Wald herumgesprochen zu haben. Die meisten Käfer zeigten uns einen Stinkeflügel, und weg waren sie.

»Es ist eine Schande«, klagte Amy und warf sich gegen den Zaun.

Die Sundheimer sahen mich an. Sie sagten nichts, aber ich konnte mir denken, was ihr Schweigen bedeutete: Sie erwarteten, dass ich etwas unternahm.

»Heute Mittag versuchen wir es«, kündigte ich an. »Wir müssen He-Lene klarmachen, was wir wollen. Wenn sie uns den Snack bringt, dann … dann lassen wir ihn einfach liegen und bleiben an der Tür.«

»Du redsch vom Gutsele?«, vergewisserte sich Susi nach einigen Schocksekunden.

»Ja, Susi. Ich rede vom Gutsele.«

Mir war klar, was ich von ihnen und von mir selbst verlangte. Aber etwas Besseres war mir auch dann noch nicht eingefallen, als die Glocken zwölf Uhr schlugen und sich die Haustür öffnete, um He-Lene aus dem Haus zu entlassen.

Susi konnte nicht an sich halten. »Gutsele!«, schrie sie wie jeden Tag in heller Aufregung. Der Snack, den He-Lene uns mittags brachte und der aus klein geschnittenem Gemüse mit Nudeln, Kartoffeln oder Reis bestand, war ein Highlight, das mit dem Fangen eines Insekts unter unseren eingeschränkten Bedingungen durchaus mithalten konnte.

Jetzt galt es. Ich konnte meinen Hühnern ansehen, dass sie um Beherrschung rangen. »Am Zaun bleiben! Am Zaun bleiben!«, beschwor ich sie, und ein Huhn nach dem anderen fiel in den Singsang ein. *Zaun! Zaun! Zaun!*

He-Lene kam näher. Der Gesang wurde verzweifelter.

He-Lene öffnete die Tür der Voliere, verriegelte sie hinter sich, schob uns liebevoll mit einer Hand beiseite, um weiter hineinzugehen, und während sie sich bückte, erhaschte Amy einen Blick in die Schüssel.

»Zaun!«, schrie ich beschwörend, und auch die Sundheimer hielten noch stand.

»Gras! Glee! Käfer! G'würm! Mugge!«, legte sich Heidi ins Zeug.

Aber Amys Schnabel entrang sich ein anderes Wort: »Spaghettiiiii …«

»Meine lieben Hühner, wie ihr euch immer übers Essen freut«, stellte He-Lene gerührt fest, als sie uns beim Schlingen zusah. »Es macht richtig Spaß, für euch zu schnippeln.«

Die anderen machten mir keine Vorwürfe, ich wusste es ja selbst: Artfremdes zu verlangen, um Artgerechtes durchzusetzen, konnte nicht die Lösung sein. Wir saßen auf den Sitzbrettern um den Komposthaufen, die Sundheimer in respektvollem Abstand auf der einen, Amy und ich auf der anderen Seite, und ließen erst einmal die Köpfe hängen. Was bei uns nach einer Fressorgie allerdings normal ist.

»Wenn ich doch nur nicht in die Schüssel geschaut hätte …«, begann Amy nach einigen Minuten.

»Wie hättest du nicht in die Schüssel schauen können? Sie schwebte direkt vor deinem Schnabel! Denk lieber darüber nach, was wir als Nächstes tun können.«

»Weidderheule«, meldete sich Heidi vom Sitzbrett gegenüber. »Mir müsse heule, sobald se ausm Haus kommt. Heule, bisses rafft.«

»Auf jeden Fall. Gibt es weitere Vorschläge?«

»Heule, *damit* se ausm Haus kommt«, äffte Amy die Sundheimer nach.

»Gute Idee! Wir machen Radau. Noch etwas?«

Woraufhin ausgerechnet die dicke Susi mit einem Vorschlag kam, der uns augenblicklich wieder in Bewegung versetzte und für den Rest des Nachmittags beschäftigte. Um es im Idiom einer gefährdeten badischen Rasse auszudrücken: *buddle.*

Es überraschte mich nicht, festzustellen, dass auch der Volierenzaun mehr als vorschriftsmäßig angelegt worden war: rund einen halben Meter fuchssicher in die Tiefe versenkt. Unser neues Zuhause war ein Hochsicherheitstrakt! Aber für ein entschlossenes Huhn ist keine Herausforderung zu groß, und hier erwiesen sich die Federfüßchen der Sundheimer gegenüber Amys und meinen Riesenlatschen als Vorteil. Unsere Krallen konnten die Erde besser auflockern und weiter werfen, aber die Federfüße wirkten wie Schaufeln.

Jedenfalls solange von ihnen noch etwas übrig war.

Ich muss den Sundheimern zugutehalten, dass sie tapfer schaufelten, sogar noch nachdem sie die Konsequenz erkannt hatten. Ihre Blicke wurden allerdings zunehmend verzweifelter, und als ich entschied, dass es gut war, dass wir ein ausreichend großes Loch gegraben hatten, um unseren Standpunkt deutlich zu machen, schlichen die beiden mit hängenden Köpfen davon, legten sich in den Mulch und weinten.

Es waren Jammerlaute, wie ich sie von einem Huhn noch nie gehört hatte. Okay, wir reden hier von einer Art, die schon von Haus aus mit einer weinerlichen Stimme ausgestattet ist, aber trotzdem. Man konnte nicht anders als mitfühlen.

»*What the heck*«, murmelte Amy. »Wir haben doch nur gescharrt. Hast du schon mal von einem Huhn gehört, das sich beim Scharren verletzt? Und überhaupt, können blank gerupfte Federn wehtun?« Sie biss in ihr Gefieder, dass es nur so knackte. »Meine Federkiele schmerzen jedenfalls nicht. Was ist das für eine komische Rasse, Rocky?«

»Ich geh wohl besser mal rüber«, entschied ich.

Mutter hatte vergessen zu erwähnen, dass zu den Aufgaben eines Oberhuhns unter gewissen Voraussetzungen auch das Trösten gehörte. Gut, sie hatte nie mit Hühnern zusammengelebt, die so völlig anders drauf waren als meine Amrock-Schwestern und ich. Aber langsam war ich ein

wenig irritiert, wie viele unerwartete Umstände mir binnen
so kurzer Zeit begegneten. Mir blieb nichts anderes übrig,
als den Eindruck zu erwecken, dass ich wusste, was zu tun
war.

»Lasst mal sehen«, forderte ich Heidi und Susi ohne Umschweife auf.

Sie zierten sich erschrocken. Wir Amerikaner kommen
wohl manchmal etwas zu direkt rüber. Erst nach mehrmaliger
Aufforderung streckte Heidi für einen winzigen Augenblick
ihren rechten Fuß aus, und ich erhaschte einen Blick auf lange,
nackte Federschäfte, die wie Stacheln rundherum abstanden.

Mit dem Anblick konfrontiert, begannen beide Sundheimer von Neuem zu klagen.

»Das sind doch nur Äußerlichkeiten«, beschwichtigte ich.

»Äußerlichkeite?«, heulte Heidi. »Mir ware e g'fährdete
badische Rass! Mit so Fieß simmer nur noch Sussex!«

Aha. Das musste ich erst mal sacken lassen. Sussex, das
wusste ich, sind eine beliebte Rasse aus England, die es auch
in der Farbe der Sundheimer gibt. Sie sind kleiner und haben
keine Federn an den Füßen – und ja, man kann sie ohne dieses
Merkmal verwechseln, aber *so what*? Wir Amrocks werden
oft für gewöhnliche Blausperber gehalten, das ist uns völlig
wurscht.

Ich kam zu einer Erkenntnis: Wer nicht zu sehr über sich
nachdenkt, ist glücklicher. Allerdings hatte ich den Verdacht,
dass so ein Spruch bei den Sundheimern überhaupt nicht gut
ankommen würde.

Schließlich fiel mir etwas anderes ein. »Natürlich seid ihr
Sundheimer. Ihr wisst es, wir wissen es, und die Menschenschwestern werden ja wohl auch wissen, welche Rassen sie
ausgewählt haben.«

»Meinsch?«, fragte Susi und hob ein wenig den Kopf.

»Klar. Überlegt doch mal: Wenn niemand glaubt, dass ihr

keine Sundheimer seid, dann seid ihr Sundheimer. Das ist doch logisch.«

Die Sundheimer hörten auf zu heulen. Ich konnte ihnen ansehen, dass sie versuchten, die Logik nachzuvollziehen. Von meinem Erfolg ermutigt, setzte ich den nächsten Geistesblitz in die Welt. »Im Übrigen seid ihr hier keine gefährdete Rasse, denn es gibt ja zwei von euch. Bei uns sind andere Rassen viel gefährdeter. Cochin, Brahma, Orpington, Sussex …«

»Jetzt übertreibsch«, sagte Heidi würdevoll.

Aber immerhin, sie standen nach kurzer Überlegung auf und begannen, sich zu putzen, die kahlen Federn auszuzupfen und alles Übrige wieder auf Glanz zu bringen, und ich konnte zufrieden zurück zu Amy gehen. Aufgabe erledigt. Um ein Huhn, das sich putzt, muss man sich keine Sorgen machen.

»Dir ist schon klar, dass du sie auch noch ermutigst?«, empfing mich Amy.

»Ermutigst? Wozu?«

»Ihren Knall zu pflegen! Seit du Oberhuhn bist, hast du dich ganz schön verändert, Rocky. Ich kann nicht behaupten, dass mir das gefällt.«

Ärgerlich erwiderte ich: »Es ist meine Aufgabe, für Frieden in der Herde zu sorgen. Hast du schon vergessen, was Mutter gesagt hat?«

»Sie hat nicht gesagt, dass alle immer happy sein müssen. Was kommt als Nächstes? Wir beide sprechen Badisch?«

»Na, du hast es heute ja schon freiwillig getan«, entgegnete ich und versetzte ihr einen kurzen Schnabelhieb, den sie unerwartet heftig erwiderte, bevor sie aufstand und sich woanders hinsetzte.

Das war neu. Ich schluckte schwer. Denn Amy hatte ja recht: Ich war das Oberhuhn, aber gleichzeitig war ich ein Amrock. Nur: Was war ich zuerst, wenn eins nicht zum anderen passte?

Plötzlich wurde mir klar, dass mein Leben daraus bestehen würde, immer wieder diese Entscheidung zu treffen. Und wenn ich nicht aufpasste, würde Amy bald beginnen, mich zu bekämpfen.

He-Lene und ihre Schwester standen vor der Voliere, die Hände in die Seiten gestemmt, und blickten entgeistert auf das Erdloch auf unserer Seite des Zauns.

»Wie konnte das passieren?«, rief Hilde. »Du hast gesagt, du hast alles im Griff!«

»Also, heute Mittag war da noch kein Loch«, antwortete He-Lene kleinlaut. »Ich schütte es wieder zu. Nicht dass sie sich am Ende noch durchgraben! Aber dir ist schon klar, was sie damit bezwecken, nicht wahr? Sie wollen in den Garten.«

»Schluss jetzt! Wie oft soll ich noch Nein sagen? Diese ständigen Diskussionen über die Hühner, ich hab's satt!«

Amy und ich sahen einander verblüfft an. He-Lene war also bereits auf unserer Seite, wir hatten bloß nichts davon mitgekriegt! Und nun bekam sie unseretwegen Ärger mit ihrem eigenen Oberhuhn.

»Es ist nicht nur dein Garten, wie du sehr wohl weißt«, hielt sie dagegen. »Die Hälfte gehört mir, und die werde ich für die Hühner einzäunen.«

»Hurra!«, schrien wir.

In unserem aufgeregten Gegacker wären Hildes folgende Worte beinahe untergegangen. »Kommt gar nicht in Frage. Was meinst du, was passiert, wenn hier Hühner zu sehen sind? Die Leute bleiben stehen und glotzen übers Tor.«

»Lass sie doch. Jeder ist heutzutage froh, etwas Schönes zu sehen.«

»Und als Nächstes wollen sie ›mal gucken‹ und stehen bei uns auf der Wiese. Ich will meine Ruhe, ich habe ein Recht darauf!«

»Dann kommt eben ein Sichtschutz vor meine Hälfte. Ich nehme mir ein Stück Garten, Hilde. Du bist nicht die Einzige, die hier Rechte hat.«

»Ach so? Dann wollen wir doch mal sehen, was Dr. Papenburg dazu sagt«, erwiderte Hilde verkniffen und humpelte zurück ins Haus.

He-Lene ergriff einen Spaten und kam damit zu uns in die Voliere. Wir alle umringten und feierten sie, während sie unser Loch wieder zuschaufelte und erregt vor sich hin murmelte: »Der Anwalt, immer der Anwalt! Das kann Mutter nicht gewollt haben. Aber Hilde ist es ja egal, Mutter war ihr immer egal, das war nie anders. Mir reicht es jetzt. Ich hab mir immer alles gefallen lassen, aber jetzt ist Schluss, Hühner, das sag ich euch.«

Und so weiter und so weiter. Wir hatten keine Ahnung, womit genau Schluss sein sollte, aber wir konnten sehen, wie sie sich in ihre Rede hineinsteigerte. Am Ende setzte sie sich auf einen Strohballen und heulte. Wie Regentropfen fielen Tränen in den Mulch, sodass Amy und ich es gar nicht mit ansehen konnten und uns als Zeichen der Solidarität so dicht wie noch nie in ihrer Nähe ablegten. Die Sundheimer, diese Streber, setzten sogar noch eins drauf: Sie drückten sich an He-Lenes Beine und ließen sich zum ersten Mal von ihr streicheln.

Daraufhin heulte sie nur noch mehr. »Meine lieben Hühner! Wenn ich euch nicht hätte.«

Das Fenster an der Hausrückseite flog auf, Hilde lehnte sich heraus und trompetete: »Dr. Papenburg sagt, ohne mein Einverständnis darfst du hier nichts verändern. Da hast du's!«

»Das wollen wir erst mal sehen!«, schrie He-Lene und schleuderte ihren Spaten auf den Boden wie einen Fehdehandschuh.

Das Fenster knallte zu, dass die Scheibe nur so klirrte.

Hilde ließ sogar das Rollo herunterkrachen, obwohl noch helllichter Tag war. He-Lenes Tränen versiegten auf der Stelle, sie hob den Spaten wieder auf und stach ihn in die Erde.

»Na, die wird sich wundern! Kennenlernen wird sie mich«, grummelte sie im Weiterschaufeln in immer neuen Varianten vor sich hin.

Amy, Susi und Heidi sahen mich groß an.

»Bleibt entspannt, Schwestern«, beruhigte ich sie. »Das ist nichts als ein fremder Rangordnungskampf. Hauptsache, sie haben kapiert, dass wir in den Garten wollen.«

Woraufhin die Sundheimer wortlos aufstanden und zwei Portionen stinkenden Durchfall in den Mulch furzten. Puh! Wenn Sie sensible Hühner lieben – das ist Ihre Rasse.

»Unfriede belaschtet unsereiner«, entschuldigte sich Heidi, während wir eilig den Platz wechselten und He-Lene Eimer und Kotschaufel holte.

Dabei warf Amy mir einen Blick zu, der nur für mich bestimmt war. »Deine einzige echte Schwester *ist* entspannt!«, sagte sie warnend.

5

Nie würde Helene den Augenblick vor zweieinhalb Jahren vergessen, als sie die Schublade des Sekretärs geöffnet, mit der linken Hand die beiden oberen Mappen angehoben und mit der rechten nach der dritten, der gelben Mappe gegriffen hatte, die seit fast einem Jahrzehnt an genau dieser Stelle lag. Einsortiert nach der erwarteten Reihenfolge des Gebrauchs – zuoberst die Vorsorgevollmacht, darunter die graue Mappe des Bestattungsunternehmens, an dritter Stelle das handschriftliche Testament und ganz unten die Adressen derjenigen, die nach Mutters Tod zu benachrichtigen sein würden. Diese vierte Mappe hatten Mutter und sie im Laufe der Jahre am häufigsten zur Hand genommen, so viele Namen mussten sie streichen. Mutter war älter geworden als alle ihre Freundinnen, auch wenn sie sich, als sie dazu noch in der Lage gewesen war, von ganzem Herzen etwas anderes gewünscht hatte. Eine brutalere Krankheit als Alzheimer konnte es nicht geben.

Helene erinnerte sich, als wäre es gestern gewesen, auch an den heißen Schreck, der sie durchfahren hatte, als sie die gelbe Mappe aufklappte und das einzelne, mit Mutters winziger Handschrift bedeckte Blatt nicht an seinem Platz lag. War ihr in diesem allerersten Augenblick schon klar gewesen, dass sie es nicht mehr finden würde? Das Blatt war nicht da. Nicht versehentlich in die blaue Mappe geraten, auch nicht in eine der beiden anderen, nein, es war einfach nicht mehr da.

Der Inhalt sämtlicher Schubladen, aufgetürmt auf dem Fußboden neben ihr, das war ein weiteres überdeutliches Bild, das sie von dem Nachmittag vor Augen hatte. Knöpfe,

Gürtel, Einlegesohlen – Mutter hatte nichts weggeworfen. Fotos, Ansichtskarten, Ratgeberseiten aus der Apotheker- und Rezepte aus der Fernsehzeitung. Kreuzworträtsel aus der »BZ«, die Mutter erst gelöst und dann nur noch gesammelt hatte, weil sie glaubte, es würde ihr, wenn die Therapie anschlug, ja alles irgendwann wieder einfallen. Rechnungen des Pflegedienstes, der Physiotherapeutin, der Logopädin. Mutters Leben. Ihr Leben mit Mutter.

Es war Ende Oktober, und das Zimmer, in dem ihre Mutter zwei Wochen zuvor verstorben war, ungeheizt. Helene fühlte sich noch längst nicht wieder bereit, es zu betreten. Den Blick von der leeren Stelle am Fenster abgewandt, neben dem das Pflegebett gestanden hatte, wollte sie blitzschnell die Mappe aus der Schublade nehmen und zurück in die Küche gehen, wo auf dem Esstisch all die Papiere und To-do-Listen ausgebreitet lagen, die man ausfüllen und abarbeiten musste, um einen Menschen aus dem Leben abzumelden. Die Kälte war tief in sie gekrochen, als sie vor den aufgerissenen Schubladen auf dem Fußboden saß – die Kälte und der Schock und die Denkblockade, diese gnädige Sperre im Kopf, welche die Vorstellung, was auf sie zukam, wenn sie die Mappe nicht fand, noch nicht zulassen wollte.

Ganz ruhig. Wer konnte das Testament genommen haben? Der Pflegedienst? Ausgeschlossen. Die Palliativpfleger, die während der letzten Monate täglich zu ihnen gekommen waren, waren eine solche Stütze gewesen, dass Helene beschlossen hatte, sie in ihrem eigenen Testament zu bedenken. Sie hätte schon jetzt gern großzügig gegeben, sie wusste, dass der Hospizdienst das von den Angehörigen erwartete, aber das Barvermögen war nach fünf Jahren schwerer Alzheimer-Krankheit aufgebraucht, es gab nichts weiter als das Haus und etwas Schmuck im Banksafe.

Überhaupt: Was hätten die Pfleger, was hätte irgendjemand davon, das Testament an sich zu nehmen? Außer Hilde natürlich, aber die war ebenfalls unverdächtig. Hundertzwanzig Quadratmeter sanierter Stuckaltbau, mitten im Wilmersdorfer Kiez, fußläufig zu Ärzten, Cafés, den Feinkostgeschäften Lindner und Rogacki – Helenes Schwester hatte zwanzig Jahre einer freudlosen Ehe ausgesessen, um dieses Schmuckstück von einer Wohnung nebst einer üppigen Witwenpension zu besitzen; sie war die Letzte, die mit dem Haus etwas anfangen konnte.

Halt. War die Mappe vielleicht bei den Unterlagen dabei gewesen, die Dr. Papenburg mitgenommen hatte? Eine jähe, überwältigende Erleichterung ergriff von Helene Besitz. Ja, natürlich!

»Hallo, Herr Dr. Papenburg, Helene Faber hier. Bitte rufen Sie mich doch zurück. Ich glaube, ich habe Ihnen das Testament meiner Mutter schon mitgegeben, nicht wahr? Nicht wahr?«

Am nächsten Tag saß ihr der Anwalt persönlich gegenüber, mit kummervollem, zerknittertem Gesicht; er war weit über siebzig, im Ruhestand und kümmerte sich aus reiner Menschenliebe noch um einige wenige hochbetagte Klienten, denen ein Wechsel nicht mehr zuzumuten war.

»Ich hab ihr immer gesagt, hinterlegen Sie es doch bitte, dann kann gar nichts passieren. Aber Sie wissen ja selbst …«

Helene nickte. Sie fühlte sich wie betäubt. Mutter hatte in schöner Regelmäßigkeit kleinere Details ihres Testaments geändert und jedes Mal dafür zahlen müssen, bis sie irgendwann in der »BZ« gelesen hatte, dass ein handschriftliches Dokument ausreichte, sofern es bestimmte Formalien erfüllte. Das hätte beinahe einen Bruch mit Dr. Papenburg zur Folge gehabt, der ihr die Information vorenthalten hatte.

»Der Witz ist«, sagte Helene matt, obwohl sie keinerlei Grund zu lachen hatte, möglicherweise nie wieder haben würde, »dass sie nie wieder etwas geändert hat, nachdem sie das Testament einmal per Hand geschrieben hatte. Es war ihr einfach zu mühselig.«

Sie sah den Anwalt eindringlich an. »Sie haben den Inhalt gesehen. Sie wissen, was sie wollte. Sie haben sie beraten, wie sie es schreiben muss.«

»Ja, und ich erinnere mich sehr gut. Das Haus sollte an Sie gehen, der Schmuck und ein Pflichtteil an Ihre Schwester.«

»Von dem Schmuck ist noch alles da.«

»Ich brauche dennoch etwas Schriftliches, Frau Faber, selbst wenn ich mich persönlich erinnere. Sind Sie sicher, dass Sie wirklich überall nachgesehen haben?«

»Ich könnte vielleicht noch … Aber wozu …? Es lag immer in dieser Mappe, es war nie woanders!«

»Ihre Mutter war stark dement. Sie könnte es überall abgelegt haben.«

»Meine Mutter konnte die letzten zwei Jahre nicht mehr allein aufstehen. Und die Mappe lag die ganze Zeit in der Schublade, ich habe sie jedes Mal dort gesehen, wenn ich die Adressmappe oder die Vorsorgevollmacht herausgenommen habe. Die haben wir ganz oft gebraucht, und immer, immer lag die gelbe Mappe da!«

»Aber wann«, Dr. Papenburg sah Helene eindringlich an, »haben Sie das Testament zuletzt *in* der Mappe gesehen? Vielleicht lag es schon länger nicht mehr darin. Vielleicht …« Er zögerte einen Augenblick. »Vielleicht hatte Ihre Mutter es sich doch noch einmal anders überlegt. Und weil es ihr zu mühselig war, alles neu zu schreiben, hat sie das Blatt einfach entsorgt.«

»Warum sollte sie?«, rief Helene. »Sie hat immer gesagt, wer sich um sie kümmert, bekommt das Haus. Und es war klar, dass das nur ich sein konnte, denn meine Mutter und Hilde … Nie hätte sie das tun können, was ich in den letzten Jahren getan habe, Herr Dr. Papenburg. Verstehen Sie mich nicht falsch, ich mache meiner Schwester keine Vorwürfe. Mutter hätte gar nicht von ihr versorgt werden wollen. So eine Beziehung hatten die beiden nicht.«

»Ich weiß. Ich kenne Ihre Familie schon lange. Und glauben Sie mir, es tut mir aufrichtig leid, nichts für Sie tun zu können, solange das handschriftliche Testament, das wir beide damals gesehen haben, nicht auftaucht.«

»Was … was passiert denn, wenn es nicht auftaucht?«

Helene hatte eigentlich nicht fragen wollen. Sie fühlte sich außerstande, die Antwort zu ertragen; sie bedauerte ihre Frage, noch bevor sie sie ausgesprochen hatte.

»Das vorherige notarielle Testament tritt in Kraft«, sagte Dr. Papenburg wie befürchtet. »Sie und Ihre Schwester erben zu gleichen Teilen.«

»Und ich muss sie auszahlen, wenn ich mein Zuhause nicht verlieren will.«

»Das ist korrekt.«

»Das ist absurd! Meine Schwester ist reich. Ich habe nichts, was ich ihr geben könnte, ich habe all die Jahre vom Pflegegeld gelebt. Ich bin völlig raus aus meiner Branche, ich kenne niemanden mehr, ich kann froh sein, wenn ich überhaupt jemals wieder einen Auftrag als Übersetzerin bekomme.«

»Wie wollen Sie das Haus denn dann unterhalten?«, fragte Dr. Papenburg.

»Ich möchte das obere Stockwerk vermieten«, erklärte Helene. »Die Räume, in denen ich anfangs gewohnt habe und später die Polinnen, die mir bei der Pflege geholfen haben – wenn Mutter sie gelassen hat.«

»Ich erinnere mich. Ihre Mutter wollte nicht von Fremden gepflegt werden.«

»Die Wohnung zu vermieten, bringt tausend Euro im Monat, man kann das im Internet ausrechnen«, trumpfte Helene auf.

Dr. Papenburg beugte sich vor. »Weiß Ihre Schwester eigentlich von dem handschriftlichen Testament? Haben Sie je darüber gesprochen?«

»Nein«, bekannte Helene und sah die Frage nach dem Warum über dem Anwalt schweben. Es war keine Frage, die sie Lust hatte zu beantworten. Nach kurzem innerem Kampf bekannte sie schließlich doch: »Ich habe das Thema nicht angesprochen, weil ich Streit befürchtete … Nein, nicht befürchtete, sagen wir, ich habe Streit nicht ausgeschlossen. Ich habe einfach gehofft, dass der Schmuck so viel wert ist, dass Hilde sich nicht benachteiligt fühlt.«

»Diese Hoffnung muss ich Ihnen leider nehmen.«

Helene nickte. Offen gestanden hatte sie nie ernsthaft geglaubt, dass ein Milliönchen im Schließfach lag. Sie hatte das Thema schlicht verdrängt, wohl wissend, dass es ihr eines Tages auf die Füße fallen würde.

Aber war ihr das etwa vorzuwerfen? Sie hatte genug tägliche Probleme zu bewältigen gehabt, wer sollte da noch Nerven für Konflikte mit Hilde haben! Das schwindende Barvermögen war leider eins dieser Probleme gewesen. Mutter war, wenn man sich den Gedanken erlaubte, im letzten Augenblick gestorben. Ihre Pflege hatte seit Jahren mehr gekostet, als sie an Rente und Unterstützung von der Kasse bezog, und Helene hatte unzählige Stunden damit zugebracht, zu rechnen und Auswege zu ersinnen, damit sie nicht ihr Zuhause verlor, wenn die Ersparnisse aufgebraucht waren. Und nun, wo endlich Ruhe einkehren könnte …

»Dann verkaufen wir eben. Ich kann nicht mehr«, brach es aus ihr hervor.

»Bewahren Sie Ruhe«, riet Dr. Papenburg. »Vielleicht taucht das Testament ja wieder auf.«

»Das glaub ich nicht. Bestimmt hat Hilde es zufällig gefunden und vernichtet. Einfach aus Prinzip.«

»Versuchen Sie, niemanden zu beschuldigen, schon gar nicht ohne Beweise. Es kann andere Ursachen haben.«

»Aber dann war es vielleicht wirklich Mutter«, flüsterte Helene, und Dr. Papenburg sagte nichts, was Antwort genug war.

Sie war überzeugt, dass ihre Gedächtnisprobleme in jenem Moment ihren Anfang genommen hatten: mit dem Schock über Mutters Verrat und den verzweifelten Gedankenschleifen, die ihr Gehirn von da an unentwegt produzierte. Hilde gegenüber hatte sie sich nichts anmerken lassen, doch nachts wurde jedes ungesagte Wort zu einem schwindelerregenden Wirbel aus Wut, Trauer und Ohnmacht, bis sie es nicht mehr aushielt, aufstand und von Neuem zu suchen begann. Die Bücher, die Zeitschriften, die sie fürs Altpapier aussortiert hatte – vielleicht lag das verdammte Blatt dazwischen?

Es half nichts. Mutter hatte sie im Stich gelassen, und das konnte nur in der Zeit passiert sein, als die alte Dame noch beweglich genug gewesen war, um das Testament an sich zu nehmen und auf so raffinierte Weise zu beseitigen, dass Helene keinen Verdacht schöpfte. Dr. Papenburg hatte recht, das Papier hatte wahrscheinlich seit Jahren nicht mehr an seinem Platz gelegen. Und das hieß, dass alles vergebens gewesen war. Die Jahre der Aufopferung – ein Hohn, ein furchtbarer Betrug. Helene konnte nicht fassen, was ihre Mutter ihr angetan hatte.

Alles, was danach passiert war, empfand sie beinahe als folgerichtig. Mitunter bereitete es ihr sogar ein bitteres Vergnügen, Mutter im Stillen zu fragen: »Na, hast du dir das so gedacht?«

In den Wochen nach Mutters Tod hatten sie und Hilde sich so häufig gesehen wie nie. Die Besuche ihrer Schwester waren selten gewesen; sie hatte Helene ab und zu für einige Stunden vertreten, wenn diese einen Arzttermin gehabt hatte, ansonsten war sie höchstens alle zwei, drei Monate mit Kuchen und einer Packung frisch gemahlenem Kaffee ihrer bevorzugten Sorte vorbeigekommen, auf die sie auch bei ihrer Stippvisite nicht verzichten wollte.

Nun jedoch rückte ihre Schwester in Arbeitskleidung an und war tatsächlich bereit, beim Ausräumen von Mutters gehorteten Habseligkeiten zu helfen. Suchte auch sie nach etwas Bestimmtem? Oder lauerte sie auf eine verräterische Reaktion von ihr, die zeigte, dass sie wusste, dass ihre Schwester das Testament an sich genommen hatte? Helene beobachtete Hilde genau, aber sie konnte nichts Auffälliges erkennen. Im Gegenteil, je länger sie ihr zusah, desto sicherer war sie, dass ihre Schwester nichts mit dem Verschwinden des Testaments zu tun hatte. Denn eins war praktisch unmöglich: dass Hilde es gefunden und darüber geschwiegen haben könnte. Hilde war zutiefst überzeugt, zeit ihres Lebens Helene gegenüber benachteiligt worden zu sein, es war ihr großes Thema, das anfallartig bei jeder noch so kleinen Meinungsverschiedenheit auf den Tisch kam. Hätte Hilde von dem Testament gewusst, wäre mit Sicherheit schon eine Bemerkung gefallen. Mindestens.

»Nimm mit, was du möchtest, Lenchen«, forderte ihre Schwester sie auf. »Den Fernseher, die Stereoanlage, die Waschmaschine … Ich brauche nichts.«

Offen gestanden war Helene ohnehin davon ausgegangen, dass sie die abgenutzten Dinge behalten durfte, die sie und Mutter in den letzten Jahren gemeinsam verwendet hatten. Dass Hilde sie eigens dazu einlud, konnte nur bedeuten, dass keinerlei Großzügigkeit zu erwarten war, wenn es um Haus und Grundstück ging.

Noch am selben Abend schrieb sie eine Mail an ihre alte Genossenschaft – welch kluge Entscheidung, die Mitgliedschaft nie aufgegeben zu haben! – und bat darum, wieder in den Verteiler für Wohnungsangebote aufgenommen zu werden. Sie würde ohne Zögern zugreifen, sobald eine Wohnung in ihrer alten Straße frei wurde. Eine hübsche, bezahlbare kleine Wohnung mit einer Wohnküche, in der ihr geliebtes Küchensofa Platz finden würde. Ein parkähnlicher Hinterhof. Nette, größtenteils ältere Mieter, von denen sie etliche noch kannte, zumal sie immer noch auf dem Markt einkaufte, der einmal pro Woche dort stattfand.

Sie reaktivierte auch ihren Bibliotheksausweis und entlieh Ratgeber über Lebenskrisen, schrieb wichtige Erkenntnisse auf Karteikarten: »Wenn du eine Sache nicht ändern kannst, ändere deine Einstellung.« Vorübergehend wurde sie von einer Kaffee- zur Teetrinkerin, nachdem ihr Blick im Supermarkt rein zufällig auf spezielle Mischungen für »Gute Laune«, »Klaren Kopf« und »Positive Energie« gefallen war.

Tagsüber spürte sie, dass sie eine kluge Frau war, die sich zu helfen wusste. Nachts stürzten wirre Gedanken sie ins Chaos, und nach wenigen Stunden Schlaf erwachte sie in dem Wissen: Helene, du hast Schaden genommen. Das wird nie wieder gut.

»Nach Spandau ziehen? Du meinst hierher, ins Haus? Und deine schöne Wohnung?«

Hilde saß ihr lächelnd gegenüber. Sie hatte Kuchen von Lindner und anstelle des Kaffees eine Flasche Sekt mitgebracht, als gäbe es etwas zu feiern.

»Ich habe spaßeshalber einen Makler angerufen. Weißt du, wie viel Miete ich für meine Wohnung kriegen würde?«

Helene sah sie stumm an und wartete darauf, dass Hilde sich selbst die Antwort gab.

»Tausendsechshundert Euro *kalt*, Helene! Und der Mietspiegel wird weiter steigen, sodass man spätestens nach drei

Jahren anpassen kann. Tja, beste Lage, sag ich nur. Das haben wir damals richtig gemacht, der Harald und ich. Na, was sagst du?«

»Ich bin … überrascht«, brachte Helene stockend heraus. »Du wohnst barrierefrei, bist in ein paar Schritten überall. Sämtliche Annehmlichkeiten liegen direkt vor deiner Haustür. Du hast immer gesagt, wir wohnen hier weitab von allem, was Berlin ausmacht …«

»Mein Geld wird für ein Taxi reichen. Und barrierefrei wohne ich hier auch. Das Bad, die Rampe, alles ist doch schon für Mutter eingerichtet worden.«

Helene wunderte sich über die Ruhe in ihrer Stimme, als sie nachfragte: »Aha, du möchtest zu mir ins Erdgeschoss ziehen?«

»Nein, nein, nicht zu dir! Also das geht nun wirklich nicht, das passt weder zu mir noch zu dir, Lenchen. Ich ziehe unten ein und du oben. Du bist jünger, du hast gesunde Knochen und kannst Treppen steigen. Du brauchst dich auch nicht darum zu kümmern, deine Sachen nach oben zu tragen. Dafür bezahle ich selbstverständlich Umzugshelfer.«

Eins musste Helene sich selbst zugutehalten: Unter akutem Schock reagierte sie stets besonnen. Wenn der Boden unter ihr wegbrach, kam sie immer auf der einen Planke zu stehen, die noch ein paar Minuten standhielt. »Ich sehe, du hast dir alles gut überlegt.«

»Im Gegensatz zu dir, nehme ich an.«

Da war er, der erste Schuss gegen den Bug, auf den Helene schon gewartet hatte.

»Du lässt wieder alles einfach laufen, stimmt's? Kein Plan, kein Ziel, wie immer.«

»Da irrst du dich. Ich bin immer noch Genossenschaftsmitglied. Ich habe sogar schon einen Besichtigungstermin für eine Wohnung.«

Das war glatt gelogen. Hilde hob die Brauen. »Eine Genossenschaftswohnung? Du erwartest, von mir ausgezahlt zu werden?«

Nun klappte Helene doch der Mund auf. »Natürlich nicht. Woher sollte ich wissen, dass du hier einziehen willst? Bis vor einer Minute bin ich davon ausgegangen, dass wir das Haus verkaufen müssen.«

»Nun, dann dürfte das ja eine wunderbare Nachricht für dich sein. Ich ziehe ein, das ist mein Ernst. Und jetzt hol doch endlich mal die Sektgläser. Auf die Zukunft, Lenchen!«

Zukunft. Kein Verlust des Hauses, des geliebten Gartens. Wochenlang umsonst gegrübelt. Helene setzte das Sektglas an die Lippen, ließ das eiskalte, etwas zu saure Getränk ihre Kehle hinunterperlen und wartete vergeblich darauf, dass mit dem Alkohol ein Gefühl der Entspannung einsickerte. Aber dazu hätte es wahrscheinlich einen Schnaps gebraucht.

»Wann, denkst du denn …?«

»Kommt drauf an«, erwiderte Hilde wie aus der Pistole geschossen. »Wie schnell kannst du hier raus sein?«

Und genauso fühlt es sich seitdem an, dachte Helene bitter: *Raus!*

Ihr neues Leben hatte noch am selben Nachmittag begonnen. Zusammen waren sie durch die Erdgeschosswohnung gegangen, Zimmer für Zimmer, und Hilde hatte akribisch sämtliche Gegenstände aufgelistet, die Helene »entnehmen« wollte – so als wäre sie hier bereits die Herrin, die über jedes noch so abgenutzte alte Stück allein entscheiden konnte. Und als reichte diese Demütigung nicht, legte Hilde ausgerechnet bei Helenes geliebtem Küchensofa ihr Veto ein. Dem Sofa, auf dem sie frühstückte, Zeitung las, telefonierte, *lebte.*

»Das Sofa gehört in diese Küche, das kannst du doch oben gar nicht hinstellen«, meinte Hilde.

»Natürlich kann ich es hinstellen! Es passt perfekt unter

die Dachschräge, und da habe ich dann auch viel Licht zum Lesen.«

»Das Sofa bleibt, wo es ist. Es kommt hier viel besser zur Geltung. Du kannst das alte Schlafsofa von Harald haben, das passt auch unter deine Dachschräge.«

In Helene zerriss etwas bei diesen Worten. So sollte ihre Zukunft aussehen?

Gegen Hildes Kaltherzigkeit hatte sie sich noch nie zur Wehr setzen können. »Du bist einfach zu nett«, sagte ihre Freundin Ingeborg häufig, und sie sagte es mit einem mitfühlenden Unterton, denn Helene fehlte jegliches Instrumentarium, sich Respekt zu verschaffen, wenn jemand *nicht nett* war. Ihre einzige Option war, solchen Menschen aus dem Weg zu gehen.

Menschen wie Hilde. Unmöglich konnten sie zusammenleben!

Es blieb eine Erkenntnis ohne Konsequenz. Immer wieder würde Helene nach Hildes Einzug zu dem Schluss kommen, dass es so nicht weiterging; sie würde sich an den Schreibtisch setzen und ihre verdammten Listen schreiben. In der linken Spalte die Klagen gegen Hilde, rechts die Gründe, die fürs »Weiter so« sprachen. Die linke Spalte würde stets deutlich länger ausfallen als die rechte. Und dennoch würde alles bleiben, wie es war.

Helene fehlte schlicht das Geld, um auszuziehen und sich wieder auf eigene Füße zu stellen. Sogar in der Genossenschaft war es mittlerweile fast unmöglich, eine Wohnung zu ergattern, und selbst wenn: Niemals würde Hilde sie freiwillig auszahlen. Sie würde es auf einen Rechtsstreit ankommen lassen, und wovon sollte Helene in der Zeit leben? Ihre Rente reichte kaum für das Nötigste, geschweige denn die Anwaltskosten, und was freiberufliche Aufträge anging, war es genauso gekommen, wie sie vorausgesehen hatte. Auf eine alte Übersetzerin hatte in den Verlagen niemand gewartet, selbst die Sprache war inzwischen eine andere!

Sie saß in der Falle, und Hilde wusste das nur zu gut. Nie ließ ihre Schwester sie vergessen, an wessen Leine sie hing. Eine verdammt kurze Leine war es noch dazu. Wenn Hilde im Winter nach Mallorca, Teneriffa oder ins Wellnesshotel nach Sylt reiste, atmete Helene für einige Wochen Freiheit. Nur um bei ihrer Rückkehr die eigene Abhängigkeit umso schmerzlicher zu erkennen.

»Wie sieht's denn hier aus? Hast du etwa meine Blumen nicht gegossen?«

»Diese Blumen gehen ein, weil es in deiner Wohnung zu dunkel ist. Sie brauchen im Winter einen anderen Standort. Ich kann sie gern bis zum Frühjahr unter meine Dachfenster stellen.«

»Quatsch. Die kann man nur noch wegwerfen. Kauf dir deine eigenen Blumen.«

Eine Stunde später holte Helene die armen Pflanzen dann aus dem Müll, obwohl Hilde am Fenster stand und sie beobachtete.

Na, Mutter, hast du dir das so vorgestellt?, fragte sie sich dabei stumm.

»Halte durch. Sie ist älter als du und alles andere als fit. Wenn sie stirbt, erbst du alles«, meinte die pragmatisch veranlagte Ingeborg. »Dann kannst du tun, was du willst.«

Mehr als zwei Jahre hielt Helene nun schon durch, aus Lenchen war irgendwann »He, Lene!« geworden. Sie war über siebzig. Wie lange blieb ihr denn noch, um auf ein besseres Leben zu warten? Predigte nicht jeder Lebenshilferatgeber: *Die beste Zeit, zu beginnen, ist jetzt?*

Die Hühner waren, so gesehen, ein erster Schritt. Die Tiere taten ihr gut, sie stand morgens mit einer Lebensfreude auf, die sie lange nicht mehr verspürt hatte. Dass Hilde sie auch hier auszubremsen versuchte, überraschte sie nicht, überraschend war nur die Wut, die sie mit einem Mal empfand. Überraschend … und sehr, sehr befriedigend. Denn sie erkannte, dass sie bereit war. Endlich bereit, etwas zu ändern.

Bis zu diesem Tag hatte sie sich alles gefallen lassen.

Bis. Zu. Genau. Diesem. Tag.

6

Ein riesiges, offenbar sehr schweres Paket wurde geliefert. Hilde, die auf der Terrasse Zeitung las, blickte flüchtig auf, als sie den gelben Wagen in der Einfahrt halten sah; da sie nichts bestellt hatte, nahm sie an, dass der Fahrer zu einem Nachbarn wollte.

Doch der Mann öffnete das Gartentor und begann, das Paket mit einer Sackkarre aufs Grundstück zu rollen. Unmöglich konnte er derjenige sein, der sie üblicherweise belieferte – ihr Paketbote wusste, dass sie keine Sendungen für die Nachbarn annahm. Hilde seufzte und stand auf, um den Mann aufzuhalten, bevor er womöglich auf die Idee kam, das sperrige Ding die Terrassentreppe hochzuwuchten.

Überhaupt: Wie kam der Mensch eigentlich dazu, ihr Grundstück zu betreten, ohne auch nur zu klingeln? Auch das hätte der übliche Bote nie getan.

Aber als der Mann näher kam und grüßte, erkannte sie erstaunt, dass es sich um den vertrauten Fahrer handelte – und dass er doch geklingelt haben musste, wenngleich nicht bei ihr. Helene eilte bereits zur Tür, und Hilde seufzte ein weiteres Mal. Ihre Schwester gehörte zu den Wirrköpfen, die Paketboten entgegenrannten und ihnen die Last auf halbem Wege abnahmen. Dass sie in den Paketboten damit Erwartungen weckte, alle ihre Kunden könnten doch eigentlich selber schleppen, quasi als Service an *ihnen*, begriff sie einfach nicht. Menschen wie Helene waren schuld, dass Paketboten zunehmend dazu übergingen, ihre Ladung einfach über den Zaun zu werfen. Oder gar nicht erst anzuhalten und die Lieferung stattdessen in der winzigen Filiale in der Wasserstadt abzugeben, wo man nie einen Parkplatz fand.

Missmutig beobachtete Hilde, wie der Paketbote seine Sackkarre hinter Helene her in Richtung Hühnerstall schob.

»Ach nee, ihr habt Hühner? Dit is ja doll. Da kann ick euch Tipps jeben«, hörte sie ihn sagen. Und Zeit für eine Besichtigung hatte er offenbar auch, obwohl es doch ständig hieß, diese Fahrer stünden stets unter fürchterlichem Druck.

Es dauerte einige Minuten, bis Helene und der Bote wieder auftauchten und Hilde den Faden der Unterhaltung von Neuem auffing.

»… und imma schön jeden Tach dit Netz kontrollieren, wejen der Waschbärn, un nicht vajessen zu kieken, ob der Fuchs vielleicht schon irjendwo anjefangen hat zu buddeln.«

»Dit mach ick, danke!« Wie immer, wenn ihr Gesprächspartner berlinerte, verfiel auch Helene in Dialekt. »Wennse wolln, kommse jern wieder rum, ab August hamwa ooch Eier.«

»Superjern. Ick bin der Fredi.«

»Un ick die Helene.«

Hilde gab dem Fredi genau eine Minute, das Grundstück zu verlassen. Dann rauschte sie hinters Haus, wo Helene begonnen hatte, den Inhalt des fast mannshohen Kartons auszupacken. Die vier Hühner standen hinterm Zaun wie Schlachtenbummler, gackerten und erweckten den bizarren Eindruck, als wüssten sie genau, was vor sich ging.

»He, Lene! Hör ich richtig, du bietest Fremden Eier an? Und was ist das überhaupt?«

»Das«, erwiderte Helene lächelnd, »ist ein Forstzaun.«

Sie hatte eine Seite des Kartons mit einem Teppichmesser aufgeschlitzt, nun riss sie die Pappe zur Seite und stemmte ein hässliches graues Ungetüm heraus: eine in Folie verpackte Zaunrolle.

»Moment. Stopp!«, protestierte Hilde.

»Das wird ein mobiler Auslauf. Mit Metallstäben hab ich ihn ruckzuck abgesteckt«, fuhr Helene ungerührt fort, ließ den Zaun auf den Boden fallen und rollte ihn vor das Stapelholz. »Die Stäbe zum Aufstellen kommen noch, die musste ich leider woanders ordern. Willst du sehen, wo der Zaun stehen wird, oder lässt du dich überraschen?«

»Was fällt dir ein? Wir hatten abgemacht …«, begann Hilde.

»Nichts haben wir abgemacht. Ich komme dir entgegen, Hilde, ich zäune nur das kleine Stück Garten neben dem Haus ein. Erheblich weniger, als mir zusteht. Niemand kann die Hühner von der Straße aus sehen, weil die Garage davorsteht, und du wirst sie auch nicht sehen, solange du auf deiner Terrasse bleibst.«

»Spinnst du? Natürlich gehe ich in den Garten! Und dann sehe ich die Hühner.«

»Dann kiek halt weg«, sagte Helene schulterzuckend, betrat die Voliere und sperrte hinter sich zu. Durch den Zaun starrten sie einander an. Helenes Augen waren kalt.

Hilde wandte sich ab und humpelte wortlos zurück zum Haus. Auf dem Weg zückte sie ihr Handy, damit Helene sehen konnte, dass sie Dr. Papenburg anrief.

Fassungslos verfolgte sie etwas später durch das Fenster, wie Helene das Areal neben dem Haus abschritt, das sie für die Hühner zu konfiszieren gedachte. Sie wunderte sich selbst, wie tief dieser Umstand sie verstörte – obwohl Dr. Papenburg ihr gerade eben noch bestätigt hatte, dass es so nicht ging. Es gab keinen Grund, sich aufzuregen, zumindest nicht für sie. Sie war im Recht.

Das Schockierende, stellte Hilde fest, war Helenes Entschlossenheit, sich dem Recht entgegenzustellen. Sie schien es wahrhaftig auf einen Streit ankommen lassen zu wollen. Verließ sie sich darauf, dass sie, Hilde, schon nicht so weit gehen würde, die Auseinandersetzung notfalls vor Gericht auszutragen?

Wenn sie ehrlich war, scheute Hilde in der Tat vor dieser Peinlichkeit zurück; die Vorstellung, Helene in einem Gerichtssaal gegenüberzusitzen, war schauerlich. Mit etwas Pech landeten sie auf diese Weise sogar in der BZ: *Schwestern streiten um Hühnerzaun!* Sie würde sich vor Scham nicht mehr vom Grundstück trauen – dem Grundstück, vor dem die Leute bei solchen Schlagzeilen dann natürlich erst recht stehen blieben und guckten und tuschelten.

Doch durch die Lieferung dieses hässlichen Zauns waren Fakten geschaffen worden, die Hilde gar keine andere Möglichkeit ließen, als zu reagieren. Auf dem Blatt Papier, auf dem sie Dr. Papenburgs erste Einschätzung hastig mitgeschrieben hatte, stand unter anderem das Stichwort »stillschweigende Duldung«, und je länger sie auf diese Zusammensetzung provokanter Substantive starrte, desto aufgebrachter wurde sie. Als ob es in ihrem Leben nicht schon genug Stille, Schweigen und Dulden gegeben hätte!

Sie hatte schweigend geduldet, mit zehn ins Internat nach Scharfenberg abgeschoben zu werden – nicht ahnend, dass eine wunderbare Zeit vor ihr lag, verglichen mit den Jahren zu Hause nach *dem Zwischenfall.* Sie hatte sich wohlgefühlt auf der Schulfarm, hatte neue, unvoreingenommene Freundinnen gefunden. Aber wochenends und in den Ferien musste sie dieses glücklichere Zuhause stets wieder verlassen, dann kehrte sie in ein Leben zurück, in dem sie sich wie ein ungebetener Gast fühlte. Die Zeit zwischen den Mahlzeiten verbrachte sie meist in ihrem Zimmer und las, und niemand schien sie zu vermissen oder sich auch nur zu erinnern, dass, ach ja, Hilde auch mal wieder für ein paar Tage da war.

Sie hatte schweigend geduldet, dass ihre Eltern Helene ein Studium finanzierten – und auch dann noch weiterzahlten, als Helene nach zwei Jahren abbrach, das Fach wechselte und von vorn anfing. Sie selbst hatte nicht studiert, sondern eine solide Ausbildung zur Bürokauffrau gemacht, früh eigenes Geld verdient und sich ihren Chef geangelt. Aber hatte sie je Anerkennung dafür bekommen? Nichts, was mit der großen Feier von Helenes Magisterabschluss in Romanistik vergleichbar gewesen wäre – einem Abschluss, der Helenes Lebensunterhalt nicht sicherte, so viel stand fest. Sie hangelte sich von einem befristeten Job zum nächsten, bevor sie sich zur Freiberuflerin erklärte und fast gar keine Rentenpunkte mehr sammelte. Sie und Harald hatten Helenes Altersarmut immer kommen sehen. Aber auch dazu: kein Wort zu den Eltern.

Sie hatte nach Papas Tod zutiefst erschüttert, aber schweigend geduldet, dass der Pfarrer bei der Trauerfeier das innige Familienleben von Heinrich, Elisabeth und Helene beschrieb. Sie, Hilde, kam vor mit dem Satz: »Die älteste Tochter Hildegard war eine Stütze aus der Ferne und immer da, wenn man sie brauchte.«

Und die Stille, die über sie gefallen war, als Mama und Helene ihr einige Monate später stolz das Haus zeigten – nur wenige Straßen entfernt von dem Reihenhäuschen, in dem sie beide aufgewachsen waren –, konnte sie in der Erinnerung noch beinahe körperlich spüren.

»Helene wird oben einziehen und für mich sorgen, wenn ich es nicht mehr allein schaffe«, hatte Mama in einem Tonfall verkündet, als könnte sie ihre kommende Hilflosigkeit kaum erwarten. Sie zückte einen Schlüssel und sperrte das Vorhängeschloss am Gartentor auf.

»Moment«, brachte Hilde heraus, »du hast es schon gekauft?«

»Ja, was denkst denn du? Da muss man schnell zugreifen, so ein Haus kommt normalerweise gar nicht auf den Markt«, erwiderte Mama und durchquerte mit Besitzerstolz den großen, verwilderten Garten auf dem Weg zur Haustür.

»Eine Bekannte von mir hat hier gewohnt, eine frühere Verlegerin«, erklärte Helene, als ob das irgendetwas rechtfertigte. »Sie ist jetzt im Betreuten Wohnen. Dass ich mich um die alte Dame kümmere, ist Teil der Abmachung.«

»Ohne Lenchen kein Haus«, bekräftigte Mama. »Sieh dir das an, Hildchen, ist das nicht wunderschön? Stell dir vor, wie es hier im Sommer grünt und blüht! Die Grundstücke ringsum sind fast alle mit zwei Häusern bebaut, aber wir haben diesen riesigen Garten ganz für uns.«

Wenn Mama sie »Hildchen« nannte, war sie in denkbar bester Stimmung. Oder wusste sie nur, wie schwach Hilde der selten gehörte Kosename machte?

Sie hätten fragen können. Sie hätten fragen *müssen*! Das Testament war noch nicht einmal eröffnet, wie konnte Mama ohne Rücksprache mit ihr einfach ein Haus kaufen?

Plötzlich, noch auf dem Weg zum Haus, kam Hilde der fürchterliche Verdacht, dass sie enterbt worden sein könnte – ein Schock, der ihr komplett die Sprache verschlug. Wusste Helene in dieser Hinsicht auch schon mehr als sie? Denkbar war das. Wieder einmal traf sie mit Wucht die Erkenntnis, dass sie außen vor war, kein gleichberechtigter Teil dieser Familie. Papa, der Einzige, der ab und zu Hildes Partei ergriffen hatte, war lange krank und in den letzten Jahren vollkommen von Mama abhängig gewesen. Gut möglich, dass er sich nicht mehr hatte wehren können und irgendetwas unterzeichnet hatte.

Das Haus – grau, Spitzdach, unspektakulär, mit einem kleinen Balkon, der wie eine Streichholzschachtel am ersten Stockwerk klebte – roch muffig, die Einrichtung stammte aus den siebziger Jahren, abgeschabte dunkle Teppichböden ließen das Erdgeschoss eng und dunkel wirken.

»Die und die und die Wand kommen raus.« Helene

durchquerte, mit beiden Händen zeigend, den schmalen Flur. »Dann ist an dieser Stelle Platz für einen Kamin, und es wird insgesamt noch etwas heller, wenn wir hier vier statt nur zwei Fenster haben.«

Wir, dachte Hilde wie betäubt.

»Na, was sagst du, Hildchen?«, fragte Mama beschwingt.

Eine Vielzahl möglicher Antworten drängte gleichzeitig in Hildes Kopf, sodass ein leichter Schwindel von ihr Besitz ergriff und sie sich mit einer Hand am Türrahmen abstützen musste. Dumpf, wie aus weiter Ferne, hörte sie sich nur ein einziges Wort sagen: »Glückwunsch.«

Das war vor zwölf Jahren gewesen, und nein, Hilde war im Testament nicht schlechter gestellt worden als Helene, denn beide Töchter waren aufs Pflichtteil gesetzt worden, und Mama erbte alles, nebst dem Bezugsrecht an der beträchtlichen Lebensversicherung. Einer der letzten Ratschläge von Hildes Ehemann Harald, bevor ein Herzinfarkt ihn dahinraffte, war gewesen, das Testament nicht anzufechten.

»Das willst du dir nicht antun«, sagte er. »Das hast du gar nicht nötig. Du wirst dein Erbe dann eben nach dem Tod deiner Mutter bekommen.«

»Wie will Mama denn die Renovierung finanzieren, wenn sie Helene und mich auszahlt?«, regte sich Hilde auf.

»Das ist eine Frage, die sie sich stellen muss, nicht du«, erwiderte Harald.

In den kommenden Monaten rechnete Hilde fest damit, dass Mama sie um Verzicht auf das Pflichtteil bitten würde. Sie hätte zugestimmt. Doch ihre Mutter verlor kein Wort darüber, das Geld ging auf dem Konto ein, und Hilde kam ein neuer, noch ungeheuerlicherer Verdacht. Denn ihre Schwester lebte weiter, als hätte sie nichts erhalten. Sie unternahm keine Weltreise, fuhr weiterhin ihr klappriges Auto, es gab keinerlei Anzeichen, dass sie mehr Geld ausgab als üblich.

Konnte es sein, dass Helene ihr Pflichtteil in die Renovierung des Hauses investiert hatte? Sicherte sie sich auf diese Weise heimlich Ansprüche auf das Erbe, die sie, Hilde, am Ende doch schlechter stellen würden?

»Mag sein, dass sie schlauer ist, als wir dachten«, gestand Harald ein.

Aber Hilde hatte nie gefragt – stillschweigende Duldung. Harald war gestorben, es gab andere Dinge zu regeln, und ehe sie sich versah, lebte Helene in Mamas Haus und zahlte keine Miete.

Harald hatte es immer fasziniert, dass jemand wie Helene mit so wenig Anstrengung durchs Leben kam – Hilde empfand es als anstößig. Ab und zu ein Auftrag, der das Notwendigste sicherte und den man, bevor Mama zum Pflegefall wurde, in den Wintermonaten mit einem Aufenthalt am Meer kombinieren und das Ganze dann auch noch als Arbeitsaufenthalt deklarieren konnte! Ein kleines Ehrenamt im Ruderclub brachte Anerkennung, und die frühere Verlegerin war so bald gestorben, dass Helene ihr Versprechen, sich um die alte Dame zu kümmern, kaum noch hatte einlösen müssen. Eine lebenslange Glückssträhne.

Nun, die hatte vor zweieinhalb Jahren geendet, so viel stand fest. Und Hilde empfand nicht einmal ein schlechtes Gewissen deswegen.

Erneut griff sie zum Telefon. »Sie schreitet bereits das Grundstück ab, Herr Dr. Papenburg. Was ist mit einer einstweiligen Verfügung?«

Dr. Papenburg war alt geworden. Seine Stimme klang brüchig und müde, als er antwortete: »Sie können Ihrer Schwester nicht verbieten, sich auf dem gemeinsamen Grundstück zu *bewegen*, Frau Mattern. Wie wir eben besprochen haben, können Sie erst einschreiten, wenn sie tatsächlich etwas baut.«

Und das hieß – wieder einmal – warten, schweigen, dulden. Diesmal zwar mit der Aussicht auf ein baldiges Ende, aber im Laufe der nächsten beiden Tage konnte Hilde nicht feststellen, dass sie etwas anderes als Unruhe empfand. Helene provozierte mit fröhlichem Gesicht, heiterem Summen und langen Selbstgesprächen vor den Hühnern. Aus der Deckung ihres Schlafzimmers, dessen Fenster zum Hinterhof hinausging, schnappte Hilde alarmierende Ankündigungen auf: »Bald geht es los, meine Lieben!« Und: »Das wird so schön, das könnt ihr euch noch gar nicht vorstellen.«

»Entschuldigen Sie den Anruf so spät am Abend, Herr Dr. Papenburg, aber lässt Helene sich auch von Ihnen beraten? Haben Sie ihr etwas anderes gesagt als mir?«

»Frau Mattern, es ist nicht spät am Abend, es ist ein Uhr nachts! Und nein, Ihre Schwester hat mich in der Sache nicht angerufen.«

»Dann sollten Sie vielleicht mal mit ihr sprechen. Die Aussichtslosigkeit ihres Unterfangens scheint ihr in keiner Weise bewusst zu sein.«

»Sie kann mich gern kontaktieren. Gute Nacht, Frau Mattern.«

War der alte Papenburg überhaupt auf ihrer Seite? Je länger sie darüber nachdachte, desto stärker wurden ihre Zweifel. Der Mann hatte jahrzehntelang ihre Eltern vertreten; wieso war ihr eigentlich nie der Gedanke gekommen, dass er negativ beeinflusst sein könnte? Bei der Vorstellung, was Mama ihm alles erzählt und wie er sich all die Jahre ihr gegenüber *verstellt* haben könnte, wurde ihr ganz heiß. Sie würde sich einen neuen Anwalt suchen, gleich morgen früh.

Falls sie den Morgen noch erlebte. »Zweihundertzwanzig zu hundertzehn« – sofern es noch eines Beweises bedurfte, wozu Helene sie trieb – stand an diesem Abend auf dem Display des Blutdruckgeräts. Vorübergehend erwog Hilde, den Schlaganfallnotruf zu wählen, aber sie durfte jetzt auf keinen Fall riskieren, ins Krankenhaus eingeliefert zu werden und Helene das Feld zu überlassen.

So weit war es also schon gekommen. Helene brachte sie in Lebensgefahr, und sie konnte nicht einmal einen Arzt rufen. Aber den Gefallen, umzukippen, würde sie ihrer Schwester nicht tun, da konnte das Aas lange warten.

7

Hühner träumen – hätten Sie das gedacht? Es ist wissenschaftlich bewiesen, und wenn Sie's nicht glauben, sollten Sie mal neben einem Sundheimer übernachten. Ein Gezucke und Gepiepse, dass man meint, da kippt gleich jemand von der Stange! Diese Hühner schlagen sich im Traum mit Problemen herum, auf die bodenständige Typen wie Amy und ich niemals kämen. Wir beduseln uns mit Bildern von Kräuterwiesen, fetten Fluginsekten, Würmern in Kompost – ziemlich naheliegende Dinge für ein Huhn. Die Sundheimer hingegen haben Visionen, und ich hege den Verdacht, sie träumen die Konsequenzen gleich mit.

Anders kann ich mir weder die Dramatik ihres REM-Schlafs erklären noch die Ereignisse in den Tagen, nachdem He-Lene ihre Absicht verkündet hatte, uns ein Stück Garten zur Verfügung zu stellen. In froher Erwartung sahen wir zu, wie unsere Verbündete im Hinterhof den schweren Forstzaun von einer Ecke zur anderen auszurollen begann und mit einer Kneifzange darauf herumkroch, um mühsam ein Stück abzuschneiden – da geschah es. Plötzlich war ein Geflatter neben mir, ein Wirbel aus weißen und grau-schwarzen Flügeln, dann plumpste auch schon ein ineinander verkralltes Federknäuel aus Amrock und Sundheimer vom Sitzbrett am Rand des Komposthaufens und rollte durch die Voliere. Vor mir auf dem Brett saß nur noch die dicke Susi.

»Amy, *what the fuck*?«, rief ich verdattert, während He-Lene die Kneifzange wegwarf und auf direktem Weg über den ausgerollten Zaun zu uns hinübersprinten wollte. Leider rollte sich der Zaun, sobald sie ihn losließ, blitzschnell wieder ein, und sie hätte sich schon mit einem Hechtsprung zur Seite werfen müssen, um zu verhindern, was nun passierte. Sie blieb hinten mit dem Schuh hängen, bekam vorn die große Rolle ab und ging so spektakulär zu Boden, dass ich gar nicht wusste, wo ich zuerst hingucken sollte. Auf das Knäuel aus Amy und Heidi oder das Knäuel aus He-Lene und dem Forstzaun.

»Heidi! Heidi! Heidi!«, quiekte Susi und sprang auf dem Sitzbrett auf und ab. Ich stand weiter auf der Leitung, begriff bei Susis Gehopse aber immerhin, dass das dicke Sundheimer nicht etwa um das Leben seiner Schwester bangte, sondern diese auch noch anfeuerte!

Als Heidi und Amy erstmals voneinander abließen und dazu übergingen, sich mit vorgereckter Brust und gesträubter Halskrause drohend zu umkreisen, hielt es Susi und mich nicht länger auf dem Sitzbrett, wir zogen zum Kampfplatz um. Heidi war übel zugerichtet. Sie blutete an Füßen und Beinen, am Kamm, unterm Schnabel; weiße Federn übersäten den Boden und schwebten vereinzelt noch herab wie der Rest eines Schneegestöbers. Aber es waren auch genügend graue Federn darunter, um zu erkennen, dass es Amy ebenfalls ganz schön erwischt hatte.

Das ist der Unterschied zwischen einem Hahn und einem Oberhuhn: Wir greifen nicht ein. Wir lassen den Dingen ihren Lauf, stehen wie gebannt am Rand des Geschehens und drehen uns allenfalls mal kurz um, um herauszufinden, ob unsere Halterin endlich in der Lage ist, sich aufzurappeln und etwas zu unternehmen. Ist weder ein Hahn noch ein Halter zur Stelle, kann ein solcher Kampf für ein stark blutendes Huhn nämlich durchaus tödlich enden. Der Anblick macht manchen von uns – wie soll ich sagen – Appetit.

Ich für meinen Teil betrachtete Heidi allerdings nicht als Mahlzeit. Ich merkte sehr deutlich, dass ich keineswegs darauf eingestellt war, jemanden aus meiner Herde zu verlieren, nicht einmal eins dieser nervtötenden Sundheimer. Und dass ich richtig wütend wurde auf Amy! Was war in sie gefahren? Ausgerechnet jetzt, wo wir unmittelbar davorstanden, in den Garten gelassen zu werden, wo wir miteinander – ja, auch mit den Sundheimern! – etwas Wichtiges erreicht hatten.

Als es He-Lene endlich gelang, uns auseinanderzuscheuchen, Heidi unter den Arm zu klemmen und mit ihr davonzuhumpeln, war ich drauf und dran, mir Amy so richtig vorzuknöpfen. Aber ich hatte kaum den Schnabel geöffnet, als sie mir auch schon zuvorkam.

»Was war das denn?«, trompetete sie entrüstet. »*That chick must be out of her fucking mind!*«

»Du willst sagen … *wait a minute … Heidi* hat angefangen?«

»Ich sitze friedlich auf dem Brett, und *bam*! *Out of the blue. Out of the blue. Out of the blue.*«

Amy war so aufgebracht, dass sie in den nächsten Minuten kaum in der Lage war, etwas anderes zu äußern. Ich versuchte, sie ein wenig zu beruhigen, indem ich mich neben ihr ablegte – um gleichzeitig Zeit zu gewinnen für meine nächste Entscheidung. Aber es wollte mir nicht gelingen, einen klaren Gedanken zu fassen. Ich war, offen gestanden, schon von der Vorstellung überfordert. *Heidi?*

Hätte ich auf Susi geachtet, die sich schweigend unter den Stall verzog, hätte ich mich vielleicht daran erinnert, wie sie Heidi angefeuert hatte, und erkannt, dass Susi – im Gegensatz zu Amy und mir – von der Attacke nicht im Geringsten überrascht gewesen war. Um es vorwegzunehmen: Diese Sundheimer wussten, was sie taten. Sie hatten alles genau geplant. Ich konnte es nur noch nicht wissen.

Nach einer Weile kam He-Lene mit Heidi zurück. Das Huhn war lila. Keine Überraschung. Jeder Hühnerratgeber enthält im Kapitel »Erste Hilfe« die Anweisung: »Desinfiziere Wunden mit Blauspray und bedecke damit gleichzeitig die für Hühner gefährlich interessante Farbe Rot.«

»Böse Amrocks!«, rief He-Lene, während sie Heidi auf den Boden setzte. »Böse Amrocks, pfui!«

Die Frau hatte keine Ahnung. Ich nahm es ihr nicht übel. Heidi, diese falsche Schlange, machte ein erbarmungswürdiges Gesicht und tat so, als traute sie sich nicht mehr in unsere Nähe – was die Unternehmung Forstzaun leider fürs Erste beendete, denn He-Lene ließ sich auf unserem Strohballen nieder und meine Schar für den Rest des Nachmittags nicht mehr aus den Augen. Dabei unterband sie jeden meiner Versuche, von Heidi Aufklärung zu verlangen, mit den scharfen Worten: »Du haust ab! Du bleibst weg von dem Huhn!«

Vorsichtshalber nahm sie Heidi schließlich wieder auf den Schoß. Augenblicke später öffnete sich das Fenster zum Hinterhof, und noch bevor der dazugehörige Kopf erschien, ertönte Hildes ärgerliche Stimme. »He-Lene! Du hast schon wieder dein Handy vergessen! Es klingelt und klingelt und …«

Hilde brach ab, als sie sah, dass ihre Schwester nicht nur ihr Handy vergessen hatte, sondern in der Voliere saß und mit einem lila Huhn schmuste. Und mitten im Hof lag der Forstzaun, das Objekt ihrer Auseinandersetzung.

»Wen soll ich zuerst anrufen?«, fragte sie nach einigen Sekunden. »Dr. Hansen, meinen neuen Anwalt, oder besser gleich die Klapse?«

»Du hast einen neuen Anwalt?«

Eine ungeschickte Reaktion, wenn Sie mich fragen.

»Der alte Papenburg hat's einfach nicht mehr drauf«, erwiderte Hilde mit Genugtuung in der Stimme. »Dr. Hansen hat sofort ein vergleichbares Urteil gefunden und mir geraten … aber das wirst du ja in den nächsten Tagen sehen. Er stellt dir unsere Antwort auf deine Eskapaden schriftlich zu.«

Bevor sie das Fenster wieder schloss, fügte sie noch hinzu:

»Eins vorab: Diesen hässlichen Zaun kannst du gleich wieder einpacken.«

Oje. So niedergeschmettert, wie He-Lene anschließend auf dem Strohballen hockte, wollte ich all unsere Hoffnungen und Träume schon wieder verloren geben. Aber ich hatte mich getäuscht. He-Lene stand so abrupt auf, dass Heidi erschrocken von ihrem Schoß flatterte.

»Wir müssen Fakten schaffen, Hühner. Wehe, ich sehe, dass wieder eine von euch Streit anfängt!«

Mit doppelter Energie ging sie zurück ans Werk, schnitt handhabbare Teilstücke aus dem Forstzaun und steckte sie mit Hilfe langer, spitzer Stäbe in die Wiese neben dem Haus. Es ging überraschend schnell; alle paar Minuten kam sie zurück, um ein weiteres Stück Zaun aus dem Hinterhof zu schleifen.

Ich unterstützte ihr Vorankommen, indem ich Amy in Schach hielt. Immer wieder knirschte sie mit zusammengebissenem Schnabel: »Ich könnte … Ich könnte …«

Und ich antwortete jedes Mal: »Wir alle wissen, dass du könntest. Lass es einfach sein, bis dieser Zaun steht. Danke!«

Während wir warteten, tauchte auch Hilde wiederholt am Fenster auf, um zu beobachten, wie He-Lene neue Stücke Zaun abschnitt. Wir konnten erkennen, dass sie ihr Telefon erst am Ohr hatte und dann damit fotografierte. He-Lene sah es auch; jedes Mal, wenn sie wieder zu uns kam, guckte sie als Erstes hinauf zum Fenster, wo ihre Schwester stand und Beweise sammelte. Aber sie ließ sich nicht beirren. Als der Zaun aufgestellt war, knüpfte sie ein dünnes grünes Netz zum Schutz vor Greifvögeln an den Draht, danach stellte sie zwei Böcke auf, sägte lärmend ein paar Bretter durch und verschraubte sie miteinander. Sie beendete die Arbeit erst, als es dunkel wurde und auch wir uns auf unsere Schlafstange zurückzogen.

»Wenn ihr euch benehmt, Hühner, bekommt ihr morgen eine zweite kleine Tür und könnt von der Voliere direkt in den neuen Auslauf spazieren«, versprach sie uns zum Abschied.

»Ihr habt es gehört! Benehmt euch«, beschwor ich meine Schar und setzte mich wie ein Pflock zwischen Amy und die Sundheimer. Susi drückte sich an mich wie noch nie.

Heidi leuchtete nämlich nicht nur lila, sie stank auch. He-Lene hatte sie mit Ballistol eingesprüht, um uns fernzuhalten, und nicht einmal Susi mochte in dieser Nacht neben ihr sitzen.

Am nächsten Morgen war He-Lene schon vor uns auf den Beinen. In Bademantel und Pantoffeln tauchte sie wie aus dem Nichts am Stall auf, öffnete das Fenster und erkundete, ob wir einander über Nacht am Leben gelassen hatten. Dann richtete sie eine Spraydose auf uns, auf der »No Fight« stand, und nebelte uns damit ein.

Im Halbschlaf torkelten wir aus dem Stall. Die Welt war zartrosa, zwischen den Bäumen auf dem Nachbargrundstück ging soeben die Sonne auf, und hinter dem Sichtschutz zum Wald raschelte es aufgeschreckt, als hätte He-Lene nicht nur uns aus dem Rhythmus gebracht. Wir hörten den Wald jede Nacht – fremde Wesen, die da draußen unterwegs waren, Dramen, die sich abspielten, Todesschreie, mal ganz nah, mal weiter entfernt, die uns aus dem Schlaf rissen und denen wir im Schutz unseres sicheren Stalls schreckerstarrt lauschten, froh, von sicheren Wänden und einem Zaun umgeben zu sein. Noch nie hatten wir jemanden aus dieser nächtlichen Welt zu Gesicht bekommen. An diesem frühen Morgen war es so weit. Von He-Lene überrascht, hatten sich drei Nachtgestalten nur noch blitzschnell hinter den Geräteschuppen zurückziehen können. Als sie zurück ins

Haus ging, wagten sie sich hervor, starrten, witterten und kamen quer über den Hof in einem wachsamen Schaukelgang auf uns zu.

»Sieh an, Kids«, sagte die größte und dickste von ihnen. »Da sind sie ja, die Chicken, die wir schon seit Wochen riechen.«

Vor uns standen drei Waschbären, eine große Alte und zwei Halbwüchsige, die mit ihren clownähnlichen Gesichtern auf den ersten Blick lustig und harmlos wirkten. Schon auf den zweiten Blick erkannte man allerdings, dass die Schnüffelnasen feucht wurden, die dunklen Knopfaugen ausgesprochen gierig blickten und die kleinen Pfoten sich voller Vorfreude zu reiben begannen. Den schwarzen Streifen im Gesicht dieser Banditen konnte man demnach nur als Kriegsbemalung verstehen.

Ich trat ans Gitter. »Freut euch nicht zu früh. Hier kommt ihr nicht rein. Unsere Anlage ist Fort Knox.«

Waschbären sind ebenfalls Amerikaner. Ich ging davon aus, dass sie verstanden, wovon ich redete.

»Dafür scheißt ihr euch aber gerade ganz schön in die Federn«, entgegnete die Dicke und wies auf meine Schar, die sich in der Sandkuhle unter dem Stall zusammendrängte. Die beiden Kleinen brachen in gehässiges Kichern aus.

Ich machte mir nichts vor, ohne den Zaun zwischen uns wären wir geliefert. So konnte ich es mir jedoch leisten, mein Nackengefieder kampflustig aufzustellen und herausfordernd mit den Krallen des rechten Fußes zu wedeln. »Bete, Dickerchen. Bete, dass du nie herausfinden musst, wozu die Großen Amrocks fähig sind.«

»Damit gegen unseren Pelz?« Die Dicke kreischte vor Lachen. »Träum weiter, Chicken. Wir werden ja sehen.«

»An euren kleinen Äuglein sehe ich keinen Pelz«, erwiderte ich, und so standen und provozierten wir einander noch ein paarmal hin und her, als ich auf einmal eine Bewegung neben mir spürte.

»Wo sin eigentlich dei annere Kinner?«, fragte Heidi lauernd. »Da müsse doch mal mehr g'wese sei.«

In der Dicken ging eine erstaunliche Veränderung vor sich. Sie zog sich zwei Schritte zurück, und dann erkannten wir, wie ein Waschbär aussieht, wenn er richtig böse wird. »Halt die Schnauze!«, fauchte sie.

»Unser Erschdes Huhn«, sagte Heidi grausam, »hed noch koine verlorn.«

Die Dicke warf sich gegen den Zaun. Ihre Krallen rissen am Gitter, rüttelten und zerrten, während sich ein helles Kreischen ihrer Kehle entrang und erschreckend lange, spitze Zähne versuchten, an den Draht zu gelangen. Unsere Feindin verlor vollkommen die Fassung. Aus ihren Augen war jeder Spott verschwunden, da waren nur noch Wut und tiefer, wilder Schmerz. Die beiden Kleinen weinten.

Plötzlich musste ich an die Schreie denken, die wir in der Nacht manchmal hörten, an all die Gefahren dort draußen, die wir uns gar nicht vorstellen konnten, und ich spürte deutlich wie noch nie, dass Freiheit für uns Tiere nicht nur Glück und Wonne bedeutet. Das Eingesperrtsein, gegen das wir uns gerade so nachdrücklich wehrten, mochte langweilig sein, doch es war unsere Chance auf ein sicheres, langes Leben.

Die Dicke hörte auf, am Zaun zu rütteln; vielleicht hatte sie bemerkt, dass auch meine Augen mit Tränen gefüllt waren. Wir starrten uns an. Dann sagte sie kaum hörbar: »Wir kommen wieder«, und die drei trollten sich. Noch lange hörten wir Laub rascheln, während sie sich tiefer in den Wald zurückzogen.

»Na, der Punkt ging ja wohl an unseraaner«, meinte Heidi zufrieden und schüttelte ihre lila Federn. Dann sagte sie so leise, dass die anderen beiden, die sich langsam wieder unter dem Stall hervortrauten, es nicht hören konnten: »Die da obbe, die war am Fenschder. Die het alles g'sehe. Die hilft uns ned, wenn die Bäre wiedakomma. I deng, des sollde mer wisse.«

Es kommt nicht oft vor, dass ein Amrock sprachlos ist. Jetzt war es so weit. Aber ist das eine Schande? Sollte man nicht den Mund halten, bis man weiß, wovon man redet? Und bei den Sundheimern wusste ich es in dem Moment überhaupt nicht mehr.

Und Amy? Ich behielt sie im Auge; ich war überzeugt, dass sie plante, sich für die Attacke am Vortag zu revanchieren. Aber nach der Begegnung mit den Waschbären blieb sie auffallend still und ließ Heidi in Ruhe. Vielleicht war sie von deren Einmischung genauso verdutzt und beeindruckt wie ich, vielleicht schämte sie sich auch ein wenig, weil sie mehr Angst gezeigt hatte als ein Sundheimer, auf jeden Fall »benahmen« wir uns, und He-Lene baute an diesem Vormittag unsere neue, zweite Tür, durch die wir selbstständig in den erweiterten Auslauf gelangen konnten. Ab sofort gehörte ein Teil des Gartens uns – und was auf der Schwestern Grund und Boden geschah, würde uns nicht mehr entgehen.

8

Es war eine gute Idee gewesen, die waldseitigen Fenster im ersten Stock – dunkle Löcher, in die kaum Licht einfiel – vor ihrem Einzug zumauern und Dachfenster einbauen zu lassen. Die Renovierung hatte Helenes Pflichterbteil fast aufgefressen, aber es hatte sich gelohnt, die Verbesserung durch die neue Ost-West-Lage war spektakulär. Besonders liebte Helene ihr Schlafzimmer: Was gab es Schöneres, als erste Sonnenstrahlen jeden neuen Tag behutsam wecken und den Raum in immer wärmeres Licht tauchen zu sehen, bis man gar nicht anders konnte, als mit einem Lächeln aufzustehen?

Seit die Hühner im Hinterhof lebten, hätte sie die Entscheidung von damals am liebsten rückgängig gemacht. Aus dem alten Fenster ließe sich gut beobachten, was rund um Stall und Voliere vor sich ging; nun konnte sie allenfalls ihr Dachfenster gekippt lassen und hoffen, dass die Hühner sich bei Gefahr bemerkbar machten. Ein Fuchs, der sich unterm Zaun durchgrub, ein junger Marder, der noch durchs Geflügelnetz passte, Waschbären, die Handwerker unter den Raubtieren, die mit ihren geschickten Pfoten das Netz vom Draht knüpften … Und Helene mochte sich gar nicht ausmalen, was alles passieren konnte, wenn sie in ihrer Vergesslichkeit die Volierentür abends nicht richtig schloss.

An diesem Tag kam eine weitere Gefahr hinzu, der sich nur durch Lauschen unterm Dachfenster begegnen ließ: Hilde führte ihrem neuen Anwalt das Objekt der Auseinandersetzung vor. Bevor sie dem Mann gegenübertrat, hatte sie am Vormittag noch in aller Eile einen Friseurtermin absolviert – mit wenig schmeichelhaftem Ergebnis, wie Helene fand, aber sie gab sich nicht der Hoffnung hin, dass Hildes zu kurz geratene Frisur von Nachteil sein könnte, wenn es darum ging, den Anwalt von ihrer Sicht der Dinge zu überzeugen. Frauen in den Siebzigern wurden von Jüngeren sowieso nicht gesehen, ganz egal, was sie mit ihren Haaren anstellten.

Der Name Dr. Hansen hätte Helene sofort etwas sagen müssen. Sollte es sie beruhigen, dass ihr wenigstens hinterher eingefallen war, mit wem ihre Schwester sich gegen sie verbündete? Ungeduldig drang seine laute Stimme aus dem Hinterhof zu Helenes Lauschposten herauf.

»Sie haben nicht erwähnt, dass es sich um einen mobilen Zaun handelt, Frau Mattern. Mobile Zäune sind nicht genehmigungspflichtig. Für sie gilt das Gleiche wie für Kleintierausläufe, die die Leute im Sommer für ihre Karnickel in den Garten stellen.«

Ungeduldig, ja, genau so hatte sie den Mann in Erinnerung. Schon damals war er auf so einschüchternd-überzeugende Art aufgetreten, dass die andere Familie keine Chance gehabt hatte. Die Winters. Wenigstens dieser Name fiel Helene auf Anhieb ein.

»Kleintierausläufe? Sehen Sie sich dieses hässliche Ding doch mal richtig an!«

Endlich bewegten sich Hilde und ihr Anwalt am Forstzaun entlang zu dem Teil der Hühneranlage, auf den Helene aus ihrem Küchenfenster an der Ostseite des Hauses Kontrollblicke werfen konnte. Sie huschte durch den Flur wie ein Indianer und beugte sich vorsichtig aus dem bereits geöffneten Fenster. Von oben erkannte sie die Köpfe ihrer beiden Kontrahenten und die eierförmigen Umrisse ihrer Hühner, die sich neugierig auf der anderen Seite des Zauns versammelten, Teilnehmer der Tatortbegehung.

Hilde hatte die Hände in die Seiten gestemmt. »Das ist kein Kleintierauslauf, das sind sechzig Quadratmeter, ich hab nachgemessen!«, protestierte sie.

»Nun ja, wir können versuchen, die Quadratmeterzahl zu begrenzen, aber da sehe ich nicht allzu viel Spielraum. Der ganze Garten misst ... lassen Sie mich schätzen ... fünfhundert Quadratmeter? Und er gehört Ihnen gemeinsam?«

»Das ist richtig, aber für mich ist das eine gravierende Veränderung, und die darf sie nicht ohne mein Zustimmung vornehmen!«

»Frau Mattern, Sie und Ihre Schwester haben keinen Vertrag geschlossen, als Sie hier eingezogen sind. Die Zustimmungspflicht, von der Sie reden, hätten Sie ausdrücklich vereinbaren müssen. Rechtlich können Sie da nicht viel machen, zumal ja, wie gesagt, die Frage der Verhältnismäßigkeit ...«

»Wollen Sie etwa sagen, sie kommt damit *durch*?«

Helene hörte die Stimme ihrer Schwester schrill werden. Bestimmt hatte sie Dr. Hansen den Zaun nur kurz zeigen und für weitere Beratungen in die Wohnung gehen wollen. Sie hatte ebenso wenig damit gerechnet wie Helene, dass sich das schon mit der Besichtigung erledigt haben könnte.

Helene fiel eine solche Zentnerlast vom Herzen, dass sie sich mit beiden Händen am Fensterbrett festhalten musste. Einen mobilen Zaun hatte sie nur gewählt, weil es die schnellste und billigste Variante war. Nicht einen Augenblick war ihr der Gedanke gekommen, dass ein mobiler Zaun nicht nur ihren Hühnern, sondern auch ihr selbst Freiheiten einräumte.

»Dann muss eben auch der Stall wieder weg«, entschied Hilde unterdessen. »Ohne Stall keine Hühner, ohne Hühner kein Zaun. Ich lege Widerspruch ein gegen den Bau der gesamten Anlage!«

»Die bereits genehmigt ist – wofür Sie den Antrag gemeinsam gestellt und unterschrieben haben.«

Beim Wort *gemeinsam* kam Hilde offenbar in den Sinn,

dass Helene von oben mithören konnte – und womöglich sogar Tipps bekam!

»Gehen wir hinein«, befahl sie und scheuchte den Anwalt ins Haus. »Ich erwarte Ideen, Dr. Hansen.«

Die Tür schlug zu.

»Na, viel Spaß«, murmelte Helene schadenfroh. »Das hast du nun davon, du Drecksack.«

Dr. Hansen war der Mieter von Hildes Wohnung in Wilmersdorf. Und diese Wohnung hatte er sich rücksichtslos ergaunert – zum Schaden ahnungsloser Dritter.

»Anwalt ist er, und seine Frau bei der Senatsverwaltung! Das könnte mir noch nützlich sein«, hatte Hilde damals gesagt.

Helene traute ihren Ohren nicht. »Du hast den Winters schon zugesagt! Die Leute kommen heute Abend zur Unterzeichnung des Mietvertrags.«

»Das ist ein wenig unglücklich, da hast du recht, aber der Mann bietet nun einmal zweihundert Euro mehr. Sieh mich nicht so an. Ich habe kein Geld zu verschenken.«

»Vielleicht legen die Winters nach.«

»Glaub ich nicht.« Hilde schlug die Bewerbungsmappe noch einmal auf und studierte die Seite, auf der sich die Bewerber finanziell nackig machten. »Hausmeister und Schulsekretärin. Die können die tausendsechshundert gerade so stemmen. Mehr ist bei denen nicht drin.«

»Du *brauchst* nicht mehr, Hilde. Und Herr Winter baut ein modernes Bad ein, in Eigenleistung, ohne jegliche Kosten für dich!«

»Das macht der Hansen auch, wenn ich es verlange. Der will die Wohnung unbedingt.«

»Die Winters auch. Die Frau hat vor Freude fast geweint. Wie willst du ihr das beibringen?«

»Der Hansen sagt, er übernimmt das für mich.«

»Moment. Der weiß, dass du schon anderen zugesagt hast? Einer Familie aus dem Kiez, die seit mehr als zwei Jahren etwas Passendes sucht?«

»Solange der Mietvertrag noch nicht unterzeichnet ist, kann ich machen, was ich will.«

»Das hat er dir gesagt?«

»Das hat er mir *versichert.*«

»So ein Schwein. Mensch, Hilde. Ich hab den Sekt doch schon kalt gestellt.«

Das war alles, was Helene noch herausbrachte.

Die Winters waren am Wochenende extra zu ihnen nach Spandau gekommen, um die beiden jüngsten Kinder vorzustellen und ihnen Fotos der Ältesten, die an dem Tag Probe im Kinderensemble der Komischen Oper hatte, auf dem Tablet zu zeigen. So eine reizende Familie, so ein schöner Nachmittag – hatte Hilde das nicht selbst gesagt? Frau Winter wusste sogar, warum Helenes Pflaumenbäumchen nicht anwuchs, und gab ihr einen Rat.

Doch weil ein anderer frecher und Hilde womöglich nützlicher war – zumal er ihr auch noch die Drecksarbeit mit den Winters abnahm –, hatten diese netten Leute die Wohnung verloren. Immerhin waren sie so schlau gewesen, ihren alten Mietvertrag noch nicht zu kündigen, bevor sie den neuen in der Tasche hatten. Das hatte jedenfalls Hilde auf ihre Nachfrage behauptet. Helene war zu feige gewesen, Frau Winter selbst anzurufen.

Mit wachsender Genugtuung malte sie sich in der nächsten Viertelstunde aus, wie Hilde dem Anwalt Dampf machte, wie er zappelte, schwitzte und krampfhaft einen Ausweg ersann. *Kleintierauslauf!* Das Wort hakte sich in ihr fest. Selbst ihre XL-Hühner waren *kleine* Tiere, etwas anderes sollte mal jemand behaupten!

Dann hörte sie wieder die Haustür. Sie lugte aus dem Küchenfenster. Der Drecksack stand am Forstzaun, kratzte sich ausgiebig im Nacken, als entwickelte er bereits eine Allergie gegen seine Aufgabe, und Helene meinte, ein leichtes Kopfschütteln zu erkennen, bevor er sich zum Gehen wandte. Rückzug nach Wilmersdorf.

Mit einem Mal fühlte sie sich unbesiegbar.

Das Telefon klingelte.

»Hallo, Lenchen, ich bin's. Gibt's was Neues von unserer Killerin?«

Helene runzelte die Stirn. Es hatte ihr noch nie gefallen, wenn Ingeborg auf das dumme alte Gerücht anspielte. »Ein Anwalt war da«, berichtete sie widerstrebend, »er hat ihr aber keine Hoffnung gemacht.« Dann konnte sie sich allerdings doch nicht zurückhalten und fügte hinzu: »Es ist der Drecksack, der ihre Wohnung in Wilmersdorf gemietet hat. Der Hansen.«

Vor ihrem inneren Auge sah Helene die Freundin, während sie ihr Bericht erstattete, im Wohnzimmersessel sitzen, vor sich eine Tasse Kaffee und zwei Haferkekse, und mitfiebern wie beim Freitagabendkrimi.

»Wie lautet dein Plan?«, fragte Ingeborg denn auch begierig und gab sich die Antwort sogleich selbst. »Ach was, du hast keinen. Pläne sind nicht dein Ding. Deine Stärke ist es, auf alle Eventualitäten im Leben flexibel zu reagieren, also lautet meine Frage: Was ist dein nächster Schritt?«

Helene blickte aus dem Küchenfenster. »Ich erweitere den Forstzaun bis zur Garage«, sagte sie. »Die Hühner brauchen mehr Grün.«

»Du tust … was?«

»Sie sind seit über einer Woche im Auslauf, die Wiese ist abgefressen.«

»Helene. Werde nicht übermütig. Ihr habt doch schon genug damit zu tun, um diese sechzig Quadratmeter zu streiten!«

»Ich schick dir eine Skizze vom Anteil der Voliere am gesamten Garten«, erwiderte Helene. »Dann siehst du, was ich meine. Das Stichwort lautet Verhältnismäßigkeit. Was kann ich dafür, wenn Hilde der Lage hinterherhinkt?«

In diesem Augenblick geschah etwas Merkwürdiges. Das Telefon in Helenes Hand klingelte. Verdutzt starrte sie es an. Das Display zeigte Ingeborgs Nummer – war die Verbindung unterbrochen worden? Sie drückte auf Annehmen.

»Hallo, Lenchen, ich muss doch mal wieder nach dir hören. Bist du noch da, bist du gesund? Du könntest dich ruhig mal melden, weißt du?«

»Aber wir haben doch gerade erst telefoniert«, rief Helene verblüfft.

»Hör mal, das ist über eine Woche her! Wir müssen jetzt aufeinander achten, Lenchen. Was, wenn eine von uns ins Krankenhaus muss und die andere bekommt es nicht einmal mit? Willst du das? Willst du das?«

»Nein«, antwortete Helene schwach, »entschuldige«, und mit halbem Ohr hörte sie zu, wie ihre alte Freundin sofort wieder zu klagen begann. Ihre eigentliche Aufmerksamkeit galt jedoch der Anrufliste, aus der – sie traute ihren Augen nicht – der erste Anruf von Ingeborg verschwunden war. Wie war das möglich?

Langsam dämmerte ihr, dass es keinen Anruf gegeben hatte. Das erste Telefonat musste sie sich eingebildet haben – einer der sehr realen Tagträume, die sie schon einige Male gehabt hatte, die in letzter Zeit aber ausgeblieben waren, weil sie sich so intensiv mit den Hühnern beschäftigte. Sie verschafften ihr Ablenkung, eine Aufgabe, Konzentration auf etwas Sinnvolles.

»Ingeborg«, hörte sie sich sagen, »kann ich dich zurückrufen? Ich muss etwas Wichtiges bei den Hühnern erledigen, das kann leider nicht warten.«

Ihre Stimme klang ruhig. Sie klang wie immer. Die Geschehnisse unter dem Fenster fielen ihr ein, der Name des Anwalts. Das alles war wirklich passiert, und es gab keinen Grund, sich wegen ein paar Selbstgesprächen Gedanken zu machen. Menschen mussten sich mitteilen, wenn ihnen etwas Sorge bereitete. Wenn sie kein Gegenüber hatten – oder bloß jemanden wie Hilde –, redeten sie eben mit sich selbst. Und das war bestimmt gesünder, als gar nicht zu reden!

»Die Hühner, immer die Hühner«, murrte Ingeborg. »Was kann das schon Wichtiges sein?«

»Hilde hetzt mir einen Anwalt auf den Hals«, antwortete Helene, wohl wissend, dass diese Information ihre Freundin für den Rest des Tages gut unterhalten würde. Vielleicht lenkte sie Ingeborg sogar von deren eigenen Sorgen ab. Dann hatten die Hühner quasi eine doppelte therapeutische Wirkung.

Warum Hilde und der Anwalt bei der Besichtigung kein Wort über den Zustand des Rasens verloren hatten – Helene konnte es sich nicht erklären, ging aber davon aus, dass dieses Argument später in der Wohnung diskutiert worden war. Das schmale Stück Wiese, das sie für die Hühner eingezäunt hatte, war von Kratern durchpflügt. Die Tiere hatten Sandlöcher angelegt, obwohl Helene ihnen für über zwanzig Euro Volierenbadesand mit Wellnesszusätzen gekauft hatte. Die beiden teuren Bambuspflanzen waren abgefressen; nur die obersten Blätter wehrten sich noch gegen die erstaunlichen Hochsprungleistungen der Amrocks.

Als Helene aus dem Haus trat, pickten die Sundheimer letzte dünne Grashalme aus der Verwüstung, die Amrocks waren nicht zu sehen. Aus einem staubumhüllten Krater flogen Sandfontänen bis auf die Gehwegplatten.

»Das sind echte Outdoor-Hühner«, hatte der Züchter

die Rasse angepriesen. »Die können Sie im Sommer einfach laufen lassen, die suchen sich ihr Futter selbst.«

Was er in Wirklichkeit gemeint hatte, war Helene mittlerweile nur allzu klar: Diese Hühner hatten nicht nur ihre eigenen gartenarchitektonischen Vorstellungen, sie waren erst dann glücklich, wenn sie nach Herzenslust herumstreunen durften.

Da! Jetzt hatten sie sie entdeckt. Sofort sprangen die Amrocks aus dem Sandloch, eilten ans äußerste Ende des Forstzauns, zwängten ihre Köpfe durch den Draht und reckten sich demonstrativ nach den frischen Gräsern auf der anderen Seite.

Es war ein Verhalten, das Helene seit Tagen beobachtete. Schaute sie von den Tieren unbemerkt aus dem Fenster, benahmen sich die Hühner völlig normal – wenn man die Zerstörung des Rasens denn als normal bezeichnen wollte. Aber kaum trat sie aus dem Haus, bewiesen die Amrocks augenblicklich ihre Bereitschaft, sich zu strangulieren, sollte Helene nicht bald ein weiteres Stück Wiese für sie zugänglich machen.

»Ihr kleinen Tyrannen«, sagte sie halb vorwurfsvoll, halb amüsiert.

Nun eilten auch die Sundheimer herbei, um eindringliche kleine Bettellaute hören zu lassen, denen Helene noch weniger widerstehen konnte als dem fordernden Gezeter der Amrocks. Sie biss sich auf die Lippen, sah zu Hildes Küchenfenster hinüber und meinte, dahinter eine Bewegung zu erkennen, aber das Fenster blieb geschlossen. Wahrscheinlich war ihre Schwester noch damit beschäftigt, zu verdauen, was sie vorhin von Dr. Hansen erfahren hatte: Das Recht war auf Helenes Seite. Der Drecksack würde tief in irgendwelche fiesen Trickkisten greifen müssen, um die Dinge zu Hildes Gunsten zu drehen.

Wenn es solche Trickkisten gab, musste er sie aber erst einmal finden!

»Hühner«, beschloss Helene, »jetzt oder nie.«

Die vier rannten auf der anderen Seite des Zauns mit in Richtung Hinterhof, wo der Rest des Forstzauns aufgerollt im Schuppen stand; Metallstäbe waren auch noch da. Beherzt griff Helene nach der schmal gewordenen Zaunrolle und schleifte sie in den Garten. Gut möglich, dass es ein Fehler war, den Auslauf just in dem Augenblick zu vergrößern, da der Anwalt ihn in seiner jetzigen Form als nicht zu beanstanden bezeichnet hatte. Aber ebenso viele Gründe sprachen für ihr Vorhaben: das Glück der Hühner, das Überleben des Rasens, die hoffentlich noch längst nicht ausgereizte Verhältnismäßigkeit, von der Dr. Hansen gesprochen hatte … und nicht zuletzt das Verhältnis zu Hilde selbst.

Denn eins stand fest: Sobald etwas nicht nach Hildes Vorstellung funktionierte, fand sie einen Schuldigen, und wenn Helene es nicht sein *konnte*, weil sie ja das Recht auf ihrer Seite hatte, würde ein anderer Ärger bekommen. Wer mochte das sein, wenn nicht Dr. Hansen? Der Drecksack würde – je eher, desto besser – alle Wut auf sich ziehen, die Hühner wären glücklich, die Winters gerächt, und sie und Hilde konnten endlich wieder in Frieden …

Hildes Schlafzimmerfenster schwang auf. Unwillkürlich zog Helene ein wenig den Kopf ein und tat so, als hätte sie nichts bemerkt. Während sie weiterarbeitete, fühlte sie, wie Hildes Blick auf ihr ruhte, und wartete darauf, dass ihre Schwester etwas sagte. Aber es blieb still.

Die Sonne stach, Helene lief der Schweiß von der Stirn in die Augen. Natürlich war sie diejenige, die als Erste nachgab und den Blick hob.

»Was soll das, Lenchen?«, fragte Hilde in völlig normalem Ton.

Helene war so überrascht, dass sie ehrlich antwortete: »Die Hühner machen die Wiese kaputt. Sie brauchen mehr Platz. Deshalb werde ich den mobilen Auslauf erweitern und ihnen einen Hühnertunnel bauen.«

»Hühnertunnel«, wiederholte Hilde.

Sie schimpfte noch immer nicht. Konnte es sein, dass der Drecksack sie besänftigt hatte? Dass der Hansen Hilde klipp, klar und überzeugend mitgeteilt hatte, sie könne sich die Luft sparen?

Helene wies auf die Hecke zwischen ihrem und dem Nachbargrundstück. »Wenn wir den Forstzaun bis zur Garage erweitern, ist genug Platz, um den Auslauf in Abschnitte zu unterteilen. An der Hecke entlang baue ich einen kleinen Tunnel aus Kaninchendraht. Durch den gelangen die Hühner immer nur in den Teil des Auslaufs, den wir ihnen an dem Tag öffnen, und währenddessen kann sich der übrige Rasen erholen.«

Ihr fiel auf, dass sie »wir« gesagt hatte. Wann hatte sie das zum letzten Mal getan? Es war ihr ganz selbstverständlich über die Lippen gekommen. Ein gutes Gefühl.

Hilde sagte immer noch nichts. Aber eben hatte sie sie Lenchen genannt.

»Muss das wirklich sein mit dem Anwalt?«, fragte Helene. »Können wir nicht einen Kompromiss finden? Ich möchte die Hühner behalten, sie tun mir gut. Was mir nicht guttut, ist der Streit mit dir. Können wir uns bitte wieder vertragen und zusammen überlegen, wie wir alles so gestalten können, dass jede von uns sich wohlfühlt?«

»Warum kommst du nicht zu mir?«, schlug Hilde vor. »Ich mach uns einen Kaffee. Du kriegst auch ein Stück Kuchen.«

Helene war drauf und dran, den letzten Metallstab einfach auf die Wiese zu werfen und augenblicklich ins Haus zu stürmen, stattdessen hörte sie sich freundlich, aber bestimmt antworten: »Sehr gern, aber ich mache das hier noch fertig. In zehn Minuten bin ich da.«

Hilde lächelte und verkündete: »Ich setz schon mal den Kaffee auf.«

Sie verschwand vom Fenster. Helene konnte es nicht fassen. Hilde, ausgerechnet Hilde hatte ein Versöhnungsangebot gemacht! Und was hatte sie daraufhin getan? Sie hatte nicht gleich Ja gejubelt, sondern eine Bedingung gestellt. Und es hatte funktioniert.

Eine Vielzahl von Gefühlen durchströmte sie. Erleichterung, Dankbarkeit. Bedauern über so viele verpasste Gelegenheiten. Sie und Hilde hätten ein anderes Leben führen können. Warum hatten sie es nicht getan, was hatte sie eigentlich daran gehindert? Und wie viel Zeit blieb ihnen jetzt noch, um es besser zu machen?

Ihr Blick fiel auf die Hühner, die am Zaun saßen und sie zufrieden beobachteten. Es waren die Tiere, die die Veränderung bewirkt hatten.

»Danke«, flüsterte Helene aus tiefstem Herzen, bevor sie ihren Zaun fertig baute, glückliche Hühner in den vergrößerten Auslauf entließ, sich wusch und umzog und zu Hilde hinunterging.

9

Wussten Sie, dass Hühner von Dinosauriern abstammen? Wir sind die letzten noch lebenden Nachfahren gigantischer Lebewesen, die die Erde lange vor den Menschen bevölkerten. Wie abhängig ausgerechnet wir heutzutage vom Menschen sind, ist also ein starkes Stück. Wenn man uns morgens die Stalltür nicht öffnet, sind wir aufgeschmissen. Kein Wasser, kein Futter, keine Aussichten – außer der, dass eine von uns demnächst dran glauben muss. Ich deutete ja bereits an, dass Kannibalismus unter Hühnern ein Thema ist – auch das ein Erbe unserer großen Vorfahren.

Irrte ich mich, oder hatte Amy bereits begonnen, Susi zweideutige Blicke zuzuwerfen? Susi schien das genauso zu sehen. Während wir anderen drei am Stallfenster standen und nach He-Lene gackerten, hatte sich das dicke Sundheimer im Laufe des Vormittags in die äußerste Ecke der Schlafstange zurückgezogen und versuchte, sich unsichtbar zu machen.

Die Mittagsglocke bimmelte zum Gutsele, die Sonne brannte auf unseren Stall, die Hühnerklappe blieb zu. Wir saßen fest, hungrig, durstig und zunehmend verzweifelt.

»Es isch ihr scho obends ned gud gange«, erinnerte uns Heidi zum wiederholten Mal. »Sie hat was Schlechts gesse, des isch alles. Bald stehdse wieda uff.«

Zweifellos versuchte sie, die Lage zu entspannen – und wieder merkte ich, dass ich in ihr eine Mitdenkerin hatte, wenn Gefahr drohte. Leider fiel mir nichts Besseres ein, als meinerseits zu wiederholen, was wir alle am Abend zuvor gesehen hatten: He-Lenes totenbleiches, schweißnasses Gesicht, als sie unsere Klappe schloss, und wie sie sich an der

Hauswand abstützen musste, als sie zurück in ihr Zuhause taumelte.

»Was ist mit der anderen?«, fragte Amy. »Sie war schon ein paarmal am Fenster, sie kann uns doch sehen!«

Ich musste an Heidis Worte nach dem Streit mit den Waschbären denken: *Die da oben hilft uns nicht.* Sie hatte recht gehabt.

»Vielleicht isse schuld«, sagte Heidi.

»Weil sie gegen den Zaun ist? Das ist doch kein Grund, uns auszuhungern!«

»Vielleicht isse *schuld*«, wiederholte Heidi mit Nachdruck, und da begriffen wir. Hilde hatte He-Lene gestern Nachmittag zum Kuchenfressen eingeladen, und wenige Stunden später konnte diese sich kaum noch auf den Beinen halten!

»Fuck«, sagte Amy erschüttert.

In diesem Augenblick bog zu unserer unermesslichen Erleichterung eine noch lebende He-Lene ums Haus, begleitet von ihrer Schwester, die unsere Freundin beim Wanken in unsere Richtung mit allen Anzeichen der Fürsorge stützte.

An Hildes neuen Look mussten wir uns noch gewöhnen. Ihre wilde Haarpracht war seit gestern überraschend verschwunden; kurze, stachlige Federn saßen eng an ihrem Kopf und verliehen ihr eine noch strengere Ausstrahlung, als sie ohnehin bereits besessen hatte.

»Ganz langsam, Lenchen. Und jetzt setzt du dich und sagst mir, was ich tun soll.«

He-Lene war am Ende ihrer Kräfte, sie konnte nicht einmal eine Begrüßung an uns richten. Zweifellos war sie nur aufgestanden, um uns zu retten. »Mach erst mal die Klappe auf und lass sie raus«, sagte sie matt.

Hilde hatte einen Hocker aus dem Schuppen geholt und He-Lene daraufgesetzt. Eine halbe Minute später purzelten meine Schwestern und ich die Hühnerleiter hinunter, stürzten uns auf den Wasserbehälter und fingen an, wie Wahnsinnige nach den Körnern und Pellets zu scharren, die rund um den Stall liegen geblieben waren, weil He-Lene am Abend zu schwach gewesen war, um sauber zu machen.

»Meine armen Hühner«, hörte ich sie klagen. »Was wird denn nun?«

»Keine Sorge. Ich kümmere mich um die Hühner, bis es dir besser geht. Ich hole jetzt erst mal frisches Wasser, bleib du einfach hier sitzen.«

»Danke, Hilde. Ich bin so froh, dass wir uns wieder vertragen.«

Bei diesen Worten unterbrach Heidi ihr Schlingen, trat an den Volierenzaun und begann, He-Lene schrille Warnlaute zuzurufen. Im Gegensatz zu unserer Halterin begriff ich sofort: He-Lene war zwar nicht gestorben, aber offensichtlich schwer krank. Und das hieß nichts anderes, als dass eine Vergiftung weiterhin keineswegs ausgeschlossen war.

Der Schreck fuhr mir bis in die Federkiele. »Vorsicht«, schrie nun auch ich. »Nicht vertragen, aufpassen!«

Amy und Susi fingen an, erregt auf der Stelle zu flattern, als wollten sie die zwei, drei Sekunden aufholen, die sie länger gebraucht hatten als Heidi und ich. »Gefahr! Gefahr!«, trompeteten wir zu viert.

»Arme Hühnchen.« He-Lene hielt die Schreie offenbar für Protest. »Es tut mir so leid. Ich hab die ganze Nacht gekotzt, und als ich aufwachte, war es Mittag!«

»Können wir uns bitte darauf einigen, dass du nicht mit den Tieren diskutierst, während ich anwesend bin?«, verlangte Hilde mit gerunzelter Stirn. »Es lässt mich, ehrlich gesagt, an deinem Verstand zweifeln.«

»Schon gut, schon gut«, murmelte He-Lene, »ich bin still.« Erst als Hilde wieder im Haus war, sagte sie gedämpft zu uns: »Es wird alles gut. So etwas wie heute wird nicht mehr vorkommen, das verspreche ich euch.«

Als Hilde zurückkehrte, trug sie in einer Hand eine Wasserkanne, in der anderen eine Tasse, die sie He-Lene reichte. »Du brauchst auch Flüssigkeit«, bestimmte sie.

»Nein! Halt! Nicht!«, schrien wir im Quartett. Doch unsere Freundin schöpfte keinen Verdacht. Sie sah Hilde dankbar an, setzte die Tasse an die Lippen und trank.

Hildes Lächeln hing noch für einige Augenblicke in ihrem Gesicht, während sie sich zu uns umwandte, dann sackten ihre Mundwinkel zurück nach unten und rasteten dort ein, wo sie hingehörten. Sie befüllte Wasserbehälter und Futtertrog und entfernte auf He-Lenes Anweisung mit angeekeltem Blick unsere nächtlichen Hinterlassenschaften, während ihre Schwester matte Ratschläge gab wie »Leichtes Schütteln der Kotschaufel reicht« oder »Zwei Esslöffel Apfelessig im Trinkwasser sind gut für die Verdauung«.

Ihre Hinweise klangen wie ein Vermächtnis. Noch heute fällt es mir schwer, die Emotionen in Erinnerung zu rufen, die von uns Besitz ergriffen, als die Arbeit getan war und He-Lene von Hilde zurück zum Haus geführt wurde. Wir prägten uns ihre hagere Gestalt ein, ihre bunten Klamotten und die Pracht ihrer wirren grau-weiß-braunen Haare; ein letztes Mal hörten wir ihre freundliche Stimme, als sie sich von der Treppe aus an uns wandte. »Einen schönen Tag, meine lieben Hühner.«

Nie würden wir vergessen, wie gut sie zu uns gewesen war. Zu sagen, wir würden sie vermissen, reichte nicht – alles, was nach ihr kommen würde, musste so viel schlechter werden, dass wir an diesem Nachmittag nicht nur um He-Lene trauerten, sondern auch um uns selbst. Buddeln, scharren, sandbaden machte keine Freude mehr; das neue Rasenstück, das sie uns als letzte Liebestat abgezäunt hatte, nutzten wir, um uns weinend in die Wiese zu legen und ihr Lob zu singen. Es war das Letzte, was wir für sie tun konnten.

Wir waren überzeugt, He-Lene nie wiederzusehen. Als sie am Abend kam, um uns einzuschließen, waren wir so baff, dass wir nicht einmal in Jubel ausbrachen.

Es ging ihr besser, auch wenn sie sich langsamer als sonst bewegte und auf die simplen Abläufe unseres Einschlusses offenbar stark konzentrieren musste. Obwohl sie die Begriffe vor sich hin murmelte – Riegel, Klappe, Haken –, vergaß sie die Verriegelung der Hühnerklappe, und dass sie an den oberen der beiden Haken dachte, die die Volierentür nach außen sicherten, konnten wir leider auch nicht feststellen. Den unteren würden die Waschbären ohne Probleme öffnen können, wenn sie das Versäumnis bemerkten. Gut, am Hochschieben der schweren Hühnerklappe würden sie scheitern, selbst wenn sie zum Stall vordrangen, aber keine von uns legte Wert darauf, unsere Feinde des Nachts durchs Fenster zu uns hereingrinsen zu sehen.

Im Dämmerlicht erkannte ich die Umrisse meiner Schwestern: die Sundheimer zwei helle Flecken, Amy ein dunkler in der Nähe des Ausgangs. Früher hatten wir Amrocks selbstverständlich nebeneinander geschlafen, und ich hatte mich an Amys Wärme lehnen können; seit einiger Zeit sprang sie am anderen Ende auf die Schlafstange, und wir hatten die Sundheimer – mit einem kleinen, respektvollen Abstand – zwischen uns. Die Nächte waren kühler geworden, obwohl wir noch nicht einmal Hochsommer hatten.

»Vielleicht haben wir uns geirrt«, sprach ich das Wort zur Nacht.

»Wolle mer hoffe«, meinte Heidi, aber ich hörte die Skepsis in ihrer Stimme.

Es war eine unruhige Nacht. Die Schreie aus dem Wald klangen nah wie selten, vielleicht, weil mir an diesem Tag zum ersten Mal bewusst geworden war, wie es sich anfühlte, wenn niemand antwortete. Ich hörte, wie die Waschbären die Voliere erklommen und auf dem Querbalken turnten, um uns einzuschüchtern. Die Sundheimer jammerten leise im Schlaf, und zum ersten Mal fand ich, dass sie Grund dazu hatten. Wir waren Hühner, deren Zukunftsaussichten schlagartig düster geworden waren.

He-Lene erschien am nächsten Morgen nur eine Stunde später als gewohnt, um uns aus dem Stall zu lassen, aber diese eine Stunde reichte aus, um uns in die dunkelsten Ahnungen zu stürzen. Hatte Hilde noch einmal nachgelegt, weil ihr erster Anschlag auf He-Lenes Leben missglückt war?

»Jetzt isse hie«, brach plötzlich aus Susi heraus, was wir alle befürchteten.

Meine Schar sah mich hilfesuchend an, als hoffte sie, ich würde widersprechen. Aber wie konnte ich? He-Lene war arg- und wehrlos; diese liebenswerte, aber dumme Frau hatte etwas zu trinken von Hilde angenommen, also würde sie sich auch wieder von ihr füttern lassen.

»Ich will hier raus!«, begann Amy daraufhin zu schreien, gefolgt von Heidi mit einem schrillen »Hilfe! Hilfe! Hilfe!«.

Es war ein Heidenspektakel, das He-Lene kurz darauf tatsächlich aus dem Haus lockte – im Schlafanzug, gefolgt von Hilde, die den Anschein großer Fürsorge erweckte. »Langsam, Lenchen, du musst dich noch schonen!« Und: »Du musst das alles nicht machen, ich habe dir doch angeboten …«

Aber uns täuschte sie nicht!

Ihre Frage ist berechtigt. Woher wussten wir es? Ich kann es nur so erklären: Mit Konflikten unter Schwestern kennt sich niemand besser aus als eine Hühnerschar. Meine Schwestern und ich können beschwören, dass wir den Beginn der Katastrophe schon damals erkannt haben. An jenem Tag begann es ernst zu werden. Ein Geruch nach Aggression ging von Hilde aus, der vorher nicht da gewesen war.

Es war eine Schande, denn unser Leben hätte jetzt seinen angenehmen Verlauf nehmen können. Wir hatten mehr Platz, mehr Blick, mehr Abwechslung: Singvögel aller Art, drei Katzen, die, weil sie sich ein Revier teilten, wie die freundlichste von ihnen auf Nachfrage erklärte, den Garten abwechselnd zu festgelegten Zeiten durchstreiften. Es gab einen stinkenden Igel, einen schlauen Maulwurf und zwei Turmfalken, halbe Portionen, die sich im Kirschbaum niederließen und uns mit Provokationen die Zeit vertrieben.

Hinter der Hecke rief ein alter Mann, der sich einmal am Tag langsam zum Briefkasten vorn an der Straße bewegte, leise »Tuck, tuck«, wenn er hörte, dass wir da waren. Das musste der Besitzer des Sperrmülls sein, der schon lange keine Kraft mehr hatte, sein Grundstück aufzuräumen. Gesehen hatten wir einander noch nie.

Dafür entdeckte uns schon am Tag nach der Eröffnung unseres neuen Auslaufs ein Wollschaf auf zwei Beinen und rief begeistert: »Hühner! Ich hab's doch gewusst!«

Der langhaarige Typ war der erste Mensch von draußen, den wir näher kennenlernten, seit wir bei den Schwestern waren. Er setzte die schwere Kiste ab, mit der er auf dem Weg ins Haus gewesen war, ging vor uns in die Hocke und streckte eine Hand durch den Zaun.

»Hi, Hühner, ich bin der Curly«, stellte er sich vor, und dann tat er etwas Wunderschönes: Er begann zu pfeifen. Und *God gracious*, der konnte das!

Hühner mögen Musik, vor allem Pop. Wir waren so entzückt, dass wir augenblicklich in eine Starre verfielen, in der er mit uns hätte machen können, was er wollte. Ja, ich schäme mich nicht zuzugeben, dass wir diesem Curly von der ersten

Minute an hörig waren. Als er ein paar Tage später wiederkam, ließen wir alles stehen und liegen, rannten ihm entgegen und verlangten ein Lied.

Es war schön, seit wir den Auslauf hatten und in den Garten schauen konnten.

Noch schöner wäre gewesen, in den Teil zu gelangen, wo es noch etwas zu rupfen gab und leckere Insekten von Blüte zu Blüte flogen. Diesen Anspruch würden wir als Nächstes geltend machen!

Aber dann kam der Anwalt, die heimtückische Attacke auf He-Lene, und Heidi rückte in der Mittagspause endlich mit dem heraus, was die Sundheimer schon länger planten; etwas, das in ihren Augen jetzt nicht mehr warten konnte.

»Roggy, mir müsse schwäddse. Unner vier Auge.«

»*No way*«, erwiderte Amy sofort. »Entweder du sagst, was du sagen willst, oder du lässt es sein.«

»I red mit'm Erschde Huhn«, beharrte Heidi. »Du erfährsch's früh g'nug.«

»*What the …*«

Ich stand hastig auf. »Das sind die Regeln, Amy. Bin gleich wieder da.«

Die Mittagspause verbrachten meine Amrock-Schwester und ich wie früher nebeneinander auf dem Rand des Komposthaufens, während die Sundheimer am liebsten im Sandbad unter dem Stall dösten. Der Mittagsfrieden ist heilig, egal, welche Konflikte unter einzelnen Hühnern schwelen. Deshalb war allein die Wahl des Zeitpunkts schon ungewöhnlich, obwohl die Regel besagt, dass Gespräche mit dem Oberhuhn jederzeit möglich sein müssen.

Ich streckte mich ausgiebig und folgte Heidi in den Auslauf, wo wir uns unter dem Bambus niederließen. Sobald ich den warmen Sand unter mir spürte, fielen mir von Neuem die Augen zu.

»Mir Sundheimer verlange e Haggdreiegg«, sagte Heidi ohne Umschweife.

Ich riss die Augen wieder auf. Ich glaubte, mich verhört zu haben.

»Ang'sichts uns'rer ernschde Laage«, hob Heidi an, und dann hörte ich die wohl längste Rede, die je ein Huhn gehalten hat. Einer schonungslosen Analyse unserer Situation folgte die wohlüberlegte Begründung ihres Anliegens, erwischte mich kalt und ließ mir gar keine andere Wahl, als Heidi, ohne sie auch nur einmal zu unterbrechen, bis zum Ende anzuhören.

»Darf i noch aafüge«, schloss unsere Diplomatin, »des i mi glücklich schädz, unner oim so g'rechde und b'sonnene Erschde Huhn wie dir ze lebe, Roggy.«

Sprach's, stand auf und ging zurück zu Susi, die sie mit einem ermutigenden Schnabelreiben empfing.

Auf mich wartete etwas weniger Freundliches, das war mir klar.

»Das hat ja gedauert«, empfing mich Amy misstrauisch.

»Es ist ja auch kompliziert«, räumte ich ein.

»Glaubst du, ich hätte nicht gemerkt, dass sie mich auf Position zwei nicht anerkennt? Was ist daran kompliziert?«

»Es geht nicht um dich, es geht um das System. Den Sundheimern schwebt keine lineare Hackordnung vor, sondern ein Hackdreieck«, erklärte ich.

An Amys leerem Gesichtsausdruck erkannte ich, dass sie sich an diese Lektion unserer Mutter nicht sofort erinnerte.

»Linear heißt Hackordnung von oben nach unten«, half ich ihr. »Damit sind sie nicht einverstanden.«

»Ja, aber … was denn sonst?«, rief Amy verdattert.

»Es ist unbestritten, dass die lineare Hackordnung die häufigste Ordnung unseres Zusammenlebens ist«, hörte ich mich dozieren. »Ein völlig anderes, aber dennoch legitimes

System ist das Hackdreieck mit einem Oberhuhn und mehreren untereinander gleichrangigen Hühnern, die sich wechselseitig hacken dürfen. Diese Ordnung bietet Vorteile …«

»*Rocky, what the f–*«

»… in Bezug auf die Harmonie in der Herde, aber vor allem, wie in unserem Fall, ist es eine Vorkehrung gegen drohende Gefahr. Es gibt Hühner, die mangelnde Körperkraft durch Verstand ausgleichen können, und mit Heidi scheinen wir ein solches zu haben. Ihr Verstand plus unsere Stärke könnte genau das sein, was wir in unserer Lage brauchen.«

Ich ließ aus, dass ich soeben die Quintessenz von Heidis Rede wiedergegeben hatte. Noch während ich die Worte aussprach, begannen sie, mich zu überzeugen, wurden zu meinen eigenen. Deshalb also hatte Heidi Amy angegriffen! Natürlich hatte sie sich geschlagen geben müssen, doch es zeugte vom Mut und der Klugheit dieses Huhns, nicht einfach aufzugeben, sondern es mit Argumenten noch einmal zu versuchen.

Amy stand auf. Sie blickte mich auf eine Art an, die ich nur als drohend verstehen konnte.

»*Rocky, what the fuck!* Hackdreieck? Ich, eine Amrock, soll mich von einem Sundheimer hacken lassen?«

»Du könntest Heidi auch einfach aus dem Weg gehen«, schlug ich vor.

»Auf welcher Seite stehst du eigentlich?«, fragte Amy bebend.

»Naturgemäß liegst du mir als Schwester besonders am Herzen«, beschwichtigte ich sie, bevor ich Amy wieder einmal auf mein Dilemma hinwies. Für mich musste es um die gesamte Herde gehen, nicht um persönliche Vorlieben. »Im Übrigen«, fügte ich hinzu, »ist Heidi um der Sache willen bereit, sich von einem Huhn hacken zu lassen, das ihr nicht nur körperlich, sondern auch vom Verstand her unterlegen ist. Ihr Opfer wäre sogar größer als deins.«

Ich sah zu, wie Amy kopfrechnete. *»You're kidding«*, quiekte sie. »Susi hackt Heidi? Dieser weinerliche kleine Dicksack?«

»Du siehst, wie ernst es ihnen ist«, gab ich zurück. »Im Hackdreieck muss jedes Huhn eine Hackberechtigung haben, auch Susi.«

»Hackberechtigung? Hör dir mal zu! Was würde Mutter sagen?«

»Sie hat uns das Prinzip des Hackdreiecks doch selbst erklärt«, erinnerte ich meine Schwester.

»Aber es war nicht die Rede von Sundheimern!«, schrie Amy.

»Rassistin!«, piepste es empört aus dem Sandbad.

Oh, Susi. Dass ein und dieselbe Züchtung zwei so verschiedene Exemplare wie Heidi und Susi hervorbringen kann, zeigt, wie unberechenbar der Erhalt gefährdeter Rassen ist. Normalerweise war es unter Amys Würde, auf Susi loszugehen, doch nach dieser Provokation war binnen Sekunden ein Flattern, Hacken und Quieken im Gang, dass die Federn nur so flogen. Als sich auch noch Teil drei des potenziellen neuen Hackdreiecks einmischte, blieb mir nichts anderes übrig, als ebenfalls zum Schauplatz des Geschehens zu eilen – woraufhin Amy von Susi abließ und *mich* attackierte! Wie ein Kampfhahn umkreiste sie mich, sprang mit ausgestreckten Krallen auf mich zu.

Aber auch meine Wut war entbrannt. Wie konnte es sein, dass ausgerechnet meine eigene Amrock-Schwester mir dermaßen in den Rücken fiel? Eine von uns beiden musste den Job als Oberhuhn schließlich machen! Oder wollte sie das den Sundheimern überlassen?

Ich nahm Anlauf und krachte mit vollem Gewicht gegen Amys Brust, wühlte meine Krallen in ihr Gefieder, riss, hackte und spuckte schnabelweise graue Federn aus. Nach einigen Sekunden spürte ich, wie sie schlappmachte und sich gegen den Boden drückte, hackte ihr noch einmal kurz in den Nacken und trat zurück.

»Beschlossen!«, erklärte ich außer Atem. »Wir haben ab sofort ein Hackdreieck. Aber dass jede von euch jetzt hacken darf, bedeutet nicht, dass es erlaubt ist, eure Energie gegeneinander zu richten! Konzentrieren wir uns auf die Gefahr, die He-Lene und damit unserer Herde droht. Was können wir tun? Denkt nach! – Heidi?«

»Wieso lasse mer uns nachts eigentlich noch eisperre?«, gab das schlaue Sundheimer zurück.

10

Etwas war passiert. Etwas war *mit ihr* passiert, etwas Unheimliches. Fünf Tage waren seither vergangen, die sie auf dem Kalender abstrich, um den Überblick zu behalten; fünf Tage, in denen sie Boden unter den Füßen zurückgewonnen und an Besserung geglaubt hatte – bis sie auf eine Erklärung gestoßen war. Seitdem spürte Helene mit wachsender Furcht, dass sie nie mehr dieselbe sein würde.

Absturz, das war das Wort, das ihr bereits in der Nacht eingefallen war, kurz bevor sie neben ihrem Verstand und der Kontrolle über ihren Körper auch die Sprache verloren hatte, und es war und blieb das einzig passende Wort für das, was sie erlebt hatte. Schwindel, der in Übelkeit, Übelkeit, die in Schwerelosigkeit, Schwerelosigkeit, die in freien Fall überging; ein irrer Flug durch Farben, Bilder und Laute. Zwischendurch hatte sie Dinge wahrgenommen, die sie kannte und an denen sie sich für Augenblicke festhalten und einen Sinn herstellen konnte, wie ihr Bettpfosten oder die Kloschüssel oder das Kratzen des Flurteppichs an ihrer Wange. Sie hatte zu rufen versucht, in ihrem Kopf war ein Name mit Iii oder Hii, dessen anderer Teil ihr partout nicht einfallen wollte, aber das hohle Lallen, mit dem ihr Mund vergeblich diesen Namen zu formen versuchte, machte ihr nur noch größere Angst.

Am Ende hatte sie aufgegeben, sich einfach fallen lassen, bis es ruhig und dunkel um sie geworden war und sie ganz deutlich das Wort *Tod* gedacht hatte. Das also war passiert, musste passiert sein. Sie hatte eine tiefe Erleichterung empfunden, weil sie es endlich herausgefunden hatte.

Das Nächste, woran sie sich erinnerte, war, dass an der Wand schräg über ihr eine Spinne krabbelte. Helene starrte sie lange und intensiv an, bis sie plötzlich erkannte, dass es dieselbe dicke Achtbeinerin war, die an der Schlafzimmerdecke schon den Winter verbracht hatte. Kurz darauf fiel ihr der Begriff *Spinne* wieder ein. Und als die Tür sich öffnete und zögernd ein weiß-brauner Schopf durch den Spalt geschoben wurde, auch der zweite Teil vom Hii.

»Geht es dir besser? Deine Hühner machen draußen ein Spektakel.«

Hüüühner. Hüüühner. Hüüühner. Eins, zwei, drei, vier.

»Willst du einen Tee? Kannst du schon was trinken? Oder sogar essen?«

»Wie Uhr?«, krächzte Helene.

Der Rest von Hilde zwängte sich durch den Türspalt, blieb mit doppeltem Sicherheitsabstand stehen und sagte: »Gleich zwölf. Was war denn bloß los, Lenchen? Dein Wohnzimmer sieht aus wie nach einem Einbruch. Bist du über den Couchtisch gefallen? Sind das Blutergüsse an deinen Armen?«

Zu viele Fragen auf einmal. Helene setzte sich vorsichtig auf, hielt sich den Kopf an der Stelle, wo ein stechender Schmerz ihn durchfuhr, und hörte sich zu ihrer unendlichen Erleichterung einen vollständigen Satz formulieren: »Ich muss die Hühner füttern.«

»Na, das machen wir heute wohl besser zusammen«, erwiderte Hilde in aufgeräumtem Ton, obwohl Helene selbst in ihrem weggetretenen Zustand das Unbehagen registrierte, das ihrer Schwester ins Gesicht geschrieben stand.

Hilde half ihr auf und führte sie ins Bad oder vielmehr: fasste vorsichtshalber ihren Arm, denn Helene konnte gehen, obwohl ihre Beine sich fremd und watteweich anfühlten. Hatte sie einen Schlaganfall gehabt? Oh Gott, hoffentlich nicht. Und Hilde hatte recht, Teile des Wohnzimmers waren ein Schlachtfeld, sie musste blind durchs Mobiliar gestolpert sein, vermutlich auf dem Weg zur Kloschüssel.

Eine dringende Frage schien sich in ihrem Kopf bilden zu wollen, aber sie wusste noch nicht, welche. Das kalte Wasser im Gesicht tat gut. Sie hätte jetzt gern geweint.

»Du siehst schon etwas besser aus«, fand Hilde und reichte ihr ein frisches Handtuch aus dem Schrank, obwohl noch eins am Haken hing. *Hilde fasst keine fremde Wäsche an.* Langsam kehrten weitere Erinnerungen zurück; Wissen, auf das Verlass war.

»Der Kaffee … war das wirklich der … deiner, wie immer?«

»Der Kaffee war völlig in Ordnung. Ich habe selbst davon getrunken, und wir hatten auch denselben Kuchen.«

»Aber ich hab doch danach gar nichts mehr …« Verwirrt hielt sie inne.

»Vielleicht hat dich etwas gestochen, als du deinen Zaun gebaut hast.«

»Ich hab doch gar keine Allogo… Allogi…«

Eingehend betrachtete Helene ihre Hände und Arme. Es waren keine Spuren eines Insektenstichs zu sehen, trotzdem konnte Hilde natürlich recht haben. Wer wusste schon, was da draußen alles herumflog – eingeschleppt von irgendwoher.

Hilde setzte sie im Wohnzimmer aufs Sofa und brachte ihr ein Glas Wasser. »Du solltest dich endlich durchchecken lassen. Etwas stimmt nicht, das merke ich doch schon länger.«

Helene brauchte einige Anläufe, bis sie sinngemäß herausbrachte: »Ganz sicher gehe ich in kein Krankenhaus! Außerdem geht es mir ja schon besser.«

»Gott sei Dank«, sagte Hilde mit Nachdruck. »Kannst du aufstehen? Komm, dann gehen wir jetzt die Hühner füttern.«

»Hilde?«

»Ja, Lenchen?«

»Wir haben gestern gut geredet. Haben wir, oder?«

»Allerdings, meine Liebe. Und es war höchste Zeit!«

»Wir haben nur noch uns. Wir dürfen uns nicht ver… uns nicht ver… was soll denn sonst aus uns werden?«

Jetzt weinte sie doch. Hilde kam ein paar Schritte auf sie zu, beugte sich vor und klopfte ihr auf die Schulter; so zaghaft, wie man einen Obdachlosen am Straßenrand antippt, um festzustellen, ob er noch lebt. Helene schniefte, entschuldigte sich und riss sich zusammen. Sie entschuldigte sich auch bei den Hühnern, während Hilde nach ihren Anweisungen das Füttern und Saubermachen im Stall für sie erledigte.

Nach den Details ihres Absturzes fragte Hilde seltsamerweise nicht, worüber Helene froh war, denn ihr graute davor, sich die Einzelheiten ins Gedächtnis zurückzurufen.

Ohnehin tauchten in den nächsten Tagen immer wieder, gänzlich unvorhersehbar, Bilder jener Nacht vor ihrem inneren Auge auf, als wollten sie sie zwingen, sich zu erinnern. Das Gefühl einer dringlichen, unbeantworteten Frage, die über Ursachenforschung hinausging, blieb. Darum versuchte Helene, sich einstweilen auf die Dinge zu konzentrieren, die direkt vor ihr lagen; vielleicht war eines Tages ja auch die Frage darunter. Aber bis dahin musste anderes wichtiger sein.

Der Abend mit Hilde zum Beispiel, und ihr erster echter Austausch, seit sie miteinander in diesem Haus lebten. Sie hatten zwar sämtliche heiklen Themen vermieden, den Zaun, den Anwalt, Mutter, und natürlich hatte Helene auch nicht – Gott bewahre! – über das Testament gesprochen. Aber ein Anfang war gemacht, indem sie darüber redeten, wie wunderlich sie beide in den letzten Jahren geworden waren. Hildes zwanghafte Hamsterkäufe, Helenes Selbstgespräche und Tagträume – zwischen ihnen war eine Offenheit entstanden, die Helene nicht erwartet, auf die sie nicht zu hoffen gewagt hatte. Wie sehr sie sich danach gesehnt hatte, war ihr noch bewusst geworden, ehe die erste Schwindelattacke sie heimsuchte.

Über das eingebildete Telefonat mit Ingeborg hatte Hilde herzlich gelacht. »Du wirst eine schrullige alte Tante«, meinte sie, und Helene war dankbar und froh, dass etwas, was sie selbst zutiefst erschreckt hatte, ihrer Schwester offenbar nur »schrullig« vorkam.

Seit dem Absturz bot Hilde ihr Unterstützung an. »Solange du noch nicht ganz wieder du selbst bist«, formulierte sie es rücksichtsvoll. Mit Helenes Einkaufszettel – denn auf keinen Fall solle diese in ihrem Zustand Auto fahren – verschwand sie in ihrer Garage, und in dem prall gefüllten Beutel, den sie Helene anschließend überreichte, fand diese echte Markenprodukte statt ihrer gewohnten Discounter-Eigenmarken, dazu zwei, drei leckere Überraschungen, die sie sich schon lange nicht mehr geleistet hatte.

Hilde wollte nicht einmal abrechnen. »Irgendwann werde vielleicht ich Hilfe brauchen«, sagte sie nur, und Helene beschlich der Gedanke, dass auch Hilde nicht mehr ganz sie selbst war. Hätte sie geahnt, dass Hilflosigkeit so menschliche Reaktionen in ihrer Schwester auslöste – sie wäre glatt schon früher mal abgestürzt, meinte sie zu Ingeborg.

Aber Ingeborg fand es nicht zum Lachen, Ingeborg war beleidigt. Helene hatte nicht, wie versprochen, an jenem Abend zurückgerufen; Helene war zu Hilde hinuntergegangen und hatte ihre Freundin völlig vergessen.

»Ich habe mir Sorgen gemacht, Lenchen! Was ist passiert, warum meldet sie sich nicht …?«

»Und du? Hast du dich gemeldet? Laut meinem Handy nicht.«

»Wieso sollte ich? Wir hatten etwas anderes ausgemacht.«

»Stimmt, wir hatten verabredet, dass ich anrufe, und es tut mir leid, dass ich es versäumt habe. Aber solche Sorgen, wie du behauptest, kannst du dir kaum gemacht haben, sonst hättest du es mal selbst versucht.«

»Soll das etwa ein Vorwurf sein?«, empörte sich Ingeborg.

»Nein, den Vorwurf machst du mir, obwohl ich etwas verdammt Schauriges erlebt habe! Soll ich mich ernsthaft dafür entschuldigen, dass ich an dem Abend nicht mehr telefonieren konnte? Ernsthaft?«

Es war ihr letztes Telefonat mit Ingeborg gewesen. Kein Anschluss mehr unter dieser Nummer. Ingeborg Sauter, ihre älteste, ihre lebenslange Freundin, ging nicht mehr ans Telefon, wenn sie anrief. Das Nachbarskind zwischen Gisela und Heiko, anderthalb Jahre älter als Helene, buchstäblich Wand an Wand mit ihr aufgewachsen. Vorbei, mit über siebzig. Unfassbar. Nicht hinnehmbar! Sie würde, nahm sie sich vor, ein paar Wochen verstreichen lassen und es dann noch einmal versuchen.

Und sich bis dahin an den einzigen Menschen halten, den sie ebenso lange kannte wie Ingeborg. Ein Segen, dass sie und Hilde sich versöhnt hatten! Ein später Segen und daher umso wertvoller. Dessen Kehrseite allerdings war, dass Hilde neuerdings die große Schwester in sich wiederentdeckt hatte, und ihre offen ausgesprochenen Sorgen trugen nicht gerade zu Helenes Beruhigung bei.

»Wir können das, was dir passiert ist, nicht einfach auf sich beruhen lassen. Geh zu einem Arzt, bitte!«

»Wozu? Bestimmt hast du recht, und es war nur ein Insektenstich.«

»Es gibt Allergietests …«

»Ich will nichts mehr davon hören! Ich setze mich doch jetzt in kein … in kein …« Erregt suchte Helene nach dem Wort.

»Wartezimmer?«, half Hilde aus.

»Genau! Aus Wartezimmern kannst du kränker rauskommen, als du reingegangen bist. Außerdem wartet man sowieso monatelang auf einen Termin.«

»Und wenn es wieder passiert?« Hilde ließ nicht locker. »Vielleicht hast du sogar eine Allergie gegen die Hühner. Bevor wir sie angeschafft haben, hattest du solche Aussetzer jedenfalls nicht.«

»Quatsch«, erwiderte Helene automatisch. Erst nachdem Hilde gegangen war, googelte sie besorgt die Begriffe »Allergie« und »Hühner« und war erleichtert, als das Internet Entwarnung gab. Selbst die heftigste Tierallergie löste keine Halluzinationen aus.

Allerdings drängte sich mit dem Begriff nun unvermittelt das Fachwort für ihren Absturz in Helenes Bewusstsein, und von Entwarnung konnte keine Rede mehr sein. Wenige Klicks führten sie zu möglichen Ursachen. Punkt eins, Drogen und Psychopharmaka, konnte sie ausschließen. Soziale Isolation war auch unwahrscheinlich, sie hatte an dem Tag eine Menge Abwechslung gehabt.

Blieb die schlimmstmögliche Ursache. Beinahe wurde ihr von Neuem schwarz vor Augen, als sie die Worte las; vier nüchterne Begriffe, die knapp, kalt und mitleidlos alles bestätigten, was sie insgeheim schon länger befürchtet hatte.

Sie klappte ihren Laptop zu, so schnell sie konnte, aber zu spät, sie hatte es gelesen, schwarz auf weiß hatte es dagestanden und sich augenblicklich eingebrannt. Aus Befürchtung wurde Wissen. Und dieses Wissen würde von nun an ihr erster Gedanke sein, wenn sie morgens die Augen aufschlug, der Schatten über jeder einzelnen Stunde des Tages, und er würde nachts in den dunklen Ecken ihres Zimmers hocken, wenn sie ängstlich wach lag.

Begleiterscheinung einer demenziellen Erkrankung.

Als sie sich etwas gefasst hatte, klappte sie den Laptop wieder auf. Ganz ruhig, dachte sie, ich darf mich nicht aufregen, das macht es nur schlimmer!

Was sie sich in den Stunden danach zu lesen zwang, hatte

sie vor langer Zeit schon einmal recherchiert, als es mit Mutter bergab gegangen war. Es war ein verstörendes Déjà-vu, weckte Erinnerungen, Schreckensszenarien und all die alten Schuldgefühle. Entspannungsübungen – oh Gott! Eine Zeit lang hatte sie Mutter jeden Vormittag dazu bringen wollen, woraufhin die alte Frau noch verzweifelter schrie und weinte. Wie absurd, von einem Menschen in dieser trostlosen Lage zu verlangen, dass er ent-spannte!

Warum war sie damals eigentlich nicht auf den Gedanken gekommen, dass *sie* diejenige hätte sein müssen, die Entspannungsübungen machte? Helene war mit Mutter und deren Dauerschleife sinnloser Fragen, Launen und Handlungen heillos überfordert gewesen, auch wenn sie Dritten etwas anderes vorgespielt hatte.

Wie du das alles schaffst, Helene – du bist zu bewundern!

Oft gehört, bescheiden abgewehrt, und doch wie eine Süchtige auf diese Anerkennung gewartet; das Einzige, was ihr geblieben war. Die selbstlose Helene, die ihren Beruf, ihre Reisen, ihr freies Leben der dementen Mutter opferte! Dass sie manchmal aus reiner Verzweiflung laut wurde, wusste nur Mutter, und die hatte es nach ein paar Minuten wieder vergessen.

Hilfe hatte sie sich erst geholt, als Mutter bettlägerig wurde, und sie hatte es als Niederlage empfunden. Mit der tapferen Helene, die alles allein wuppte, war es vorbei, jetzt trugen Polinnen die Hauptlast; Mütter, die ihre eigenen Familien zurückließen, um alte deutsche Menschen zu pflegen. Sie hatte sich geschämt vor diesen Frauen. Besonders, weil Mutter ihnen das Leben so schwer gemacht hatte.

War dies die Rechnung dafür? Hatte sie verdient, das alles nun am eigenen Leib durchmachen zu müssen?

Nein, kam sie wieder zur Besinnung, solche Gedanken durfte man nicht zulassen. Das Beste, was sie Mutter hatte geben können, mochte nicht immer gut genug gewesen sein – aber Grund zur Strafe gab es nicht. An Demenz zu erkranken, war ebenso Schicksal, wie all die guten Dinge in ihrem Leben Schicksal gewesen waren. Dinge wie die Fähigkeit, anzunehmen, was war, und das Beste daraus zu machen. Darauf hatte sie sich immer verlassen können, warum also nicht auch jetzt?

Sie atmete durch, fühlte, wie sie ruhiger, ihr Kopf klarer wurde, als sie nach anderen Informationen zu suchen begann. Auch diese Stellen hatte sie damals schon gelesen: die, in denen es darum ging, dass Demenz zwar nicht heilbar war, bestimmte Faktoren den Verlauf aber aufhalten konnten. Beschäftigung, Ablenkung, eine Aufgabe. Körperliche Bewegung. Gesundes Essen. Soziale Kontakte. Ausreichend Schlaf.

Do not go gentle into that good night. Schon als junges Mädchen hatte Helene das Gedicht von Dylan Thomas geliebt, und auch wenn sie sich nur noch an die erste und die dritte Zeile erinnerte, konnte es kein Zufall sein, dass sie ihr ausgerechnet jetzt wieder einfielen. *Rage, rage against the dying of the light.*

Als hätte die Botschaft dieser Zeilen all die Jahre in ihr geschlummert, spürte sie mit einem Mal alles in sich, was sie brauchte. Sie mochte sich im Alltag an das eine oder andere nicht auf Anhieb erinnern. Aber sie erinnerte sich daran, wer sie war.

Du bist Helene Faber. Du bist zweiundsiebzig. Du bist alt, auch wenn du es noch nicht lange weißt. Du hattest ein schönes Leben, wenn man von den letzten paar Jahren absieht, und es können noch gute Jahre vor dir liegen. Mach das Beste daraus! Hör auf zu jammern und nutze deine Zeit. Worauf wartest du?

Sie stand auf, ignorierte den leichten Schwindel, der sie dabei erfassen wollte – und siehe da, schon nach wenigen

Schritten merkte sie, dass er verschwand. Sie schlüpfte in ihre Gartenschuhe und ging hinters Haus, um die Hühner für die Nacht einzuschließen. Die frische Luft tat gut.

Es dunkelte bereits, üblicherweise saßen die vier um diese Zeit längst auf der Stange. Nicht so an diesem Abend. Es dauerte einige Augenblicke, bis sie das weiße Gefieder der Sundheimer unter den Holundersträuchern hervorblitzen sah. Als sie mit der Taschenlampe ihres Smartphones hineinleuchtete, entdeckte sie auch die Amrocks.

»Arme Hühner.« Helene verstand sofort. »Ihr wollt euch nicht mehr einsperren lassen, stimmt's? Ich kann es euch nicht verdenken. Aber was sagt der Fuchs?«

Sie blickte sich um, richtete die Taschenlampe in die Befestigung des Geflügelnetzes und überprüfte, ob Löcher entstanden waren. Die Voliere wies keine Schäden auf, nur der neue mobile Auslauf war nicht ungefährlich. Der Forstzaun mit seinen nach oben größer werdenden Maschenabständen und das dünne, nicht reißfeste Vogelschutznetz darüber mussten unter dem Aspekt der Sicherheit als ungenügend bewertet werden, und die kleine Tür zur Voliere durfte sie abends auf keinen Fall zu schließen vergessen.

Tapfer nahm Helene sich vor, noch am selben Abend eine Checkliste zu schreiben, die sie an den Volierenzaun hängen konnte – und am besten gar nicht darüber nachzudenken, warum das nötig war.

»Versuchen wir es«, sagte sie zu den schemenhaften Gestalten unter dem Holunderstrauch. »Wir lassen die Hühnerklappe weg, ihr habt ab sofort einen Offenstall. Na los, rein mit euch! Ihr müsst nicht unterm Strauch übernachten.«

Keins der Tiere bewegte sich.

»Wie ihr wollt«, lenkte Helene ein. »Ihr werdet schon merken, dass der Stall jetzt offen bleibt. Ich hoffe nur, es ist kein Marder unterwegs, der euch hier draußen erschnüffelt.

Der könnte eventuell versuchen, sich durchs Netz zu zwängen … aber ich will euch keine Angst machen. Das Leben ist, wie es ist, und ab und zu muss man sich eben anpassen. Gute Nacht, liebe Hühner.«

Auf dem Weg in ihre Wohnung kehrte sie auf der Treppe noch einmal um und klopfte an die Tür ihrer Schwester. Hilde saß vor dem Fernseher, auf dem das ernste Gesicht eines Kriegsreporters vor ausgebombten Wohnhäusern lautlose Worte formte. Helene war schon einen Schritt weiter, sie schaltete die Nachrichten gar nicht mehr ein.

»Hast du irgendwas zum Schlafen?«, fragte sie.

11

Hühner sind Waldrandbewohner. Unsere Mutter hatte dem Thema »natürliche Umgebung« eine unserer ersten Lektionen gewidmet.

»Die allerwenigsten von euch werden tatsächlich an einem Wald leben«, hatte sie eingeräumt, »das Beste, was Hühner heutzutage erreichen können, ist freies Umherstreifen auf einem Bauernhof, beschützt von einem starken Hahn. Aber wenn ein Wald in der Nähe ist, schaut ihn euch unbedingt an, findet euren Ursprung, erspürt die Wurzeln eures Huhnseins. Allerdings«, fügte sie hinzu und ergänzte nach kurzer Pause, die uns den Eindruck vermittelte, dass das Wichtigste wie so oft erst zum Schluss kam, »geht nicht zu weit rein.«

So weit »im Wald« wie in dieser Nacht waren meine Schwestern und ich noch nie gewesen. Ein stabiler, fuchssicher eingegrabener Volierenzaun umgab uns; wir wussten genau, dass er noch da gewesen war, als wir uns vorhin unterm Holunderstrauch niedergelassen hatten. Dass wir ihn jetzt nicht mehr sehen konnten, obwohl ein voller Mond über uns stand, bedeutete nicht, dass er weg war, auch wenn Susi nicht aufhörte, das Gegenteil zu piepsen, und uns langsam, aber sicher mit dieser Phantasie ansteckte.

»Nu hald emol d' Labb«, zischte Heidi schließlich zermürbt, »der Zaun isch do, der war jede Nachd do, sonschd hädde mer doch die Bäre scho längscht emol am Fenschder g'het.«

Wie aufs Stichwort begann es in diesem Moment in unserem Rücken erst zu rascheln, dann zu rütteln. Hurra, nun hatten wir den Beweis, dass der Zaun noch da war – aber das war leider auch das einzig Positive. Ich verwünschte mich dafür, keinen anderen Schlafplatz gewählt zu haben. Die Sträucher vermittelten zwar ein kuscheliges Höhlengefühl, aber die Erbauer unserer Anlage hatten sie viel zu dicht am Zaun gepflanzt. Der aggressive Gestank der Bären, die Bösartigkeit, die von ihnen ausging, war nur wenige Zentimeter von uns entfernt.

Aus ebensolchen Gründen hatten sich unsere Ahnen zum Schlafen rechtzeitig auf Bäume zurückgezogen, und sollten ihre Geister uns in dieser Nacht beobachtet haben, dürften sie sich verwundert die Kehllappen gerieben haben. Über unsere Dummheit, vielleicht aber auch generell darüber, dass die meisten heutigen Hühnerrassen nicht mehr fliegen, allenfalls hopsen können. Damit landen wir schweren Artgenossen in der Regel nicht auf einem Baum, selbst wenn einer da ist.

Wir schweren Artgenossen hocken unter Sträuchern und zittern. Es gibt nichts zu beschönigen: In jener Nacht waren wir alle Susis. Wir konnten nur hoffen, dass die Waschbären das Interesse verloren und sich trollten, wenn sie merkten, dass der Zaun hielt. Sie sind nicht als die geduldigste Spezies bekannt.

In der Tat gaben sie ihre Stellung bald auf – um es woanders zu versuchen. »Wollen wir doch mal sehen«, höhnte die Alte, »ob sich vorne am Eingang was machen lässt.«

Sie raschelten zielstrebig davon, gelangten über den Durchgang hinter dem Geräteschuppen ungehindert auf unser Grundstück, und dann hörten wir sie auf dem Weg durch den Hof ihre Schneise der Verwüstung ziehen. Schaufel und Besen fielen um, irgendetwas klirrte, ein leerer Eimer wurde über den Boden gerollt, und zum Schluss erwischte es noch den vollen Koteimer, den He-Lene auf dem Holzblock stehen lassen hatte. Diese Burschen sind echte Vandalen.

Hinter dem Fenster zum Hof ging das Licht an und machte

aus unseren Feinden, die im Schaukelgang zur Volierentür hoppelten, ein gespenstisches Schattenspiel. »Klick«, machte es, als die Alte mit einem einzigen Pfotengriff den unteren Haken löste. »Wumms«, als sie sich gegen die Tür warf.

Puh! Diesmal hatte He-Lene an die obere Verriegelung gedacht. Die Bären begannen zu klettern, wir sahen ihre drei Schatten im Zaun hängen wie in einem großen Spinnennetz, dann fummelte die Dicke auch schon am Karabinerhaken, und wir hörten sie kichern: »Riecht mal, wie sie sich einscheißen!«

Womit sie nicht unrecht hatte.

Unterdessen erschien Hilde am Fenster, öffnete es und richtete den Strahl einer leistungsstarken Taschenlampe in den Hof. Das würde die Eindringlinge vertreiben – dachten wir! Denn obwohl wir schon vermutet hatten, dass He-Lenes böse Schwester uns in der Not im Stich lassen würde, hätten wir niemals mit dem gerechnet, was sie als Nächstes tat. Die Waschbären erstarrten im Lichtkegel, bereit, die Flucht anzutreten – da bewegte Hilde die Taschenlampe einfach ein Stück zur Seite und tat, als hätte sie die Eindringlinge gar nicht entdeckt! Die Bären begannen sofort wieder zu klettern, Hilde blieb am Fenster und gaffte.

Es war unfassbar. War nicht auch sie unsere Halterin? Hatte nicht auch sie unseren Karton zum Stall getragen? Die Schwestern waren zu zweit gewesen, als wir ankamen; wie konnte Hilde nur wenige Wochen später unsere Feinde zum Weitermachen einladen?

Die verstörende Antwort war: Die Attacke der Waschbären kam ihr gelegen. Wir hatten nicht vergessen, was sie mit dem Anwalt besprochen hatte: dass sie uns lieber loswerden wollte, als He-Lene den Bau des Forstzauns durchgehen zu lassen.

Apropos He-Lene: Wurde es nicht langsam Zeit, dass auch

sie von dem Radau aufwachte? Aber unsere Freundin ließ sich nicht blicken. Wir waren von Feinden umringt.

Metall klapperte gegen Metall, die Bärin hantierte immer noch am Karabiner.

»Den kriegt se ned uff«, raunte Heidi und begann zu meiner Überraschung, zu summen und ein Lied zu erfinden: »Digge, doofe Bäre, sin niggs als viel ze schwere, digge, doofe Bäre!« Wahrscheinlich wollte sie uns und sich selbst auf diese Weise beruhigen.

»Bist du wohl still!«, zischte ich. »Keine Provokation!«

Ich hätte mich nicht zu sorgen brauchen, die Bärin zeigte sich unbeeindruckt. »Wir sind gleich da-haaa«, rief sie fröhlich, als wäre ihr völlig egal, welche Kommentare ihre Opfer noch von sich gaben.

Die Jungbären kletterten bereits auf den dicken Querbalken, der die Vorder- und Rückseite der Voliere miteinander verband, die Alte hielt sich an der seitlichen Kantholzumrandung fest und versuchte ihr Glück am Geflügelnetz. He-Lene hatte es alle paar Zentimeter mit Spanndraht ans Holz geknotet, aber ob die Konstruktion den geschickten Pfoten eines Waschbären standhalten würde, war zumindest an dieser Voliere noch nicht getestet worden. Wozu auch? Bis zu dieser Nacht hatten wir im gut verschlossenen Stall geschlafen und die Bären keinen Anlass gehabt, sich da oben besonders anzustrengen.

Quälend langsam zogen sich die Minuten in die Länge, während der Feind zerrte, riss und fummelte und sich dabei Knoten für Knoten am Netz entlangarbeitete.

»Guds Nächtle«, murmelte Heidi plötzlich.

»Was ist los?«, brachte ich heraus.

»Wahrscheinlichkeidsgsezz.«

»Heidi, *what the f…*«

»Uff edwa hunnerd Knoode da obbe duud e Zahl X wahrscheinlich ned standhalde. Des kammer ausrechne. I will euch ja ned beunruhige …«, setzte sie rücksichtsvoll hinzu.

»Macht mal bitte jemand einen Knoten in den Schnabel dieses Huhns?«, flehte Amy.

Ehrlich gesagt, hatte auch ich Heidi mit einem Mal ziemlich satt. Wessen blödsinnige Idee war es denn gewesen, uns nicht mehr über Nacht einsperren zu lassen? Ohne dieses vermeintlich schlaue Sundheimer säßen wir jetzt sicher und kuschelig auf unserer Schlafstange! Gut, morgen früh würden wir wahrscheinlich wieder hungern, dürsten und bangen, aber an allen Tagen seit dem Angriff auf ihr Leben war He-Lene irgendwann wieder bei uns aufgetaucht, also war die verdammte Wahrscheinlichkeit doch wohl groß genug, dass wir im Stall sicherer waren als im sogenannten Freien.

In diesem Augenblick traf uns eine olfaktorisch neue, atemberaubende Gestankswolke. In unserem Rücken raschelte und schnüffelte der nächste Besucher, und über uns im Quergebälk wurde es mit einem Mal sehr, sehr still.

Da war er, der Erzfeind des Geflügels. In Sagen, Legenden und Liedern verewigt, lange bevor pöbelnde amerikanische Kleinbären in Europa eingeschleppt worden waren. Wir kamen den Ursprüngen unseres Huhnseins in dieser Nacht so nahe, dass es kaum auszuhalten war. Instinktiv drückten wir uns gegen den Boden, machten uns so platt, wie wir konnten.

Der Fuchs sagte nichts, er gab mit keinem Laut zu erkennen, dass er uns überhaupt gesehen hatte. Geschäftig schnüffelnd streifte er auf der Suche nach einer günstigen Stelle für Einbruch, Raub und schweren Diebstahl am Zaun entlang, und als er auf unsere Höhe zurückkam, hatte sich Feuchtigkeit in seinen widerwärtigen Gestank gemischt. Das konnte nur das Wasser sein, das ihm im Maul zusammenlief. Die blanke Gier.

Auf dem Querbalken verlor einer der jungen Bären Halt

und Nerven; erst da erinnerte ich mich, dass Waschbären und Hühner im Fuchs einen gemeinsamen Feind haben. Das Jungtier rutschte ins Netz ab, zappelte und wimmerte; seine Mutter brachte es mit einem warnenden Knurren zum Schweigen, doch zu spät, der Fuchs hatte nun auch nach oben Witterung aufgenommen.

»Dja, Meischder Reinegge«, säuselte Heidi geistesgegenwärtig. »Da hasch nu die Qual der Wahl. Vier hinnerm Zaun, drei obbedruff.«

Der Fuchs schien sich auf die Hinterbeine gestellt zu haben und machte sich am Zaun ganz lang. Er sagte noch immer nichts, aber die unheilschwangere Stille versetzte die kleinen Bären erst recht in Panik. Plötzlich zappelten beide im Geflügelnetz, die Alte fluchte unterdrückt und eilte auf dem Rand der Voliere zu ihren Kindern, so schnell sie konnte. »Schnauze, Chicken«, zischte sie in unsere Richtung, während sie versuchte, die beiden auf den Balken zurückzuziehen. »Füchse klettern nicht, Füchse graben. Gleich ist er drin bei euch, und dann werden wir mit größtem Vergnügen zusehen, wie er euch das Licht auspustet.«

»Függs duun aa springe«, erwiderte Heidi gelassen. »Edwa von Nachbars Schubbe uff Hiehnerstalldächa.«

Ich spürte, wie mir der Schnabel aufklappte. Die Blätter des Holunderstrauchs raschelten leise. Die Kaltblütigkeit des Huhns neben mir strich über unseren Unterschlupf wie eine kühle Brise.

»Schuppen?«, wiederholte der Fuchs oder vielmehr: blaffte er Heidi an. Sein Ton war äußerst unfreundlich, als ginge es ihm prinzipiell gegen den Strich, mit Beute zu reden.

»Glei nebbeaa«, antwortete Heidi liebenswürdig. »Duud g'nug G'rümbbel als Sprungbredd ummenandstehe.«

Über uns bemühte sich die dicke Waschbärin zunehmend hektisch, das Jungtier zu befreien, das als Erstes abgestürzt war und sich hoffnungslos im Geflügelnetz verheddert hatte. Das andere stand schon wieder auf dem Balken, zeterte und beschwor Schreckliches herauf; es beinhaltete den Fuchs und weitere Geschwister, die es mal gegeben hatte.

In all dem Radau konnten wir den Fuchs erst wieder hören, als er mit einem Plumps vom Sperrmüllhaufen auf den Nachbarschuppen sprang. Im nächsten Augenblick durchlief eine Erschütterung die Voliere, und unser Erzfeind hing am Seitenrahmen. Wir hörten ihn mit den Hinterläufen scharren und kratzen, als er sich weiter hinaufarbeitete.

Als er kurz darauf in unser Blickfeld kam, sahen wir ihn Pfote für Pfote, geschickt wie ein Seiltänzer, auf dem Rand der Voliere balancieren. Zwei, drei Mal rutschte er ab und geriet mit der Pfote in die Maschen des Geflügelnetzes, aber dann hatte er den Bogen raus und setzte seinen Weg unbeirrt fort.

Die Waschbärin erkannte, dass es höchste Zeit für einen Strategiewechsel war, richtete sich zu imposanter Größe auf, fauchte und knurrte und ohrfeigte die Luft mit ihren Krallen, als wollte sie den Fuchs zum Boxkampf herausfordern. Am Rand des Lichtkegels von Hildes tückischer Taschenlampe konnten wir ihn jetzt deutlicher erkennen, als uns lieb war – einen kräftigen, zweifellos jede Nacht satt werdenden Burschen mit großem Kopf, dichtem Fell und buschiger Rute. Er setzte die erste Vorderpfote auf den Querbalken …

… und der kleine Bär, der neben seiner Mutter saß, tat das einzig Richtige: Er machte, dass er vom Dach kam. Rannte über den Balken, kletterte direkt hinter uns überstürzt zaunabwärts und dann am nebenstehenden Baum hinauf und hinauf und hinauf; ich hatte das Gefühl, dass das kleine Tier immer noch kletterte, als der Baum schon zu Ende war.

Das andere Jungtier zog das Netz, das seine Hinterpfote gnadenlos umklammert hielt, mit panischer Kraft ein Stück mit, während es ebenfalls versuchte, vom Balken wegzukommen. Aber damit entfernte es sich gleichzeitig weiter von seiner Mutter. Jetzt konnte sie ihm nicht mehr helfen.

Der Fuchs, der im Weiterschleichen eine geduckte Haltung eingenommen hatte, war nur noch eine Armeslänge von der fauchenden, spuckenden Bärin entfernt. In deren Drohgebärden mischten sich verzweifelte Schreie; sie wusste, dass sie nichts mehr für ihr Junges tun konnte und es jetzt zurücklassen musste, wenn sie sich selbst retten wollte.

Ich hätte mich am liebsten eingegraben. Auch wenn die Bären eben noch vorgehabt hatten, *uns* zu töten – das gewaltsame Schicksal eines Jungtiers mitzuerleben, ist etwas, worauf man auch als glücklich entkommenes Opfer nicht scharf ist. Wieder einmal erkannte ich voller Grauen, dass die Welt dort draußen ein einziger unberechenbarer Schrecken sein musste.

Eine gab es, die den Lauf der Dinge jetzt noch hätte aufhalten können. Vielleicht hätte schon ein lautes Rufen gereicht oder dass sie endlich die Taschenlampe direkt auf die Eindringlinge richtete! Es gibt nur zwei Spezies, die Fuchs und Waschbär gleichermaßen scheuen: die eine ist der Wolf, die andere der Mensch.

Aber die Gestalt am Fenster bewegte sich nicht. Hilde hatte kein Mitleid, auch nicht mit einem kleinen Bären. Stattdessen war es ein Huhn, das seine Stimme erhob.

»Kloiner Bär!«, rief Heidi. »Nu gib doch mol Ruh! Hör uff ze zabble und bleib oifach hogge, dir kann da obbe doch gar niggs bassiere!«

Sie hatte recht. Die Waschbärin konnte ihr Junges nicht mehr packen, aber das galt auch für den Fuchs. Es gab in dieser Nacht keine sicherere Stelle als die Mitte unseres Geflügelnetzes, in dessen Maschen die Pfoten des Feindes keinen Halt fanden.

Die Bärin schrie: »Tu, was sie sagt!«, und trat den Rückzug an.

Das Jungtier hörte folgsam auf zu kämpfen und wimmerte nur noch leise vor sich hin.

Wir Hühner schüttelten die Anspannung aus unserem Gefieder.

Es war vorbei.

Der Fuchs verharrte noch kurz auf unserem Dach, seine Rute zuckte, und unbändige Wut fügte seinem Gestank eine neue, scharfe Note hinzu, die drohend auf uns herabsank. Dann machte er kehrt. Für heute zog er den Kürzeren, ausgetrickst von einem Huhn. Aber er hatte uns entdeckt, er würde wiederkommen. Vielleicht in der nächsten Nacht, vielleicht tagsüber, wenn wir im Auslauf waren … hinter einem Forstzaun, der nur mit Metallstangen und Plastikhaltern in den Boden geklopft war.

Kennen Sie den Wildtiernotruf? Der Wildtiernotruf ist eine lebenrettende Einrichtung, von deren Existenz zu erfahren uns erleichterte und erfreute und uns angesichts unserer gefährlicher gewordenen Lage kurzfristig mit einer gewissen Hoffnung auf bessere Perspektiven in Notsituationen erfüllte.

Leider kann der Wildtiernotruf nur von menschlichen Zeugen verständigt werden. Ist keiner zur Stelle, bleibt das Wildtier in Not. Ein echter Schwachpunkt, wenn Sie mich fragen.

Zwei Männer mit dicken Handschuhen pflückten den gefangenen Waschbären vorsichtig aus dem Netz, untersuchten ihn und befanden ihn für unversehrt.

»Was passiert denn jetzt mit dem Kleinen?«, fragte He-Lene besorgt.

»Wir setzen ihn wieder in den Wald. Seine Mutter ist bestimmt nicht weit.«

Das konnte man wohl sagen. Die Alte hatte die ganze Nacht im Baum verbracht und neben ihrem Jungtier auch uns mit ihren fortwährenden Kontakt- und Ermutigungsrufen wach gehalten.

Kaum zurück in den Wald gehoben, hatte der kleine Bär, der sich bei der Rettungsaktion, gelinde gesagt, nicht besonders kooperativ gezeigt hatte, nichts Eiligeres zu tun, als das Versteck seiner Familie zu verraten und zu Mutti auf den Baum zu klettern.

He-Lene und die Tierretter verfolgten gerührt das Wiedersehen; selbst Hilde, diese Heuchlerin, hing am Fenster und täuschte Anteilnahme vor. Meine Schwestern und ich hingegen hatten, sosehr wir uns im Allgemeinen über Abwechslung freuen, nur einen einzigen Wunsch: dass endlich der Augenblick eintreten möge, in dem nichts, aber auch gar nichts mehr los war und wir Schlaf nachholen konnten.

Teile des Auslaufs lagen noch im Schatten, und es zog uns automatisch dorthin, als He-Lene die Tierretter ums Haus herumführte und zu ihrem Fahrzeug begleitete. Der Fuchs würde es nach all der Aufregung um den kleinen Bären bestimmt nicht sofort aufs Neue wagen …

Es raschelte neben uns. Nicht schon wieder! Da standen sie, wenige Schritte entfernt auf dem Grundstück des alten Sperrmüllbesitzers, und guckten durch eine Lücke in der vom Buchsbaumzünsler befallenen Hecke frech zu uns herein.

»Lass uns schlafen, Dickerchen«, raffte ich mich erschöpft zu sagen auf. »Du kannst dich später bedanken.«

»Hast du sie noch alle, Chicken? Wer hat uns den Stinker denn auf den Hals gehetzt?«, knurrte die alte Waschbärin, stellte sich auf die Hinterpfoten und steckte den Kopf durch die breiten oberen Maschen unseres Forstzauns.

Augenblicklich waren wir auf den Beinen.

Die Bärin zog den Kopf zurück und grinste. »Spaß beiseite. Schon klar, es war *self-defense*. So viel Schläue hätte ich euch nicht zugetraut, ihr kleinen Pupser, das muss ich zugeben. Ja, ich hab euch unterschätzt. Aber wie geht es jetzt weiter, habt ihr darüber mal nachgedacht? Wir sind Bären, ihr seid Hühner, daran ändert sich nichts. Wir könnten jetzt auf der Stelle nachholen, wozu wir letzte Nacht nicht gekommen sind. Das Netz da oben haben wir im Nu abgerissen.«

»Moment mal«, erwiderte ich ungläubig. »Wir retten einem deiner Kids das Leben, und du hast nichts Besseres zu tun, als uns direkt noch mal zu überfallen?«

»*Relax*. Ich sag ja nicht, dass wir es tun, zumindest nicht sofort. Ich habe einen anderen Vorschlag: Ihr überlasst uns jeden Tag ein Ei und habt nichts mehr zu befürchten. Dass das ein gewaltiges Entgegenkommen von unserer Seite ist, brauche ich wohl nicht zu betonen.«

Was ich nun beobachtete, hatte ich kommen sehen: Amy und Susi wandten die Köpfe und sahen Heidi an, nicht mich. Sie, nicht ich war es gewesen, die uns in der letzten Nacht vor Unheil bewahrt hatte, und von ihr, nicht von mir erwarteten meine Hühner jetzt eine rettende Idee. Heidi sagte nichts, aber ich war mir sicher, dass die Bewegung und die unausgesprochene Aufforderung auch ihr nicht entgangen war.

Leider fiel mir, um meine Autorität zurückzugewinnen, nichts Besseres ein, als Angriffslust vorzutäuschen: »Was ist denn das für ein Scheiß-Deal?«

»Schutzgelderpressung«, klärte mich Heidi zu meinem Verdruss auf. »Des isch en echder Glassigger.«

»Siehste, Chicken? Die Quasselstrippe kennt sich aus.«

»Schon klar, Dickerchen«, knirschte ich. »Euer echter Klassiker beruht allerdings auf einem echten Denkfehler.«

»Aha. Und welcher soll das sein?«

»Guck mal genau hin«, sagte ich sarkastisch. »Was siehst

du vor dir? Junghennen. Heißt was? Keine Eier. Noch Fragen?«

Der Waschbär zog die Nase kraus, trat zwei Schritte zurück und knurrte.

»Numme ned hudle! Weller Monat isch denn?«, warf Heidi eilig ein. »Mir Sundheimer leege ab Auguschd.«

»Quatsch«, entfuhr es mir. »Ihr seid jünger als wir, niemals könnt ihr schon ab August legen!«

»Doch. Mir scho«, gestand Heidi bescheiden.

»Na also. Deal«, sagte der Waschbär.

»Moment mal!«, protestierte ich.

Aber die Waschbären wackelten bereits davon, um den Sperrmüll auf dem Nachbargrundstück zu durchsuchen, der ihnen in der letzten Nacht wahrscheinlich zum ersten Mal so richtig aufgefallen war. Aus der Ferne hörten wir sie unter alten Blumentöpfen Schaden anrichten.

Es war das perfekte Begleitgeräusch für das Scheppern zwischen Heidi und mir. »Möchtest du vielleicht übernehmen?«, fragte ich. »Als Oberhuhn?«

Als ich es aussprach, wurde mir bewusst, wie gekränkt ich war – und dass ich gleichzeitig bereits zu viel Respekt vor Heidi hatte, um auch nur den Versuch zu unternehmen, sie mit dem Vorteil meiner Körperkraft niederzuzwingen. Wozu auch, fragte mich resignierend eine innere Stimme. Wenn die Fähigkeiten eines anderen Huhns der Herde besser dienen als die eigenen, kommt ein kluges Oberhuhn nur durch freiwilligen Verzicht gesichtswahrend aus der Sache heraus.

»Wozu?«, erwiderte Heidi, als hätte ich die Frage laut ausgesprochen. »Ä anner Mal isch widda dei Stärge nödich.« Die alte Diplomatin blitzte durch, als sie bedeutsam hinzufügte: »Un die von de Amy«, womit sie schlau ihre alte Rivalin einband. »Du bisch e subber Erschdes Huhn, Roggy, des hen i dir scho g'sagd, un des du i au so meine. Mir müsse zammehalde, des isch die beschde Daggdigg.«

Die beiden anderen nickten.

»Na schön«, sagte ich halb erleichtert, halb widerwillig. »Aber jetzt erklär mir mal, wie du die Übergabe der Bestechungseier hinkriegen willst. Soll He-Lene den Bären vielleicht die Tür öffnen? Zum Tag des offenen Legenests?«

»Koi Ahnung«, gestand Heidi. »Aber's isch ja noch Zeit, was ze überleege.«

»Wie lange?«, fragte Amy. »Woher wissen wir, wann August ist?«

Heidi hob die Flügel. »Isch's erschde Oi do, isch Auguschd«, sagte sie philosophisch.

»Okay«, erwiderte ich. »Fassen wir zusammen: Anschlag auf He-Lene, Überfall auf uns, Erpressung. Was ist mit Sabotage? Hilde würde uns gern loswerden. Könnte sie ein Verbrechen an uns begehen, wenn He-Lene wieder k. o. geht?«

Meine Hühner sahen mich schweigend an. Es war eine Frage, die keiner Antwort bedurfte.

12

Helene spürte Hildes Blick in ihrem Rücken, als sie die von einer Sichthülle geschützte To-do-Liste an die Volierentür hängte. Sie wartete auf die Frage nach dem Warum, aber Hilde sagte nichts; das Schreiben verzweifelter Gedächtnisstützen als *Begleiterscheinung einer demenziellen Erkrankung* schien einer der Schritte zu sein, die für Beobachter selbsterklärend waren. Mutter hatte es eine Zeit lang nicht anders gemacht, bis sie sich von einem Tag auf den anderen auch daran nicht mehr erinnern konnte, wozu die gelben Post-its, die in ihrer Wohnung klebten, eigentlich gut waren.

In Helenes Kopf blitzte eine Art innerer Klebezettel auf, ein Hinweis auf die Frage, die sie Hilde seit letzter Woche stellen wollte. Leider waren Details noch immer nicht zu erkennen. Aber bis gerade eben hatte Helene vergessen, dass überhaupt eine Frage offen gewesen war, insofern war die kleine Regung ihres Gedächtnisses durchaus ermutigend.

Sie unternahm einen zaghaften Versuch zu kombinieren, während sie Reißzwecken ins Holz drückte. Was hatte die Erinnerung ausgelöst? Hildes schweigende Beobachtung ihres Tuns? Dieses Verhalten war an sich nichts Neues, die stummen Blicke ihrer älteren Schwester ruhten auf Helene, seit sie zusammen in diesem Haus lebten, was in der Vergangenheit meist bedeutete, dass Hilde Munition für Kritik sammelte. Die dazugehörige Beschwerde kam oft Wochen später, nachdem Hilde ausgiebig darüber gegrübelt hatte und schon dadurch im Vorteil war, dass Helene den Anlass der Klage längst nicht mehr auf dem Schirm hatte.

Mit Nachdruck vertrieb Helene das unangenehme Gefühl, das unter Hildes inquisitorischem Blick auch jetzt in ihr entstehen wollte. Hatten sie sich nicht ausdrücklich vorgenommen, in Zukunft anders miteinander umzugehen?

»Vielleicht sollten wir einen Bewegungs… Bewegungs… so ein Dings anbringen, das das Licht einschaltet, wenn man vorbeigeht«, sinnierte sie. »Das könnte Waschbären abschrecken. Oder eine Wett… eine Weck… na, diese Kameras. Es gibt sogar welche mit … so einem Dings, über das man Einbrecher live anschreien kann.«

Hilde stieß schnaubend Luft durch die Nase aus, ihre übliche Andeutung eines irritierten Lachens.

»Ich wundere mich, dass du von dem Krach nicht aufgewacht bist«, meinte Helene. »Hattest du auch eine Dings genommen? Ich habe geschlafen wie ein Stein.«

Und da war sie plötzlich, ihre Frage. Nicht mehr so dringlich, wie sie ihr zunächst erschienen war, zumal sie gerade selbst eine plausible Antwort formuliert hatte. Trotzdem sprach sie sie aus. »Als es mir neulich so schlecht ging, bist du auch nicht aufgewacht. Das hat mich gewundert, weißt du? Dass du gar nichts gehört hast.«

Hilde hob die Schultern. »Da werde ich wohl auch eine Tablette genommen haben. Ich kann mich nicht erinnern.«

»Tablette, genau. Nicht ungefährlich«, überlegte Helene. »Ich nehme lieber keine mehr, auch wenn's schön war, mal nicht mitten in der Nacht aufzuwachen und zu gründeln.«

»Grübeln«, verbesserte Hilde und ergänzte: »Ja, wenn ich nachts angenehmere Gedanken hätte, würde ich auch keine Tabletten nehmen.«

Ob gewollt oder nicht: Dass Hildes unangenehme Gedanken mit ihr, Helene, zu tun hatten, schwang ungesagt darin mit. Helene seufzte. »Ich schätze, wir würden es beide nicht noch mal machen. Zusammenziehen, meine ich. Vielleicht hätten wir das Haus damals doch verkaufen sollen.« Der Satz tat ihr leid, noch bevor sie ihn ausgesprochen hatte.

»Das können wir immer noch«, erwiderte Hilde wie aus der Pistole geschossen.

Um ein Haar hätte Helene ausgerufen: Und meine Hühner? Sie verbiss es sich und antwortete betont ruhig: »Na ja! Inzwischen wohnen wir ja hier. Jetzt ist es zu spät.«

»Wieso? Ich melde Eigenbedarf an und werfe den Hansen raus, du ziehst ins Betreute Wohnen. Wo liegt das Problem?«

Die Selbstverständlichkeit, mit der ihr die in ihrer Vorstellung allenfalls übernächste Option aufgezeigt wurde, zog Helene den Boden unter den Füßen weg. »Wie kommst du denn darauf? Ich bin immer noch Genosser… Genosser…«, versuchte sie zu protestierten.

»Genossenschaftsmitglied, Lenchen. Melde dich doch einfach schon mal irgendwo an«, schlug Hilde vor. »Es gibt sowieso überall Wartelisten. Und solange du auf einen Heimplatz wartest, ziehst du in eine Genossenschaftswohnung.«

Helene begann sehr stark zu wünschen, sie könnte die Zeit zurückdrehen – und sei es nur zwei Minuten, um eine einzige unbedachte Äußerung zu streichen. »Ganz sicher melde ich mich nicht *irgendwo* an!«, wehrte sie sich. »Ich kann zu Besichtigungen gehen, und vielleicht – vielleicht! – setze ich mich auf eine … eine Dings …«

»Warteliste«, half Hilde.

»So viel Zeit musst du mir schon lassen«, erwiderte Helene mit einem Zittern in der Stimme.

»Keine Sorge, der Hansen geht auch nicht von heute auf morgen«, erwiderte Hilde. »Ich werde den alten Papenburg bitten, ein Schriftstück aufzusetzen, der kann ruhig mal wieder etwas für mich tun. Mensch, Lenchen – wie gut, dass wir jetzt ehrlich miteinander reden. Siehst du, schon sind wir auf eine Lösung gekommen!«

»Willst du sagen, es fällt dir gar nicht schwer?«, brachte Helene heraus. »Das ist doch unser Zuhause …«

»Überhaupt nicht.« Hilde sah sie kühl an. »Es ist dein Zuhause, meins war es nie. Glaubst du, ich hätte vergessen, wie du und Mutter mich damals überrumpelt habt? Ihr habt das alles ohne mich geplant. Dass ich mich hier zu Hause fühle, war von euch nie vorgesehen, und so ist es auch nicht gekommen. Mein Einzug war eine reine Vernunftentscheidung. Und nein, es fällt mir nicht schwer, sie rückgängig zu machen, wenn die Umstände sich ändern.«

»Die Umstände?« Helene holte tief Luft. »Die Umstände sind, dass wir froh sein können, so weit draußen zu wohnen! Wir haben saubere Luft, einen Garten, einen Wald, eine Garage für deine blöden Vor… Vor…«

»Komm runter, Lenchen. Ich wusste, dass du es nicht ernst meinst«, sagte Hilde mit einem spöttischen Zug um die Mundwinkel, bevor sie Helene stehen ließ und ins Haus ging.

Helene krallte ihre Finger in den Volierenzaun und schloss die Augen. Als sie sie wieder öffnete, sah sie die Hühner schweigend auf der anderen Seite stehen, eine Viererreihe mit ernstem Blick. Wieso hatte sie bei diesen Tieren eigentlich immer das Gefühl, dass sie jedes Wort, das gesprochen wurde, aufmerksam verfolgten?

»Ihr habt es gehört«, sagte sie und bemühte sich um ein Lächeln. »Entwarnung. Kein Umzug. Weiterschlafen.«

Noch während sie das behauptete, merkte sie, dass von Entwarnung nicht die Rede sein konnte. Hilde hatte das Wichtigste nämlich gerade *nicht* gesagt: dass auch ihre Worte nicht ernst gemeint gewesen waren.

Was hatte das zu bedeuten? Wieder nur ein Bluff? Oder hatte sie in ihrer Verblödung die Büchse der Pandora geöffnet und Hilde auf die Idee gebracht, dass es sich für sie nicht lohnte, Kompromisse einzugehen?

Kaum gedacht, war es schon keine Frage mehr. Ja, es war

Hilde zuzutrauen, dass sie eher einen Umzug, die Rückabwicklung ihres gesamten Wohnarrangements in Kauf nehmen würde, als sich zu Zugeständnissen herabzulassen.

Etwas schoss durch Helenes Körper, in die Arme, den Kopf, und entlud sich in einem Wutanfall, wie sie ihn sich selbst nie zugetraut hätte, geschweige denn je zuvor erlebt hatte. Wut über sich selbst, über ihre bodenlose Dummheit und Vertrauensseligkeit und die verdammten Worte, auf die kein Verlass mehr war. Wut über Hildes Herablassung und Rücksichtslosigkeit, die sie immer wieder kalt erwischten, und ja, auch heiße und wilde Wut auf Mutter, der sie diese Demütigung, diese ganze verdammte Ausweglosigkeit verdankte.

Hast du das gewollt? Sieh dir an, was du angerichtet hast, sieh es dir an!

Die Hühner ergriffen die Flucht, als Spaten, Schaufeln und Eimer durch die Luft flogen; in blinder Ohnmacht trat Helene gegen das Stapelholz, riss Scheite herunter und schleuderte sie auf den Boden.

Es dauerte nur Sekunden, aber die Eruption reichte aus, um nicht nur den Kopf frei, sondern auch ein wenig Angst vor sich selbst zu bekommen. Helene flüchtete in die Voliere, setzte sich auf den Strohballen und atmete tief durch. Rein gewohnheitsmäßig ging ihr Blick danach zum Fenster, das sie insgeheim schon Wachturm zu nennen begonnen hatte, aber Hilde war nicht zu erkennen, diesmal hatte sie alles Sehenswerte verpasst.

Schade eigentlich. Zu ihrer eigenen Überraschung schämte sich Helene nicht im Geringsten für ihren Ausbruch, im Gegenteil, sie fühlte sich erfrischt. Der Gedanke durchzuckte sie, dass ihr Leben womöglich anders verlaufen wäre, wenn sie sich einer Kampfsportart zugewandt hätte, anstatt sich bei Stress auf einer Yogamatte zu dehnen.

Einige Meter weiter steckten ein graues und ein weißes Huhn ihre Köpfe durch die kleine Tür, durch die die Sundheimer und die Amrocks eben noch vor Helenes Zorn in den Auslauf geflüchtet waren, und peilten vorsichtig die Lage. Helene lachte laut auf, obwohl sie das angesichts ihrer Lage übertrieben fand.

»Sie kann mich nicht zwingen«, sagte sie zu den beiden. »Niemand kann mich zwingen, aus meiner eigenen Wohnung auszuziehen.«

Ob das stimmte? Schließlich handelte es sich, streng genommen, nicht um eine Einzelwohnung, sondern um ein gemeinsam bewohntes Haus. Aber Dr. Papenburg konnte es ihr bestimmt sagen, und notfalls würde sie ihr letztes Geld zusammenkratzen und eine abschließbare Tür zum Obergeschoss einbauen lassen. Vielleicht änderte das ihre gesamte Ausgangslage!

Am liebsten wäre sie auf der Stelle aufgesprungen und hätte schon einmal den Treppenaufgang ausgemessen. »Aber so blöd bin ich nun auch wieder nicht«, sagte sie etwas übergangslos zu den Hühnern. »Ich werde erst mal so tun, als hätte sich das Thema erledigt. Und dann … peng! Eine neue Tür!«

Sie kicherte. Es klang verzweifelt, sie erkannte es selbst. In diesem Augenblick schwebte um die Ecke, was ihr im Nachhinein wie ein Engel erschien. Er schob eine Sackkarre.

»Dacht ick mir doch, dit ick dir hier finde. Na, wie is die Lage?«

»Beschissen wäre jeschönt.« Helene stand auf und verließ die Voliere. »Moin, Fredi.«

»Wie sieht'n dit aus? Waschbärn, wa? Is wat passiert?« Der Paketbote ging vor der Voliere in die Hocke. »Ihr armen kleenen Hühnchen!«

»Waschbären«, bestätigte Helene der Einfachheit halber.

»Passiert is nüscht, außer dit die Tierretter eenen kleenen Burschen aus'm Netz holen mussten. Ick werd wohl 'ne Webcam koofen.«

»Jute Idee! Et jibt welche, da kannste den Einbrecher üba Lautsprecher anschrein.«

»Ick weeß. So eene will ick.«

»Sach, wenn de Hilfe brauchst.« Fredi erhob sich und studierte Helenes To-do-Liste. »Un dit is ooch 'ne jute Idee. Wer weeß, ob ma wer einspringen muss.« Er hob den Sack Geflügelmüsli, den Helene beim Großhändler bestellt hatte, von seiner Karre und schleppte ihn zum Gerätehaus. »Meen Kumpel Vincent in Hennigsdorf hält Enten, soll ick den ma fragn, ob ick dir seene Nummer jebn darf? Für alle Fälle?«

»Dank dir, Fredi. Dit wär nich verkehrt. Man weeß ja nie.«

»Eben. Wünsch dir wat, Helene. Un bleib jesund.« Im Gehen wandte er sich noch einmal um. »War nett. Schöne Hühner haste. Die kiekt man jerne an, da kommt man wieda runta, dit tut richtig jut.«

Helene blickte Fredi dankbar nach, bis er um die Hausecke herumgegangen und aus ihrem Sichtfeld verschwunden war. Er war genau im richtigen Moment gekommen, um sie aufzumuntern – mit seiner zugewandten Art, aber auch ihrem gemeinsamen Dialekt, der ihr immer so ein heimeliges Gefühl gab. Sie war Berlinerin, hier in der Waldsiedlung aufgewachsen, sie gehörte hierher. Das waren ihre Leute, und es tat gut, sich gerade jetzt wieder daran zu erinnern. Schon fühlte sie sich nicht mehr ganz so allein und ausgeliefert.

Und war es eigentlich Zufall, dass sie im Gespräch mit Fredi kein einziges Mal gestockt hatte? Selbst das Wort Webcam war ihr diesmal sofort eingefallen!

Auf einmal hatte sie das dringende Bedürfnis, mit jemandem zu reden. Ingeborg ging noch immer nicht ans Telefon. Aber Dr. Papenburg.

»Ja, Ihre Schwester hat eben angerufen.« Mit – für ihn ganz untypisch – gereizter Stimme fügte er hinzu: »Was ist denn nun schon wieder passiert? Wir haben alle nur eine begrenzte Anzahl an Erdumdrehungen, Frau Faber. Es muss doch möglich sein, einander die letzten Jahre nicht unnötig schwer zu machen.«

Helene schluckte. »Dit find ick ooch. Entschuldijen Se bitte. Ick werd Sie nich länger behellijen.«

»So war es nicht gemeint. Was kann ich denn für Sie tun?« Wenn Dr. Papenburg sich wunderte, sie berlinern zu hören, so ließ er es sich nicht anmerken.

»Ick hab nur eene Frage: Kann meene Schwester mich jetz noch zum Hausverkauf zwingen?«

»Zum Hausverkauf ja. Unter den gegebenen Umständen kann sie aber nicht automatisch verlangen, dass Sie dann auch ausziehen. Die Frage ist, ob Ihnen ein Umzug jetzt noch zuzumuten ist, und Rechtsstreitigkeiten dieser Art können sich sehr, sehr lange hinziehen.«

»Bis wir sowieso beede tot sind?«, fragte Helene mit halbem Lachen.

»Auf jeden Fall wird ein Umzug nicht zumutbarer, je älter Sie im Laufe der Auseinandersetzung werden«, erwiderte Dr. Papenburg diplomatisch. »Bleiben Sie erst mal entspannt. Sie haben ja auch noch die Möglichkeit, das Haus zu beleihen oder mit lebenslangem Wohnrecht an einen dieser Leibrentenanbieter zu verkaufen, um Ihre Schwester auszuzahlen.«

Helene bedankte sich und ließ den armen Mann in Ruhe. Bestimmt verfluchte er längst Tag, an dem er vor Jahrzehnten erstmals das Mandat ihrer Eltern übernommen hatte.

»Bleib entspannt! Bleib entspannt!«, murmelte sie beschwörend vor sich hin.

Der alte Anwalt hatte recht, wenngleich aus anderen Gründen, als er dachte. Wenn sie sich zu sehr aufregte, wartete vielleicht schon der nächste Absturz, und dann wäre sie einer Auseinandersetzung mit Hilde erst recht nicht gewachsen. Selbst wenn sie froh und dankbar war über den unerwarteten Rettungsring, den Fredi ihr zugeworfen hatte – ob er ihr half, wieder an Land zu kommen, oder ob sie mit seiner Hilfe nur noch etwas länger schwimmen würde, war noch völlig offen.

»Bleib entspannt, jawohl!«

Unverzüglich begann sie aufzuräumen, um das Versprechen zu testen, dass der äußeren Ordnung die innere folgte, doch es half nicht. Allzu schnell erkannte sie, dass Dr. Papenburg gut reden hatte. *Rechtsstreit. Auszahlung. Haus beleihen.* Alarmierende Vokabeln schwirrten durch ihren Kopf, bis jede für sich einen eigenen Laut anzunehmen schien und sie das Gefühl hatte, von einem Schwarm Bienen umgeben zu sein.

Dann, ganz plötzlich, herrschte Stille, und eine übergroße Klarheit ergriff von ihr Besitz.

Ja, warum eigentlich nicht? Warum nicht Hilde auszahlen und in Frieden allein leben?

Eine leise Stimme flüsterte ihr zwar zu: Du wirst vielleicht bald Hilfe brauchen. Du wirst vielleicht genau das nicht mehr können: allein leben. Aber die andere Stimme war lauter. Die Stimme hieß, die Stimme *war* Hoffnung.

Frieden. Der Garten. Die Hühner. Nette Leute, an die sie die Wohnung im Obergeschoss vermieten könnte; Leute, mit denen sie sich anfreunden würde und die eines Tages vielleicht für sie da sein würden. Junge Künstler! Auf einmal ploppte auch die Idee wieder auf, die sie vor Wochen schon einmal gehabt hatte.

Helene stellte den Besen in die Ecke, spürte die Zentnerlast, die von ihr abfiel; fühlte sich so leicht, dass sie kaum ihre Beine spürte, als sie – begleitet von vier neugierigen Hühnern auf der anderen Seite des Zauns – ums Haus lief. Hilde kam ihr entgegen, eine Baumwolltasche mit Lebensmitteln in jeder Hand. Bargeldloser Einkauf in der eigenen Garage.

»Wir machen dit«, erklärte Helene mit fester Stimme. »Wir verkoofen dit Haus.«

13

Hilde hasste es, überrumpelt zu werden. Möglichen Gegenspielern stets einen Schritt voraus zu sein, war eine Stärke, die sie über die Jahrzehnte gepflegt und für die sie ihre Antennen vervollkommnet hatte; sie vermochte andere Menschen zu durchschauen und missliebige Meinungen und Haltungen lange vor dem Zeitpunkt zu erkennen, da sie den anderen tatsächlich in den Sinn kamen. Diese Fähigkeit hatte ehrlicherweise mehr als eine Freundschaft beendet. Misstrauen und Unterstellung waren ihr vorgeworfen worden, sogar das inakzeptable Wort »Verfolgungswahn« war gefallen. Aber Hilde sah darin weder das eine noch das andere, es war für sie eine Überlebensstrategie. Auch wenn sie die eine oder andere ehemalige Freundin mitunter vermisste, wie sie sich widerwillig eingestand.

Lenchen würde sie nicht vermissen, das wurde immer offensichtlicher. Ihre Sprunghaftigkeit, ihre nervenaufreibende Begeisterung für die lächerlichsten Dinge, ihre völlig grundlose Zufriedenheit mit sich und der Welt, und ja, auch diese verdammte Selbstgewissheit, mit der sie einem Stehaufmännchen gleich ihren Kopf aus jeder noch so engen Schlinge zog.

»Kannst du bitte ordentlich sprechen, wenn du mit mir redest?«, fuhr Hilde sie an. »Du bist diejenige, die die Eltern haben studieren lassen!«

»Merkste dit denn nich?«, entgegnete Helene unbeirrt. »Wenn ick berliner, komm ick sofort druff, wat ick sagen will!«

Selbst für Demenz wollte sie jetzt also eine Kur gefunden haben. Es war genug. Es reichte! Dass Helene mit *ihrer*

Idee, die sie eben noch, Hilde war es nicht entgangen, bis in die Grundfesten erschüttert hatte, auftrumpfte, als wäre es ihre eigene, war nun wirklich zu viel. Und die nächste böse Überraschung folgte auf dem Fuße.

»Wir machen Teilverkoof!«, wiederholte Helene in einem Ton, als wäre es bereits gemeinsamer Beschluss. »Jeld für dich, lebenslanget Wohnen für mich. Ick jeh jetz an den Computer, und nachher komm ick runter und wir kieken uns an, wat ick rausjefunden hab.«

»Jetzt hör mir mal zu, Lenchen …«

»Ick weeß, dit du Dr. Papenburg anjerufen has, Hilde.«

Dieser falsche alte Sack! Sie hätte wissen müssen, dass der Anwalt nicht auf ihrer Seite war! Verstört hörte sie zu, wie Helene unbeirrt weiterquasselte.

»Du willst ausziehn, ick will bleiben, und et jibt für beedet eene Lösung. Wir jehn nich vor Jericht, dit tun wir einander nich an. Vielleich kriejen wir etwas wenijer, wenn wir teilverkoofen anstatt uffm freien Markt. Aber Hauptsache, wir lösen uns friedlich voneenander. Und danach, mit kleenem Abstand, wern wir endlich ma Freundinnen. Wir haben nur noch uns, Hilde, verjiss dit nich. Nich wahr? Is doch so.«

Hilde bewegte langsam den Kopf auf und ab.

»Nu sach doch ooch mal wat«, drängte Helene.

»Es kommt natürlich darauf an, wie viel weniger wir bekommen«, raffte Hilde sich notgedrungen zu einer Antwort auf.

»Natürlich«, erwiderte Helene mit deutlich weniger Wind in den Segeln. »Wir wern uns schon einijen.«

Als sie wieder in ihrer Wohnung war, lief Hilde unruhig im Wohnzimmer auf und ab und fragte sich, wieso sie sich eigentlich aufregte. Wie oft hatte sie sich gewünscht, von dieser Schwester befreit zu werden! Auch an dem Haus hing sie nicht. Ihr Verdruss beruhte, wie sie sich eingestehen musste, einzig und allein darauf, dass sie sich die Kontrolle nicht, wie gerade geschehen, aus der Hand nehmen lassen wollte.

Andererseits: Warum nicht, in Gottes Namen? Schließlich hatte Helene diesmal recht. Ein rasches, einvernehmliches Ende war das Beste, was ihnen beiden passieren konnte.

Als Helene eine halbe Stunde später mit ihrem Laptop nach unten kam, war Hilde vorbereitet. Sie setzten sich nebeneinander an den Küchentisch und beugten sich über den Bildschirm.

»Dit is allet janz einfach«, begann Helene.

Sie waren sich einig, es bedurfte keiner großen Worte, keiner Rechtfertigungen und Erklärungen mehr.

»Jetzt«, sagte Hilde zum Schluss, »hängt es nur noch davon ab, wie schnell der Hansen auszieht.«

»Helene! Was ist passiert?«

Hilde trug noch Pantoffeln, so eilig war sie nach draußen gestürzt, als sie von ihrer Zeitung aufgeblickt hatte und sich ohne Vorwarnung einem der immer größer werdenden grauen Hühner gegenübersah. Vor Schreck hatte sie einen spitzen Schrei ausgestoßen. Ungeniert hatte es durch die Terrassentür zu ihr in die Küche gestarrt. Sein Blick war streng gewesen, und das Huhn war auch nicht sofort gewichen, als Hilde an ihm vorbei ins Freie strebte.

Helene blickte lächelnd von dem Hocker auf, den sie unter den Kirschbaum gestellt hatte. Um sie herum pickten drei Hühner im frischen Grün, das vierte war Hilde von der Terrasse gefolgt, stand nun hinter ihr und wirkte … wachsam.

»Ick habse rausjelassen. Ist dit nich wunderschön? Vier Hühner inner jrünen Wiese.«

»Bist du verrückt geworden? Wie willst du sie zurück in den Stall kriegen?«

»Sie kommen sofort anjerannt, wenn ick mit der Mehl-würmerdose klapper.«

»Ich glaube, bei dir klappert auch was! Reicht es nicht, dass dieser verdammte Zaun die Wiese verschandelt? Sollen die Hühner jetzt auch noch die Beete kaputtmachen?«

»Wenn se inne Beete jehn, treib ick se wieder raus. Ick sitz hier nicht un lese, wie de siehst. Ick sitz hier un pass uff.«

»Helene, jetzt hör mir mal zu. Wir haben uns geeinigt, das hier zu beenden, aber noch sind wir beide hier. Bei diesem hässlichen Zaun da drüben ist das letzte Wort noch keines-wegs gesprochen, und ganz gewiss werde ich nicht zulassen, dass du jetzt auch noch den Rest des Gartens okkupierst! Soll ich auf Schritt und Tritt in Hühnerhaufen treten?«

»Hier steht der Eimer, da liegt die Kotschaufel. Wenn se wat fallen lassen, nehm ick et weg. Ick hab allet jenau durch-dacht.«

Hilde holte tief Luft, aber ein anderer Schrei kam ihr zu-vor, gellte durch die Nachbarschaft und ließ sie erschrocken zusammenfahren.

»Neeeiiin!« Ein älteres Paar mit Hund stand vor dem Tor, die Frau jubelte. »Da sind ja Hühner! Hühner, mitten in Berlin! Nein, ist das schön! Darf man ein Foto machen?«

Helene stand auf und ging zu den beiden hinüber. Hilde blieb nichts anderes übrig, als zu folgen und zu rufen: »Nein, bitte kein Foto!« Dabei fuchtelte sie mit Händen und Armen wie ein Mitglied des englischen Königshauses auf der Flucht vor Paparazzi.

Nicht dass jemand sie beachtet hätte. Die Hühner, die hinter Helene her zum Tor tippelten, um die Fremden ihrer-seits interessiert zu betrachten, zogen alle Blicke auf sich.

»In Berlin sin wir nich direkt«, meinte Helene in einem Plauderton, als hätte sie die Absicht, noch viel mehr zu erzählen. »Ureenwohner sagen Spandau ›bei‹ Berlin. Wir sin älter und wollten vor hundert Jahren auf keenen Fall zwangseinjemeindet wern. Et jab Riesendemos, janz Spandau war uffe Beene, aber verjebens, Jroß-Berlin war politisch jewollt. Woher kommen Sie denn? Süddeutschland, hab ick recht?«

»Wir sind im Frühjahr in die Wasserstadt gezogen, aber es stimmt, ursprünglich sind wir aus Karlsruhe.«

»Ach, dann sindse ja aus derselben Ecke wie zwee unsrer Hühner. Die beeden da sind Sundheimer, dit is die älteste badische Rasse.«

»Auch das noch! Dürfen wir wirklich kein Foto …? Och, bitte!«

»Nur wenn das Haus nicht zu sehen ist«, sagte Hilde unter Druck und stellte sich näher ans Tor, damit die beiden nicht etwa auf die Idee kamen, einzutreten.

»Klick, klick«, machte es an ihr vorbei. Drei der Hühner reckten die Hälse und schienen vor der Smartphone-Kamera zu posieren, als wären sie Spandaus Next Topmodels. Das vierte zeigte den Fotografen, sosehr diese auch lockten und tucktuckten, die Kehrseite. Seine ganze Aufmerksamkeit war auf sie, auf Hilde gerichtet. Es musste das Huhn sein, das sie vorhin durch die Tür beobachtet hatte. Hilde fragte sich auf einmal, wie lange das Tier schon dort gestanden hatte, bevor sie es bemerkte.

Was in aller Welt …? Gehörte das zum normalen Verhalten von Geflügel?

Sie starrte zurück in stechende braune Augen, ein Schauer rieselte über ihren Rücken … und sie musste sich mit dem Gedanken *Lächerlich!* erst einmal zur Ordnung rufen. Das hier war kein Hitchcock-Film, sie stand am helllichten Tag in ihrem eigenen Garten – vor einem *Haushuhn*!

Helene gab unterdessen ungefragt Tipps für Ausflüge am nordwestlichen Stadtrand – Mauerweg, Tegeler Fließ, natürlich die Fähre am Aalemannufer. »Damit kommense uffe Sonnenseite vonne Havel, da könnense schön spazieren jehn un Sejelboote un Wasservöjel beobachten.«

Hilde spürte, wie ihre innere Anspannung sich allmählich in ein Kribbeln am ganzen Körper verwandelte. Konnten die Leute bitte einfach weitergehen? Vor einer Viertelstunde noch hatte sie friedlich in ihrer Küche gesessen und das Kreuzworträtsel in der BZ gelöst, wie es Personen ihres Alters zustand, und von jetzt auf gleich konfrontierten sie frei laufende Hühner auf ihrer Wiese und Schaulustige an ihrem Zaun. Helene war völlig außer Kontrolle!

Dabei konnte ihre Schwester nicht einmal wissen, dass Hilde, obwohl sie natürlich weiterhin etwas anderes behauptete, keinerlei Handhabe gegen sie oder die Hühner hatte. Was für eine Frechheit, was für eine Chuzpe, sich einfach über Vorschriften hinwegzusetzen, obwohl man gar nicht wusste, dass es sie nicht gab!

Schließlich hielt Hilde es nicht mehr aus. »So, meine Herrschaften, nun würde ich aber darum bitten, dass wir die Versammlung beenden.«

Doch niemand hörte auf sie, denn in diesem Augenblick bogen zwei aufgedonnerte, sich gegenseitig filmende junge Damen mit Dackel um die Ecke, ein Rauhaar, der sich kläffend in die Leine warf und den Boxer aus Karlsruhe, der eben noch freundlich sabbernd dagestanden hatte, zu einer unerwarteten Attacke aus dem Stand provozierte. Er riss sein Frauchen beinahe um, Hilde hörte feuchte Lefzen nach dem Dackel schnappen, und dann schrien die Frauen und Hunde einander an, und Helene öffnete spontan das Tor, weil die beiden mit dem Dackel aus unerfindlichen Gründen nicht einfach weitergingen.

Als Nächstes musste Hilde miterleben, wie der Streit der Hundehalter, mit dem Gartentor als Schutzschild zwischen ihnen, bis zur Neige ausgetragen wurde. Die beiden Karlsruher stritten nun *im* Garten. Erst mit den Dackelhalterinnen, dann miteinander, begleitet vom wütenden Gebell der beiden Hunde und dem Gezeter von Helene, die zu beschwichtigen versuchte.

Als ob irgendein Zweifel bestehen konnte, wer für dieses Chaos verantwortlich war!

In den umliegenden Häusern gingen Fenster auf; es gab hier ja sonst meist nichts zu erleben. Zwei Nachbarn sprinteten sogar über die Straße, im Glauben, Hilde und Helene würden angegriffen.

»Meine Damen, meine Damen!«, hörte Hilde sie schon von Weitem rufen, als sie ihren Irrtum erkannten, woraufhin der Zusammenprall der Zaungäste ein jähes Ende fand. Die Stimmen der nicht zu beruhigenden Dackelhalterinnen waren auf ihrem Weg in den Wald noch lange zu hören, nachdem ihr Hund längst verstummt war.

Wortlos hielt Hilde das Tor für die Karlsruher auf.

In dem Moment schrie Helene: »Meene Hühner! Wo sin meene Hühner?«

Hildes Ehemann hatte auf die Tropfen geschworen. Vom Boden löste sich etwas Trübes, wenn man die Flüssigkeit schüttelte, aber sie befand sich ja auch schon viele Jahre in dem braunen Fläschchen. »Rauschgifte kennen kein Verfallsdatum«, hatte Harald einmal behauptet; Hilde glaubte, sich genau zu erinnern. Nach jedem Streit pflegte er auch ihr von den Tropfen anzubieten. »Das beruhigt«, meinte er, »danach sieht man die Dinge gleich ganz anders.«

Hilde hatte stets würdevoll abgelehnt. Warum sollte sie die Dinge anders sehen wollen? Sie hatte schließlich recht!

Doch Haralds Konsum dieser Tropfen trug so sehr zur Harmonie in ihrer Ehe bei, dass sie es nach seinem Tod nicht übers Herz gebracht hatte, das Fläschchen wegzuwerfen. Es hingen zu viele gute Erinnerungen daran.

Vorsichtig drückte Hilde auf die Pipette, ließ los, zog sie heraus und strich sie am Rand des Behälters ab, um nichts von der Substanz zu verschwenden. Sie wusste weder, worum es sich handelte, noch, woher Harald den Stoff seinerzeit bezogen hatte; auf dem Fläschchen befand sich keine Aufschrift, sodass sie auch nicht im Internet recherchieren, geschweige denn Nachschub bestellen konnte. Vielleicht sollte sie den jungen Mann, der ihr die Einkäufe brachte, mal diskret einladen, ein Tröpfchen zu probieren. Er machte ganz den Eindruck, als könnte er wissen, was es war.

Eins immerhin hatte sie schon selbst herausgefunden: Man musste vorsichtig dosieren und durfte keinesfalls so fest auf das morsche Gummi der Pipette drücken, dass ihr ganzer Inhalt im Kaffee landete – auch nicht unter Verdruss. Sonst konnte die Bewusstseinsveränderung, oder wie auch immer man es nennen wollte, ein wenig aus dem Ruder laufen.

In den letzten Tagen war sie froh gewesen, Helene wieder munterer zu sehen; ja, sie hatte sogar so etwas wie Reue verspürt. Sie hätte wissen müssen, dass dieses Aas ihre Genesung bei nächster Gelegenheit ausnützen würde, um ihr, Hilde, das Leben schwer zu machen. Immer noch zitterten Hildes Hände nach all der Aufregung im Garten, um ein Haar hätte sie die Pipette fallen lassen. Sie nahm ein Stück Würfelzucker, schob die Brille auf die Nasenspitze und ließ ein winziges Tröpfchen aus der Pipette auf den Würfel fallen, wo er einen gelblichen Fleck hinterließ. Genauso hatte Harald die Tropfen immer eingenommen.

Sollte sie wirklich …? Unschlüssig wog sie die beiden möglichen Wirkungen, deren Zeugin sie persönlich geworden war, gegeneinander ab – Haralds heitere Gelassenheit und Helenes deliriöses Gepolter im Stockwerk über ihr. Es war ein großes Risiko, so viel stand fest. Die Erinnerung an das Hörspiel jener Nacht war durchaus lebendig geblieben. Das Würgen und Husten, die Klospülung, wieder und wieder; das Pling der Mikrowelle, wenn Teewasser, Wärmflasche oder was auch immer erhitzt wurde, und dann, gegen Morgen, gar nichts mehr, was unter diesen Umständen allerdings auch kein beruhigendes Geräusch gewesen war.

Aber Hilde hatte sich nicht getraut, aufzustehen und nachzusehen. Erstens konnte gar nichts passiert sein, weil sie dieses Resultat nicht gewollt hatte – etwas nicht erwartet zu haben, bedeutete schließlich nichts anderes, als es nicht zu wollen! Sie hatte Helene lediglich … ja, was eigentlich? Dazu bringen wollen, die Dinge anders zu sehen? Im Grunde war es eine ziemlich spontane Entscheidung gewesen, weil sie das alles plötzlich so sattgehabt hatte.

Rein rechtlich können Sie nichts machen. Erwartete Dr. Hansen ernsthaft von ihr, sich mit einer solchen Aussage zufriedenzugeben? Wenn er sich mehr angestrengt hätte! Wenn Helene weniger selbstgerecht aufgetreten wäre … »Ich mache das hier erst fertig.« Was fiel ihr eigentlich ein? Das Gepolter in jener Nacht hatte Helene nicht nur dem Anwalt, sondern auch sich selbst zu verdanken. Wenn Haralds Tropfen der einzige Ausweg waren, den man Hilde ließ – was hatte der Hansen, was hatte Helene erwartet?

Dass auch sie einmal Zuflucht in diesen Tropfen würde suchen müssen, hatte Hilde jedenfalls nicht erwartet. Diese Verzweiflungstat war das letzte Glied einer nahezu unglaublichen Verkettung unglücklicher Umstände: von Helenes Hühnern zum Karlsruher Boxer, vom Boxer zum Kontrollverlust und vom Kontrollverlust zu der misslichen Lage, in die sie um ein Haar geraten wäre und die, sie machte sich nichts vor, noch immer drohend über ihr schwebte. Ihr Blutdruckgerät war an seiner Kapazitätsgrenze, noch nie hatte Hilde solche

Werte gemessen. Notarzt oder Bewusstseinsveränderung, sie hatte die Wahl.

Hilde holte tief Luft, dachte kurz an den lieben Gott und legte das Stück Würfelzucker auf ihre Zunge. Den Mund zu schließen traute sie sich erst, als ihr gar nichts anderes übrig blieb, weil sie anfing, sich einzuspeicheln.

Das Telefon lag neben ihr, um gegebenenfalls doch noch die 112 zu wählen, trotzdem überkam sie ein Anflug von Panik, sobald das Stück Zucker gelutscht war. Sie hatte keine Ahnung, bei welchen Symptomen es angebracht wäre, den Notarzt zu rufen, und welche Symptome völlig harmlos waren und sie, wenn sie die Nerven verlor, grundlos in die Bredouille bringen würden. Sie sah den nächsten Aufreger schon vor sich. Die Nachbarn, die sich um Polizei- und Krankenwagen scharten und riefen: »Die Mattern soll was geschluckt haben!« Ganz zu schweigen von der Überschrift in der BZ: *Oma pfeift sich Rauschgift rein.*

Doch es war zu spät für Skrupel oder Reue, jetzt blieb ihr nichts anderes übrig, als die Folgen ihrer Selbstgefährdung auszusitzen – und sei es bis zum bitteren Ende. Wie idiotisch, dass sie Helene Anfang der Woche mit einem ganz normalen Schlafmittel ausgeholfen hatte, anstatt die Gelegenheit beim Schopf zu packen und die Wirkung einer niedrigeren Dosierung der Tropfen an ihr zu testen. Wo Helene sie doch sogar darum gebeten hatte … Nun hatte sie den Salat – und wieder einmal den Beweis, dass Rücksichtnahme sich nicht auszahlte.

Ängstlich lauschte sie in sich hinein und sagte in kurzen Abständen halblaut den Zungenbrecher von Fischers Fritze auf, denn an der undeutlicher werdenden Sprache hatte sie die Wirkung bei Helene als Erstes bemerkt. Als sie spürte, dass ein leichter Schwindel einsetzte, legte sie sich aufs Sofa, um nicht in entwürdigender Position zwischen den Küchenstühlen gefunden zu werden. Schloss sie die Augen, konnte sie bereits die Umrisse ihres Körpers in Kreidezeichnung auf dem Boden aufgemalt sehen.

Eine Träne rollte ihr über die Wange. Es war schade um sie, so schade. All das, was sie gern noch erreicht und erlebt hätte … schon fiel ihr nicht einmal mehr ein, was das gewesen war. Die Erinnerungen an den Nachmittag zuckten durch ihren Kopf und deckten alles andere zu. Die verdammten Hühner, die sich während des Spektakels aus dem Staub gemacht hatten. Die aufdringlichen Karlsruher, die augenblicklich ausschwärmten und ihrem Boxer »Such, such« zuriefen. Die Hühner, der Hund, Helene und sie selbst waren ausgerechnet an der einen Stelle auf dem Grundstück aufeinandergetroffen, an der Hilde noch weniger Aufmerksamkeit gebrauchen konnte als in der Nähe ihrer Vorratsgarage.

Und das war das Einzige, was sie sich selbst vorzuwerfen hatte: dass es diese Stelle überhaupt gab.

Damals in der Hektik des Augenblicks keine andere Möglichkeit gesehen zu haben als die, ihr Fundstück aus Mamas Schublade im Komposteimer zu entsorgen, war ja noch entschuldbar. Hilde hatte kaum Zeit gehabt, das Dokument zu überfliegen, als sie Helene auch schon vom Zahnarztbesuch zurückkehren hörte. Mit zitternden Händen hatte sie das Blatt zusammengeknüllt und es unter ihren Rockbund gestopft, und einzig Mamas aufgeregtem Zustand war es zu verdanken gewesen, dass Helene die verräterische Beule unter Hildes Pullover nicht bemerkte.

Helene: »Muttilein, was hast du denn, was ist denn los?«

Mama: »Die Hilde, die Hilde, die Hilde …«

Hilde: »Ich hab nichts gemacht. So ist sie schon die ganze Zeit. Sie ist völlig auf dich fixiert, Lenchen.«

Helene: »Ich weiß.«

Ihre Schwester hatte sich auf die andere Seite des Bettes

gesetzt, und sie hatten gemeinsam Mamas aufgeregtem Gezappel zugesehen.

»Wir müssen jetzt wirklich darüber nachdenken, Hilfe zu holen«, hatte Hilde gesagt, während das Papier sie in den Bauch kniff und sie fassungslos dachte: Biester! Verbrecher! Alle beide!

Mama wies unterdessen von Neuem verzweifelt mit dem Finger auf Hilde und versuchte sich mitzuteilen. Helene hielt ihre Hände fest, streichelte sie beruhigend und gestand: »Ich hab die Anschrift der polnischen Agentur, die mir die Ingeborg damals gegeben hat, schon rausgelegt.«

Deshalb also hatte die Schublade einen Spalt offen gestanden und Hilde geradezu eingeladen, einen Blick hineinzuwerfen. Inständig betete sie, dass ihre Mutter nicht etwa zum ersten Mal seit Monaten einen vollständigen Satz zustande brachte. Als ob *sie* einen Grund hätte, sich zu rechtfertigen! Schämen mussten sich die anderen beiden, vor allem Mama, weil sie beim Aufsetzen des Testaments noch durchaus bei Verstand gewesen war, wie das Datum 8. März 2014 bewies. Helene hatte sie nicht einmal austricksen müssen.

Wobei ihre Schwester das sowieso nie nötig gehabt hatte. Helenes Bevorzugung war ein lebenslanges abgekartetes Spiel zwischen den beiden, aber diesmal würden sie nicht damit durchkommen. Diesmal nicht!

Hilde war aufgestanden. »Ich geh kurz aufs Klo.«

Hinter verschlossener Tür hatte sie das Schriftstück genau durchgelesen, und die Worte prägten sich ein, als besäße sie ein fotografisches Gedächtnis. Hilde wurde schwindlig, sie setzte sich auf die Klobrille.

Das Nächste, woran sie sich erinnerte, war, dass sie klitzekleine Schnipsel in der Hand hielt. Schnipsel, die nicht daran dachten, sich wegspülen zu lassen; Schnipsel, die höhnisch im Klosett schwammen, bis ihr nach mehreren Versuchen nichts anderes übrig blieb, als die nächste Demütigung zu ertragen und mit bloßen Händen in die Kloschüssel zu greifen. Denn Mama hatte leider Gottes nicht irgendein Papier benutzt, sondern einen dicken gelben Bogen, der zu einer teuren Mappe gehörte. Ein Weihnachtsgeschenk ausgerechnet von ihr, der um ein Haar ums Erbe betrogenen Hilde!

Die Weigerung des Spezialpapiers, in der Kanalisation zu verschwinden, wurde aufs Gemeinste unterstützt von der unzureichenden Spülung im Gästeklo, die nicht mehr als ein dünnes Rinnsal aus dem Rohr würgte – eine Zumutung, über die sich Hilde bei jedem Besuch beschwerte, die sie im Schock, unter dem sie stand, aber völlig vergessen hatte.

Die herausgefischten Schnipsel auf einem Stück Toilettenpapier abzustreifen, erwies sich als die nächste unglückliche Idee. Es zerriss, löste sich auf, klebte an Hildes Händen, ihrem Rock, ihren Strümpfen, und als sie beim Händewaschen ihr völlig verschwitztes Spiegelbild erblickte, musste sie sogar noch ein Fetzchen von ihrer Nase zupfen.

Doch dann – die Rettung. Beim Verlassen der Gästetoilette sah sie den Komposteimer neben der Haustür stehen und müffelnd seiner verspäteten Entleerung harren. Schnipsel rein, Deckel drauf.

Sie hatte sich gewundert, wie normal ihre Stimme klang, als sie in die Wohnung rief: »Ich bringe mal eben den Kompost raus, er stinkt!«

Helenes »Danke, das ist lieb!« ging im Protestgeheul ihrer Mutter unter. »Nein, nein, nein, nein!«

Aber da schlug bereits die Tür hinter Hilde zu.

Der ungepflegte, wie eine Wanderdüne auseinanderfallende Komposthaufen befand sich hinter dem Haus, zwischen dem Geräteschuppen und dem Zaun zum Nachbargrundstück. Dass auf der anderen Seite später einmal eine Hühnervoliere gebaut werden würde, stand damals noch in den Sternen. Zu jener Zeit war dieser Teil des Grundstücks eine Brache, die außer im Winter, wenn Helene Kaminholz holte, so gut wie nie betreten wurde. Rasch schüttete Hilde den Inhalt des Eimers auf das bereits vorhandene Potpourri aus Obst- und Gemüseschalen, nahm eine Schaufel, um alles in sicherer Tiefe verschwinden zu lassen, und vertraute auf den Fortschritt der Kompostierung.

Der sich nicht einstellte. Als Hilde etwa sechs Wochen später zur Kontrolle im Kompost stocherte, war vom Klopapier zwar nichts mehr zu finden, die verdammten Papierschnipsel zeigten sich aber noch höchst präsent. Selbst die Schrift war noch einwandfrei lesbar. Hätte Mutter nicht einen Füller nehmen können? Mit zusammengebissenen Zähnen rührte Hilde um, und das tat sie in den nächsten Monaten jedes Mal, wenn sie durch eine stundenweise Vertretung von Helene die Gelegenheit herstellen konnte. Aber alles, was sie erreichte, war, dass sich die Schnipsel so im Kompost verteilten, dass sie nicht mehr alle wiederfand, als sie sich endlich dazu durchrang, mit Plastikhandschuhen und der nötigen Todesverachtung anzurücken, um die Beweise aus dem Kompost zu sammeln.

Sie machte sich nichts vor, es lagen immer noch Schnipsel von Mutters Testament im Komposthaufen. Es war reines Glück, dass ihre Schwester bisher keinen davon ausgegraben hatte – ein Glück, dem Hilde auf die Sprünge half, indem sie jedes Frühjahr säckeweise Dünger und frische Pflanzenende anliefern ließ und Helene soufflierte, das sei doch viel sauberer und bequemer.

Nun, mit diesem Glück war es seit heute vorbei. Es sei denn, dachte Hilde mit letzter Hoffnung, dass Helene in ihrer fortschreitenden Verwirrtheit nicht realisierte, worum es sich bei dem Papierfund handelte.

»Nanu, wie kommt denn Papier innen Kompost? Hab ick

Müll falsch sortiert?« Helene hatte sich gebückt, die eifrig buddelnden Hühner beiseitegeschoben und den einzelnen Schnipsel aufgehoben.

»Das kann schon mal vorkommen«, hatte die Frau aus Karlsruhe erwidert und ihren Boxer gelobt, weil er die Ausreißer so schnell gefunden hatte. »So nah am Wald, da hätte doch ein Waschbär, ein Fuchs, ein Habicht ...«

Wo steckten all diese Spandau angeblich überschwemmenden Raubtiere, wenn man sie brauchte? Hilflos sah Hilde zu, wie ihre Schwester die Augen über dem Papierschnipsel zusammenkniff.

»Da stehn Zahlen«, verkündete Helene.

Die Karlsruher, beide Brillenträger, beugten sich ungeniert über den Fund. »Eine Acht ... eine Zwei ...«, entzifferte der Mann. »Sieht aus wie ein Datum.«

Hilde hörte auf zu beten. Es war zwecklos. Diese verdammten Hühner hatten nicht irgendeinen Schnipsel gefunden; sie hatten den ausgegraben, nach dem Hilde vor Jahren am dringlichsten gefahndet und von dem sie schließlich inständig gehofft hatte, er wäre als eines der ganz wenigen Fetzchen vielleicht doch in der Kanalisation verschwunden.

Gottlob war das Datum nicht mehr zu entziffern. Auch Mamas Unterschrift würde sich höchstens in verschwommenen Buchstaben erhalten haben, aus denen sich nicht zwangsläufig eine Signatur ableiten ließ, sollte dieser Schnipsel ebenfalls wieder auftauchen. Aber konnte Helene das Papier erkennen? Sie hatte sich wie selbstverständlich aus Mamas teurer Briefmappe bedient, wann immer sie Glückwünsche zu besonderen Anlässen zu schreiben hatte. Die Gefahr, dass sie sich an das Papier erinnerte, war also real; wenn nicht heute, dann vielleicht morgen oder übermorgen.

Helenes mittlerweile unberechenbares Erinnerungsvermögen war ab sofort mehr als nur eine Zumutung für Hilde:

Es war eine Zeitbombe. Und das nur einen einzigen Tag nachdem sie sich auf einen Verkauf des Hauses und die gerechte Auszahlung von Hilde geeinigt hatten! Wie viel Pech konnte man in dieser Familie eigentlich haben?

Helene indes schöpfte offenbar keinen Verdacht – noch nicht! Vorhin war sie zu Hilde in die Wohnung gekommen, hatte ihr fröhlich am Küchentisch gegenübergesessen und die Ereignisse schönzureden versucht. »Soziale Kontakte sin janz wat Wichtijet, Hilde. Wir brauchen jar nix anderet ze tun, als die Hühner loofen ze lassen, und schon kannste dir unterhalten!«

»Ich will keine Fremden im Garten«, sagte Hilde, zu erschöpft, um all die Worte zu sortieren, die ihr auf der Zunge lagen.

»Jut, dit die Leute *im* Jarten sein würden, hatt ick ooch nich erwartet, aber Abwechslung war dit schon, dit musste zujeben.«

»Und die Nächsten entdecken meine Garage!«, wandte Hilde aus reiner Gewohnheit ein und merkte selbst, wie wenig Gewicht dieses Argument noch hatte.

»Quatsch«, entgegnete Helene auch sofort, »deene Jarage fällt sojar noch wenijer uff als früher, weil alle nur uffe Hühner kieken. Wir machen der janzen Nachbarschaft Vajnüjen, haste daran mal jedacht? Pass uff: Morjen setzte dir zu mir unne Hühner uffe Wiese und kiekst dir an, wie sich alle freun, un dann haste ooch Spaß, wirste sehn. Dit steckt an!«

Hilde konnte sich nicht erinnern, dass ihre Schwester jemals »Quatsch« zu ihr gesagt hatte oder »Pass auf«. Irgendetwas war mit Helene passiert, und was immer es war, ließ sie erschreckend zielstrebig und selbstsicher wirken. Weder das eine noch das andere hatte bisher zu ihren herausragenden Eigenschaften gehört. Hilde, die ihr lauschte und in ihr zufriedenes Gesicht blickte, fühlte sich wie im freien Fall.

Sie sank und trudelte, wurde bleischwer. Als das Sofapolster sie auffing, verschwamm Helenes Gesicht … und statt ihrer Schwester sah Hilde plötzlich das große graue Huhn auf deren Platz am Küchentisch sitzen und gehässig berlinern: »Helene hat jewonnen!«

Wenn das die beruhigende Wirkung der Tropfen sein sollte, von der Harald gesprochen hatte, dann vielen Dank. Hildes letzter zusammenhängender Gedanke vor dem tiefen Schlaf, der bis zum nächsten Morgen um halb zehn dauerte, war: Das wollen wir erst mal sehen!

Verbrechen in der Waldsiedlung
vor der Aufklärung?

Die Ermittlungen zum Mord an einer alten Dame in Spandau haben offenbar eine überraschende Wendung genommen, nachdem sich ein Zeuge gemeldet hat, der Aufschluss über die Hintergründe der Tat geben konnte. Nähere Angaben lehnt die Mordkommission derzeit aus ermittlungstaktischen Gründen ab.

Auf Nachfrage unserer Redaktion bestätigte der Pressesprecher der Polizei jedoch, dass Ende Oktober auf dem unbewohnten Grundstück in der Waldsiedlung Hakenfelde eingebrochen wurde. Ziel war mutmaßlich die Garage, in der Hildegard M. (77) Lebensmittelvorräte aufbewahrte.

»Meine Frau und ich haben uns immer amüsiert, wenn wir die alte Dame mit Tüten und Kartons zwischen Haus und Garage hin- und herschleichen sahen«, erzählt Nachbar Gerhard D. (62). »Ihr Versteck war kein Geheimnis, davon wusste hier jeder. Wer weiß, wer sich da bedient hat. Da dachte wohl jemand, es ist schade um die guten Sachen.«

Petra D. (56) sieht es nicht ganz so locker. »Dass sie die armen Hühner auch mitgenommen haben, ist schlimm. Wir haben sie im Sommer oft mit ihr (Helene F., Anm. d. Redaktion) auf der Wiese gesehen. Vier wunderschöne Tiere, wir hatten alle unsere Freude daran. Das waren sogar gefährdete alte Rassen, hat sie mir mal erzählt. Tja, die sind wohl inzwischen auch aufgegessen. Ich bin so was von traurig.«

Sachdienliche Hinweise nimmt jede Polizeidienststelle entgegen.

14

Helene hatte an diesem Vormittag einen Friseurtermin – und das verschaffte Hilde mindestens eine Stunde Zeit, um ihre Wohnung zu durchsuchen.

Hildes erster Griff war am Morgen nicht zur Kaffeetasse gegangen, sondern mit fast übermenschlicher Überwindung in Helenes schmuddelige Gartenweste, die schlaff wie eine alte Decke an der Garderobe im Eingangsbereich hing und in deren ellenbogentiefer Tasche sie am Vortag den Schnipsel aus dem Kompost hatte verschwinden sehen.

Nichts. War ja klar. Wie von einer Pechsträhne nicht anders zu erwarten, hielt sie eine Menge ekelerregendes Zeug in der weit von sich gestreckten Hand – zusammenklebende Einweghandschuhe, einen Fetzen Papiertaschentuch, in dem Helene einen alten Kaugummi entsorgt hatte, spröde gewordene Gummiringe, zwei schmutzige, mit dem Einwickelpapier verschmolzene Eukalyptusbonbons. Aber was sie suchte, war nicht dabei.

Hilde war der Schweiß ausgebrochen. Hätte Helene, wenn sie den Schnipsel hätte wegwerfen wollen, den übrigen Müll nicht gleich mit entsorgt? Dass sich der restliche Abfall noch in der Jacke befand, konnte eigentlich nur bedeuten, dass sie den Fund aus dem Kompost gezielt herausgenommen hatte. Hervorgeholt, bewusst betrachtet, aufbewahrt. Erkannt, dass es kein Müll war, sondern pures Gold?

Hilde bezog Posten auf der Terrasse. Helene winkte ihr zu, als sie auf dem Weg zum Auto an ihr vorbeigeeilt kam, in letzter Minute, wie immer.

»Bis nachher! Ick bring Kuchen mit!«

Auch das: verdächtig. Helene spendierte selten etwas, dafür fehlte ihr schlicht der finanzielle Spielraum. Oder war ihr schon klar geworden, dass sich ihre Aussichten seit gestern schlagartig verbessert haben könnten?

Hilde verlor keine Zeit. Kaum hörte sie den altersschwachen Twingo hustend aus der Einfahrt rollen, stellte sie ihren Eierwecker auf sichere fünfzig Minuten, humpelte hastig die Treppe hinauf – und blieb irritiert in Helenes Wohnungstür stehen.

Sie versuchte sich zu erinnern, wann sie diese Wohnung zuletzt betreten hatte – den Morgen nach Helenes Horrortrip nicht mitgerechnet, als hier oben alles so wild durcheinandergeworfen war, dass sie für nichts anderes einen Blick gehabt hatte als für die unerwartet drastischen Auswirkungen ihrer Tropfen. Helene pflegte nach unten zu Hilde zu kommen, wann immer es etwas Wichtiges zu besprechen gab, alles andere erledigten sie im Vorübergehen.

Dass Helenes Wohnung derart ordentlich war – damit hatte sie nicht gerechnet, und mit Sicherheit war es bei ihrem vorletzten Besuch nicht so gewesen, sonst wäre es ihr schon damals aufgefallen. Ordnung und Helene waren zwei miteinander unvereinbare Ereignisse!

Schön, selbst jemand wie ihre Schwester musste ab und zu putzen, und vielleicht war dies nur der Glanz eines um Monate verspäteten Frühjahrsputzes; ein Timing, das wiederum zu Helene passte. Aber ein Schock war es dennoch, zumal die Wohnung nicht nur wie geleckt aussah, sondern, in Anbetracht der einfachen Mittel, die ihrer Schwester zur Verfügung standen, sogar geschmackvoll eingerichtet war.

Die Möbel selbst waren Massenware, nicht einmal von ihren Billy-Regalen hatte Helene sich im Laufe des Älterwerdens getrennt, aber es war ihr tatsächlich gelungen, ihr abgewohntes Inventar durch Dekoration zu unerwarteter

Geltung zu bringen. Grünpflanzen in hübschen Vasen und Töpfen standen überall verteilt, Kunstdrucke unterschiedlichen Formats schmückten die Wände im Flur und im Wohnzimmer. Die Bilder waren gerahmt und so geschickt arrangiert, dass Hilde einen Anflug von Neid verspürte. Sie hatte die Petersburger Hängung noch nie hinbekommen.

Die tiefen Kratzer auf dem Couchtisch, einem Flohmarkt-Fundstück aus Studententagen, wurden von einem winzigen Teppich verdeckt, den Helene aus dem Marokko-Urlaub mit ihrer Jugendliebe Bernhard mitgebracht hatte. Das viele Monate durchlittene Ende dieser Liebe hielt Helene offenbar nicht davon ab, den Teppich in Ehren zu halten – vielleicht hatte sie aber auch nur bereits vergessen, wie sie damals die ganze Familie mit ihrem übertriebenen Kummer in Atem gehalten hatte. Auf dem Teppich stand eine Bonbonniere mit der Discounterversion englischer Pralinen, eingewickelt in so appetitanregend buntes Papier, dass Hilde sich nicht zurückhalten konnte und in das Glas griff.

Mehrere große Leinenkissen kämpften erfolgreich gegen die Hässlichkeit von Haralds Ledersofa an, und auch die Sonne half mit und tauchte das Ensemble unter dem Dachfenster in anheimelndes Licht. Hunderte Bücher in langen Regalreihen waren alphabetisch geordnet, am Boden vor dem Regal stand ein Weidenkorb mit Zeitschriften.

Hilde fühlte sich unverhofft von Skrupeln gebremst; sogar die Praline entwickelte nicht ihren üblichen Geschmack. Helenes Wohnung wirkte so fremd, auch ihre Schwester wirkte so fremd in diesem Moment, da ihr Zuhause Aufschluss über sie gab und anderes offenbarte, als Hilde erwartet hatte. Erst jetzt kam ihr der Gedanke, dass sie im Begriff war, Privatsphäre zu verletzen.

Dann drang von der Eingangstür her wieder das Ticken der Eieruhr an ihr Ohr, die sie dort abgestellt hatte, und erinnerte daran, dass nicht unbegrenzt Zeit zur Verfügung stand. Erst zögerlich, schließlich immer entschlossener durchsuchte Hilde den Zeitschriftenkorb, hob das Bonbonglas an, schaute hinter Kissen und unter Polster. Nichts.

Als Nächstes war die Küche an der Reihe. Geschirr und Besteck, Töpfe, Pfannen und Kochutensilien wurden untersucht, jedoch kein Schnipsel gefunden, und auch in diesem Raum fiel Hilde auf, dass sich jedes einzelne Teil exakt dort befand, wo es nach der Logik einer Küchenordnung hingehörte. Der Inhalt des Kühlschranks präsentierte sich übersichtlich, der des Lebensmittelschranks ebenfalls. Nein, stellte Hilde fest, einen schmutzigen Papierschnipsel würde sie in dieser sauberen Küche nicht finden. Mit einem Löffel, den sie anschließend sauber abspülte und an seinen Platz zurücklegte, stocherte sie vergeblich im Abfalleimer.

Die Uhr tickte. Zunehmend nervös wandte sich Hilde dem nächsten Bereich zu: Helenes Arbeitsplatz, einem Schreib- und keinem Wühltisch, der nur wenige tastende Handgriffe erforderte, um festzustellen, dass der Papierschnipsel auch hier nicht versteckt war. Ebenso wenig in der Klappe des Laptops oder zwischen den wenigen Blatt Papier, die in der Ablage darauf warteten, abgeheftet zu werden.

Ein Schreckgedanke durchzuckte Hilde: Wer sagte eigentlich, dass Helene wirklich nur zum Friseur ging? Vielleicht hatte sie den Papierschnipsel dabei und marschierte damit schnurstracks zu Dr. Papenburg!

Ihre Knie wurden weich, sie sank auf den Schreibtischstuhl und – endlich mal ein Glückstreffer – entdeckte dabei die schmale, leider abgeschlossene Schublade unter der Tischplatte.

Sofort fasste sie neuen Mut. Wenn Helene den Schnipsel nicht bei sich hatte, war er in dieser Schublade, ganz bestimmt, und was sie nun suchen musste, war ein Schlüssel! Auf dem Weg zum Schlafzimmer kontrollierte sie ihre Eieruhr; über zwanzig Minuten hatte sie noch.

Das Schlafzimmer. Nichts war unter dem Kissen versteckt, nichts unter der Matratze oder im aktuell gelesenen Roman auf dem Nachttisch, einem alten Taschenbuch von Ingrid Noll, dessen Seiten schon fast braun waren. Bücher, die Helene mochte, las sie gern ein zweites oder drittes Mal; selbst in einem Krimi behauptete sie, bei jedem Lesen etwas Neues zu entdecken. Hilde vermutete, dass ihre fahrige Schwester den Inhalt ihrer Bücher auch früher schon binnen kurzer Zeit wieder vergessen hatte – eine nützliche Eigenschaft in puncto Budget, das musste sie zugeben.

Die Uhr tickte. Hastig öffnete Hilde den Schrank, aber Kleidungsstücke, Bettwäsche und den Medikamentenkarton konnte sie nur noch stichprobenartig inspizieren. Letzterer war fast leer; von abgelaufenen Packungen hatte Helene sich vorschriftsmäßig getrennt. Allerdings hielt Hilde es angesichts jederzeit drohender Versorgungsengpässe für groben Leichtsinn, dass ihre Schwester es nicht einmal hier für nötig gehalten hatte, einen nennenswerten Vorrat anzulegen. Lediglich einzelne Packungen Schmerz-, Magen- und Erkältungstabletten und eine angebrochene Tube Diclofenac lagen im Karton. Wahrscheinlich verließ Helene sich wieder einmal darauf, dass »die Familie« im Notfall schon aushelfen würde.

Die Familie. Als Hilde das Schlafzimmer wieder verlassen wollte, blieb ihr Blick schließlich doch an den Fotos hängen. Während ihrer Durchsuchung hatte sie es tunlichst vermieden, in diese Richtung zu schauen, nicht nur, weil sie ohnehin wusste, wessen Konterfeis da an der Wand neben der Tür hingen, sondern weil sie sich – eine unbehagliche, rational nicht zu erklärende Anwandlung – mit der gewohnten, stillen Anklage von ihren Eltern beobachtet gefühlt hatte.

Jetzt blieb sie stehen und schaute trotzig zurück. *Tja, da guckt ihr. Ihr seid tot, ich bin noch da. Mich drängt hier niemand mehr weg!*

Und dann musste sie schnell vorbei und durch die Tür gehen, weil sie den Erinnerungen, die in ihr aufwallten, selbst nach so vielen Jahrzehnten nicht länger standhielt.

Im Badezimmer, dem letzten Raum auf ihrem Rundgang, sah sie eine Minute zu früh in den Spiegel; sie hatte sich noch nicht gefasst, und ihre Hände zitterten ein wenig, als sie den Spiegelschrank aufriss. Ihr bleiches, ängstliches Gesicht flog zur Seite. Wenn das doch immer so einfach wäre.

Drei Reihen Kosmetik, sortiert nach Morgen-, Nacht- und Haarpflege. Es war der Badezimmerschrank, vor dem Hilde auf einmal begriff, und da, wo ihr Herz saß, rührte sich etwas. So aufgebracht sie auch über Helene, über ihre ganze unglückselige Familie war: Diese spontane Regung ihres Mitgefühls konnte sie nicht verhindern.

Helenes Wohnung war die einer verwirrten Frau, die verzweifelt versuchte, sich durch akribische Ordnung noch eine Weile über Wasser zu halten.

Hilde klappte den Schrank wieder zu. Die fünfzig Minuten, die sie der Durchsuchung eingeräumt hatte, waren noch nicht um, doch auf einmal konnte sie nicht rasch genug aus dieser Wohnung verschwinden. Im Hinausgehen bückte sie sich eine Spur zu schnell nach ihrer Eieruhr, musste sich zum Aufrichten am Rahmen festhalten, tief Luft holen …

… und entdeckte den Papierschnipsel, nach dessen Versteck sie so verzweifelt gefahndet hatte. Er lag auf einer schmalen Ablage mit allerlei Krimskrams.

In jedem noch so aufgeräumten Lebensraum befand sich irgendeine Chaosecke, und das hier war die von Helene.

Dem kostbaren, lebensverändernden Papierschnipsel hatte sie nicht mehr Bedeutung beigemessen als einzelnen Schlüsseln, Brillenputztüchern und einem Fusselbürstchen. Helene hatte keine Ahnung, was ihre Hühner da ausgegraben hatten.

Wieder in ihrer Küche, hielt Hilde ein Feuerzeug an das kleine Stück Papier; es war nach einer Nacht in Helenes heller, sommerwarmer Wohnung so durchgetrocknet, dass es fast augenblicklich in Flammen aufging. Die wenigen dünnen Ascheflocken fegte Hilde in den Mülleimer. Dann trank sie trotz der Tageszeit ein Likörchen.

Erst jetzt beschäftigte sie sich mit der wichtigen Frage, die die Vernichtung des Beweisstückes überdauerte: warum ihre Schwester den Schnipsel überhaupt aufbewahrt hatte. An irgendetwas musste er sie erinnert haben. Hegte sie die Hoffnung, dass sie irgendwann darauf kam?

Sie fuhr zusammen, als es an der Terrassentür klopfte und eine frisch frisierte Helene zu ihr hereinlächelte. Die zwei Schritte zur Tür nutzte sie, um ihrerseits zu einer freundlichen Mimik zu gelangen.

»Wolln wir uffer Terrasse sitzn?«, fragte Helene und präsentierte die Bäckertüte.

Es handelte sich, wie Hilde sofort erkannte, um eine Tüte von Café Fester und nicht um die des Discounterbäckers, dem Helene normalerweise die Treue hielt. Sie reagierte mit einem Gesichtsausdruck, den sie für ihr Pokerface hielt, und meinte: »Dann lass ich mal den Kaffee durchlaufen.«

Helene stellte den Kuchen auf dem Terrassentisch ab und ging in ihre Wohnung, um sich die Hände zu waschen. Unruhig lauschte Hilde auf die Schritte über ihr, hörte Helene erst ins Bad, dann ins Schlafzimmer, dann in ihre Küche gehen. Dort schien sie kurz zu verweilen und nahm vermutlich ein paar Einkäufe aus dem Rucksack, den sie unbeirrt statt einer Handtasche mitführte, obwohl Hilde sie bereits mehrfach darauf aufmerksam gemacht hatte, dass er ihrem Alter nicht angemessen war.

Die Schritte zeigten an, dass Helene ins Wohnzimmer ging, wo sich der Schreibtisch befand, dann zurück in den Flur. Besorgt lief Hilde mit und versuchte zu erkennen, ob ihre Schwester sich ungewöhnlich lange bei der Ablage aufhielt. Der Stelle, von der vor kaum mehr als zwanzig Minuten Helenes Ticket in eine unbeschwerte Zukunft verschwunden war!

Tatsächlich blieb es genau dort relativ lange still. Hildes Blut rauschte durch ihren Kopf, während sie mit aufgesperrtem Mund eine Atemübung versuchte. Nur ruhig! Was sollte denn schon passieren, selbst wenn Helene den verdammten Schnipsel vermisste? Ja, selbst *mit* dem verdammten Schnipsel hätte sie nicht ohne Weiteres die Existenz eines Testaments belegen, geschweige denn beweisen können, was dringestanden hatte.

Hilde konnte kaum fassen, dass ihr das erst jetzt einfiel. In ihrer Panik hatte sie sich gar nicht gefragt, was Helene mit so einem kleinen Papierschnipsel überhaupt noch anfangen könnte! Die Antwort lautete: nichts. Diese Gefahr – Hilde wurde ein wenig schwindlig, als ihr das endlich bewusst wurde – hatte nie ernsthaft bestanden.

Im Gegensatz natürlich zu der Gefahr, dass Helene bei der Rückkehr der zum Schnipsel gehörenden Erinnerung bestimmt auch darauf gekommen wäre, wer das Testament vernichtet hatte. Würde sie darüber schweigen, wenn sie Bescheid wüsste, und endlich Ruhe geben? Sicher nicht. Hilde wäre gezwungen, Helenes Anschuldigungen zurückzuweisen, ihre Ehre zu verteidigen; es gäbe zwar keinen echten Beweis gegen sie, aber für den Rest ihres Lebens einen Verdacht. Und was das bedeutete, musste ihr niemand erzählen.

Sie hörte ihre Schwester mit leichten Schritten die Treppe herunterkommen. »Ick fühl mir wie 'n neuer Mensch«, sagte Helene beim Eintreten und tastete zufrieden nach ihrer Frisur. »Meenste, dit jeht noch? Allet neu, in unserem Alter?«

»Schön wär's ja«, entgegnete Hilde. »Aber ich persönlich bin eher skeptisch.«

15

Der Hochsommer kam und mit ihm eine Hitze, wie Amy und ich sie uns in unseren schlimmsten Träumen nicht hätten vorstellen können. Wir waren kaum mehr in der Lage, den üblichen Gepflogenheiten eines »Huhns mit Auslauf« nachzugehen. Frühmorgens, bevor die Sonne über die Baumwipfel des Sperrmüllgrundstücks geschlichen kam und uns von der Seite beschoss, durften wir zwar frei auf der Wiese umherstreifen, während He-Lene ein Gerät in Gang setzte, das unter seltsamen, für uns schwer vorhersehbaren Schwenkbewegungen Wasser über den Garten spritzte. Die feuchte Erde bewirkte, dass besonders viele Würmer aus der Erde krochen – herrlich!

Leider war der Spaß allzu schnell vorbei. Amy und ich kapitulierten stets als Erste, zogen uns in die Voliere zurück und wanderten in den nächsten Stunden mit dem Schatten des Hauses von Sandkuhle zu Sandkuhle. Zwischendurch standen wir allenfalls auf, um die paar Meter zum Futter- oder Wassertrog zurückzulegen.

Die Sundheimer kamen besser mit der Hitze zurecht, wussten, nachdem Helene sie wieder hinter den Zaun gesperrt und sich ihrerseits ins Haus zurückgezogen hatte, von ihren kurzen Abstechern in den mobilen Auslauf allerdings rein gar nichts zu berichten. Die Welt schien stillzustehen.

Am späten Nachmittag knallte die Sonne von der anderen Seite über den Geräteschuppen hinweg und heizte unsere Voliere noch einmal gnadenlos auf. Zum Glück lag der Auslauf um diese Zeit schon wieder im Schatten, und wir konnten dorthin ausweichen. Wo wir entsetzt mit ansahen, wie sich das Gras unserer Wiese von Tag zu Tag etwas mehr in stoppeliges Heu verwandelte, die Wildblumen verdorrten und die Insekten ausblieben.

He-Lenes Wasserschwenker konnte die fatale Entwicklung nicht aufhalten. Mit umwölkter Stirn teilte sie uns mit, dass das Grundwasser zurückging.

»Meene armen Hühner! Da habt ihr die Wiese jrade erst entdeckt, und schon isse dahin. Der Brunnen jibt nich mehr jenuch her, um richtig zu sprengen. Et herrscht sojar Waldbrandjefahr! Man kann jetz nur noch uff Rejen hoffen.«

Am späteren Abend trieb sie uns zurück in die Voliere und verriegelte die kleine Tür. Amy und ich waren heilfroh, dass sie uns, wie versprochen, nicht auch noch im aufgeheizten Stall einschloss. Wir verbrachten die nicht abkühlen wollenden Nächte trotz Fuchs und Waschbär unter dem Holunderstrauch. Unsere Feinde schlichen sich tückisch an, raschelten extralaut hinter dem Zaun und gaben abfällige Bemerkungen von sich; rein gewohnheitsmäßig kletterten die Bären auch weiterhin jede Nacht auf unsere Querbalken, um uns daran zu erinnern, dass wir unseren Teil der Abmachung noch zu erfüllen hatten.

Ich spielte dann eine Gelassenheit vor, die ich keineswegs empfand, und machte die Erpresser darauf aufmerksam, dass offenbar noch nicht August war. Ein paar coole Sprüche von Heidi wären schön gewesen, aber die Sundheimer schliefen im Stall.

Sundheimer sind sehr konservative Hühner. »Wenn's e Schlaafstang geebe duud, geh mer da nuff«, erklärte Heidi schlicht, und es war unter meiner Würde, um ihre Gesellschaft zu betteln. Auch wenn es mich verdross, sie früh um fünf zufrieden und ausgeschlafen die Hühnerleiter herunterspazieren und munter ihrer Morgenroutine nachgehen zu sehen, während Amy und mir nach einer harten Nacht ein weiterer harter Tag bevorstand.

Doch die Natur, die uns Amrocks einen so unfairen Nachteil verschaffte, versöhnte uns bald darauf mit einer äußerst angenehmen Überraschung. Der Himmel verfinsterte sich, tiefes Grollen ließ die Erde erzittern, schwallartig entlud sich aus dunklen Wolken der Regen, den man uns wochenlang vorenthalten hatte, und verwandelte unseren Auslauf und Teile der Voliere in eine Wellnessoase. Entzückt wühlten Amy und ich im kühlen Schlamm nach Wasserleichen und feierten ein Happening – während die Sundheimer mit verdrießlichen Mienen unterm Stall hockten und über die Gefahr für ihre Federfüßchen klagten!

Zwei unterschiedlichere Rassen als unsere konnte man wohl kaum zusammenstecken. Und doch hatten wir uns aneinander gewöhnt und machten das Beste aus einer Situation, die Huhn nun einmal nicht ändern kann. Unser Hackdreieck funktionierte. Heidi machte vernünftigerweise äußerst selten von ihrem Recht Gebrauch, Amy zu hacken. Amy hingegen übertrieb es zwar ab und zu mit Susi, ließ aber keinen Zweifel aufkommen, dass sie in Wahrheit Heidi meinte, was wiederum eine gewisse Satisfaktion für Susi darstellte.

Es war kompliziert, aber wir hatten es im Griff. Unsere Mütter, ob Brahma oder Orpington, wären stolz auf uns gewesen.

Wir waren auch stolz. Die Zeit vor dem ersten Ei, der Übergang von der Jung- zur Legehenne, ist ein aufregender Lebensabschnitt für ein Huhn, und man kann es dabei unterstützen, indem man – wie He-Lene es vorbildlich getan hatte – einen Spiegel in der Voliere anbringt. Ja, Sie haben richtig gehört! Wir Hühner lieben es, unser Äußeres zu überprüfen, besonders in unserem ersten Sommer, wenn es so viele Veränderungen zu entdecken gibt. Amy und ich zum Beispiel warteten schon lange ungeduldig auf das Wachsen unserer peinlich winzigen Kammzacken, und im Laufe dieses heißesten Monats war es endlich so weit. Mehrmals am Tag reckten wir uns vor dem Spiegel, um uns der Fortschritte zu vergewissern, und waren jeden Abend überzeugt, schon viel schöner auszusehen als noch am Morgen.

Zu diesem Zeitpunkt wuchsen den Sundheimern, besonders Heidi, bereits rote Kehllappen. Heidi entwickelte sich zu einem so stattlichen, herrlich anzusehenden Huhn, dass es schon aus Gründen des Harmonieerhalts allerhöchste Zeit wurde, dass auf Amys und meinem Kopf auch etwas passierte! Selbst wenn wir schnabelknirschend akzeptierten, dass die beiden zu einer frühreifen Rasse zählen und wir Amrocks *late bloomers* sind, hätten wir unserem Neid andernfalls vielleicht doch mal Luft machen müssen.

Den Sundheimern war das nur allzu klar, und so feierten wir alle vier, als endlich auch Amy und mir ein Kamm zu wachsen begann, der seinen Namen verdiente. Heidi und Susi bestätigten sogar ungefragt, dass die Kämme nicht nur wuchsen, sondern ihre Farbe von Gelborange zu Rot wechselten.

Es hätte trotz der tropischen Hitze ein schöner erster Sommer werden können.

Hühner hält man, sofern kein Hahn dabei ist, nicht ohne Grund mindestens zu dritt. »Erst ab drei Hühnern«, hatte Mutter uns erklärt, »kann eine zufriedenstellende Hackordnung zustande kommen. Machen wir uns nichts vor, alles andere funktioniert einfach nicht. Ich kann euch nur wünschen, dass euch der Stress erspart bleibt, in einer Zweierkonstellation zu leben, die euch wieder und wieder in einen Machtkampf zwingt.«

Die Menschenschwestern waren nur zu zweit, kein Wunder, dass es mit ihnen nicht klappte. Ihre Hackordnung, die bei unserem Eintreffen vor wenigen Monaten noch den Anschein von Stabilität erweckt hatte, war vor unseren Augen binnen so kurzer Zeit zerbrochen, dass sie, wenn Sie mir die

Bemerkung gestatten, schon vorher nicht viel wert gewesen sein kann.

Uns war klar, dass wir an ihrem Scheitern nicht unbeteiligt waren, ja dass wir vielleicht sogar den Anlass für ihren Machtkampf geliefert hatten, indem wir unsere Ansprüche auf artgerechte Haltung geltend machten und nur eine von ihnen auf unsere Seite ziehen konnten. Aber denken Sie bitte einmal nach: Sind wir Hühner wirklich schuld an allem, was danach passierte? Können wir etwas für ihre unglückliche Zweierkonstellation? War diese nicht von vornherein zum Scheitern verurteilt?

He-Lene gehörte jetzt zu uns. Hilde stand ohne Herde da. *Shit.*

Aber hätte sie nicht auch eine andere Wahl gehabt?

Durch die Gefahr, die von Hilde ausging, war es mir mittlerweile unmöglich, an He-Lene anders zu denken als an »eine von uns« – obwohl mir eine Warnung unserer Mutter in diesen Wochen wieder sehr deutlich zu Bewusstsein kam.

»Verbündet euch nicht mit den Menschen«, hatte sie uns eingeschärft. »Selbst wenn sie euch füttern und pflegen und jeden Anschein von Zuneigung erwecken, tun sie das nicht ohne Hintergedanken. Seid höflich zu ihnen, aber haltet Abstand. Seid auf der Hut, vertraut ihnen niemals ganz und vor allem: Verlasst euch nicht auf ihre Treue. Gerade dann, wenn ihr sie schon lange zu kennen glaubt, wollen sie euch nichts Gutes mehr.«

Nichts Gutes – was das bedeutete, konnten wir uns mit Hilde vor Augen inzwischen recht gut vorstellen und versuchten, uns dagegen zu schützen. Wenn sie in der Nähe war, behielt mindestens eine von uns sie im Blick, und damit meine ich: Uns entging nichts. Wenn Sie Hühner vor sich sehen, die scheinbar selbstvergessen in der Wiese picken, sehen Sie nämlich in Wahrheit Hühner, die nach Fuchs und Habicht Ausschau halten. Wir passen auf uns auf – mit einer meines Wissens einzigen Ausnahme: den bedauernswerten Paduanern, die gar keine Chance haben, Gefahr von oben zu erkennen. Ihrer überproportionalen Hauben wegen merken sie erst, was los ist, wenn sie bereits gepackt werden.

Amy, Heidi, Susi und ich waren auf Wachsamkeit eingestellt, sobald wir ins Freie gelassen wurden. Wir hielten Ausschau nach Fuchs, Habicht und Hilde.

Und dennoch zweifelte ich an dem Rat meiner Mutter. Gab es unter den Menschen denn wirklich keine, denen wir vertrauen durften? Ich konnte einfach nicht glauben, dass Mutter uns vor jemandem gewarnt haben könnte, der so freundlich und harmlos war wie He-Lene. So fröhlich wie Curly, der uns jedes Mal ein Lied pfiff, wenn er für Hilde Taschen zum Haus schleppte. So aufmerksam wie Fredi, der sich extra Sonnenblumenkerne einsteckte, wenn er sah, dass Pakete für Hilde oder He-Lene in seinem Wagen waren. Das hatte er He-Lene erzählt, während er uns aus der Hand damit fütterte.

Und was war mit den Fremden, die am Gartentor stehen blieben und mit He-Lene über uns redeten? He-Lene nannte sie den »Hühner-Fanclub«. Sagen Sie selbst: Das bedeutet doch etwas! In dieser einen Sache musste sich Mutter einfach geirrt haben.

Aber selbst wenn ich mit dieser Vermutung richtigliegen sollte: Wie lange würde He-Lene noch für uns da sein, uns pflegen, füttern, auf die Wiese führen und dafür sorgen, dass wir ein sicheres Zuhause hatten? Wir konnten in diesem Sommer nicht nur beobachten, wie wir uns zu prächtigen Hühnern entwickelten. Wir erlebten auch mit, wie He-Lenes Stimme leiser, ihr Gang schwungloser wurde und wie sie anfing, wie jemand auszusehen, der den Mut verlor.

Sobald He-Lene zu uns in den Hinterhof kam, um in der Voliere sauber zu machen, den Snack zu bringen oder sich einfach für ein Weilchen zu uns zu setzen, konnte man neuerdings darauf wetten, dass Hilde nur Minuten später am Fenster auftauchte.

»Lenchen, hast du Lust auf ein paar Runden Rummikub? Das ist gut fürs Gedächtnis.«

»Lenchen, ich habe ein paar Blusen abzugeben, guckst du bitte mal, ob sie dir passen?«

»Lenchen, wollen wir heute zusammen kochen?«

Langsam kam uns der Verdacht, dass sie He-Lene von uns weglocken wollte. Aber warum?

»Vielleicht«, überlegte Amy, »will sie He-Lene so lange mit anderen Dingen ablenken, bis sie uns auch vergessen hat.«

Das war eine ebenso alarmierende Vorstellung wie reale Gefahr, denn He-Lenes Vergesslichkeit hatte seltsame Züge angenommen. Fast jeden Tag hörten wir sie darüber klagen, dass Dinge verschwanden und woanders wieder auftauchten, obwohl sie sie doch stets an dieselben Stellen legte. Sie erzählte Hilde von einer Brille, die sie zwischen Butter und Käse im Kühlschrank gefunden hatte, von Blumen, die in staubtrockenen Vasen starben, obwohl He-Lene sich genau zu erinnern glaubte, diese mit Wasser gefüllt zu haben. Ein Schlüssel lag im Badezimmerschrank, die Nachtcreme in der Besteckschublade, und ein kleiner Teppich war überraschend vom Couchtisch auf den Nachttisch umgezogen.

»Haben wir hier einen Poltergeist?«, fragte sie Hilde mit halbem Lachen. »Langsam traue ich mich nicht mehr in meine eigene Wohnung.«

Hilde hing über dem Fensterbrett, schaute auf ihre Schwester herab und sagte düster: »Du weißt, was ich denke. Lass dich untersuchen. Vielleicht kann man noch etwas machen.«

Woraufhin He-Lene müde erwiderte: »Ick jeh nich zum Arzt. Ick weeß ooch so, worauf dit allet hinausläuft.«

Wenn Hilde danach ihr Fenster wieder schloss, setzte sich He-Lene manchmal zu uns auf den Strohballen und weinte. Ratlos umringten wir sie, versuchten zu trösten, indem wir ganz dicht bei ihr blieben, und zu verstehen, was mit ihr los war. Und vor allem: worauf es, wie sie sich ausdrückte, hinauslief.

Aber es sollte noch eine Weile dauern, bis uns klar wurde, wozu Menschen imstande sind.

An einem besonders heißen Tag kam Hilde auf die Idee, es sich im Schatten vor dem Geräteschuppen gemütlich zu machen, während He-Lene an einer Überdachung gegen den nächsten Starkregen arbeitete, der, wie sie uns berichtet hatte, für den Abend angekündigt war. Unter viel Gekraxel war es ihr gelungen, eine am Vortag von Fredi angelieferte Plane durch Weitwurf mehrerer daran befestigter Seile über einen Teil der Voliere zu ziehen. Als Hilde mit Gartenliege, Zeitung und Kühltasche anrückte, stand He-Lene gerade auf der Leiter und knüpfte die Plane an den Volierendraht.

»Wat wird 'n dit?«, erkundigte sie sich verdutzt. »Für wat sitzt 'n du hier im Dreck anstatt uff deener Terrasse?«

»Da knallt die Sonne drauf, da hält man es nicht aus«, erwiderte Hilde, strampelte ihre Sandalen von den Füßen und entfaltete die mitgebrachte Zeitung.

»Weeßte wat?«, fragte He-Lene nach kurzem Überlegen. »Du has janz recht. Dit is 'n juter Platz. Ick mach hier noch fertig, und denn hol ick mir ooch wat zum Sitzen.«

Hilde saß auf der Liege, He-Lene auf einem Stuhl, und wir Hühner lagen hinter dem Zaun und behielten die beiden im Blick.

»Alderle«, meinte Heidi nach einer kleinen Weile sinnend.

»Wennse mal still neebenannerhogge, denksch scho, des des Schweschdern sein könnde.«

Sie traf mal wieder den Nagel auf den Kopf: He-Lene und Hilde hatten rein äußerlich eine Menge gemeinsam. Nicht dass wir das nicht schon am Anfang bemerkt hätten – wir konnten sie ja, wenn Sie sich erinnern, in der ersten Zeit nur an der Stimme und an Hildes leichtem Humpeln auseinanderhalten. Aber seit wir ihnen hauptsächlich beim Streiten zusahen, fielen uns vor allem die Unterschiede auf: He-Lenes weiche, nachgiebige Gesichtszüge, die, verglichen mit Hildes verkniffen-entschlossener Miene, ihre Unterlegenheit in jeder ernsthaften Auseinandersetzung rein optisch schon vorwegnahmen. He-Lenes wilde graue Haare, die vor Kurzem einen einzigen halben Tag lang gebändigt gewesen waren, im Kontrast zu Hildes streng gezähmter Kurzfrisur, die keinen Zweifel daran ließ, dass in ihrem Leben nichts über ihren Kopf hinweg passierte. Selbst wenn man sie, wie jetzt, scheinbar friedlich nebeneinandersitzen sah, konnte man aus reiner Gewohnheit nicht anders, als auf Hildes Sieg zu wetten.

Und doch war deutlich zu erkennen, dass die beiden aus demselben Stall stammten. Das verwirrte uns. Wie konnten zwei Schwestern so völlig unterschiedlich geraten? Wann und wo war das passiert? *Was* war passiert? Hatten die Eltern nicht zusammengepasst? Gab es unterschiedliche Glucken? Mir fiel auf, dass ich zu wenig, genau genommen gar nichts über das Heranwachsen der menschlichen Spezies wusste.

Dann aber fielen mir die Sundheimer wieder ein, deren Verhalten ebenfalls unterschiedlicher nicht sein konnte, obwohl sie zweifellos derselben Rasse angehörten, und ich gab mich mit der Einsicht zufrieden, dass auch ein Oberhuhn nicht alle Fragen des Lebens beantworten können muss. Nur die Konsequenzen für meine kleine Herde, die musste ich im Auge behalten.

An diesem Tag schienen die Menschenschwestern tatsächlich nur still und kraftsparend nebeneinander im Schatten sitzen zu wollen – eine kluge Entscheidung, wie wir fanden, denn für alles andere war es einfach zu heiß. Hilde las Zeitung, He-Lene ein Buch, und uns Hühnern fielen langsam die Augen zu.

Da fragte Hilde: »Brauchst du eigentlich meinen Staubsauger noch?«

Ich öffnete ein Auge und sah He-Lene sich erstaunt zu Hilde umwenden. »Icke? Deenen Saujer? Ick hab doch selber eenen.«

»Na, du hast meinen doch gestern mitgenommen, weil er eine spezielle Teppichdüse hat.«

He-Lene runzelte die Stirn. »Teppichdüse? Wozu 'n dit? Meen Saujer is völlich in Ordnung.«

Hilde lächelte nachsichtig. »Genau darüber hatten wir uns unterhalten. Du sagtest, dein Sauger reicht, und ich sagte, das denkst du nur, weil du meinen noch nicht ausprobiert hast.«

He-Lene antwortete nicht. Ihr Gesicht nahm einen leeren Ausdruck an, als schaute sie ganz tief in sich hinein.

»Und? Warst du zufrieden? Hatte ich recht?«, fragte Hilde immer noch lächelnd.

He-Lene erwiderte schwach: »Ick kann mir nich erinnern.«

Hilde aber bohrte weiter. »Wie, nicht erinnern? An die Saugleistung?«

»An den Saujer, Hilde. Ick weeß nich ma, wie er aussieht, jeschweige denn, dit ick ihn hatte. Jestern, sachste?«

»Oh, Lenchen«, erwiderte Hilde, ihr Lächeln erlosch. »Es tut mir so leid.«

»Soll ick ma gucken jehen? Dann isser ja wohl noch oben«, sagte He-Lene hilflos.

»Nein, nein, ich sehe nachher selber nach. Schau nicht so

traurig, Lenchen. Es ist doch überhaupt nicht schlimm, dass du den Sauger noch nicht zurückgegeben hast.«

Einige Sekunden vergingen. Dann sagte He-Lene leise: »Langsam hab ick Angst vor mir selber.«

Hilde ließ ihre Zeitung sinken. »Vielleicht … also, nicht dass ich alle Pläne wieder umwerfen will, aber wir sollten uns ernsthaft fragen …« Sie brach ab.

»Wat?«, fragte He-Lene, und etwas in ihrem Ton gab mir zu verstehen, dass sie die Antwort schon kannte.

»Ob du hier wirklich noch allein leben kannst, Lenchen.«

Allein hier leben? Jetzt waren wir alle vier hellwach. He-Lene besprach viel mit uns, aber diese Neuigkeit hatte sie uns bisher vorenthalten.

»Klar kann ick dit«, sagte He-Lene trotzig. »Wenn ick berliner, kann ick reden. Wenn ick mir allet uffschreib, kann ick einkaufen. Wenn ick im Jarten bin und bee de Hühner, klappt ooch allet. Kiek dir die Plane an, die hängt bombenfest.«

»Du solltest lieber nicht auf der Leiter stehen. Was, wenn dir wieder schwindlig wird?«

»Siehste! Dit is ooch schon lang nich mehr passiert«, trumpfte He-Lene auf.

»Das heißt nicht, dass es nicht wieder passieren kann. Du solltest auch dein Auto abgeben, Lenchen. Und den Führerschein am besten gleich mit.«

»Jetz is aber jenuch!« He-Lene wurde lauter. »Du hörst jetz uffer Stelle uff. Wir verkoofn, wie besprochen, du kriegst deene Kohle, ick dit Haus, und jut is.«

»Das ist kein Grund, auf mich loszugehen«, erwiderte Hilde eingeschnappt. »Ich mache mir nur Sorgen, das ist alles. Ich sehe doch, wie du von Tag zu Tag …«

»Ick bin noch nich entmündigt!«, unterbrach He-Lene sie erregt.

»Was soll das denn wieder heißen? Als ob ich je …«

»Und ick bin nich total verblödet! Wenn ick irjendwann ma nich mehr fahren kann, weeß ick dit schon selbst.«

»Schon gut, schon gut. Ich wollte doch nur sagen …«

»Ick kann mir Hilfe holen. Ick kann mir Leute int Haus holen.« He-Lene redete sich langsam in Rage. »Ick kenn 'ne Menge Leute, im Jejensatz zu dir.«

»Ach. Und wo, bitte, sind die?«, erwiderte Hilde spitz. »Deine tollen Kollegen, deine Rudermannschaft, deine Ingeborg? Du kanntest *früher* eine Menge Leute. Aber jetzt sind wir alt, Lenchen, jetzt hocken wir hier allein, und es interessiert sich kein Schwein für uns. So sieht's aus.«

He-Lene stand auf, klappte ihren Stuhl zusammen und klemmte ihr Buch unter den Arm. »Ick jeh jetzt ruff und such deenen blöden Saujer«, erklärte sie mit zitternder Stimme. »Wir können jern zusammen hier sitzen, aber nur, wenn de uffhörst mit deenem Jerede.«

Als sie an uns vorbeimarschierte, hatte sie wieder Tränen in den Augen. Und Hilde? Lehnte sich im Liegestuhl zurück, schloss die Augen, faltete die Hände über dem Bauch … und zum ersten Mal, seit wir sie kannten, erhellte ein breites, zufriedenes Lächeln ihr Gesicht.

Mit Sicherheit dachte sie nicht daran, dass Hühner bis auf fünfzig Meter Entfernung nadelscharf sehen.

16

Mit Schwung fuhr Helene aus der Parklücke gegenüber der Apotheke, die kaum länger war als ihr Twingo. Wer einmal in dieser Straße gewohnt hatte, konnte parken. Schade, dass Hilde sie nicht sehen konnte, die ihr mit dem blödsinnigen Vorschlag, das Auto abzugeben, im Grunde einen Gefallen getan hatte. Auch solche Sprüche bestärkten ihren Kampfgeist. Trotzdem wurde ihr noch einmal warm vor Zorn, als sie auf der Heimfahrt daran dachte. Helene Faber, siebenundvierzig Jahre unfallfrei. Helene Faber, die Einpark-Queen. *Kiss my ass.*

Sie drehte das Radio laut, bedauerte, dass sie so schnell wieder zu Hause sein würde … und dachte: Warum eigentlich? Die Hühner waren im Auslauf, der Garten versorgt; wieso nicht einfach einen Ausflug in die Umgebung machen?

Helene gab kurz entschlossen Gas, fuhr an JVA und Wochenendhaussiedlung vorbei, dann lag auch schon das Schattendach der Allee nach Niederneuendorf vor ihr, dem nur wenige Kilometer entfernten brandenburgischen Dorf gleich hinter der Stadtgrenze. Sonnenstrahlen blitzten durch die Bäume, auf dem Radweg fuhren Familien zur Bürgerablage, dem Badestrand auf der Spandauer Seite der Oberhavel. Ob der Biergarten um diese Uhrzeit geöffnet hatte?

Ohne lange zu überlegen, bog sie am Jagdhaus ab und fuhr durch den Wald zur Ausflugsgaststätte. Der Parkplatz war gut gefüllt, der Kiosk am Biergarten in Betrieb. Helene kaufte eine rote Weiße, setzte sich auf einen der Baumstämme am Rand des Strandes und schaute den Kindern zu, die im seichten Wasser planschten. Zwei Segelboote waren in der Bucht vor Anker gegangen, jemand setzte mit einem

Schlauchboot über, um am Kiosk Eis zu holen, und lief auf dem Hin- und Rückweg Slalom zwischen den Badetüchern. Aus Richtung der Hundebadestelle kamen nasse, glückliche Vierbeiner.

Die Weiße schmeckte köstlicher denn je. Ich lebe noch, dachte Helene, und eine tiefe Dankbarkeit ergriff sie. Das ist mein Zuhause, mein Strand, mein Wald, mein Fluss. Hier gehöre ich hin, mehr brauche ich nicht.

Wobei Hilde mit einem ihrer Seitenhiebe natürlich recht gehabt hatte: Es war enttäuschend, wie schnell sich ihre Kontakte im Ruderclub zurückgezogen hatten, nachdem Mutter ein Vollzeitpflegefall geworden war. Freizeitfreundschaften vertrugen keine Schicksalsschläge. Wenn man an den gemeinsamen Aktivitäten nicht mehr teilnehmen konnte, war man nicht mehr Teil der Gemeinschaft, so einfach war das. Eine Weile telefonierte man noch, verabredete sich, musste wieder absagen … und irgendwann rief eben niemand mehr an.

Doch musste das wirklich das Ende sein? Jetzt, wo Wandern und Spazierengehen wieder in Mode waren, fand sich vielleicht eine nette ältere Dame, die ebenfalls Lust auf Ausflüge hatte. Einen Versuch war es wert!

Während sie übers Wasser schaute, formulierte Helene in Gedanken ihre Anzeige im Spandauer Volksblatt: *Helene, 72, fit und unternehmungslustig, mit Auto, Fahrrad, Garten und Hühnern, sucht Freizeitfreundschaften jeden Alters …*

Eine halbe Stunde später stand sie auf und brachte das Glas zurück, schenkte der Kioskbedienung das Pfand, kaufte – der dritte spontane Entschluss – vier Eis am Stiel und brachte sie den netten jungen Leuten am DLRG-Rettungshäuschen. Morgen würde sie mit dem Fahrrad wiederkommen und Badezeug mitbringen!

In der Einfahrt, wo der Twingo hingehörte, stand ein Transporter. Zwei Männer in Arbeitskleidung luden etwas Großes, Stahlgraues ab: ein Ungetüm von einem Eingangstor.

»Ich hatte es schon bestellt, bevor du mit deiner Idee vom Teilverkauf kamst«, sagte Hilde schulterzuckend. »Es war nicht mehr rückgängig zu machen.«

»Junger Mann, Sie laden dit Ding wieder uff!«, rief Helene. »Annahme verweigert, dit jeht noch. Ick will keen neuet Tor, erst recht nich so wat Hohet! Dit muss man doch absprechen!«

»Absprechen, ja? Das sagt die Richtige«, erwiderte Hilde kühl.

»Ich hab nicht den ganzen Tag Zeit, meine Damen.« Der Transporteur wedelte mit dem Lieferschein. »Moment!«, rief er perplex, als Helene ihm das Blatt aus der Hand riss.

»Wo is meene Lesebrille? Wo steht dat mit der verweigerten Annahme?«

»Sind Sie die Auftraggeberin? Hilde Mattern? Darf ich mal Ihren Ausweis sehen? Halt, halt, halt, halt! Sie können doch nicht einfach die Papiere zerreißen, das sind *Dokumente*!«

In Helenes Kopf drehte sich ein Karussell. Gab es das? Gedankenfetzen, Protestgeheul und böseste Phantasien, die zum einen Ohr heraus- und zum anderen wieder hineinwirbelten, als wäre überhaupt nichts mehr dazwischen. Kein Hirn, kein Grips, kein Halt, nur eine große Leere.

»Entschuldigen Sie, meine Schwester ist nicht ganz bei sich. Wo muss ich unterschreiben? Selbstverständlich nehme ich die Lieferung an«, hörte sie Hilde sagen, gedämpft wie von einer dicken Schicht Steinwolle.

Vier klare Worte formten sich, zersprengte Partikel, die sich in Helenes Kopf neu zusammensetzten. *Ich bringe dich um.* Verblüfft horchte sie den Worten nach.

Das Stahltor lehnte an der Seitenwand der Garage, ein hässliches, schweres Ding, das den Wilden Wein platt drückte.

»Ick bin die, die hier wohnen bleibt, und ick sach, dit Ding kommt weg!«, zischte Helene, obwohl sie am liebsten so laut geschrien hätte, dass die ganze Nachbarschaft es mitbekam.

»Du machst uns noch zum Gespött. Dass du dich nicht schämst!«, zischte Hilde zurück.

»Na schön. Lass et stehn, aber einjebaut wird dit Ding nich, dit is meen letztet Wort!«

Hilde humpelte hinter ihr her zur Voliere. »Jetzt reg dich mal wieder ab. Ich hab doch vom Handwerker noch gar keinen Termin für den Einbau.«

In Helenes Ohren summte es immer noch. Die bringt mich um den Verstand, dachte sie fassungslos. Das muss ein Ende haben!

Sie schlüpfte durch die Volierentür und sperrte demonstrativ hinter sich zu. Hilde starrte sie durch den Zaun an. »Wo warst du überhaupt so lange?«

»An der Bürgerablage.«

»Bist du jetzt völlig verrückt geworden? Du hattest versprochen, dass du auf kürzestem Weg von der Apotheke zurückkommst! Was, wenn dir beim Fahren schwindlig wird? Willst du einen Unfall riskieren – oder lieber plötzlich nicht mehr wissen, wo du bist? In deinem Zustand solltest du überhaupt nicht mehr am Steuer sitzen.«

»Quatsch!«, erwiderte Helene automatisch, obwohl sie bei Hildes Worten erschrak. »Schwindlig war mir schon lange nicht mehr – und die DLRG war auch da.«

Hilde lief rot an. »Ich verbiete dir, Ausflüge mit dem Auto zu unternehmen!«

»Spinnst du? Ick lass mir von dir doch nich einsperrn!«

»Du bist eine Gefahr für die Allgemeinheit, ist dir das nicht klar?«

»Ick hab nichts Verbotenet jetan. Jetz hör ma uff, dich so uffzeplustern.«

»Aufzuplustern? Jetzt reicht es! Ich gehe jetzt rein und bestelle einen Handwerker, und dann wird das Tor eingebaut. Nur deinetwegen, damit du's weißt!«

»Nur über meene Leiche!«

»Fordere das Schicksal lieber nicht heraus«, erwiderte Hilde spitz. »Das geht schneller, als du denkst. Demnächst stehst du im Nachthemd irgendwo im Wald, weißt nicht mehr, wie du nach Hause kommst, und musst von einem Einsatztrupp gesucht werden. Am besten packst du schon mal ein Krankenhausköfferchen. Hast du überhaupt eine Patientenverfügung? So wie ich dich kenne, hast du keinerlei Vorsorge getroffen, für nichts! Tja, ich an deiner Stelle würde mir das mal gut überlegen. Mehr habe ich dazu nicht zu sagen.« Sie warf den Kopf in den Nacken und rauschte davon.

Nur ruhig, beschwor Helene sich stumm, um ihren Zorn im Zaum zu halten. Krankenhausköfferchen! Unfassbar. Das hätte sie wohl gern.

Sie griff zum Besen, um sich zu beruhigen, aber sie kannte sich selbst gut genug, um zu wissen, dass Hilde wieder einmal ihr Ziel erreicht hatte: größtmögliche Verunsicherung. Und in deren Folge alles, was Helene gerade nicht gebrauchen konnte: Schlafprobleme, Grübeln, Erschöpfung, Konzentrationsstörungen. Eins würde zum anderen führen und sie, wenn sie Pech hatte, in die nächste Abwärtsspirale schicken.

Warum?

Diese Frage hatte sich Helene ihr Leben lang wieder und wieder gestellt: Warum war aus Hilde so eine bösartige Spaßverderberin geworden? Warum hatte sie es nötig, ihre jüngere Schwester so zu quälen – und warum in aller Welt fiel sie, Helene, eigentlich immer wieder darauf herein?

»Du selbst bist das Problem«, würde Ingeborg sagen und hätte damit vermutlich recht. »Hilde ist eben Hilde, das ist nicht zu ändern.«

Typisch Hilde, ihr wegen des Auslaufs für die Hühner einen Anwalt auf den Hals zu hetzen.

Typisch Hilde, ein massives Tor zu kaufen, um sie daran zu hindern, mit anderen Menschen zu sprechen.

Typisch Hilde, ihr geistige Defizite und Krankheiten einzureden.

Der Anwalt. Das Tor. Das Krankenhausköfferchen. Heiße Luft, die sie über Helene schweben ließ, weil sie nichts Verwertbares in der Hand hatte. Sie hatte mit dem Tor nicht einmal einen Handwerker bestellt! Nur dieses hässliche Ding, das an der Garagenwand lehnte und eine Gefahr für alle darstellte, die vorbeigingen. Wer garantierte, dass es nicht umfiel? Dass Hilde nicht nachhalf, wenn eins der Hühner danebenstand? Oder Helene?

Ich bringe dich um. Ihr spontaner Gedanke von vorhin fiel Helene wieder ein, und sie lachte kurz und freudlos auf, weil es in dem Moment tatsächlich ihr Ernst gewesen war.

Wenn wir so weitermachen, dachte sie, gibt es hier tatsächlich bald Mord und Totschlag.

Sie stellte den Besen weg und ging zurück zum Haus. Hilde saß auf der Terrasse und löste ihr Kreuzworträtsel. »Da ist der Strich«, sagte sie knapp und ohne aufzusehen, als Helene die Stufen heraufkam.

Helene schaute verblüfft zu Boden. Hilde hatte einen Kreidestrich auf die Terrassenfliesen gemalt. Schief und krumm, weil sie sich mit ihren arthritischen Knien und Hüften nicht tief genug bücken konnte, und so pathetisch, dass Helene nur hoffen konnte, dass es ordentlich wehgetan hatte.

»Schönen juten Morjen«, sagte sie ironisch. »Ick nehm vier

Schrippen. Sach ma, jeht's noch, Hilde? Striche, ernsthaft? Wie früher im Supermarkt?«

»Selbst schuld.« Hilde kniff die Lippen zusammen. Helenes Reaktion war offensichtlich nicht das, was sie sich von dieser nächsten kleinen Bosheit versprochen hatte.

»Na schön«, erwiderte Helene. »Mir isset recht. Wir beede sin ab sofort uff Abstand. Hat der Papenburg schon wat jesacht wejen dem Hansen?«

»Was geht es dich an?«, schnappte Hilde.

»Wie schnell kann er raus sein aus der Wohnung?«, fragte Helene unbeeindruckt. »Oder besser: Wie schnell kannst du raus sein? Lass dit nich liegen, Hilde.«

»Du hast mir gar nichts zu sagen!«

»Leg dit Rätsel weg und tu wat Sinnvollet«, beharrte Helene. »Andernfalls«, setzte sie hinzu, bevor sie sich zum Gehen wandte, »kann ick für nichts mehr jarantieren.«

»Aha. Und was soll das bitte heißen?«

»Dit wirste dann schon sehn«, rief Helene über die Schulter zurück. Sie war von sich selbst verblüfft. Für die erste Drohung ihres Lebens klang das erstaunlich glaubhaft.

»Und du pack lieber deinen Krankenhauskoffer!«, schrie Hilde hinter ihr her.

Das könnte dir so passen, dachte Helene, obwohl auf dem kurzen Stück Weg von der Terrasse zur Voliere unweigerlich phantasievolle Bilder vor ihrem inneren Auge aufstiegen: Sie außer Gefecht im Intensivbett. Hilde mit Hackebeilchen, wie sie die armen Hühner durch die Voliere jagte.

»Keene Sorje«, sagte sie zu den Hühnern, die sich beunruhigt um sie versammelten. »Den Jefallen, mir selbst ausm Weg ze räumen, werd ick ihr nich tun.«

Die Hühner gackerten, es klang zustimmend.

»Dit mit der Verfüjung is ja nich verkehrt«, überlegte Helene weiter. »Und ick sollte auch irjendwat rejeln, damit für euch jesorgt is. Dit mach ick am besten jleich, solang ick noch uff Dampf bin, wa?«

Sie ging hinauf in die Wohnung, nicht sicher, ob sie die aufgeräumte Stimmung, in der sie sich gerade wähnte, wirklich empfand. Aber etwas zu unternehmen war mit Sicherheit besser, als die Beine hochzulegen und zu grübeln.

Wieder sehnte sie sich danach, mit Ingeborg sprechen zu können. Sie überwand ihren Stolz und versuchte es, hörte aber sofort die Mailbox anspringen.

»Ingeborg, du alte Plauze, jeh endlich ran«, murmelte sie in ihr Smartphone. »Dit kann doch nich sein, dit wir uns wejen so eem Blödsinn zerstreiten!«

Sie legte das Handy auf den Schreibtisch, nahm den Schubladenschlüssel aus seinem Versteck im Bücherregal und schloss auf. Die »Mappe des Schicksals« lag zuoberst; sie hatte es nie fertiggebracht, den gelben Ordner, der einmal Mutters Testament enthalten hatte, wegzuwerfen.

Es schien auf herausfordernde Weise passend, diese Mappe nun selbst zu verwenden – mitsamt einem von Mutters Briefbögen, die sie ebenfalls behalten hatte und in der Mappe aufbewahrte. Sie klappte den Ordner auf, wollte ein Blatt herausnehmen … und hatte plötzlich einen seltsamen Anflug von Déjà-vu.

Das Papier erinnerte sie an … ja, woran eigentlich? Es war zum Verzweifeln! Sie hatte das todsichere Gefühl, eine Entdeckung gemacht zu haben, aber so beschwörend sie den Bogen auch ansah, ihn drehte und wendete, es fiel ihr partout nicht ein, welche das sein sollte. Oder wann sie sie gemacht hatte. Geschweige denn, wo.

Vielleicht löste ja das Schreiben einen zufälligen Geistesblitz aus?

Wie man ein handschriftliches Testament verfasste, musste sie nicht recherchieren; sie war bei der Beratung ihrer Mutter dabei gewesen. Zielgerichtet griff sie zu dem schmalen Kasten, in dem nur drei Stifte lagen, ein Bleistift, ein Kugelschreiber und ein Edding; Stifte, die sie schon lange nicht mehr benutzt hatte, weil sie nur noch selten per Hand schrieb. Ihr Notizstift für Einkäufe war in der Küchenschublade.

Wie also konnte es sein, dass der Kugelschreiber weg war?

Helene saß auf ihrem Schreibtischstuhl, hielt verblüfft den Stiftekasten in der Hand und dachte zum ersten Mal in all den Wochen, in denen das Vermissen von Gegenständen zur täglichen Routine geworden war: Das war ich nicht.

Großer Gott. War es mit ihr etwa schon so weit? Wie oft hatte sie diese Worte von Mutter gehört. *Ich war das nicht! Ich hab nichts gemacht! Ich bin nicht schuld!*

Aber mit dem Verschwinden des Stifts, da war sie ganz sicher, konnte sie nichts zu tun haben. Sie glaubte auch weder an einen Poltergeist noch an ein gehässiges Gespenst. Die einzige Antwort, die ihr einfiel, war, dass Hilde hier oben gewesen war, sich den Kugelschreiber geliehen und vergessen hatte, es zu erwähnen.

Unwahrscheinlich. Hilde besaß als Kreuzworträtselfanatikerin viel mehr Kugelschreiber als sie.

Es sei denn …

Helene erstarrte. Sie musste sich zwingen, den Gedanken zu Ende zu denken.

Es sei denn, Hilde war aus ganz anderen Gründen in meiner Wohnung.

In einer spontanen Abwehrreaktion schob sie den Stiftekasten ans andere Ende des Schreibtischs und den Stuhl ein ganzes Stück nach hinten, wie um Abstand zwischen sich und diesen ungeheuerlichen Verdacht zu legen. Aber einmal in Gang gebracht, folgten die nächsten Schlüsse wie von selbst.

Die Brille im Kühlschrank. Die Cremes, die aus dem Badezimmerschrank verschwanden und sich, sobald sie Ersatz besorgt hatte, auf mysteriöse Weise am gewohnten Platz wiederfanden. Die Klopapierrolle, die am Tag nach dem Wechsel nur noch drei Blatt hatte. Der ihr völlig unbekannte Staubsauger, den sie angeblich ausgeliehen und nicht zurückgebracht hatte.

Und, und, und. Morgens beim Aufstehen war noch alles in Ordnung. Und wenn sie vom Saubermachen des Hühnerstalls, vom Einkaufen oder wie vorhin von einem kleinen Ausflug zurückkehrte, fehlte etwas oder lag an einem anderen Platz.

Immer dann, wenn sie nach einer kürzeren oder längeren Abwesenheit zurück in die Wohnung kam.

Helene stand auf und begann zu suchen, überzeugt, den Kugelschreiber an irgendeiner unpassenden Stelle zu entdecken. Oder nahm Hilde die Sachen mit zu sich nach unten, um sie bei nächster Gelegenheit wieder zurück in ihre Wohnung zu schmuggeln?

Als sie den Stift nicht fand, war sie beinahe erleichtert – obwohl er ein unumstößlicher Beweis dafür gewesen wäre, dass sie vielleicht gar nicht verrückt wurde! Im Übrigen bedeutete nichts zu finden ja auch keineswegs, dass sie sich irrte.

Kurz entschlossen ging sie die Treppe hinunter, ums Haus herum und betrat ein weiteres Mal Hildes Terrasse. Diese wies stumm auf den krummen Kreidestrich.

»Ick such meen Schreiber.« Helene setzte ein mürrisches Gesicht auf. »Ick kann meene Verfüjung nich treffen ohne Stift.«

»Mensch, Helene. Du willst doch nicht sagen, du besitzt nur einen einzigen Stift?« Kopfschüttelnd stand Hilde auf, verschwand kurz in ihrer Küche und kehrte mit zwei Kugelschreibern zurück. »Schenk ich dir.«

»Danke«, erwiderte Helene, nahm die Stifte und ging zurück in ihre Wohnung, um ein Testament zu schreiben, eine

Patientenverfügung auszudrucken, ihrer einzigen verbliebenen Kontaktperson Hilde eine Vorsorgevollmacht auszustellen und ein Notfallköfferchen zu packen. Die nächsten vier, fünf Tage ging sie Hilde aus dem Weg; auch ihre Schwester ließ sich nur selten am Fenster oder auf der Terrasse blicken.

Dafür tauchte der vermisste Kugelschreiber wieder auf. Am dritten Tag lag er im guten alten Stiftekasten, genau dort, wo er hingehörte.

17

Wir saßen rund um den Komposthaufen, jede von uns auf einem der vier Sitzbretter, und diskutierten wieder einmal eine Frage, auf die unsere Mütter uns nicht vorbereitet hatten: Was tun, wenn unseren Haltern Böses droht?

»Ich kapiere es nicht«, gab Amy zu. »Hilde redet He-Lene Dinge ein, die nicht passiert sind. Aber warum?«

»I raff's aa ned«, bekräftigte Susi. »'s gehd mer wie de Amy.«

Amy warf dem dicken Sundheimer einen missbilligenden Blick zu; es fiel ihr schwer zu akzeptieren, dass sie nicht wenigstens etwas mehr kapierte als Susi. Ich wartete darauf, dass Heidi etwas sagte, aber sie schien mir den Vortritt lassen zu wollen. Seit ich im Affekt angeboten hatte, den Posten als Oberhuhn an sie abzutreten, nahm sie eine derartige Rücksicht auf meine Gefühle, dass ich es fast schon als beleidigend empfand. Aber so war es wahrscheinlich nicht gemeint, also gab es keinen Grund, sie zu hacken.

»He-Lene glaubt, sie wird verrückt«, erklärte ich. »Keine von uns weiß, was Hilde damit bezweckt – oder was mit verrückten Menschen passiert. Aber es kann nichts Gutes sein.«

»Sie möge sich ned«, überlegte Heidi. »Die wolle nimmer zammewohne, des hend se ja scho g'sagt. Hilde soll gehe. Aber vielleicht duud se gar ned wolle. Vielleicht will se, des d' He-Lene gehd. Un die dääd des nie mache.«

»Deshalb will Hilde nachhelfen«, bestätigte ich. »He-Lene soll glauben, dass sie gehen muss, weil sie verrückt wird.«

Susi stand auf und schüttelte die Flügel. »Bah! Isch des fies!«

»Aber was wird denn aus uns, wenn sie geht?«, rief Amy.

»Na, das kann ich dir sagen, Chicken.«

Wir hatten es schon eine ganze Weile im Wald rascheln hören, aber der Sichtschutz verhinderte, dass wir die Waschbären als Quelle des Geräuschs identifizieren konnten. Jetzt trat die Alte hinter dem Geräteschuppen hervor, ihre beiden Jungen im Schlepptau, und alle drei schaukelten herausfordernd durch den Hinterhof auf uns zu. Sie waren früh dran heute; normalerweise schliefen sie bis zur Dämmerung in ihrem Versteck, ehe sie uns mit ihrem allabendlichen Besuch belästigten und sich nach dem Stand der Eierproduktion erkundigten.

Das Problem, wie und wo wir ihnen jeden Tag ein Ei hinterlegen konnten, ohne dass He-Lene es vor ihnen entdeckte, hatten wir noch nicht gelöst. Wir waren überhaupt noch nicht dazu gekommen, darüber nachzudenken, so sehr hielten die Menschenschwestern uns in Atem. Aber das brauchten die Bären ja nicht zu wissen. Außerdem gab es ja noch gar keine Eier.

Die Bärin stellte sich auf die Hinterpfoten, legte ihre Krallen um den Draht und raunte: »Hühnerfrikassee.«

Die leeren Gesichtsausdrücke meiner Schwestern hätten den meinen nicht besser widerspiegeln können. Wir hatten keine Ahnung, wovon der Petz redete.

»Da seid ihr platt«, erkannte die Alte. »Hühnerfrikassee. Hühnergeschnetzeltes. Hühnerklein. Hühnersuppe. Geflügelsalat. Geflügelwurst. Chicken Nuggets. Hab ich alles schon aus dem Müll geholt. Ich muss zugeben, dass ich noch keinen von euch kleinen Pupsern frisch verzehrt habe, aber gekocht, gebraten, gegrillt, geschmort … ihr schmeckt einfach fabelhaft.« Sie dachte kurz nach und fügte hinzu: »Katzen- und Hundefutter hab ich vergessen. Da seid ihr auch drin.«

Für ein paar wenige letzte Augenblicke stand ich noch in der Gnade, zu glauben, dass sie wieder einmal einen ihrer schlechten Witze zum Besten gab. Dann sah und roch ich, dass den Jungtieren der Saft in der Schnauze zusammenlief, als wüssten sie genau, wovon ihre Mutter redete. Und die Welt, die ich kannte, zerfiel.

Umso mehr, als die sonst so gehässige Bärin vor unseren Augen tatsächlich so etwas wie Mitgefühl zu spüren schien. »*Relax*«, ruderte sie ein Stück zurück, »das dürfte so bald nicht passieren. Solange ihr Eier legt, fressen die Menschen euch nicht. Aber sie lassen euch auch nicht so alt werden, dass euer Fleisch zäh und trocken wird. Wenn man euch rechtzeitig killt, kann man euer Fleisch mit den Pfoten auseinanderziehen, so zart ist es und herrlich weiß …«

»Schnauze!«, kreischte Amy und flatterte mit solcher Wucht gegen den Zaun, dass die Bärin zurückwich. »Du lügst! Das ist nicht wahr!«

Die Bärin sagte einige Sekunden nichts. Dann bekannte sie: »Es ist keine Lüge. Menschen fressen Hühner. Sie fressen mehr Hühner als alle Waschbären und Füchse zusammen. So wie ihr einen Wurm nach dem anderen aus der Erde pickt, werden sie eines Tages kommen und die Erste von euch holen. *That's life, chicken.* Sie sind nicht eure Freunde, sie sind eure Mörder. Und was ich noch sagen wollte …«

Wir starrten sie sprachlos und vor Schreck erstarrt an.

»Was ist eigentlich mit Eiern? Wollt ihr nicht langsam mal loslegen? Schlechte Eierlegerinnen fressen die Menschen nämlich als Erste, also wartet nicht zu lange. Und jetzt kommt mit, Kids. Ich glaube, die Chicken sind für heute bedient.«

Die Bären trollten sich, ganz ohne die üblichen Drohungen auszusprechen. Unglücklicherweise ein weiterer Beweis, dass sie uns die Wahrheit gesagt hatten.

Auf dem Sitzbrett mir gegenüber stand Heidi auf, streckte nacheinander beide Flügel und begann sich zu putzen –

unsere klassische Übersprungshandlung. Wir anderen taten es ihr augenblicklich nach, beschäftigten uns mit unseren Federn, steckten den Kopf mal hierhin, mal dorthin, nur um Zeit und Fassung zu gewinnen. Falls das überhaupt noch möglich war nach dieser grauenerregenden Nachricht.

Verstehen Sie mich nicht falsch, Hühner sind keine Engel. Wir sind nicht einmal Vegetarier. Wir fressen Würmer, wir verschlingen fröhlich herumbrummende, ihr Leben genießende Insekten, auch zu einer kleinen Maus oder einer Blindschleiche sagen wir nicht Nein. Wir fressen, wenn Sie sich erinnern, unter Umständen, auf die wir nicht stolz sind, auch schon einmal eine eigene Schwester an. Aber dass die Menschen, bei denen wir zu Hause waren, uns nicht nur mit der Absicht einsperrten, uns die Eier abzunehmen, sondern um uns auch nach Belieben holen und fressen zu können, das schlug ein wie eine Bombe.

Und was hieß überhaupt Zuhause? Wenn das, was die Bärin behauptete, stimmte, war unser geliebtes Zuhause in Wahrheit eine Falle und unsere Menschenfreundin He-Lene eine Schlange. Die uns nicht vor Feinden schützte, wie wir angenommen hatten, sondern die Zäune und Netze und raubtiersicheren Vorkehrungen nur aus einem einzigen Grund errichtet hatte: damit uns niemand vor ihr fraß!

»Und der wollten wir auch noch helfen!«, platzte es voller Angst und Wut aus Amy heraus, die offenbar den gleichen Schluss gezogen hatte wie ich.

In diesem Augenblick kam He-Lene aus dem Haus. Absolut schlechtes Timing, wir standen alle noch unter Schock.

»Hallo, meene lieben Hühner, ihr wollt doch bestimmt noch mal in den Jarten!«

Unter anderen Umständen wären wir augenblicklich aufgesprungen, hätten sie begrüßt und umringt. Aber keine von uns rührte sich. Wir blieben reglos auf unseren Sitzbrettern hocken, wir wandten nicht einmal den Kopf; keine von uns vieren brachte es fertig, sie auch nur anzusehen.

He-Lene öffnete erschrocken die Tür. »Hühner! Wat is passiert? Jeht et euch jut?«

Kaum dass sie die Voliere betrat, sprangen wir auf und rannten – weg von ihr, auf der Rückseite des Stalls am Zaun entlang und dann ab in den Auslauf. Flucht ist für uns Hühner beim Auftauchen eines Fressfeindes fast immer die beste Reaktion.

He-Lene blieb verdattert stehen. Dann verließ sie die Voliere und ging sehr langsam um den Zaun herum auf uns zu, so als hätte sie eins zumindest schon begriffen: dass wir vor ihr geflüchtet waren. Ausgerechnet vor ihr.

Ich kann Ihnen sagen: Das war ein verdammt beschissenes Gefühl. Noch nie in meinem Leben hatte ich mich so verraten gefühlt. Ich wollte He-Lene nie wiedersehen. Es war mir vollkommen gleichgültig, ob Hilde sie zum Verschwinden brachte, denn es fühlte sich an, als wäre es schon passiert. Als hätte es all die gemeinsamen Monate nicht gegeben, das Kennenlernen und Zuhausefühlen, als müssten wir dringend hier weg und woanders noch einmal ganz von vorn anfangen. Wäre der Zaun nicht gewesen, ich wäre mit meinen Hühnern in den Wald abgehauen. Wir wussten ja, wo der Durchgang war.

He-Lene blieb stehen. Wir drängten uns so dicht an den hinteren Forstzaun, dass die Buchsbaumhecke in unser Gefieder piekte.

»War sie dit?«, fragte He-Lene leise. »Hat sie euch irjendwat anjetan?«

Sie ging in die Hocke, vermutlich, um dadurch weniger bedrohlich zu wirken. »Hab ick nich jut jenuch uffjepasst?«, fragte sie und blickte so traurig und verstört, dass ich auf der Stelle zu zweifeln begann. War He-Lene wirklich hinterlistig und schlau genug, sich dermaßen zu verstellen? Als besonders schlau hatte ich sie, ehrlich gesagt, bisher nicht empfunden.

»Dit muss een Ende haben«, redete sie halblaut weiter. »Ick hatte jehofft, et jinge anders, aber wenn sie sich schon an euch verjreift … ick tu's … ick hab keene andre Wahl … oh Jott, dit darf allet nich wahr sein …«

Sie begann, den Hals zu recken und uns aus der Ferne von allen Seiten in Augenschein zu nehmen, als wollte sie überprüfen, ob eine von uns verletzt war.

»Roggy, es könnd sei, des mir uns irre«, murmelte Heidi. Sie dachte also genauso wie ich.

»Du meinsch, d' He-Lene will uns gar ned fresse?«, piepste Susi.

Heidi starrte He-Lene so intensiv an, als versuchte sie, in deren Kopf zu blicken. »Koi Ahnung«, bekannte sie dann. »I glaub nur, des se jetz grad ned an so was dengge duud.«

Wir schüttelten unser Gefieder, die Anspannung wich ein wenig.

»Sie hat uns Namen gegeben«, erinnerte ich mich. »Unsere Mutter hat gesagt …«

»… wenn sie euch Namen geben, habt ihr gewonnen«, fiel Amy ein. »Ich hab mich immer gefragt, was sie damit gemeint hat. Vielleicht, dass ein Mensch, der uns Namen gibt, uns nicht frisst?«

He-Lene streckte eine Hand durch den Zaun. Die Hand war leer, trotzdem bewegte ich mich vorsichtig einige Schritte auf sie zu. Die anderen folgten. Als He-Lene die Sundheimer wie gewohnt anfassen wollte, wichen diese aber zurück.

»Se duud Hühner fresse«, warnte Susi.

»Aber vielleicht nicht ihre eigenen«, meinte ich zweifelnd. »Vielleicht fressen Menschen nur Hühner ohne Namen.«

Das saß. Ich konnte meinen Hennen anmerken, dass ihre kurze Erleichterung angesichts meiner Worte schon im nächsten Augenblick einer tiefen Trauer um unsere namenlosen Artgenossinnen wich. Entsetzt fragte ich mich, ob Hühner darunter waren, die ich kannte – vielleicht sogar die Lieblingsschwester meiner Kindheit?

Mit aller Kraft wünschte ich mir einige Sekunden lang nichts anderes, als dass meine Lieblingsschwester einen Namen bekommen hatte.

Dann stand unsere eigene prekäre Lage wieder im Vordergrund – und die Frage, ob wir uns nach diesem Vertrauensbruch noch einmal mit He-Lene verbünden sollten. Es ließen sich ja nicht gerade verlockende Alternativen ausmachen. Bei einer Flucht in den Wald, die mir spontan als geeigneter Ausweg erschienen war, würden wir nur einem anderen Feind in die Arme rennen – und das viel schneller, als wir von He-Lene überhaupt gefressen werden konnten.

Wie man es auch drehte und wendete: Im Grunde blieb uns gar nichts anderes übrig, als He-Lene noch einmal eine Chance zu geben. Wenn man am Ende der Nahrungskette steht, will ein Umzug gut überlegt sein. Und zum Schluss dieser Überlegungen kamen vielleicht auch Sie – wie ich – zu der Erkenntnis, dass eine Falle zwar eine Falle ist, aber unter Umständen weniger gefährlich als eine Flucht.

»Na schön«, bestimmte ich. »Wir bleiben.«

Mit deutlich weniger Begeisterung als üblich liefen wir vor He-Lene her auf die Wiese, nachdem sie uns die Volierentür geöffnet hatte, und Amy nahm ihren üblichen Posten in Hildes Nähe ein. Vor Hildes Terrasse befand sich ein Hang mit Ziersträuchern, zwischen denen Amy verschwinden und unsere Widersacherin im Auge behalten konnte, ohne selbst bemerkt zu werden. Während sie unter den Sträuchern nebenher den einen oder anderen Wurm …

Ein großes Geschrei erhob sich plötzlich aus dem größten Strauch, dessen Arme nach allen Seiten herabhingen und eine dunkle Höhle umschlossen. Amys tiefes Organ war zu erkennen, und …

Heidi, Susi und ich erstarrten. Als hätte es heute nicht schon genug *shock and awe* gegeben, musste unsere Schwester in der Höhle ausgerechnet auf eine Katze treffen! He-Lene schrie mit Amy mit, rannte aufgescheucht quer durch ihr Beet und sprang händeringend um den Strauch herum, selbst Hilde war aufgestanden und fuchtelte abwehrend mit den Armen. Stare flatterten aus dem Kirschbaum und suchten kreischend das Weite. *Inferno mortale.*

Dann schoss die Katze mit gesträubtem Fell und armdickem Schwanz aus dem Gebüsch, rannte He-Lene kopflos zwischen die Beine, fegte über die Wiese und entfloh mit einem rekordverdächtigen Sprung über den Zaun.

Amy kam ebenfalls unter dem Strauch hervor und schüttelte sich triumphierend. Einige wenige Federn fielen zu Boden.

Wir sind Dinos, schon vergessen?

He-Lene rappelte sich auf, an beiden Armen blutend; das Katzenkatapult hatte sie rücklings in die Büsche am Hang geschickt.

»Dann werde ich wohl mal Verbandszeug holen«, sagte Hilde missbilligend und verschwand im Haus.

Was folgte, werden wir nie vergessen: unser zweiter lebensverändernder He-Lene-Schock an einem einzigen Nachmittag. Sie schlich auf die Terrasse, nahm einen runden Stein aus einem der Blumentöpfe und legte ihn unter die Fußmatte vor der Küchentür. Dann bewegte sie die Fußmatte ein klein wenig nach vorn, schob sie kurz zur Seite, legte den Stein noch einmal um und zog sich schließlich wieder an den Rand der Terrasse zurück, wo sie ihre zerschrammten Arme halb in die Höhe hob; ein Bild des Schmerzes, des Wartens auf Hilfe.

»Jessas, nai«, raunte Heidi.

»*What the fuck!*«, fiel Amy ein.

Es war Susi, die sofort kapierte – vielleicht, weil Hinterlist die einzige Waffe der Schwachen ist. Anerkennend piepste sie: »Se will se hiebloddse lasse!«

Stellen Sie sich vier Hühner vor, die den Atem anhalten.

Hilde kam mit einem blauen Kasten zurück, streckte einen Fuß über die Schwelle der Küchentür, trat auf die Matte und – rutschte nicht aus, wie wir erwartet hatten, sondern knickte um und fiel nach vorn. Der blaue Kasten flog durch die Luft, und wir hörten es knallen, als Hilde noch vor ihm auf dem Terrassenboden aufschlug.

»Hilde!«, schrie He-Lene, sprang vor und beugte sich über sie. »Hast du dir wehjetan?«

Eine selten blöde Frage. Hilde hatte sich so wehgetan, dass es eine Weile dauerte, bis sie überhaupt wieder etwas sagen konnte. Ihre Handflächen bluteten fast noch mehr als die von He-Lene, und der Knall war wohl ihr Kinn gewesen, denn sie spuckte etwas Rosafarbenes aus, und danach erkannten wir sie kaum wieder, weil ihr Gesicht einen Teil von sich selbst aufgesaugt hatte.

»*Fuck.* Wie ist das möglich?«, staunte Amy.

»Meine ßähne, meine ßähne«, begann Hilde nun doch zu jammern.

»Oh, Scheiße«, sagte He-Lene. »Dit tut mir leid. Die warn doch noch janz neu!«

»Ja, ßeiße, daß kann man wohl ßagen. Deine ßeiß-Hühner ßind ßuld!«, plärrte Hilde.

Wir? Nun mal halblang, dachte ich.

He-Lene hob Hilde unter viel Ächzen und Stöhnen beider Schwestern auf, fragte mehrfach, ob sie »die Rettung« holen sollte, und führte sie dann mit allen Anzeichen falscher Fürsorge ins Haus, wobei Hilde monoton die Laute »Takßi« und

»ßahnarß« wiederholte. Die Terrassentür blieb offen, und Amy hüpfte einige Schritte hinein, um uns anschließend zu berichten, dass Hilde auf ein Sofa blutete und He-Lene mit weißen Bändern hantierte, während die beiden mit He-Lenes Telefon Musik hörten. Vielleicht wollten sie sich damit beruhigen. In kurzen Abständen wurde die Musik unterbrochen von der Aufforderung: »Bitte warten Sie.«

Plötzlich war eine laute Männerstimme aus dem Apparat zu vernehmen, und He-Lene teilte dieser mit, ihre Schwester, fast achtzig, sei schwer auf den Kopf gefallen, man solle bitte sofort einen Rettungswagen in die Waldsiedlung schicken.

»Ich bin aufß *Maul* gefallen, aufß *Maul*!«, protestierte Hilde, aber He-Lene schien sie nicht zu hören und diktierte dem Mann die Adresse.

Als das Telefonat beendet war, versuchte Hilde aufzustehen, wohl, um einen Fluchtversuch zu unternehmen, sank aber sofort auf das Sofa zurück, wo sie kraftlos mit den Armen fuchtelte. He-Lene begann, in der Wohnung herumzuirren und nach Dingen zu suchen, die Hilde mitnehmen sollte. Es blieb offen, wohin, aber wenn wir schon nichts verstanden, wollten wir wenigstens nichts verpassen, also drangen auch Heidi, Susi und ich in die Küche vor.

He-Lene öffnete die Schränke und Schubladen in dem großen Zimmer, das sich direkt an die Küche anschloss. »Wo ist *dein* Notfallkoffer? *Deine* Patientenverfüjung?«, fragte sie ein ums andere Mal, während Hilde lamentierte: »Ich geh nicht! Ich will nicht! Ich sagß nicht!«, und zwischendurch uns Hühner mit der rätselhaften Aufforderung anschrie: »Kuß! Kuß!«

Endlich hatte He-Lene gefunden, was sie gesucht hatte, kam zurück in die Küche, scheuchte uns ganz ohne ihre übliche Zartfühlung hinaus auf die Terrasse und schloss die Tür. Wahrscheinlich wollte sie keine Zeugen. Natürlich blieben wir an Ort und Stelle und guckten durch die Glasscheibe.

»Wow«, sagte Amy, die als Erste ihre Sprache wiederfand. »Wir haben uns komplett in ihr getäuscht.«

»Jessas. I dääd sage, des war e Addendaad«, meinte Heidi. »Reschbegd. Un nu?«

»Nu simmer se los!«, gackerte Susi erfreut. »I mein d' Hilde«, setzte sie hinzu.

Ganz sicher waren wir aber noch nicht. Nach einer Weile kamen drei in orangefarbene Anzüge gekleidete Männer. Sie durchquerten den Garten und verschwanden in der Küche; durch die Glastür erkannten wir sechs Beine, die sich um das Sofa drängten. Zwei der Männer kamen kurz darauf wieder heraus und holten ein Gestell mit einem Stuhl darauf, und das Nächste, was wir miterlebten, war, dass Hilde trotz verzweifeltem Protest auf dem Stuhl durch den Garten getragen und in einem weißen Wagen mit roten Streifen verstaut wurde.

He-Lene, die bis zum Tor mitgegangen war, machte Versprechungen wie »Wir telefonieren, sobald de in der Notaufnahme bis« und »Watte sonst noch brauchs, bring ick dir vorbei«. Ihre Stimme war heller als sonst, ihr Geruch frisch. Diese Frau war glücklich.

Die schmale Tür, die inmitten des Blattwerks aus Wildem Wein versteckt war, hatten wir bisher nur zur Kenntnis genommen, wenn uns während der Jagd ein Fluginsekt in diese Richtung entwischte. Einmal in die Weinblätter abgetaucht, war der Brummer gerettet. Dass sich hinter dem Wein ein Gebäude befand, war uns noch gar nicht aufgefallen.

He-Lene blieb lange im Haus. Als sie wieder zum Vorschein kam, trug sie eine Schachtel, in der es klapperte, während sie damit zur Tür zwischen den Weinblättern eilte.

»Wat is 'n heut los mit euch?«, rief sie uns im Laufen zu. »Erst haut ihr vor mir ab, dann weicht ihr mir nich mehr vonne Pelle. Los, ab uff die Wiese, Jras fressen, Käfer jagen!«

Ganz klar: Zeugen unerwünscht. Um keinen Verdacht zu wecken, blieb nur Heidi in He-Lenes Nähe; wir anderen taten, als schlügen wir uns den Bauch voll, während He-Lene an der schmalen Tür stand und Schlüssel um Schlüssel auszuprobieren begann. Später berichtete Heidi, dass der Geruch der Nervosität, der von unserer Menschenfreundin ausging, intensiver wurde, je länger es dauerte – um schlagartig von Erleichterung abgelöst zu werden, als sich der Riegel der Tür endlich öffnen ließ.

Dahinter Dunkelheit.

He-Lene tastete an der Wand entlang, das Licht ging an. »Ach du meene Jüte«, entfuhr es ihr.

Auf Heidis Ruf eilten wir herbei. Hühner sind keine Fans unbekannter Räumlichkeiten, vor allem, wenn diese schlecht beleuchtet sind, aber die Pflicht zur Wachsamkeit siegte. Wir überwanden uns, tippelten einige Schritte in das Gebäude hinein und standen in einem kühlen, staubigen Raum, dessen Wände von oben bis unten mit Brettern bedeckt waren, auf denen Unmengen an bunten Dosen, Gläsern und Schachteln standen.

Was in aller Welt war das?

He-Lene wirkte nicht weniger perplex als wir. »Unfassbar«, murmelte sie. »Wann will se dit allet essen?«

Essen? Augenblicklich begannen wir, an den unteren Regalen entlangzustreifen, und alle Vorbehalte gegen diesen Raum waren vergessen, als wir darin durchsichtige Tüten mit Nudeln und Reis identifizierten. Wir pickten sie sofort an, aber leider waren sie fest verschlossen.

Auf unzähligen Blechdosen waren saftige Maiskörner, Bohnen und Erbsen abgebildet, Schachteln aus Pappe und Metall verhießen Kekse. Es gab sogar »Hühnerfutter«, wie Susi entzückt ausrief.

Tatsächlich waren auf vielen Dosen Abbildungen von Artgenossinnen zu erkennen. Heidi, Amy und ich sahen einander düster an, unterließen es aber, Susi aufzuklären. Keine von uns wollte die Worte aussprechen müssen, aber wir drei gaben uns keinerlei Illusionen hin, was in diesen Dosen steckte.

He-Lene hatte unterdessen ein dünnes Buch in die Hand genommen, das auf einem Tischchen gelegen hatte. Sie knipste die danebenstehende Lampe an, setzte sich auf den einzelnen Stuhl und schlug es auf.

»Lagerbestände«, las sie halblaut, »Eingänge und Entnahmen.«

Sie blätterte und blätterte. Uns wurde dabei rasch langweilig, und wir begannen, die Regale an der gegenüberliegenden Wand zu inspizieren: weiße Rollen, plastikverpackt, bis zur Decke gestapelt. Bunte Eimer, bunte Plastikflaschen, bunte kleine Dosen – eine Menge Zeug, von dem ein falscher Duft nach Blumen ausging. Kanister mit Wasser, Kästen mit Wasser, Kästen mit braunen und grünen Glasflaschen. Anscheinend erwartete Hilde eine Dürreperiode.

In einem anderen Bereich befanden sich, ebenfalls in Plastikhüllen, Gegenstände aus Stoff, mal dick, mal platt und bunt, und Kartons mit aufgedruckten Bildern von Geräten, wie wir sie in Hildes Küche hatten stehen sehen. An einem Haken hingen mehrere Beutel, wie sie die Menschen zum Tragen ihrer Einkäufe benutzen.

»Vielleicht will sie doch umziehen«, meinte Amy. »Sie braucht das ganze Zeug für woanders.«

»Des glaub i ned«, erwiderte Heidi. »Dann dääd d' Helene glücklicher aussehe.«

Von Glück konnte in der Tat keine Rede sein. He-Lenes Schultern sanken tiefer herab, je länger sie in dem Heft las; immer wieder hob sie den Kopf und ließ fassungslose Blicke durch den Raum wandern.

»August«, las sie schließlich und blätterte zur letzten Seite vor. »1 Packung Pasta Nummer 3, 1 Dose Thunfisch, 1 Glas Barilla Arrabiata, 2 Flaschen Mineralwasser Medium, 500 g Beste Bohne, 2 Tafeln Schokolade, 1 Packung Softcakes.«

Sie klappte das Buch zu. »Een Mal hat se mir wat abjejeben«, murmelte sie. »Een eenzjes Mal. Ingeborg hatte recht. Die hätt dit allet hier alleen jefressen.«

Abrupt stand sie auf, mir entwich ein spontanes Gackern. Das war ihre Chance, sich ordentlich den Bauch vollzuschlagen – und sich dabei hoffentlich daran zu erinnern, dass Hühner Allesfresser sind. Softcakes, allein das Wort traf schon meinen Geschmack.

Mein Gackern war allerdings eher fragend als hoffnungsvoll, denn ich hatte es mir schon gedacht: He-Lene war nicht in Stimmung. Sie scheuchte uns zurück ins Freie und schloss die Tür wieder ab, ohne auch nur ein einzelnes kleines Gläschen oder Schächtelchen mitzunehmen. Und als sie, gefolgt von uns, zum Haus zurückging, war von dem Glück, das sie vor dem Betreten der Schatzkammer empfunden hatte, nicht der kleinste Rest mehr zu spüren.

Sie sperrte uns wortlos in den Auslauf, eilte in ihre Wohnung, kehrte mit ihrem Rucksack über der Schulter zurück und lief in Richtung Gartentor. Gleich darauf hörten wir das Husten ihres Autos, und He-Lene fuhr davon.

»Hend ihr g'hört?«, fragte Susi verträumt. »'s is Auguschd.«

18

Diese Haube drückt! Ich wäre Ihnen sehr verbunden, wenn
Sie endlich mal eine Anpassung vornähmen, denn ich sage
es ja nicht zum ersten Mal: Ich bin ein Huhn! An Kamm
und Ohrscheiben, da ist es wirklich sehr unangenehm. Ich
würde sagen ... oh. Ja, so ist es ... ähm, etwas besser. Okay,
versuchen wir es.

Wo waren wir stehen geblieben?

Richtig.

Am Tag, als Hilde von den orangen Männern abgeholt
wurde und He-Lene die Schatzkammer entdeckte, merkten
wir, dass Essen für die Menschen einen ähnlichen Stellenwert
hat wie für uns. Anders konnten wir uns die Wut nicht erklären, die von He-Lene ausging, seit sie wusste, dass Hilde
Essen hortete, ohne mit ihr zu teilen.

Wir konnten das gut verstehen, wenngleich das System
des Hortens uns fremd ist. Das rangniedrigste Huhn einer
gewöhnlichen linearen Hackordnung, das als letztes an den
Futternapf darf, lebt im Frust. Es denkt an nichts anderes,
als aufzusteigen und an den Napf zu gelangen, bevor die
besten Körner weg sind. Ist der Halter knausrig, ist unter
Umständen überhaupt nichts mehr da. Das Huhn hungert –
oder trifft in seiner unerfreulichen Lage die Entscheidung,
zu kämpfen.

Man kann also auch am Beispiel Futternapf feststellen,
dass ein funktionierendes Hackdreieck die gerechteste Ordnung des Zusammenlebens ist, und ich frage mich immer
noch, wie es mit He-Lene und Hilde ausgegangen wäre, wenn
sie ein Hackdreieck gehabt hätten.

Leider hatten sie keins, und nach dem Schatzkammerfund

war He-Lene mit einem Mal gefährlicher als Hilde. Erst kam es uns vor allem deshalb so vor, weil wir Hildes Spiel durchschauten, das von He-Lene aber noch nicht. Je mehr wir allerdings verstanden, desto klarer wurde uns, dass wir von einer äußerst unberechenbar gewordenen Person abhängig waren.

Die orangen Männer brachten Hilde am selben Abend zurück, obwohl He-Lene noch versuchte, sie umzustimmen. Wir hörten sie telefonieren, als sie, von ihrer Autofahrt zurück, durch den Garten eilte.

»Sind Se sicher? So 'n Sturz uffn Kopp kann sich noch Tage später auswirken … Wie, nich uffn Kopp? Ick war doch dabei, ick hab's doch jesehn!«

Sie verschwand in Hildes Wohnung. Was immer sie vorhatte: Viel Zeit blieb ihr nicht.

Hilde hatte rote Farbe am Kinn, als sie von drei anderen Männern durch den Garten zum Haus geschleppt wurde, und auf dem Tragestuhl wirkte sie kleiner und krummer, als wir sie je erlebt hatten. Eine besonders schöne Erfahrung konnte sie nicht hinter sich haben. Die Tasche, die He-Lene ihr mitgegeben hatte, stand auf ihren Knien.

»Lassen Sie es langsam angehen, Frau Mattern«, empfahl einer der Männer. »Erst mal schön Püriertes essen.«

He-Lene riss die Terrassentür auf, als hätte sie nichts sehnlicher erwartet als Hildes Rückkehr. Aber uns täuschte sie nicht und Hilde auch nicht. Kaum hörten wir die Tür des Wagens zuschlagen, ging Hilde auf He-Lene los.

»Du falße ßlange! Miß abßieben wollteß du! Diß außbreitn und hoffen, daß iß niß ßurückkomm! Aber da haß du diß getäuß!«

»Aber Hildchen, wovon redste denn bloß, ick hab mir solche Sorjen jemacht! Jeht et dir wirklich besser? Dit war een heftijer Sturz, mir blieb fast dit Herz stehn!«

211

»Da lag waß unner der Madde! Da lauf iß jeden Tag, da bin iß noch nie geßtürß!«

»Du bis umjeknickt, dit kann passiern. Du bis fast achtzich, Hildchen, du muss eenfach besser uffpassen.«

Hilde hoppelte gebückt über die Terrasse. »War ja klar, daß du ßon alleß beßeitig haß«, wütete sie.

»Ick weeß nich, wat du meenst. Wirklich, Hildchen, jetz denk doch ma nach. Warum sollt ick dir wat tun? Ick brauch dir doch, dit sachste doch selbs, dit ick ohne dich nich klarkomm.« He-Lene schien mal wieder den Tränen nahe. »Dit sachste doch selbst«, wiederholte sie mit zitternder Stimme.

Wir hingen am oder vielmehr im Forstzaun, streckten die Köpfe durch die Maschen, so gut es ging, um ein paar Zentimeter zu gewinnen.

»Iß glaub dir kein Wort. Daß wirß du mir büßn.«

»Vielleicht sollteste ma uffhörn ze reden. Dit muss doch wehtun.«

»Daß täte dir ßo paßn, daß iß ßweige!«

Die beiden verschwanden im Haus, die Tür knallte zu.

»Ob die sich jetz was adue?«, fasste Susi unsere Befurchtung zusammen.

Ich hätte am liebsten am Zaun gerüttelt. Es war reine Folter, nicht mehr miterleben zu können, was vor sich ging! Kaum waren die Menschenschwestern verschwunden, fiel uns allerdings auf, dass wir infolge all dieser nervenaufreibenden Ereignisse viel weniger gefressen hatten als sonst, woraufhin wir erst einmal zurück in die Voliere eilten und uns auf den Futtertrog stürzten. Die herrlichsten Visionen von Keksen und Softcakes tauchten vor meinem inneren Auge auf, während ich gewöhnliches Geflügelmüsli pickte; Amy, Heidi und Susi ging es, wie wir später feststellten, ebenso. Wir waren, wenn Sie so wollen, also doch nicht ganz leer ausgegangen, was die Schatzkammer betraf.

Anschließend saßen wir wieder auf unseren Sitzbrettern rund um den Kompost, deren bisherige Funktion als Ruhestätte allmählich der Notwendigkeit wich, einen Konferenzort zu haben.

»I will euch was verzähle«, kündigte Heidi an, und wir ruckelten uns auf den Brettern zurecht und setzten uns bequemer hin. Dabei stellte ich wieder einmal fest, wie viel größer wir Hühner seit unserem Einzug geworden waren. Aber was gestern noch ein Grund für Zufriedenheit gewesen war, weckte heute hauptsächlich ein besorgtes Fragezeichen. Wir wurden nicht nur größere Hühner, wir wurden auch größere Portionen …

Ich versuchte, den Gedanken zu vertreiben und mich auf Heidis Worte zu konzentrieren. Sie hatte begonnen, von ihrer und Susis Kindheit zu erzählen – in meiner und Amys Nachbarschaft, nur ein Gehege weiter, aber ihre Mutter, die dicke Orpington, hatte ihnen ganz andere Ratschläge mitgegeben als unsere Brahma-Mutter uns.

Neugierig reckten wir die Hälse, unsere Köpfe trafen sich beinahe in der Mitte des Komposthaufens, während Heidi erzählte.

»Mir sin e g'fährdete Rass«, betonte sie. »Mir sin e robuschte Rass, mir sin e kluge Rass, doch wemmer überleebe wolle, dann dürfe mer ned vergesse, des mir koi bsonners staarge Rass sin. Mir warn noch Kügge, als unser Mudder aag'fange het, uns druff ze drainiere, unser Köpfle ze nutze. Dem Feind immer oi Schriddle voraus zu sei, zu dengge, was er dengge kennt, un des am beschde, bevor er's dengge duud.«

Amy und ich hörten mit wachsendem Erstaunen zu.

»Ah«, warf Susi eifrig ein, »du redsch von de Metoode.«

Sie setzte sich fester hin und schloss die Augen.

»Numme ned hudle«, bremste Heidi, »mir müsse doch de Amroggs erscht verzähle, wie des gehd.«

»Des kannsch du mache«, erwiderte Susi, die Augen weiter geschlossen. »I dääd mich scho mol oistimme.«

»Aha«, gackerte Amy los. »Wird das was Religiöses?«

»Amy«, antwortete Heidi nachsichtig, »i wusst, dass du des saage däädsch.«

Amy hörte augenblicklich auf zu gackern.

»Lass hören«, forderte ich Heidi auf. »Alles, was uns hilft, wird ausprobiert.«

»Es isch im Grund ned schwer«, entgegnete Heidi. »Mir versetze uns in de Feind nei. Susi, bisch du d' Hilde oder d' Helene?«

»I bin d' Helene«, bestimmte Susi, woraufhin Heidi ebenfalls die Augen schloss und eine Zeit lang schwieg, in der Amy und ich Gelegenheit hatten, uns verdutzte Blicke zuzuwerfen. Als ich meiner Amrock-Schwester anmerkte, dass sie es nicht mehr lange schaffen würde, den Schnabel zu halten, begann eine gewisse Heiterkeit von uns beiden Besitz zu ergreifen. Ja, auch von mir, ich gebe es zu.

Da knurrte Susi: »I bring di um.«

Es lief mir eiskalt das Gefieder hinunter.

»I bin schneller«, erwiderte Heidi dumpf aus der Tiefe ihrer Kehle. »I bin schneller, i bin schlauer, i bin g'meiner. I hab di fast so weit … du denksch, du wirsch verrückd … du wirsch aufgeebe … du kannsch gar ned kämpfe, des hasch noch nie gekonnd.«

»I weiß, was du gedaan hasch …«

»Du hasch koi Zeit mehr … du kannsch niggs mehr due … i bin schneller, i bin schlauer … i hab di fast so weit …«

»I weiß, was du gedaan hasch … dass i gar ned verrückt werd … des du des warsch …«

Mein Gefieder stand zu Berge – Amys ebenso. Was wir hörten, war das gewohnte Nuscheln der Sundheimer, und doch waren es nicht ihre Stimmen.

»I bin schneller, i bin schlauer, i bin g'meiner.«

»Diesmal ned, Hilde. Diesmal ned.«

»I bin schneller, i bin schlauer …«

»I bring di um … des wirsch mir büße …«

»I bin schneller, i bin schlauer …«

»Des wirsch mir büße … i werd mi räche …«

Es folgten die gleichen Worte, wieder und wieder. Heidi hatte es versäumt, uns darüber aufzuklären, dass wir die beiden würden stoppen müssen, aber langsam wurde es ziemlich offensichtlich, also ergriff Amy, die ohnehin schon stand, die Initiative, hüpfte von ihrem Sitzbrett auf das von Heidi und hackte sie einmal fest in den Nacken. Das Sundheimer kam sofort wieder zu sich und begann sich wegen des Hackdreiecks zu beschweren, aber ich machte Heidi klar, dass sie uns ohne Instruktionen zurückgelassen hatte, also beruhigte sie sich schnell wieder.

Susi sah aus, als wäre sie immer noch weit weg. »D' Helene war noch gar ned ferdig«, klagte sie. »D' Helene dääd noch was saage wolle wegge dem Esse in dere Kammer.«

»Danke, Susi«, sagte ich mitgenommen. »Den Rest können wir uns denken. Ich weiß nicht, wie ihr das gemacht habt, aber es war sehr hilfreich.«

Im Haus knallte etwas. Wir hofften, es handelte sich nur um eine Tür. Wenig später ging das Fenster zum Hof auf, und Hilde erschien. Sie blieb lange dort stehen und starrte intensiv zu uns herüber. Uns galt ihr Blick allerdings nicht. Zentrum ihrer Aufmerksamkeit war die Voliere; jede Seite, jede Ecke, auch das Dach betrachtete sie, als hätte sie das alles noch nie gesehen. Ihr Gesichtsausdruck war noch grimmiger als gewöhnlich, und es bedurfte keiner neuerlichen Trancevorstellung der Sundheimer, um zu erkennen, was das bedeutete. Wir Hühner wurden gerade Teil ihres Racheplans.

Wirklich überrascht waren wir nicht. He-Lene hatte Hilde

wehgetan, also wollte Hilde es ihr heimzahlen – und was würde sie schmerzlicher treffen, als Schaden an uns, ihren Hühnern, anzurichten? Den Hühnern, die sie, wenn man sich den Gedanken nach den neuesten schockierenden Enthüllungen noch erlauben wollte, allem Anschein nach liebte? He-Lenes Liebe zu uns machte uns zu Zielscheiben, es war einfach und kompliziert zugleich.

»Was«, fragte ich die anderen drei, »können wir tun?«

Die Antwort lautete: vorhersehen. Leider lautete sie nicht: verhindern. Wir konnten uns per Vorhersehung zwar darauf einstellen, wo und wie Hilde voraussichtlich angreifen würde, aber was am Ende passieren würde, hing von äußeren Einflüssen ab. Dem Fuchs, der jede Nacht um die Voliere schlich. Und natürlich unserer besten Feindin, der Waschbärin.

Die Türen durchdachter Volieren öffnen sich nach innen, das wird Ihnen jeder Hühnerratgeber mit dem Argument empfehlen, dass wir Ihnen auf diese Weise schlechter entwischen können. Was nicht in den Ratgebern steht, ist, dass die Öffnung nach innen uns das Leben retten kann, sollten wir einer Sabotage der Türriegel anheimfallen. Ich wage die Vermutung, dass die wenigsten Ratgeber den Punkt Sabotage überhaupt im Programm haben.

Wir ahnten, was Hilde als Erstes versuchen würde, und erwarteten sie schon, als sie nach Einbruch der schwärzesten aller Dunkelheiten, die wir je erlebt hatten, zu uns herauskam. Schon an ihrer Taschenlampe erkannten wir, dass es sich um Hilde handelte – ihrem charakteristischen Humpeln folgend, machte der Lichtkegel bei jedem zweiten ihrer Schritte einen bizarren kleinen Luftsprung.

Ich hatte vorgeschlagen, die Reihenfolge auszulosen, aber Amy bot sich freiwillig an, ganz wie ich es von ihr, der Stärksten unter uns, insgeheim erwartet hatte. Meine Schwester war tief beeindruckt von den Fähigkeiten, die die Sundheimer am Abend mit der »Methode« unter Beweis gestellt hatten, und voller Tatendrang, ihren Teil beizutragen.

Wir saßen nicht auf der Schlafstange, sondern hatten uns ins Sandbad unter dem Stall geduckt, wo wir still verharrten. Unser Warten hatte etwas zutiefst Entschlossenes, allenfalls bei Susi spürte ich ein gewisses Maß an Furcht, die durch das Rascheln, das aus dem Wald zu hören war, sicher nicht gemindert wurde. Doch es war weniger Furcht, als sie in anderen Situationen gezeigt hatte, und sie war es, die den Lichtkegel als Erste entdeckte.

»Da isch d' Hilde! 's gehd los!«

Wir duckten uns, so flach wir konnten, um nicht entdeckt zu werden. Hilde öffnete die Riegel der Volierentür und schob die Tür auf. Dann humpelte sie zufrieden zurück ins Haus.

Kaum war sie weg, rannten wir los, drückten uns gegen die Tür und schoben sie wieder zu. Die Innenverriegelung war zu weit oben, deshalb gab es nur eine einzige Möglichkeit, die Tür geschlossen zu halten: indem wir uns davor hintereinanderstapelten.

Amy lag an erster Stelle vor der Tür, danach folgten Heidi und Susi und zum Schluss ich als das zweitstärkste Huhn. Ich buddelte, so schnell ich konnte, den kleinen Erdwall, an dem meine Krallen Halt finden sollten. Schon hörten wir das Rascheln aus dem Wald erst lauter werden, dann die Richtung wechseln: Von der Rückseite der Voliere bewegte es sich hinüber zum Geräteschuppen. Sekundenlang war es still, was bedeutete, dass der Eindringling den Wald verließ und über unseren Hinterhof huschte.

Es war der Fuchs. Er fackelte nicht lang, er warf sich sofort gegen die Tür, als er Amy direkt vor seiner Nase fand. Unter der Wucht des Anpralls gab die Tür einige Zentimeter nach, und wir mussten mit aller Kraft dagegenhalten. Erst da kapierte er, was wir vorhatten, und begann nun seinerseits zu drücken und zu schieben, während er gleichzeitig pausenlos nach Amy schnappte. Dabei musste er doch merken, dass seine Zähne nur im Zaun hängen blieben! Der beißwütige Stinker verlor komplett die Kontrolle.

Ich wartete aus reiner Gewohnheit darauf, dass Heidi nun ein paar ihrer Sprüche zum Besten gab, um ihn zu demütigen, aber im Gegensatz zum Fuchs hatte sie keine Kraft zu vergeuden. Wir alle drückten gegen die Tür, was das Zeug hielt. Susis Füße wühlten vor mir in der Erde wie ein Schaufelradbagger, auch das dicke Sundheimer gab alles. Wie es Amy ganz vorne erging, mochte ich mir lieber nicht vorstellen – ob sie vor dem Fuchs womöglich verschont blieb und stattdessen von uns erdrückt wurde. Heidi, die sich hinter Amy abrackerte, japste ihr Ermutigungen zu.

Das hier war ihre Idee gewesen. »Mir vier hend zamme mehr als zehn Kilo, plus Drugggraffd. E Fuggs wiegt unner zehn, e Waschbär eh. Die hend koi Schongs, wenn mir zam mehalde.«

Das hatte logisch geklungen, ohnehin hatten wir keine andere Idee. Jetzt stellte sich aber heraus, dass der Plan funktionierte – und ich verspürte unvermittelt einen solchen Stolz auf meine kleine Schar, dass er mir geradewegs in den Kopf stieg und mich mit noch mehr Nachdruck kämpfen ließ.

Das Knurren des Fuchses wurde lauter und wütender, entweder aus reinem Frust oder weil er hoffte, uns durch Drohgebärden zu zermürben. Ich fühlte, wie Susis Kräfte allmählich nachließen.

»Mach 'ne Pause«, rief ich ihr zu. »Ich drück dich ran, dein Gewicht reicht!«

Sie hörte auf zu schaufeln. »Duud mir leid«, weinte sie.

»*Cheer up*, das ist okay. Wenn du wieder kannst, sollen Heidi oder Amy sich ausruhen.«

»Okay«, antwortete sie verzagt, ruhte sich kurze Zeit aus und begann wieder zu schaufeln. Ob Heidi oder Amy eine Pause einlegten, konnte ich nicht feststellen, aber der »Hühnerblock« hielt. Einige Male schaffte es der Fuchs, die Tür wenige Zentimeter nach innen zu schieben, aber es gelang ihm nicht, den Spalt offen zu halten.

In seiner Gier traf er schließlich eine fatale Entscheidung: Er schob eine Pfote dazwischen. Wir klemmten sie so fest ein, dass er vor Schmerzen fiepte.

»Bitte um Gnade, Stinker!«, hörte ich Amy zu meiner Erleichterung sagen, ihr erstes Lebenszeichen seit Beginn der Aktion. »Nein? *Are you sure, Foxy?*«

Ein heller Schrei durchdrang die Nacht, der mir in sämtliche Federn fuhr. Das Drücken von der anderen Seite der Tür ließ nach, während der Fuchs unter Amys Schnabelhieben panisch versuchte, seine Pfote freizubekommen.

»Druff, Amy, druff!«, hörte ich Heidis Anfeuerungsrufe.

Der Fuchs jaulte. Unser Hühnerblock verlor durch Amys Konzentration auf den Hackangriff kurzzeitig an Gewicht, sodass es unserem Angreifer nun doch recht schnell gelang, die Pfote aus dem Spalt zu ziehen. Nebenbei registrierte ich, dass hinter Hildes Fenster das Licht anging, aber sie würde nicht mehr viel zu sehen bekommen. Unser Feind hatte die Schnauze voll. Humpelnd verzog er sich zurück in den Wald, um vermutlich den Rest der Nacht sein eigenes Blut zu lecken.

Wir standen auf und schüttelten uns. »Amy, Heidi, alles okay?«, vergewisserte ich mich. In der Dunkelheit konnte ich so gut wie nichts erkennen.

»Bin patschnass von dem Gesabber, *but yeah, I'm fine.*« Das kam von Amy. Und Heidi jubelte: »Mir sen die Gröschdde!

Mir hend de Fuggs g'schlaage, und des scho zum zweidde Mal! Alderle, de Fuggs!«

Susi blieb still. Ich gab ihr einen Schnabelstupser. »Gut gemacht, Susi. Ohne dich hätten wir es nicht geschafft.«

»Meinsch?«, piepste sie ungläubig.

»Natürlich! Zu dritt hätten wir die Tür niemals halten können.«

Woraufhin auch sie sich endlich zu freuen begann.

Unterdessen war Hilde ans Fenster getreten und leuchtete mit ihrer Taschenlampe in den Hof. Wunderte sie sich, uns an der Tür zu sehen? Kalt und ungerührt starrten wir zu dem blendenden Lichtkegel hoch. Wir hatten nicht nur den Fuchs geschlagen!

Ein zweiter Lichtkegel suchte sich ums Haus herum seinen Weg, und gleich darauf hörten wir die Stimme von He-Lene. »Wat is denn hier los? Wat war dit für een Jeschrei?«

Die Lichtkegel der beiden Taschenlampen begegneten sich. »Ich habß auch gehört«, sagte Hilde scheinheilig. »Bei dem Lärm kann ja kein Menß ßlafen.«

Die zweite Taschenlampe blendete uns. »Die Tür is ja uff!«, rief He-Lene erschrocken. »Ick weeß doch jenau ...«

»Du weeßt jenau, wa?«, äffte Hilde sie nach.

He-Lenes Stimme nahm eine weinerliche Note an. »Oh nee. Ick muss dit verjessn haben! Meene armen Hühner!« Fast schluchzend fügte sie hinzu: »Hildchen, ick halt dit nich mehr aus, ick halt mir selbst nich mehr aus! Wat soll ick bloß machen?«

»Daß ßag iß ßon die ganße ßeit. Laß diß unterßuchen«, antwortete Hilde wie aus der Pistole geschossen.

»Ick mach's, Hilde. Ick mach's jetzt wirklich«, log He-Lene, wie wir eindeutig feststellen konnten, denn es ging derselbe Geruch der Wut von ihr aus, den wir schon nach ihrem Ausflug in die Garage bemerkt hatten.

Sie leuchtete auf den Boden. »Wat is 'n dit? Is dit Blut?«, fragte sie.

An Hildes gepresster Stimme erkannten wir, dass sie vor Neugier weit aus dem Fenster hing. »Ach du ßeiße. Daß iß niß bloß Blut, daß iß 'ne Blutßpur!«

»Am Pfosten is ooch 'ne janze Menge. Weeßte wat? Hier hat eener versucht, rinzekommen! Und aus irjendeenem Jrund is ihm dit nich jelungen.«

He-Lene leuchtete uns an. »Wenn ihr nur reden könntet«, sagte sie leise zu uns, woraufhin Susi völlig unerwartet loslegte: »Des war *sie*! Des war *sie*! Des war *sie*!«

Das dicke Sundheimer hörte nicht mehr auf zu schimpfen. Wenn Sie je ein Huhn erlebt haben, das sich Luft machen muss, dann wissen Sie, wovon ich rede. Ihr Gezeter erschütterte den Wald; noch nie, da bin ich mir sicher, hatte ein Huhn in dieser Gegend so viel zu sagen.

»Ruhe!«, schrie Hilde. »Lenchen, mach waß! Die Nachbarn holen noch die Polißei!«

Kurz entschlossen schlüpfte He-Lene zu uns in die Voliere. Susi beruhigte sich sofort. Warum, wusste ich, offen gestanden, nicht. He-Lene strahlte immer noch Wut aus, und selbst wenn diese sich nicht gegen uns richtete, sondern unserer Verteidigung sogar zum Vorteil gereichte, riet mir mein Instinkt, mich vor ihr in Acht zu nehmen.

Die Unberechenbarkeit der Menschen erschütterte mich tiefer, als ich meinen Hühnern gegenüber zugeben mochte. Ein emotional verstörtes Oberhuhn ist kein Faktor, der Ruhe in die Herde bringt, wie Sie sich vorstellen können, insbesondere vis-à-vis unübersichtlichen Situationen wie der jetzigen! Ein solches Bekenntnis vor der Herde zu äußern, will gut überlegt sein. Und während Sie noch überlegen, kann es Sie vorübergehend ziemlich einsam machen.

In dieser Nacht versprach uns He-Lene, ein Schloss an der

Volierentür anzubringen und endlich die Überwachungskamera zu installieren, von der sie schon mehrfach gesprochen hatte. Das Schloss besorgte sie gleich am nächsten Tag: ein dickes Vorhängeschloss, das nun anstelle des Karabinerhakens vor der Tür baumelte. Hildes Vorschlag, doch »zur Sicherheit« den Zweitschlüssel bei ihr zu hinterlegen, konterte sie mit der raffinierten Behauptung, sie habe ihn bereits verloren.

»Och, Lenchen, dann ßollteß du beßer ein neueß kaufen. Weiß du waß? Ich ßenk dir einß.«

»Lieb von dir, aber nich nötich. Ick trag den Schlüssel einfach um den Hals, dann kann nix passieren.«

Ob Hilde ihr das abkaufte? Wir konnten es nicht mit Sicherheit sagen. Klar war nur, dass Hilde keinen Zweitschlüssel bekam, so oft sie He-Lene auch deswegen bedrängte.

Oma-Mord in Spandau:
»Nicht der erste Mordversuch«

Der Mord einer alten Dame an ihrer Schwester in der Spandauer Waldsiedlung Hakenfelde (wir berichteten) gibt der Polizei weiterhin Rätsel auf. Nachdem in der vergangenen Woche jedoch bereits ein möglicher Zeuge eine Aussage gemacht haben soll, über deren Inhalt die Ermittler sich noch ausschweigen, ist nun eine Person an unsere Redaktion herangetreten, die aus einer ganz anderen Perspektive Licht ins Dunkel bringen könnte: Gisela P. (78), eine Jugendfreundin der beiden Schwestern.

Lebhaft sitzt sie in ihrem Sessel im Betreuten Wohnen am Maselakekanal und berichtet: »Hilde und Helene haben sich nie sonderlich gut verstanden. Dass sie nach dem Tod der Mutter gemeinsam in deren Haus leben wollten, hat alle, die sie kannten, gewundert. Wenn Sie mich fragen, war es nur eine Frage der Zeit, bis das nach hinten losgehen würde. Aber dieses drastische Ende … nein, das hätte ich nicht erwartet. Dabei war es nicht der erste Mordversuch bei den beiden. Bei der ersten Tat wohnten unsere Familien Wand an Wand in einem Doppelhäuschen in der Waldsiedlung, Helene war erst wenige Monate alt. Wir haben es quasi live mitbekommen.«

Hilde war gerade sechs geworden und sollte auf das Baby aufpassen, während ihre Mutter Besorgungen machte. Dann, so Gisela P., sei auf einmal das Geschrei losgegangen. Wie sich herausstellte, hatte Hilde die Tür zum Schlafzimmer abgeschlossen, in dem die kleine Helene schlief, und dieser die Hand aufs Gesicht gedrückt. Nur das schnelle Eingreifen eines Nachbarn, der durchs Fenster einstieg, habe Schlimmes verhindert.

»Meine Mutter meinte damals zwar, es könne sich auch um ein Missverständnis handeln«, räumt Gisela P. ein. »Sie war der Ansicht, dass Hilde gar nichts Böses im Sinn gehabt hat, nur ein übersteigertes Besitzempfinden dem Baby gegenüber, dem sie auf diese fatale Weise Ausdruck verlieh. Aber Mutter stand mit dieser Meinung allein da, und als es dann zum nächsten Zwischenfall kam, war sie auch still.«

Gisela P., Hilde M. und Helene F. sind in unmittelbarer Nähe des Tatorts groß geworden, in einem der Häuser, die für die Mitarbeiter der Spandauer Industrie- und Rüstungsbetriebe errichtet worden waren. Gisela P. und Hilde M. waren als Kinder beste Freundinnen, genau wie später Helene F. und Giselas Schwester Ingeborg, de-

ren Freundschaft bis fast zum Lebensende hielt.

Der zweite Vorfall ereignete sich im Winter 1953, als man die zweijährige Helene bitterlich weinend mitten in der Nacht im Vorgarten eines Nachbarhauses entdeckte. Hatte Hilde M. sie in der Hoffnung ausgesetzt, dass sie dort draußen erfror?

Hildes Eifersucht auf die kleine Schwester war inzwischen bekannt und die Mutter sehr wachsam. Trotzdem sei es Hilde offenbar gelungen, Helene nach draußen zu bringen. »Zum Glück gab es noch keinen Frost, und das Weinen war nicht zu überhören, sodass sie nicht lange draußen gewesen sein kann«, meint Gisela P. »Hilde lag in ihrem Bett und gab vor, fest zu schlafen, aber allen war klar, dass nur sie das gewesen sein konnte. Aus reiner Wut, glaubte meine Mutter, weil sie sich nach dem ersten Vorfall ungerecht behandelt fühlte. Meine Mutter war immer der Überzeugung, wenn man damals anders mit Hilde umgegangen wäre … Aber wer kann das schon wissen?«

Hilde M. wurde von ihren Eltern unter strenge Aufsicht gestellt, dennoch wäre drei Jahre später ein weiterer Versuch, ihr Schwesterchen aus dem Weg zu räumen, beinahe geglückt.

»Was sie sich dabei gedacht hat, kann ich mir nicht erklären. Es muss ihr doch klar gewesen sein, dass alle wieder auf sie zeigen würden.«

Gisela P. erzählt, wie die Freundin diesmal nicht selbst zur Tat schritt, sondern Giselas kleinen Bruder Heiko für ihre Zwecke instrumentalisierte, der beim Spielen mit der fast gleichaltrigen Helene diese dazu brachte, als Mutprobe auf einen hohen Gartenschuppen zu klettern und hinunterzuspringen. Helene brach sich ein Bein. Zur Rede gestellt, gestand Heiko glaubhaft, Hilde habe ihn unter Drohungen gegen seine Kaninchen zu der Tat angestiftet.

Danach kam Hilde ins Internat auf die Insel Scharfenberg und war nur noch an den Wochenenden und in den Ferien zu Hause. Sie verließ früh ihr Elternhaus, um Sekretärin zu werden, heiratete mit Mitte zwanzig ihren Mann Harald M. und besuchte die Familie nur selten.

»Beruflich war sie sehr respektiert«, weiß Gisela P. zu berichten. »Manchmal ist es einfach gut, irgendwo von vorn anfangen zu können. Von meiner Schwester habe ich erfahren, dass Helene in den letzten Jahren wieder sehr unter Hilde zu leiden hatte, und wir haben, ehrlich gesagt, sogar gehofft, dass sie endlich einmal anfangen würde, sich zu wehren. Aber dass die beiden sich einmal so sehr hassen würden, dass die eine die andere … also nein, niemals hätte ich das gedacht, und Ingeborg sicher auch nicht. Ich wünschte, ich könnte sie noch fragen, aber das ist ja nun leider nicht mehr möglich.«

Ingeborg S. ist in diesem Sommer nach einem längeren Krankenhausaufenthalt an den Folgen eines Schlaganfalls verstorben. Es war Gisela P., die Helene F. davon unterrichtete.

»Helene ist zusammengebrochen. Die beiden hatten sich ein paar Wochen zuvor aus irgendwelchen Gründen verkracht und wären bestimmt wieder zusammengekommen, sie hatten ja sonst niemanden. Helene hat auch mehrmals versucht, Ingeborg anzurufen, als meine Schwester im Krankenhaus lag. Wenn sie gewusst hätte, dass Inge nicht mehr antworten *konnte* und dass ihr Handy abgeschaltet war, hätte sie sich ganz bestimmt an mich gewandt, aber dummerweise dachte sie, es hätte mit ihrem Streit zu tun, und kam gar nicht auf die Idee, dass es etwas anderes sein könnte.«

»Man denkt ja immer, man habe noch Zeit«, sagt Gisela P. zum Schluss.

19

Selbst der wachsamsten Hühnerschar fällt es schwer, aus der Vielzahl von Emotionen, die ein Mensch verströmt, diejenigen herauszufiltern, die nicht ehrlich sind. Keine von uns war gewarnt worden, dass ein Mensch Emotionen *vorspielen* könnte – auch nicht die Sundheimer, die von ihrer Glucke zusätzliche Lektionen mit auf den Weg bekommen hatten. Die meiste Zeit mussten wir also auf unsere eigene Wahrnehmung zurückgreifen, beobachten und das, was wir sahen, »auf Wahrscheinlichkeit prüfen«, wie Heidi es nannte.

He-Lenes Mitgefühl nach dem Verlust von Hildes Zähnen war eine leicht durchschaubare Farce – allein schon deswegen, weil wir den Unfall selbst miterlebt hatten und die Ursache kannten. Zum Glück! Denn hätten wir He-Lenes falsches Spiel nicht mit eigenen Augen gesehen, wir wären gar nicht auf die Idee gekommen, dass unsere vermeintlich freundliche Halterin ihre dunkle Seite die meiste Zeit erfolgreich verbarg.

Ihr herzzerreißendes Weinen über jede Panne, die ihr passierte, als Fake zu entlarven, erforderte von uns ebenfalls keine große Kombinationsanstrengung. Die beweinten Pannen wurden von Hilde ausgelöst, und He-Lene wusste das. Die »vergessene« Verriegelung der Voliere, der trockene Wassernapf, der wundersam mit Sand statt mit Futter gefüllte Trog … Hilde nutzte die Zeit, in der wir mit He-Lene im Garten waren und die Voliere offen stand. Und immer wieder fiel He-Lene vermeintlich darauf herein.

Dabei konnten wir ohne jeden Zweifel feststellen, dass sie absichtlich wegschaute, wenn Hilde hinter ihrem Rücken in den Hinterhof schlich. Glaubte Hilde ernsthaft, dass He-Lene ihre kleinen Sabotageakte nicht bemerkte? Sie musste ihre Schwester mittlerweile für völlig verwirrt halten.

He-Lene bestärkte diesen Eindruck noch, indem sie ihre Verzweiflungsausbrüche immer dramatischer gestaltete – was wiederum den seltsamen Effekt auslöste, dass wir in Hildes Trostversuchen zunehmend echtes Mitgefühl erspürten. Obwohl sie He-Lenes Weinen ja selbst verursachte und doch einfach hätte aufhören können, ihre bösen kleinen Fallen zu stellen!

Sie erkennen, worauf ich hinauswill. Das Schauspiel, das die beiden vor unseren Augen aufführten, wurde immer kurioser.

Offen gestanden hatten wir langsam den Schnabel voll. Sie mögen vielleicht einen anderen Eindruck gewonnen haben, aber sich so intensiv mit den Problemen der Menschen zu beschäftigen gehört nicht zu den primären Aufgaben einer Hühnerschar. Wir sind neugierig, wir haben die Gabe des Mitgefühls. Aber irgendwann will man auch einfach mal Huhn sein. Wir brauchten dringend eine Verschnaufpause, zumal wir aufgeschnappt hatten, dass der August gekommen war. Es würde ein aufregender Monat für meine Hühner werden, und ihr Oberhuhn war noch nicht einmal dazu gekommen, Vorkehrungen zu treffen!

Eines Morgens fiel Amy, Heidi und mir auf, dass He-Lene nicht mehr die Einzige war, die zu spinnen anfing. Susi lief aufgeregt mehrere Runden um den Stall, gackerte in hohen, jammernden Tönen, setzte sich wieder zu uns, um sich scheinbar zu beruhigen – und gleich darauf von vorn zu beginnen.

»Jetzt übertreibt sie aber«, murmelte Amy.

Die dicke Susi machte nämlich oft und gern ihr eigenes Ding. Während wir anderen drei beim Freilauf im Garten schon aus Sicherheitsgründen zusammenblieben und als kleine Schar auf der Suche nach dem leckersten Käfer, Kraut oder Wurm mal hierhin, mal dorthin streiften, blieb sie zurück und wühlte hingebungsvoll an einer einzigen Stelle. Bis sie sich daran erinnerte, dass sie Teil einer Herde war, war von uns meist nichts mehr zu sehen; wir hatten die große Wiese überquert und befanden uns zwischen den Sträuchern am Rand des Straßenzauns, unserem bevorzugten Buddelkasten. Irgendwann hörten wir Susi dann aufgeregt nach uns gackern, und wenn wir etwas unwillig von unserer Arbeit aufschauten, sahen wir He-Lene, die ihr zeigte, wo wir waren.

Wir waren also daran gewöhnt, dass Susi ein bisschen anders tickte – aber auch daran, dass sie ein ruhiges, unauffälliges Huhn war. Was in aller Welt war in sie gefahren?

Ohne Ankündigung stand sie plötzlich auf und stakste die Hühnerleiter hinauf. Und endlich kapierten wir.

Zu dritt drängten wir hinter ihr her in den Stall. Susi saß auf dem linken der beiden Legenester und sah uns warnend an.

An dieser Stelle sei wieder ein kurzer Exkurs erlaubt: Wie, fragen Sie sich, erkennt ein junges, unerfahrenes Huhn das vorgesehene Legenest? Ich verrate es Ihnen: Polstern Sie es bequem mit Stroh aus und legen Sie ein Kunststoff- oder Kalkei hinein. Dieses darf auch dann liegen bleiben, wenn wir bereits verstanden haben, wo wir hinmüssen. Wir Hühner legen nämlich am liebsten auf schon vorhandene Eier; fragen Sie mich nicht, warum.

»Nicht ins Nest, Susi«, ordnete ich ohne Umschweife an. »Denk an die Waschbären.«

Susi antwortete nicht. Hatte sie mich überhaupt gehört? Stattdessen begann Heidi, sich aufzuregen: »Du kannsch se doch jetzt ned unnerbreche, Roggy. Des isch e *Oi*!«

»Aber das Ei muss in den Auslauf! Das ist die einzige

Stelle, wo die Bären es holen können«, beharrte ich. Dabei war mir genauso klar wie Heidi, dass ein Huhn auf dem Nest nicht gestört werden darf, auch nicht vom Oberhuhn.

»Sorry, Susi, aber du kennst unsere Lage«, versuchte ich es noch einmal. »Wenn He-Lene das Ei findet, weiß sie Bescheid, dann wird sie jeden Tag nach Eiern suchen und es wird noch schwerer, die Bären zufriedenzustellen.«

»Da stimme ich Rocky zu«, fiel Amy mit ungewohnt sanfter Stimme ein. »Die Bären sind ungeduldig. Lange warten sie nicht mehr.«

»Lasse gehe«, schimpfte Heidi. »Im Auslauf gibt's ned emol e Neschd!«

»Was ist mit dem Gebüsch? Kann sie nicht warten, bis wir im Garten sind, und sich unterm Gebüsch eingraben?«

»Hasch oin an de Erbs? Waardde …«, erboste sich Heidi, woraufhin auch Amy nicht mehr an sich halten konnte.

»Wie redest du mit dem Oberhuhn?«

»Bumb di ned so uff«, blaffte Heidi zurück und hackte Amy in den Nacken.

»Okay, okay«, wiegelte ich ab, um die Gemüter zu beruhigen. »Ich gebe zu, wir hätten uns früher mit dieser Frage beschäftigen sollen. Susi, ich frag dich mal ganz direkt …«

Susi stand auf, drängte sich wortlos an uns vorbei und trippelte die Hühnerleiter hinunter. Wir eilten hinter ihr her und fanden sie auf dem Sitzbrett am Komposthaufen.

»Des war erschd 's Proobesiddse«, sagte sie halb vorwurfsvoll, halb beschämt.

Mir fiel ein Stein vom Herzen. »Das heißt, wir haben noch Zeit, uns eine Lösung zu überlegen. Wärst du mit einem Nest im Gebüsch einverstanden?«

»Klar ist sie einverstanden«, meinte Amy. »Unsere Vorfahrinnen saßen schließlich immer im Gebüsch.«

»Nu lass emol d' Susi selba schwäddse«, fuhr Heidi sie an.

Nach kurzem Nachdenken wiegte Susi zustimmend den Kopf.

Noch am selben Tag gingen wir ans Werk und suchten, sobald He-Lene uns in den Garten ließ, im Gebüsch am Straßenrand nach einer geeigneten Stelle. Das gestaltete sich komplizierter, als ich angenommen hatte, denn die sonst so bescheidene Susi erwies sich als durchaus wählerisch, was die angemessene Umgebung für ihre Eier betraf. Amy und ich schaufelten mehrere große Löcher, in denen sie anschließend Platz nahm, sich hineinwühlte, den Boden plättete – und nach einem Blickwechsel mit ihrer Chefberaterin Heidi befand, das sei noch nicht das Richtige. Einmal piekte der Ausläufer einer Wurzel, ein anderes Mal stach von oben ein Zweig, ein weiterer Platz war von außen zu gut einsehbar …

»*Fuck*«, murmelte Amy beim Schaufeln des vierten Lochs. »Und ich dachte, Eier legen ginge ganz von selbst …«

Ich verstand, worauf sie anspielte; auch ich begann eine leise Unruhe über die uns allen bevorstehende Prozedur zu verspüren.

»Ich verspreche dir eins«, raunte mir meine Amrock-Schwester zu, als hätte sie meine Gedanken gelesen. »Ich bin nicht bereit, mein Leben vom Eierlegen bestimmen zu lassen! Wenn es nicht ohne dieses Theater geht, lasse ich es einfach bleiben.«

»Des hen i g'hörd«, rief Heidi, bevor sie Susi aufforderte: »Hogg di her.«

Endlich schienen wir ein Loch gegraben zu haben, das den Sundheimern gefiel.

Blieb die Frage, wie wir ein Ei auch innerhalb des Auslaufs verstecken konnten – für den Fall, dass He-Lene uns nicht rechtzeitig in den Garten ließ. Aber wir kamen nicht dazu, weitere Vorbereitungen zu treffen, denn auf einmal sahen wir durchs Blattwerk der Hecke, die sich zwischen uns und der Straße befand, einen großen Wagen vorfahren. Zwei Männer stiegen aus, gingen zum Tor und klingelten.

»Juten Morjen«, rief He-Lene, die auf dem Hocker unter dem Kirschbaum gesessen und gelesen hatte, stand auf und ging zum Tor. »Möchten Sie zu uns?«

»So ist es! Wir kommen, um Ihr neues Gartentor einzubauen.«

He-Lene trat einen Schritt zurück. »Wieso denn dit? Wir haben niemanden bestellt! – Hast du wen bestellt, Hilde?«, rief sie ihrer Schwester entgegen, die eilig durch den Garten humpelte.

Wir Hühner traten ebenfalls unverzüglich hinzu, um der Wiederholung von He-Lenes Kampf gegen das Tor beizuwohnen.

»Natürlich hab ich es dir erzählt.« Hildes Zähne waren mittlerweile repariert, nur ein ganz kleines Zischen war noch zu hören, das früher nicht zu ihr gehört hatte. »Ich hab mehrmals davon gesprochen, sogar heute Morgen noch. Du hast es vergessen, Lenchen, wie so vieles andere.«

Wir konnten spüren, wie sich eine ohnmächtige Wut He-Lenes bemächtigte – so groß, dass es unserer Halterin nicht einmal gelang, die zu erwartenden falschen Tränen zu produzieren. Nachdem sie Hilde die ganze Zeit vorgespielt hatte, alles zu vergessen, konnte sie jetzt schlecht damit argumentieren, sich anders zu erinnern als ihre Schwester! Es war eine Falle, die sie sich selbst gestellt hatte.

Eine Vielzahl von Emotionen durchlief He-Lene, während die Männer das alte Tor abschraubten und das neue einpassten. Zorn, Staunen, Trauer, Verzweiflung … Schweigend stand sie dabei, aber ihre Hände, tief in den Taschen der Weste vergraben, ballten und öffneten sich in einem fort, krallten sich in den Stoff und ließen wieder los.

Als das Tor fertig war, sagte erst recht niemand mehr was.

Heidi war die Erste, die sich zurückmeldete. »Jo, hen die denn e Schbarre?«

Der ältere der beiden Handwerker warf ihr einen irritierten Blick zu, als hätte er verstanden, dass sie weitaus mehr angemerkt hatte als das für die Menschen hörbare »Gack«. Laut sagte er: »Das muss man jetzt wohl erst mal auf sich wirken lassen.«

Die vier Menschen traten in dem nachvollziehbaren Impuls, zu einem solchen Tor mehr Abstand zu gewinnen, einige Schritte zurück. Finster ragte es zwischen uns und der Außenwelt auf; eine graue Wand, wo eben noch Nachbarhäuser, Straßenbäume, Spaziergänger und Hunde zu sehen gewesen waren.

Der jüngere Handwerker bemerkte so zaghaft, als sagte er sonst nur selten etwas: »Es dominiert doch sehr stark.«

He-Lene begann endlich zu weinen. Sie zog den erstbesten schmutzigen Lappen aus ihrer Weste und presste ihn vors Gesicht.

»Im Baumarkt-Prospekt sah es völlig anders aus«, hob Hilde zu ihrer Verteidigung an. »Auf keinen Fall hatte es diesen … diesen Todesstreifen-Look!«

»Wenn es Ihnen nicht gefällt, bauen wir das alte Tor gern wieder ein«, sagte der ältere Handwerker. »Kein Problem.«

Hilde dachte einige Augenblicke nach. »Nein«, erwiderte sie dann. »Meine Schwester entscheidet.«

He-Lene war genauso verdattert wie wir. »Icke? Na dann … weg mit dem Ding!«

»Es ist nämlich so«, redete Hilde weiter, als hätte He-Lene nichts gesagt. »Das alte Tor soll nicht ohne Grund weg. Es gucken zu viele Leute in den Garten, seit meine Schwester ihre Hühner auf der Wiese laufen lässt.« Sie sah He-Lene kühl an. »Hühner einsperren und altes Tor oder Hühner rauslassen und neues Tor. Du hast die Wahl.«

He-Lene klappte überrumpelt den Mund auf und zu. Ratlos sah sie zu uns hinüber.

»Neues Tor«, erklärte ich, worauf meine Hühner augenblicklich einfielen: »Neues Tor! Neues Tor! Neues Tor!«

»Wo gibt es denn so was?«, rief der Ältere. »Reden die gerade mit uns?«

He-Lene bedachte Hilde mit einem sehr seltsamen Blick. »Uff jar keen Fall wern meene Hühner wieder injesperrt.«

»Vielleicht heben wir das alte Tor für alle Fälle auf ...«, schlug Hilde versöhnlich vor.

»Guter Entschluss. Wohin?« Die Handwerker hoben das alte Tor an.

»Inne Jarage.« He-Lene wischte mit dem Lappen über ihr Gesicht und steckte ihn wieder ein. »Ick fahr meen Auto weg, dann jeht die Klappe uff.«

»Nein, lassen Sie es einfach stehen, das mach ich später«, erwiderte Hilde hastig.

»Das können Sie gar nicht tragen, gute Frau.«

»Wir haben eine Sackkarre.«

Die Handwerker wechselten einen Blick, als Hilde nicht reagierte. Vermutlich ging ihnen gerade ein Licht auf: Hilde wollte sie nicht in die Garage lassen.

»Wir tragen es auch gern woandershin«, bot der Ältere an.

»Ja, dann vielleicht ... in den Geräteschuppen?«

»Na bitte.«

Die Männer stemmten das alte Tor, Hilde, He-Lene und wir eilten ihnen voraus in den Hinterhof. Und was soll ich sagen: Begeisterungsausbrüche beim ersten Blick fremder Besucher auf unsere schicke Anlage waren wir ja gewohnt. So sehr, dass wir uns zu langweilen begannen, während He-Lene wieder einmal die Vorzüge der Hühnerhaltung im eigenen Garten anpries und Hilde nervös danebenstand.

»I hädd da e Idee«, bemerkte Heidi gedämpft.

Ich hatte selbst bereits daran gedacht. Ganz in unserer Nähe befand sich einer der interessantesten Orte auf dem ganzen Grundstück: der alte Komposthaufen hinter dem Geräteschuppen, in dem Generationen von Regenwürmern ein vollkommen ungestörtes Leben führten. He-Lene ließ uns normalerweise nicht dort arbeiten; vielleicht befürchtete sie, einer unserer Feinde könnte blitzschnell aus dem Durchgang zum Wald zuschlagen.

Wir fürchteten das, ehrlich gesagt, auch. Und dennoch hatte keine von uns die herrlichen Minuten vergessen, in denen wir zunächst unbemerkt in diesem Kompost wühlen konnten.

Es galt, ein weiteres Mal den richtigen Moment abzupassen. Gespannt warteten wir darauf, dass He-Lene und ihr Publikum für einige Sekunden abgelenkt waren. Und tatsächlich, sie lud die Männer ein, sich auch das Innere des Stalls anzusehen; Köpfe und Oberkörper verschwanden nacheinander im Seitenfenster, Oohs und Aahs ertönten, während Hilde angespannt in Richtung ihrer Schwester gestikulierte …

»Lassd de Schorz waggle!« Heidi rannte als Erste los, bog sogar noch vor mir um den Schuppen und hüpfte und flatterte mit einem einzigen großen Satz mitten in den Kompost. »Alderle, isch des e Büffee!«

Ich drängte an ihr vorbei, schlug meine Krallen in den duftenden, weichen Boden, warf zwei Schaufeln Erde hinter mich und erspähte bereits den ersten fetten, überrumpelten Wurm. Um mich herum flogen Erdbrocken und Brocken ekstatischen, mit vollem Schnabel nur schwer verständlichen Gegackers.

Es war eine Schande. Viel Zeit hatten wir nicht. Schon

wurde das erste Huhn gepackt und unter den Arm geklemmt: Susi, die wie immer an der erstbesten Stelle zu arbeiten begonnen und so tief gegraben hatte, dass ihr Kopf praktisch im Loch steckte, als Hilde von hinten kam.

»Gib das her, du kleines Luder«, zischte sie und zerrte an einem gelblichen Fetzchen in Susis Schnabel.

Haben Sie schon einmal versucht, einem Huhn eine Beute aus dem Schnabel zu ziehen? Der Hals des dicken Sundheimers wurde auf eine Länge gestreckt, die ich anatomisch nicht für möglich gehalten hätte, aber Susi ließ nicht los. Nicht einmal, als Heidi, die wohl schon einen gewissen Überblick hatte, in höchsten Tönen schrie: »Susi, lass gehe, lass gehe, des isch bloß e Babbedeggl!«

Von hinten begann nun auch He-Lene an dem Huhn zu zerren, das unter Hildes rechtem Arm klemmte. »Wat machste denn, du tust ihr *weh*!«

Sie entwand ihrer Schwester das Huhn, öffnete mit einem Seitengriff Susis Schnabel, und das Fetzchen Papier segelte zu Boden, wo Hilde es blitzschnell auflas.

He-Lene war ganz damit beschäftigt, Susi zu liebkosen. »Du dummet kleenet Ding, davon kannste ersticken! Also, Hilde, ma ehrlich!«

Sie setzte das Sundheimer auf den Boden, um zu prüfen, ob es Schaden davongetragen hatte, was ganz offensichtlich nicht der Fall war, denn sofort begann Susi, genau wie wir, erneut zu buddeln. Im panikartigen Bewusstsein, dass der Spaß nicht von Dauer sein würde.

Während Hilde sogleich energisch zur Tat schritt und uns aus dem Kompost scheuchte, blickte He-Lene sich suchend um. »Wo is denn dit Papier jebliebn?«

»Das hat ein anderes Huhn gefressen«, behauptete Hilde und zeigte auf mich.

»Oh nee!«

»Es ist ein großes Huhn. Und ein klitzekleines Papierchen. Da wird schon nichts passieren«, erwiderte Hilde und drängte den Handwerkern ein paar Geldscheine auf, damit sie endlich gingen. Ich sah die Männer die Köpfe schütteln, noch bevor sie um die Hausecke gebogen waren, und meine scharfen Ohren vernahmen ganz deutlich die dazugehörige Bemerkung. »Das ist tiefstes Spandau hier. Straßenweise schräge Alte.«

»Dit hab ick jehört!«, rief He-Lene, stopfte empört die Hände in die Westentaschen, zog sie mit dem Lappen in der Rechten wieder hervor und guckte ihn an, als hätte sie ihn noch nie gesehen.

»Und dit«, äffte Hilde sie nach, »ist kein Taschentuch! Lenchen, wie kann man sich so etwas ins Gesicht reiben?«

»Int Jesicht?«, rief He-Lene erschrocken. »Damit wisch ick doch dit Kotbrett ab! Gloob ick. Ehrlich jesacht … hab ick dit Kotbrett heut überhaupt schon abjewischt?«

»Du musst dich sofort waschen und desinfizieren. Du könntest die Vogelgrippe bekommen«, rief Hilde entsetzt, und He-Lene nutzte die Gelegenheit, um wieder einmal hilflos zu stammeln: »Dit wird immer schlimmer mit mir …«

Offensichtlich hatte sie sich wieder gefasst.

»Was war des für e Babbedeggele?«, fragte Heidi, kaum dass He-Lene die Volierentür hinter uns geschlossen hatte. »Hend ihr g'sehe, wie d' Hilde g'hüppt isch?«

»Allerdings«, erwiderte ich. »He-Lene sollte ihn nicht zu Gesicht bekommen. Aber warum?«

Wir sahen einander ratlos an.

»I hend schon emol so e Ding g'funne«, erinnerte sich Susi. »Als mers ledschde Mal im Komposchd ware. Abber da hed's d' He-Lene oigsteggd.«

»Sicher?«

»Ha jo!«

»Fällt dir sonst noch etwas ein, Susi?«

Susi schloss die Augen und überlegte. Sie überlegte lange. Mir kam schon der Verdacht, sie sei eingeschlafen, da schlug sie die Augen wieder auf und erklärte: »Uff dem erschde Babbedeggele war e G'schreibsel.«

Jetzt erinnerte ich mich ebenfalls: Es war der Tag gewesen, an dem uns die Leute mit dem Hund besucht hatten. He-Lene und die Besucher hatten sogar versucht, die Schrift zu entziffern. »Auf dem zweiten Papier stand nichts?«, vergewisserte ich mich.

»I hend niggs g'sehe.«

»Abber de Babbedeggele g'höre zamme«, meinte Heidi. »Des stehd feschd, un was anneres aa.«

Ich stimmte zu und vollendete den Satz für sie: »Im Kompost sind wahrscheinlich noch mehr davon.«

20

Langsam, aber sicher gewannen wir den Eindruck, dass He-Lene Spaß daran entwickelte, Hildes böses Spiel umzukehren. War es bisher nur ums Vergessen, Verlegen und Verlieren gegangen, kamen nun die wunderlichsten Patzer an die Reihe. He-Lene trug unterschiedliche Schuhe oder lief gleich auf Strümpfen ins Freie, sie schmierte dicke weiße Creme in ihr Haar, die anscheinend ins Gesicht gehört hätte, und klingelte Hilde, wenn sie das Haus betreten wollte, jetzt regelmäßig heraus, weil ihr Schlüssel angeblich nicht funktionierte.

»Das ist ja auch ein Fahrradschlüssel, Lenchen«, sagte Hilde jedes Mal, erst betroffen, später entnervt, und auch He-Lenes Antwort war immer die gleiche: »Ach Jott, dit wird ja immer schlimmer.«

Besonders gern behauptete He-Lene, ihr Telefon sei kaputt, um sich von Hilde wieder und wieder die Bedienung erklären zu lassen – wobei sie sich jedes Mal so begriffsstutzig anstellte, dass ihre Schwester selbst kurz vorm Weinkrampf stand – »Du musst wischen, *wischen*! Du musst den Anruf erst *annehmen*, bevor du sprechen kannst!«. He-Lene entleerte ihren Mülleimer in der Schubkarre, steckte Schmutzwäsche in den Briefkasten und legte sich zum Schlafen in Hildes Bett.

Durchs offene Fenster hörten wir ihre erregten Stimmen.

»Nein, nein, nein, nein, dit ist meen Bett, und nebenan schläft Mutter!«

»Mama ist tot! Hier schlafe jetzt ich, und du schläfst oben.«

»Oben? So een Quatsch! Oben schläft doch die Grazyna.«

Nach kurzer Zeit begann Hilde nicht weniger zermürbt auszusehen als He-Lene – und das wollte etwas heißen. He-Lene entdeckte indes nämlich auch eine Freude am äußerlichen Verfall.

Matt protestierte Hilde. »Du hast vergessen, dich zu kämmen. Dein Shirt war gestern schon dreckig, und vielleicht möchtest du dich auch mal wieder waschen?«

»Guck in deen eijenen Spiejel«, fuhr He-Lene sie mit so bösem Ausdruck in den Augen an, dass Hilde zurückzuckte, »Schon gut, schon gut« beteuerte und He-Lene von da an unbehagliche Blicke zuzuwerfen begann, wenn sie glaubte, dass diese es nicht bemerkte.

Mit ihren kleinen Sabotageaktionen war es vorbei. Hilde schien zu der Überzeugung gelangt zu sein, dass He-Lenes Verrücktheit ein Selbstläufer geworden war.

Das hieß allerdings noch lange nicht, dass He-Lene nichts mehr in petto hatte. Eines Tages sahen wir sie in aller Frühe eine dünne Schnur zwischen zwei Rosenstöcke links und rechts der Treppe spannen, die von der Terrasse in den Garten führte. Kein Zweifel: He-Lene wollte Hilde, die die Treppe mehrmals täglich nutzte, noch einmal »hiebloddse lasse«.

Von unserem Auslauf konnten wir zwar nicht die fast durchsichtige Schnur, aber die Stelle im Auge behalten, an der sie hing. Wir beobachteten auch He-Lene, die im Garten werkelte, verwelkte Blüten von den Pflanzen und zwischen den Sträuchern vom Boden pickte, die Beete säuberte wie noch nie und dabei immer wieder Blicke in Richtung Terrasse warf. Ihre Nervosität lag wie eine Glocke über dem Garten, und wir rochen, wie sich ihre Unruhe in nackte Furcht verwandelte, als Hilde aus ihrer Küchentür trat.

Hilde lief einige Male hin und her, um ihr umfangreiches Frühstück zum Tisch zu tragen, setzte sich schließlich, tat, als entdeckte sie He-Lene erst jetzt, und sagte Guten Morgen.

»Morjen«, rief He-Lene mit dünner Stimme.

»Des isch e g'meine Stell«, murmelte Heidi. »Da griegd se gar koi Schongs, noch wo druffzedabbe, da bloddsd se oifach voll hie.«

Da konnten wir ihr nur zustimmen. Die Schnur hing genau in der Mitte der Treppe. Zu erwarten war ein so spektakulärer Sturz, dass Huhn sich fragen musste, ob es wirklich zusehen wollte. Andererseits wollten wir natürlich auch nichts verpassen.

»Sollde me se ned waarne?«, fragte Susi nervös.

»Waarne? Des isch d' Hilde! Die dääd unseraaner eh ned zuhöre.«

Hilde schmierte ihre Schrippe, schlug die Zeitung auf und begann zu lesen. Nach einer Weile gab es für He-Lene im Garten nichts, aber auch gar nichts mehr zu tun, sie kam zu uns herüber und begann am Vogelschutznetz über dem Forstzaun zu nesteln, als müsste es noch einmal neu befestigt werden. Der Geruch der Angst und Unruhe, der von ihr ausging, war auf diese kurze Distanz nur mit äußerster Selbstbeherrschung zu ertragen.

»Nu dääd se grad guud stehe, um d' Hilde nunnerzelogge«, bemerkte Heidi mit der ihr eigenen Kaltblütigkeit, und tatsächlich richtete He-Lene den Blick in einer Weise auf die Treppe, als ginge ihr genau dieser Gedanke soeben durch den Kopf.

Amy legte sich anders hin, um besser sehen zu können, ansonsten blieben wir vier ganz still.

He-Lene ebenso. Hilde räumte den Tisch ab, verschwand im Haus – und He-Lene huschte zur Treppe und riss die Schnur mit einem festen Ruck wieder ab. Erleichterung durchströmte sie und uns, ich kann es nicht anders sagen.

»War klar«, meinte Heidi hinterher. »D' He-Lene isch spondan g'fährlich, aber ned de Düb, um e Blaan durchzeziehe. Da hed se ned d' Nerve für, da müsse mer uns koin Kopf mache.«

In der Tat unternahm He-Lene danach keinen Versuch mehr, Hilde eine Falle zu stellen.

Uns war die Verschnaufpause nur recht, wir mussten uns dringend um unsere eigenen Belange kümmern. Hinter dem Forstzaun stand eine aufgebrachte Waschbärin.

»Wir hatten eine Abmachung, Chicken!«

»Das haben wir keineswegs vergessen.« Ich blieb hoch aufgerichtet vor ihr stehen, obwohl sie in ihrem Zorn immer wieder mit ihren Pfoten durch den Zaun griff. »Wir haben mehrere Nester im hinteren Teil des Gartens vorbereitet. Wenn wir aber nicht rechtzeitig zur Legezeit in den Garten gelassen werden … was sollen wir machen? Wenn dir was einfällt, bitte, gern.«

He-Lene ließ mal wieder auf sich warten, wir blieben vorläufig in unserem Auslauf eingesperrt. Ich war selbst in höchstem Maße frustriert, dass ich für diese Situation keine Lösung gefunden hatte. Der Garten war unsere einzige Möglichkeit, Eier vor He-Lene zu verstecken. Im Auslauf, in den die Bären nachts hätten einbrechen können, gab es nur zwei Bambuspflanzen, die aber keinerlei Sichtschutz boten, weil wir sie im Frühsommer mehr oder weniger abgefressen hatten.

Hinter mir kam Susi mit kleinen Schritten die Hühnerleiter herunter und verschwand unter dem Stall. Sie tat mir leid. Das erste Ei ist ein Event, das die Henne in Hochstimmung versetzt und angemessen gefeiert werden sollte. Susi hingegen hatte das Pech, dass vor, während und nach ihrem Großereignis pausenlos gestritten und gepöbelt wurde.

Schon den Beginn des bei den Sundheimern üblichen Rituals hatten wir eine halbe Stunde zuvor verpatzt.

»Sorry, Susi. Das geht jetzt noch nicht.« Amy hatte sich den beiden kurzerhand in den Weg gestellt, als Heidi mit Susi zur Tat schreiten wollte. Sundheimer begleiten einander nämlich zur ersten Eiablage, ob Sie es glauben oder nicht.

»Hend se dir ins Hirn g'schisse? Ausm Weg, abber flodd!«

»Heidi, du kennst unser Problem …« Ich stellte mich neben Amy und wies auf die Bären, die, angelockt von Susis Legegackern, fast augenblicklich zur Stelle gewesen waren. So schnell, dass ich vermutete, sie könnten zwischen den beiden Probesitzungen, die Susi ähnlich lautstark veranstaltet hatte, ein Quartier in unserer Nähe bezogen haben.

»Nicht in den Stall!«, schrie die Bärin und rüttelte am Zaun. »Sonst nehmen wir heute Nacht alles auseinander!«

»Abber wenn d' He-Lene doch ned kommt«, jammerte Susi. »I kann nimmer waardde, 's Oi will ins Neschd. *Jezed!*«

»Lass es doch einfach fallen«, kam mir ein Geistesblitz. »Dann rollen wir es rüber in den Auslauf.«

»Mei schees Oi soll i bloddse lasse?«, schrie Susi.

Eine Salve entfesselten, unübersetzbaren Genuschels flog uns um die Ohren; Kraftausdrücke, wie wir sie den Sundheimern nie zugetraut hätten. Es war ihnen todernst. Amy und ich traten beiseite und gaben den Weg zum Legenest frei. Vor die Wahl gestellt, entscheidet sich jedes Huhn für das Anliegen seiner Herde. Jedes Huhn, immer.

»Sorry, Dickerchen, dann werdet ihr wohl auf das nächste Ei warten müssen«, sagte ich zu den Waschbären.

Eine Mitteilung, die – gelinde gesagt – nicht gut angekommen war. Die Bären drohten, den Zaun einzureißen, in die Voliere zu kommen und uns bei lebendigem Leib zu rupfen. Sie drohten, Amy, Heidi und mich vorher so lange zu schütteln, bis aus *uns* Eier herausfielen! Und damit nicht genug, machte ich eine weitere alarmierende Entdeckung: Die beiden Jungtiere waren im Laufe des Sommers zu stattlichen

Pöblern herangewachsen. Wir hatten es jetzt mit drei großen, kräftigen Bären zu tun.

Heidi kam wieder aus dem Stall, nachdem sie Susi zum Nest begleitet hatte, aber sie half mir nicht, obwohl die Waschbärin doch eigentlich ihr bevorzugter Sparringpartner war. Ich war umgeben von Tieren, die ziemlich schlecht auf mich zu sprechen waren – als ob ich persönlich etwas dafür-konnte, dass wir uns in dieser misslichen Lage befanden!

Die Einzige, der *ich* die Schuld hätte geben können, erschien kurz nach Susis Rückkehr aus dem Nest, um uns in den Garten zu lassen – zu spät, wie immer. Es raschelte kurz im Gebüsch, und die Bären waren nicht mehr zu sehen. Dass sie noch in der Nähe waren, war mir allerdings klar. Würden sie wagen, uns zu attackieren, während wir schutzlos im Garten herumliefen?

»Wat is denn jetz wieder, kommt raus!«, rief He-Lene und hielt uns die Tür auf.

Wo blieb eigentlich die Kamera, die sie uns seit vielen Wochen versprach? He-Lene war so beschäftigt mit dem Krieg gegen ihre Schwester, dass sie überhaupt nicht mitbekam, dass hier bei uns auch noch was los war!

»Wir bleiben zusammen«, ermahnte ich meine Hennen. »Auch du, Susi. Die Bären sind bestimmt noch in der Nähe.«

Heidi warf mir einen herablassenden Blick zu, dann stellte sie sich breitbeinig hin und gackerte lautstark Richtung Wald. »Bäre, de Stall isch jezd uff! Beeild oich!«

Sprach's, drängte an mir vorbei und marschierte hocherhobenen Hauptes aus der Volierentür, als ob sie diejenige wäre, die uns anführte.

Ich sah rot, ich kann es nicht anders sagen. Mein Respekt vor Heidi und ihr Respekt vor mir hatte es bisher ausgeschlossen, miteinander zu kämpfen. Bis eben hätte ich uns sogar, ohne zu zögern, als Dream-Team bezeichnet. Aber was zu viel war, war zu viel. Ich sprang ihr geradewegs in den Rücken. Sie versuchte zwar augenblicklich, sich zu wehren, hatte – bei aller Schläue – aber nicht damit gerechnet. Und gegen ein Amrock auf dem Rücken … *no chance.* Ich hackte unbarmherzig zu, all meine Sorgen, mein Frust, meine Wut entluden sich auf Heidis Kopf und Nacken.

Sekunden später fühlte ich mich von oben gepackt, hochgerissen und so fest unter den Arm geklemmt, dass mir die Luft wegblieb. »Ihr bösen, bösen Amrocks!«, schrie He-Lene. »Jeht dit schon wieder los?«

Ich war beinahe erleichtert. Ich weiß nicht, was sonst passiert wäre. Von Heidis Kopf rann Blut, ich hatte ihr ein Stück des Kamms weggehackt, auf den sie so stolz war.

»Kiek dir dit arme Huhn an!«, schrie He-Lene mir ins Ohr, bevor sie mich mit unerwarteter Wucht von sich schleuderte.

Was soll ich sagen. *Hui?* Hilflos mit den Flügeln schlagend, wurde mir bewusst, dass dies vermutlich die weiteste Strecke war, die ich in meinem Leben je in der Luft zurücklegen würde. Amrocks fliegen nicht, ich hatte es schon erwähnt. Damit, geflogen zu *werden*, müssen wir in der Regel aber auch nicht rechnen. He-Lenes Amrock-Weitwurf war also eine völlig neue, offen gestanden nicht sehr schmeichelhafte Körpererfahrung. Und das nicht nur für mich. »Sei froh, dass du es nicht *sehen* musstest«, meinte Amy später schaudernd.

Ich klatschte auf den Boden als der nasse Sack, in den ich mich in der Luft verwandelt hatte, durfte dabei allerdings auch die Vorzüge kräftiger Beine erkennen. Sie brachen bei meiner Landung nicht durch, auch wenn es sich im ersten Moment so anfühlte. So schnell ich konnte, humpelte ich hinter meinen Hennen her, gefolgt von He-Lene auf der Jagd nach der verletzten Heidi.

Von der Terrasse sah Hilde mit missmutigem Gesicht und verschränkten Armen zu, eine im grimmigsten Moment erstarrte Salzsäule. Auf einmal zückte sie ihr Telefon und begann zu filmen. Wozu? Die Antwort blieb offen. Ich ging nicht davon aus, dass sie den blutrünstigen Clip an »Happy Huhn« senden wollte.

Hinterher behauptete Heidi, ihr sei so viel Blut in die Augen gelaufen, dass sie nicht erkennen konnte, wo sie hinrannte; nur deshalb sei es He-Lene überhaupt gelungen, sie zu »verwidsche«.

Es dauerte lange, bis das Sundheimer wieder zu uns stieß. Wir saßen unter einem der Sträucher an der Hecke zur Straße und warteten besorgt – auf Heidi, auf die Bären. Als diese fortblieben, konnten wir immerhin davon ausgehen, dass sie in der Zwischenzeit ungestört Susis Nest plünderten, unser Teil der Abmachung also fürs Erste erfüllt war.

Susi sah ziemlich mitgenommen aus. »Des duud koi Spaß mache«, sagte sie ein ums andere Mal. »Seid froh, des ihr no ned leege duud.«

»Tut mir leid, dass es so gelaufen ist«, beteuerte ich.

»G'loffe … des isch des Wordd, Roggy. Mei schee Freiheid isch fudsch. I könnd graad losheule.«

Um uns aufzumuntern, scheuchte ich die beiden schließlich auf die Wiese, um ein paar Halme zu rupfen, aber rechte Begeisterung wollte auch hier nicht aufkommen. Endlich trat He-Lene mit Heidi aus dem Haus, setzte sie auf den Boden, und das Sundheimer eilte unter heftigen Flügelschlägen auf uns zu.

Was würde sie zu mir sagen? Unbehaglich erwartete ich unsere erste Begegnung. Heidi hatte mich zwar in einer Weise herausgefordert, auf die ich hatte reagieren müssen, aber derart die Beherrschung zu verlieren, wäre nicht nötig gewesen. Die lila Farbe würde in den nächsten Tagen verschwinden, die Wunde verheilen. Aber der abgerissene Zacken im Kamm würde nicht nachwachsen.

Würde, *konnte* Heidis und mein Verhältnis je wieder dasselbe sein? Was würde aus uns allen werden, wenn wir nicht mehr zusammenhielten?

Ich wollte eben zu einer Rechtfertigungsrede ansetzen, da platzte Heidi, kaum dass sie vor uns abgebremst hatte, heraus: »'s reicht! 's isch g'nug! Des isch doch koi aardg'rechde Halldung mit denne depperte Weiber dohinne! Mir hend viel G'duld g'het mit d' He-Lene, mir hend se gern g'het und helfe wolle, abber jetz isch emol guud! Mir Hiehner brauche koi Brobleeme von annere Leud, mir brauche endlich Ruh, mir brauche e g'scheide Daagesordnung!«

Mir war nicht auf Anhieb klar, was das mit unserem Kampf zu tun hatte, geschweige denn mit unseren eigenen Problemen, aber ich stimmte vorsichtshalber sofort zu, da Heidi mir erfahrungsgemäß immer einen Gedankenschritt voraus war.

In der Tat folgte die Erklärung auf dem Fuß. »Mir brauche Sicherheid un Schutz vor denne dreggige Bäre, abber für d' He-Lene, die dusselige Nuudl, muss wohl erschd widda eina von denne im Netz hänge, damit se sich erinnere duud, was für e Krobzeug dohinne ummenummschwirrd. Do hinne bassierd noch was anneres, als des d' Hilde ihr widda emol e Bein schdelld! Do hinne gehd's um Lebe un Dood! Abber wo isch die bleede Gammera, wo se als von reede duud? Wo isch die Übbawachung, wo isch de Schudds? Stattdesse rennd se rum in denne depperte Sogge un gleggerd sich Bambe ind Haar un hälld sich für Wunner was wie clever! Druff g'schisse, Hiehner! So geht's ned weidda. D' Hilde muss weg.«

Ich schüttelte unwillkürlich den Kopf, um den Anprall von Heidis aufgebrachtem Gegacker in eine nachvollziehbare Reihenfolge zu bringen. Dann fragte ich vorsichtig nach: »Wieso denn jetzt die Hilde?«

»Jo, willsch, des d' Hilde übrig bleibd?«, fuhr Heidi mich an.

Wir sahen zu He-Lene hinüber. Sie hatte auf dem Hocker unterm Kirschbaum Platz genommen, den Rücken an den Stamm gelehnt, ein Buch auf den Knien. Die meisten unserer Nachmittage im Garten liefen in letzter Zeit so ab: He-Lene saß unterm Baum, las und blickte sich ab und zu um, um zu checken, wo wir waren. Manchmal stand sie auf, um uns in ihr Sichtfeld zurückzuscheuchen.

»Bleibt friedlich!«, rief sie uns jetzt streng zu.

Die Frau hatte keine Ahnung. Sie schlug ihr Buch auf und begann zu lesen, dabei spielte sich nur wenige Meter entfernt das echte Drama ab. Es wurden Entscheidungen getroffen, auch über sie! Aber merkte sie etwas? Dass sie in just diesem Augenblick zu lesen begann, sagte alles.

Meine Begeisterung für He-Lene hatte in den letzten Wochen in einem Ausmaß abgenommen, das ich noch vor Kurzem nicht für möglich gehalten hätte – und nicht nur, weil sie Hühner fraß. Heidi hatte den Nagel auf den Kopf getroffen: He-Lene vernachlässigte uns. Unser Stall war sauber und trocken, wir wurden satt und hatten Auslauf – nicht wenige Hühner würden alles dafür geben, mit uns tauschen zu können! Aber andere, nicht minder lebenswichtige Dinge hatten wir nicht: einen verlässlichen Tagesablauf und Schutz vor Feinden. Wir mussten ständig und überall mit Störungen und Sabotage rechnen. Man konnte bei uns nicht einmal in Ruhe ein Ei legen!

Auf der Terrasse, ebenfalls mit Buch, saß Hilde und überwachte He-Lene – auch das ein gewohnter Anblick. Wahrscheinlich glaubte sie, dass irgendetwas Verrücktes passieren würde, wenn sie nicht aufpasste. Doch sobald wirklich etwas passierte, blickte sie woandershin!

Nein, es war keine schwere Entscheidung. Wir mochten

keine großen Fans von He-Lene mehr sein, aber Hilde *musste weg.*

Es stellte sich nur noch eine Frage.

»Was könne mer due?«

Heidi genoss solches Ansehen, dass sie selbst mit lila Gesicht und entstellendem Loch im Kamm Autorität ausstrahlte. »Die Babbedeggele könnde e Lösung sei. Mir wisse noch ned, was se bedeudde due, abber mir hend g'sehe, dass se e Bedeudung habe. Noch was anneres?«

»Die Schatzkammer plündern«, schlug ich vor.

»Scho. Des könnd für unseraaner abber nach hinne losgehe«, gab Heidi zu bedenken.

»Du meinsch, wenn d' Hilde mergge duud, dass d' He-Lene en Schlüssel hed, könne mer ned mer weidderfresse?«

»Exagd, Susi.«

Die Schatzkammer, oder vielmehr ihr freier Eintritt in dieselbe, war He-Lenes Geheimnis. Wir waren die Einzigen, die davon wussten; gleich am Tag nach der Entdeckung des geheimen Lagers hatte sie uns eingeweiht.

»Hühner, wisst ihr, wat dit is?«, fragte sie beim morgendlichen Saubermachen verschwörerisch und zog einen Schlüssel aus ihrer Westentasche. »Dit is unser Nachmittagsausflug, wenn Hildchen sich demnächst en neuet Jebiss holen jeht.«

Das also war der Zweck ihrer mysteriösen Autofahrt gewesen, bevor die orangen Männer Hilde zurückbrachten: He-Lene hatte sich einen eigenen Schlüssel zu Hildes Fressvorräten besorgt!

Es war ein Geheimnis, das wir mit Begeisterung teilten. Zu fünft eilten wir, nachdem Hilde zu ihrem »ßahnarßtermin« aufgebrochen war, in die Schatzkammer, um zu naschen, und Sie werden es sich vermutlich schon denken: Bei diesem einen Ausflug war es nicht geblieben. Mittlerweile gaben wir uns fast jeden Tag einer heimlichen Orgie hin, während Hilde auf der Terrasse ihren Mittagsschlaf hielt. He-Lene schloss hinter uns die Tür, und bevor wir später alle zurück ins Freie schlüpften, spähte sie im Schutz des dichten Blattwerks, das die Schatzkammer umgab, hinaus, um zu prüfen, ob wir ungesehen entkommen konnten.

Einmal mussten wir ziemlich lange warten. Hilde war, während wir drinnen futterten, nicht nur wach geworden, wir hörten sie sogar nach He-Lene rufen.

In der Falle zu sitzen ist nicht die schönste Lage, in der man sich wiederfinden kann. Aber He-Lene meinte entspannt: »Dit Schlimmste, wat passieren kann, is, dit wir den Schlüssel wieder abjebn müssen. Wat sollse ooch sonst machn? Ick bin doch varrückt!«

Als die Rufe verstummten, lugte sie vorsichtig aus der Tür. »Bahn frei! Raus mit euch!«

Das ließen wir uns nicht zweimal sagen. So schnell wir konnten, rannten wir zu unseren Lieblingssträuchern, gefolgt von einer auf Indianerart geduckten He-Lene.

»Da bist du ja!«, ertönte Hildes Stimme, kaum dass wir in sicherer Entfernung zur Schatzkammer waren. »Hast du mich nicht rufen hören?«

»Ick hab meene Ohrringe verlorn«, klagte He-Lene und kroch auf allen vieren zwischen den Sträuchern herum.

Hilde stand auf der Wiese, die Mundwinkel tiefer hängend denn je. »Du trägst seit Jahrzehnten keine Ohrringe mehr, Lenchen. Du hast dir einen beim Kämmen ausgerissen, seitdem fehlt auf einer Seite das Ohrloch, und nur einen zu tragen, findest du blöd.«

Mit allen Anzeichen der Verblüffung tastete He-Lene nach ihren Ohrläppchen und sagte … na, was denken Sie?

Genau.

Hilde schöpfte keinen Verdacht, obwohl sie doch über ihr

Lager Buch führte. War ihr Vorrat zu groß, um den Überblick zu behalten? Dabei nahm He-Lene einmal sogar ein Küchengerät mit und trug es kühn an der Terrasse vorbei, auf der Hilde schnarchte!

»Wenn Hilde merkt, dass sie beklaut wird, räumt sie vielleicht freiwillig das Feld«, meinte ich, merkte aber schon beim Sprechen, wie unwahrscheinlich das war. Im Grunde will ich, indem ich es Ihnen erzähle, auch nur betonen: Ich hoffte trotz allem immer noch auf eine gewaltfreie Lösung.

»Die Babbedeggele. D' Schaddskammer. Isch des alles?«, fragte Heidi.

»He-Lene tut so, als wäre sie verrückt. Damit lässt sich vielleicht was anfangen«, meinte Amy. »Wir könnten ihr noch mehr Gelegenheiten dazu geben, um Hilde aufzuregen.«

»Was voraussetzt, dass sie schlau genug ist und mitspielt«, erwiderte ich. »Aber es stimmt, das könnte funktionieren. Im Schlausein ist sie viel besser geworden.«

Das Objekt unserer Beratung saß derweil unterm Kirschbaum und las ahnungslos. Man konnte glatt wieder skeptisch werden, wenn man sie so betrachtete.

»Hilde mag keine Hühner«, fiel mir noch ein. »Bisher haben wir sie deshalb in Ruhe gelassen, aber man könnte auch mal das Gegenteil ausprobieren.«

»*Wonderful!*«, jubelte Amy. »Da hab ich gleich ein paar Ideen.«

»Also en echde Blaan du i no ned sehe«, wandte Susi zurückhaltend ein.

Aber Heidi erklärte: »Wennd noch koin Blaan hasch, musch hald midde Daggdigg aafange.«

Als wir später zurück in den Stall kamen, fanden wir ihn in einem Zustand vor, den man nur als Provokation auffassen konnte. Die Waschbären hatten nicht nur das Ei gestohlen und den Futtertrog geplündert, sie hatten auch unsere Einstreu durchwühlt, einen stinkenden Haufen auf dem Kotbrett und Pfotenabdrücke am Fenster hinterlassen. Ein Vandalismus, der unserem Vorhaben, so lückenhaft und zufallsabhängig es war, den letzten notwendigen Schub verpasste. Es gab kein Weiter so, etwas musste geschehen!

21

Am nächsten Tag okkupierten wir die Terrasse. Beide Schwestern waren in Hildes Wohnung und wir im Garten vollkommen uns selbst überlassen, seit He-Lene einen zweifellos unerfreulichen Telefonanruf erhalten hatte. Unter »Oh mein Gott!« und »Hilde, Hilde, Hilde!« war sie ins Haus gestürzt und nicht zurückgekehrt. Es war reines Glück, dass der Fuchs es noch nicht bemerkt hatte.

Wir hatten den Stinker nicht mehr zu Gesicht bekommen, seit Amy ihm die Pfote zerhackt hatte. Wir rochen, dass er da draußen war, merkten, dass er nachts an unserer Voliere vorbeistrich und seine Markierungen hinterließ, aber gezeigt hatte er sich seit jener Nacht nicht. Das war allerdings kein Grund zur Freude. Wir redeten nicht darüber, aber insgeheim musste jede von uns befürchten, dass er auf Rache sann, auf die Gelegenheit zu einem großen Gartenmassaker.

Und He-Lene servierte uns quasi auf dem Tablett! Wir hörten sie drinnen schluchzen und stammeln, während die Sundheimer auf den Gartentisch hopsten und Amy es sich im Liegestuhl bequem machte. Ich war als Späherin an der Reihe, die anderen würden den Garten im Auge behalten, falls der Fuchs sich anschlich.

Wenn er kam, gab es nur einen Fluchtweg. Das war das Erste, was ich tat: Ich trat über die Türschwelle und schob die Küchentür weit auf, damit drei Hühner gleichzeitig hindurchpassten.

Die Schwestern waren in dem großen Raum hinter der Küche. Lautlos tappte ich weiter hinein; der kühle, harte Boden unter meinen Füßen war eine äußerst angenehme Überraschung. Hier hätten wir sein müssen, als es so unerträglich heiß gewesen war! Wenn He-Lene im nächsten Jahr allein im Haus wohnte, ließ sich da vielleicht etwas machen.

»Es tut mir wirklich leid, Lenchen. Die Ingeborg war dir eine gute Freundin.«

Hildes Stimme klang dumpf und schwer, es lag echtes Mitgefühl darin, aber auch etwas anderes, Spitzes, das ich nicht einzuordnen wusste.

»Hätt ick die Jisela doch früher anjerufn! Da hätt ick doch nich die janze Zeit jedacht, die Ingeborg wär nur beleidigt!«

In der Mitte des Raumes stand ein großes gemauertes Ding, das beißend nach kaltem Rauch roch. Es war gerade richtig positioniert, um ungesehen weiter vorzurücken. Den rechten Flügel an die kühlen Mauersteine gedrückt, lugte ich um die Ecke.

Helene lag ausgestreckt auf dem einen Sofa, Hilde saß schräg gegenüber auf dem anderen.

»Es hätte doch nichts geändert«, sagte sie. »Du hättest ihr gar nicht helfen können. Sieben Wochen Intensivstation, das sagt doch schon alles!«

»Verstehste denn nich? Wir hättn uns noch versöhnen können! Wat is 'n dit für een beschissnes Ende, nach siebzich Jahren Freundschaft.«

»Das ist aber nicht deine Schuld, sondern allenfalls die von der Gisela. Sie hätte dir ruhig früher Bescheid sagen können.«

In diesem Augenblick bemerkte ich den entscheidenden Nachteil meiner schönen Deckung: feiner Staub, der in meiner Nase unwiderstehlich zu kitzeln begann. Ich wusste, was das bedeutete. Meine Zeit in der Wohnung lief ab. Vorsichtig zog ich mich die ersten paar Schritte zurück …

»Die ahnte scheints jar nich, dit wir überhaupt Krach hattn. Dabei«, He-Lene begann wieder zu schluchzen, »war die Ingeborg vorüberjehend sojar noch ansprechbar, da hättn wir noch ma telefoniern können.«

Noch zwei Schritte. Vielleicht gelang es mir, ohne Panne zur Tür hinauszukommen.

»Na also. Dann ist die Ingeborg schuld. Sie hätte dich anrufen sollen!«

»Aber die hat doch nich jedacht, dit se *stirbt*!«, heulte He-Lene. »Und überhaupt, hör endlich ma uff mit deem ewijen schuld, schuld, schuld! Et hat nich immer eener schuld, Hilde, manchma is wat eenfach nur richtich scheiße jeloofn!«

»Knzzztsch! Knzzztsch! Knzzztsch!«

»He, Lene, da steht ein Huhn!«, kreischte Hilde.

Es blieb nicht bei diesem einen Schrei. Den Bruchteil einer Sekunde später hörte ich Amy draußen Alarm schlagen, dann drängten und flatterten auch schon drei Hühner durch die offene Terrassentür. Als Letzte kam Susi und schaffte es nur noch knapp über die Schwelle. In ihrem Nacken hing ein roter Schatten. Flügel schlugen, Federn flogen … und ich erkannte, dass es nicht mehr nur Susis Federn waren, dass Amy zurückgeeilt war, um zu kämpfen. Ihr letzter Überraschungserfolg gegen den Fuchs schien den Wahn der Unbesiegbarkeit in ihr ausgelöst zu haben.

»Fuchs!«, schrie He-Lene keine Sekunde zu spät und sprintete zur Tür; der rote Schatten löste sich aus einer Wolke weißer Federn, prallte bei seinem Fluchtversuch hart gegen das Glas der Terrassentür, taumelte zurück, nahm neuen Anlauf und war verschwunden.

Susi blieb platt und reglos auf dem Boden liegen; mein Herz stand still. Doch dann sprang sie unverhofft auf, rannte quer durch den Raum, flatterte rutschend vor Hilde über den Tisch, plumpste am anderen Ende wieder herunter und duckte sich unter das Sofa, von dem He-Lene soeben aufgesprungen war – dasselbe Sofa, unter das auch Heidi geflüchtet war. Ich hörte die beiden panisch schnaufen und fiepen, während Amy dem Fuchs einen triumphierenden Schrei hinterherschickte.

Ich selbst blieb perplex in der Mitte des Raumes, nieste noch zweimal und guckte mich orientierungslos um.

»Raus mit den Hühnern!«, brüllte Hilde.

Das wollte ich mir ungern zweimal sagen lassen, allerdings hatte ich vor lauter Schreck völlig vergessen, wo und wieso ich überhaupt hereingekommen war, sodass ich, gefolgt von Amy und einer mit beiden Armen hinter uns her flatternden He-Lene noch ein paar hektische Runden drehen musste, bis ich den Ausgang wiederfand. Bei den immer kopfloser werdenden Sundheimern, deren Federfüßchen in einem fort auf dem glatten Boden ausrutschten, dauerte es sogar noch länger; unter erstaunlichsten Verrenkungen kamen sie praktisch nicht vom Fleck.

Noch nie waren wir so froh gewesen, unsere Voliere von innen zu sehen, die Türen fest verschlossen, der Freigang vorbei …

Kaum war He-Lene verschwunden, rüttelte es auch schon am Zaun.

»Was ist heute mit dem Ei?«

Susi hob müde den Kopf. »Sagsch erschd emol Dangge für geschdern?«

»Danke. War Größe XS, aber ein Anfang. Und nun?«

Ich musterte die Waschbärin leidenschaftslos. »Etwa alle dreißig Stunden legt ein Rassehuhn ein Ei. Du hattest gestern um die Mittagszeit eins, heute ist Mittag gerade erst vorbei. Will heißen?«

»Wir hatten ein Ei pro Tag vereinbart, du Schlauberger! Mag ja sein, dass die Dicke noch nicht wieder dran ist, aber was ist mit der anderen?«

Ich schüttelte den Kopf und wandte mich ab. »Ich weiß

nicht, wie es euch geht«, sagte ich zu meinen Hennen, »aber ich hab dieses dumme Gequatsche so dermaßen satt.«

»Ich auch.«

»Und i erschd!«

»Was ist mir dir, Heidi?«

»Ah, frog mi ned.«

Wir legten uns wieder hin. Die Waschbären blieben und pöbelten noch eine Weile ziellos hinterm Zaun, dann trollten sie sich unter allen Anzeichen der Ratlosigkeit und des Spaßverlustes. Wahrscheinlich war das ihre erste Erfahrung mit passivem Widerstand.

»Alles okay, Susi?«, fragte ich besorgt, als wir wieder unter uns waren.

Das Sundheimer machte äußerlich einen unversehrten Eindruck, aber seine Augen waren matt, und ich vermutete, dass Susi unter Schock stand. So etwas kann bei uns noch Tage später tödlich enden, ich würde sie genau beobachten müssen.

»Ha jo. De Fuggs had mi no kaum erwischd, da kam scho d' Amy«, erwiderte Susi und sah meine Amrock-Schwester bewundernd an. »Dangge, Amy. Du hasch mer's Lebe g'redded.«

Amy wuchs um mehrere Zentimeter – selbst im Liegen. »Gern geschehen«, erwiderte sie, vergeblich darum bemüht, bescheiden zu wirken. Anscheinend hatte sie He-Lenes schnelle Reaktion nicht bemerkt und glaubte selbst, was Susi sagte.

Ich beschloss, sie nicht zu korrigieren, obwohl es für ein Huhn gefährlich ist, sich für unbesiegbar zu halten. Aber alles andere hätte sie bloßgestellt, und das ging erst recht nicht.

Ich wollte einen raschen Verständigungsblick mit Heidi wechseln, damit auch sie den Schnabel hielt, aber Heidis Blick war nicht weniger staunend auf Amy gerichtet als der von

Susi, und mir fiel ein, dass das schlaue Sundheimer als Erste unter dem Sofa in Deckung gegangen war und noch viel weniger gesehen hatte als wir anderen.

»Mir sin die Grööschde«, begann sie zu schwärmen. »Mir hend sogar e Schweschder, die mit'm Fuggs kämpfe duud.«

»Un des scho 's zwoide Mal«, hob Susi bewundernd hervor.

»Das heißt nicht, dass es beim dritten Mal gut geht«, bremste ich ihre Begeisterung. »Es ist immer noch ein Fuchs. Die Gefahr ist nicht vorbei, im Gegenteil. Das ist euch klar, nicht wahr? Der Stinker könnte sich erst recht herausgefordert fühlen, die Scharte auszuwetzen.«

»Der soll bloß kommen«, erwiderte Amy so großschnäblig, wie ich befürchtet hatte, denn auf eine leichtsinnige Herde muss ein Oberhuhn noch viel stärker aufpassen. Was – von der generellen Last dieser Aufgabe mal ganz abgesehen – in den meisten Fällen auch nicht seiner Beliebtheitskurve dient.

Für den Rest des Tages stolzierten meine Hühner hoch erhobenen Hauptes durch den Auslauf und feierten sich selbst, und ich fühlte mich in meiner Sorge sowohl einsam als auch nicht ernst genommen. Eine gewisse Beruhigung verschaffte mir erst die folgende Nacht, in der die geheimen Ängste meiner Schar sich in den lebhaftesten Alpträumen äußerten, die es in diesem Stall gegeben hatte, seit wir hier miteinander eingezogen waren, und ich erkannte, dass jedes Huhn seine eigene Art hat, mit traumatischen Erlebnissen umzugehen.

He-Lene konnte nicht wissen, dass wir ab sofort wieder ein Team waren. Sie hatte ja nicht einmal mitbekommen, dass wir eine Zeit lang keins gewesen waren! Dass sie unsere Attacken auf Hildes Nervenkostüm nicht unterstützte, irritierte uns dennoch, denn He-Lene hätte nur zwei und zwei zusammenzuzählen brauchen, um darauf zu kommen, dass Hildes

Ärger über unsere Aktionen sie ihrem Ziel näher brachte: *Hilde muss weg.*

Hilde stolperte über Amy, und He-Lene entschuldigte sich und scheuchte uns von der Terrasse.

Hilde fand einen Hühnerhaufen in der Küche, und He-Lene entschuldigte sich und putzte ihn weg.

Hilde fand Amy auf ihrem Liegestuhl, und He-Lene entschuldigte sich und brachte das Polster zur Reinigung.

Amy kackte Hilde in den Schuh, und He-Lene entschuldigte sich und bezahlte ihrer Schwester ein neues Paar.

Hilde sollte weg. Hilde sollte freiwillig vom Grundstück fliehen! Doch was tat He-Lene? Sie fiel uns in den Rücken. Amy verlor fast die Lust daran, Hilde zu ärgern.

Wieder einmal war Amy diejenige, die sich freiwillig für eine körperlich nicht ungefährliche Aufgabe meldete. Ein Fußtritt von einer wackligen alten Schachtel wie Hilde machte ihr, wie sie behauptete und mehrfach unter Beweis gestellt hatte, nichts aus, aber dass He-Lene sie anbrüllte und uns einmal sogar lange vor der Zeit wieder einsperrte, verdross und demotivierte sie.

»Wozu helfen wir ihr eigentlich? Die Frau ist strohdumm«, beschwerte sie sich.

»Bisch sicher?«, meinte Heidi. »I dääd dengge, die duud nur so due. Wär ja ned's erschde Mal.«

»Im Übrigen«, erinnerte ich meine Schar, »helfen wir nicht nur He-Lene, hier geht es auch um uns.«

»Vielleicht sollte ich He-Lene mal in den Schuh kacken«, murrte Amy.

An der Waschbären-Front war etwas Ruhe eingekehrt, seitdem Heidi nur wenige Tage nach Susi ebenfalls mit dem Eierlegen begonnen hatte. Sie behauptete, das sei normal: Fing eine Henne an, folgte die Freundin kurz darauf. So würde es, prophezeite sie, auch bei Amy und mir sein.

Amy und ich erzählten ihr lieber nicht, dass wir über das Eierlegen grundsätzlich noch einmal nachdachten. Auch wenn es bei Heidi unspektakulärer ablief als bei Susi, weil sie darauf verzichtete, jede Eiablage durch minutenlanges dramatisches Gegacker anzukündigen, engte es den Tagesablauf mehr ein, als uns freiheitsliebenden Amrocks recht sein konnte. Gefühlt saß immer, wenn es Gelegenheit zur »Mission Babbedeggele« gab, ein Sundheimer auf dem Nest oder bestenfalls in der Waschbären-Kuhle im Gebüsch.

Dabei wurden wir alle vier gebraucht! Während zwei von uns im Garten für He-Lenes Ablenkung sorgten, die anscheinend der irrigen Meinung erlegen war, dass dort, wo zwei Hühner waren, auch die übrigen nicht weit sein konnten, sollten die beiden anderen den Komposthaufen hinterm Haus durchsuchen. Waren wir nur zu dritt, fiel der ganze schöne Plan ins Wasser, denn ein Huhn musste ja Wache stehen, während das jeweils andere buddelte oder ablenkte. Wir vergaßen keinen Augenblick, wer gleich hinter dem Durchgang zum Wald sein Unwesen trieb.

Trotz der standig drohenden Ausfalle und Unterbrechungen hatten wir inzwischen schon zwei weitere »Babbedeggele« gefunden und für He-Lene in unserer Voliere hinterlegt. Der Antwort auf die Frage, worum es sich handelte, waren wir allerdings keinen Schritt näher gekommen.

Zu viert standen wir über den zweiten Schnipsel gebeugt, der fast noch kleiner war als der erste. Und der war schon so klein gewesen, dass He-Lene ihn gar nicht gesehen hatte, obwohl wir ihn direkt neben den Strohballen gelegt hatten!

Zack, hatte sie ihn beim Aufsammeln unserer Hinterlassenschaften gleich mit entsorgt und unser Protestgeheul vollkommen missverstanden. »Langsam werdet ihr anstrengend, Hühner«, hatte sie ärgerlich gesagt. »Wat wollt ihr denn jetz schon wieder?« Aber da war es bereits zu spät gewesen.

»Isch e G'schreibsel druff?«, fragte Heidi mit kritischem Blick auf den Schnipsel. »Mir brauche G'schreibsel. Im G'schreibsel liegt die Bedeudung.«

»Da ist nichts«, meinte ich und kniff die Augen zusammen.

»E ganz dünnes Strichle du i sehe«, behauptete Susi, aber das sagte sie wohl nur, weil sie diejenige gewesen war, die auch dieses Schnipselchen gefunden hatte.

Wir brauchten eine Schrift, und wir brauchten einen größeren »Babbedeggl«. Dieser hier war nicht einmal groß genug, um von He-Lene der Entsorgung für wert befunden zu werden. Unbeachtet und unerkannt verlor sich seine Spur im Sand unserer Voliere.

Und die Schatzkammer? Aus der Schatzkammer wurde nicht einmal ein Plan. Als Hilde Amy im Liegestuhl ertappte, zischte sie sie an: »Und glaub bloß nicht, ich wüsste nicht, dass ihr meine Vorräte fresst!«

Es beeindruckte Amy weit mehr als der anschließende Fußtritt, denn nicht nur hatte Hilde zum allerersten Mal zu einer von uns gesprochen, sondern sie wusste Bescheid. Sie wusste, dass He-Lene einen Schlüssel zur Schatzkammer besaß. Sie wusste, dass He-Lene und wir dort heimlich fraßen. Und sie mochte zwar geschnarcht haben, während wir ihre Vorräte plünderten – aber geschlafen hatte sie nicht.

22

Es war der perfekte Plan gewesen! Wie hätte Hilde denn ahnen sollen, dass Ingeborg Sauter ihr ausgerechnet jetzt, wo sie die letzten Schritte in die Wege geleitet hatte, mit etwas so Melodramatischem wie dem Tod dazwischenfunkte? Ein schweres Gewicht legte sich auf Hildes Schultern, während sie Helene beim Trauern zusah; es drückte sie nieder und ließ sie nicht mehr in Ruhe. Aber wurde ihr Plan dadurch hinfällig?

Nein, dachte sie trotzig, ihr Gewissen war ihr zu oft ein schlechter Ratgeber gewesen. Besser war sie mit nüchternen, sachlichen Betrachtungen gefahren. Helene hatte ihr die Vollmacht gegeben, sie im Notfall zu vertreten, also hatte Hilde auch das Recht gehabt, einen medizinischen Gutachter zu bestellen.

Ihn ohne Helenes Wissen zu bestellen, ergänzte die leise Stimme in ihr, der sie keine Lust mehr hatte zuzuhören.

»Sie sagen, Ihre Schwester sei bereits nicht mehr in der Lage, die Entscheidung selbst zu treffen?«

»Nein, leider nicht.«

Die Stimme am Telefon war freundlich gewesen. Wohltuend. Ihr Gesprächspartner wusste, dass es für niemanden angenehm war, den Medizinischen Dienst anzurufen, um Demenz und Pflegebedürftigkeit naher Angehöriger feststellen zu lassen. Jeden Tag machten das Tausende durch, nach langem Ringen um eine Entscheidung. Hilde konnte sich vorstellen, dass die meisten sogar noch länger mit sich rangen als sie.

Es wäre früher oder später sowieso passiert. Es hatte überhaupt nichts mit den Tropfen zu tun. Die Tropfen konnten es nicht ausgelöst haben, sie hatten höchstens dafür gesorgt, dass es ein wenig schneller gegangen war. Vielleicht. Selbst das konnte man nicht mit Gewissheit sagen.

»Der Verfall schreitet so schnell voran.« Ihre eigene bedrückte Stimme war Hilde ganz fremd gewesen. »Ich kann das nicht mehr verantworten. Je eher jemand kommt und sie begutachtet, desto besser. Selbst zum Arzt zu gehen, verweigert sie ja.«

»Bitte schicken Sie mir noch die Vollmacht zu, dann haben wir alles, was wir brauchen, um uns so schnell wie möglich zurückzumelden.«

»Wie lange dauert es denn, bis Sie jemanden schicken?«

»Zwischen vier und sechs Wochen. Der Gutachter ruft Sie an, um einen Termin zu vereinbaren.«

Dieser Anruf war noch nicht gekommen, obwohl die vier Wochen fast um waren – dafür am Vortag die Nachricht von Ingeborgs Tod, und mit einem Mal fühlte sich Hilde hinterfragt, beobachtet, erinnert. So als ob Ingeborg Sauter ihr auf dem Rückzug aus der Welt unbedingt noch ein paar Steine in den Weg werfen wollte. Das wäre nur typisch. Typisch für Ingeborg und die ganze Familie Sauter, die immer etwas einzuwenden, zu verraten und zu verderben gehabt hatte!

Ja, theoretisch konnte sie den Medizinischen Dienst noch anrufen und absagen. Behaupten, die Lage habe sich gebessert, sie wolle lieber noch abwarten … denn es entstand ja niemandem ein Schaden, nicht einmal eine Unannehmlichkeit, solange der Gutachter keinen Termin vereinbart hatte. Selbst in dem Augenblick, da er sich endlich bei ihr meldete, konnte sie das Ganze noch abblasen!

Abblasen und weitermachen wie bisher, um bis ans Ende ihres Lebens Helenes Absonderlichkeiten zu ertragen.

Die halbe letzte Nacht hatte sie schlaflos dagelegen, gegrübelt, gehorcht … ja, gehorcht, man konnte es nicht anders sagen. Sie musste sich beinahe fragen, ob sie jetzt selbst verrückt wurde. Denn plötzlich war in ihrem erschöpften Kopf kein lauer Sommer mehr, sondern Hilde atmete klirrend kalte Dezemberluft, die Wände ihres Schlafzimmers schoben sich zusammen zur Enge des Kinderzimmers, das sie seit Kurzem mit dem Lenchen teilte, und auf der anderen Seite des durchgetretenen Flickenteppichs stand ein leeres Bett.

Wie viel von alldem war Zufall, wie viel Schicksal? Sie lag wach, genau wie damals, horchte, ob sie das Lenchen draußen weinen hörte, vernahm nichts – aber spürte, wie sich die Dinge verselbstständigten.

So war es, so fühlte es sich an, wenn man etwas Gravierendes getan oder nicht getan hatte, das sich möglicherweise korrigieren, rückgängig machen ließ. Man konnte sich seinen eigenen Taten noch in den Weg stellen, aber fragte sich: Ist es das Risiko wert?

Ja, man konnte noch einschreiten.

Und dann? Es war genau wie damals.

»Natürlich kann man den Weihnachtsmann mit seinen Rentieren am Himmel sehen. Man muss nur nach draußen gehen und warten.«

»Aber die Mutti lässt mich nachts nicht raus.«

»Du musst es ihr ja nicht sagen.«

Sie hatte dem Lenchen so viel Entschlossenheit gar nicht zugetraut. Jede Wette hätte sie darauf abgeschlossen, dass die Zweieinhalbjährige nach wenigen Minuten im Schnee bibbernd zurückkehren würde, sie hatte ja nicht einmal einen Mantel an! Aber es blieb still, ganz still. Keine tapsenden Füße auf der Treppe, kein Weinen vor dem Fenster, nur das leise Schnarchen von Papa nebenan.

Hilde stieg aus dem Bett und schob das schwere alte Fenster auf. Schneidende Kälte schlug ihr entgegen, Schnee glitzerte im Licht der Straßenlaterne. Kein Lenchen. Sie beugte sich weiter vor, fühlte, wie die Kälte unter ihre Schlafanzugjacke kroch – oder war es der Schrecken, der mit einem Mal nach ihr griff?

Es war eine Sache, sich zu wünschen, man wäre wieder allein. Schritte zu unternehmen war etwas anderes. Und danach wach zu liegen und zu wissen, dass es tatsächlich passierte, dass es kein Zurück mehr gab zu dem letzten gemeinsamen Abendessen, dem letzten gemeinsamen Zähneputzen unter Mamas Aufsicht, dem letzten gemeinsamen Gutenachtkuss-Besuch von Papa. Diesem ganzen letzten Tag »davor«.

Hilde war klar geworden, dass ihr Leben im Begriff war, sich in ein Davor und ein Danach aufzuspalten, und die Vorstellung war so angsteinflößend, dass sie eine Weile gar nicht in der Lage gewesen war, sich zu rühren.

Und nun war es wirklich zu spät.

»Lenchen?«

Konnte man so schnell erfrieren? Bestimmt nicht! Lenchen war doch gerade erst … oder war sie doch schon länger da draußen? Hilde fühlte, wie ihre Hände am Fensterbrett festfroren, als sie sich noch weiter vorbeugte, um den Bereich unmittelbar vor der Haustür zu erkennen. Da stand – oder lag – aber auch kein Lenchen.

Sie war den Tränen nahe. Sie hatte dem Lenchen nichts tun wollen! Sie hatte ein paar Worte gesagt, um es neugierig zu machen, mehr nicht. Das Lenchen war selbst aufgestanden. Es hätte ja auch im Bett bleiben können. Dass das Lenchen draußen war, war jedenfalls nicht Hildes Schuld.

Sie war allerdings die Einzige, die davon wusste und jetzt, genau jetzt und nicht noch später, etwas unternehmen konnte. Hinübergehen ins Elternschlafzimmer beispielsweise und sagen: »Mama, das Lenchen ist nicht in seinem Bett.«

Und dann? Es war doch klar, dass das Lenchen petzen würde. Sich nichts dabei denkend, würde es erzählen: »Die Hilde hat gesagt …«

Man hatte ihr schon einmal nicht geglaubt.

Die einzige andere Möglichkeit, das drohende Unheil abzuwenden, war, sich selbst auf die Suche zu machen, bevor die Eltern etwas merkten. Weit konnte das Lenchen schließlich nicht gekommen sein; es kannte sich noch nicht besonders gut aus in der Nachbarschaft. Und wenn sie wieder im Zimmer waren, konnte Hilde ihrer Schwester das nächtliche Abenteuer als Geheimnis verkaufen! Das Lenchen liebte Geheimnisse.

Eine Last fiel von Hildes Seele, die ungefähr ihr eigenes Gewicht hatte, so leicht fühlte sie sich mit einem Mal. Sie streckte sich, um das Fenster wieder zu schließen – da legte sich auf einmal ein Lichtstrahl über den Schnee. Er kam aus dem Nachbarhaus.

Herr Sauter hatte Frühschicht.

Noch heute, siebzig Jahre später, wurde ihr schwindlig, wenn sie an diesen Augenblick dachte. Den Augenblick, in dem das Schicksal entschieden hatte, dass es sie nicht liebte. Dass es ihr Pech und Scheitern zumuten würde, Ungerechtigkeiten und Zurückweisungen. Dass alles, was ihr jemals glückte – und das war nicht wenig, wahrlich nicht! –, zurücktreten würde hinter diesem Augenblick, dieser Nacht, die für immer mit dem Namen Sauter verbunden war.

Herr Sauter, der das Lenchen zurückbrachte.

Drei Sauter-Kinder, die danach nicht mehr mit Hilde spielten.

Frau Sauter, die Hilde manchmal einen Blick zuwarf, in dem nicht nur Vorwurf, sondern auch Mitgefühl lag. Aber das war fast noch schlimmer, weil Frau Sauter in Hilde die Hoffnung weckte, gesehen und verstanden zu werden, und dennoch kein einziges Wort sagte. Man mischte sich nicht ein in die Erziehung fremder Kinder.

Und man glaubte dem eigenen Kind, wenn Aussage gegen Aussage stand. Die Sache mit dem Schuppen war allein Heikos Idee gewesen, aber es war ja so leicht, jemandem die Schuld in die Schuhe zu schieben, der ohnehin unter Dauerverdacht stand. Dass Hilde zum Zeitpunkt des Schuppenvorfalls unter Mamas Aufsicht Schulaufgaben gemacht hatte, half ihr nicht, denn natürlich hätte sie dem Heiko jederzeit vorher schon drohen können, seinen Kaninchen etwas anzutun, wenn er nicht gehorchte.

Das doofe Lenchen war auch noch tatsächlich gesprungen! Und danach stolz mit dem Gips herumgelaufen, während Hilde den ganzen Ärger abbekam und mitten im Schuljahr nach Scharfenberg verbannt wurde.

Als Erwachsene begegneten Hilde und Heiko einander einmal im Jahr, weil Mama zum Geburtstag ohne Rücksicht auf Hildes Gefühle auch Sauters einlud. Heiko war freundlich, machte Small Talk, als wäre nie etwas gewesen; er arbeitete bei der Sparkasse und trug einen guten Anzug. Konnte er tatsächlich vergessen haben, was er ihr mit seiner Lüge angetan hatte?

Hilde vergaß nicht, das konnte nun wirklich niemand von ihr verlangen. Und ganz gewiss trauerte sie nicht, wenn Familie Sauter mal wieder um eine Person dezimiert wurde – erst die Eltern, dann Heiko, mit nur einundvierzig Jahren. Jetzt war, als letzte Zeugin der bösen alten Geschichten, also nur noch Gisela übrig. Oder?

In den folgenden Tagen kam es Hilde so vor, als hätte ihr schlechtes Gewissen Ingeborgs Stimme angenommen, und Ingeborgs Stimme verstummte nicht, bloß weil ihre Besitzerin den Löffel abgegeben hatte. Ingeborgs Stimme setzte Hilde so zu, dass sie am Tag nach der Todesnachricht für

Helene sogar einen Kartoffelauflauf zubereitete – ganz wie gute Freundinnen es füreinander tun, wenn eine von ihnen in schwerer Trauer das Essen vergisst.

Es hatte sich so richtig angefühlt, dass es sie selbst erstaunte. Ingeborg ging, sie, Hilde, blieb und kochte für ihre Schwester.

»Du musst essen«, sagte sie in aufgeräumtem Ton, nachdem Helene die Tür geöffnet hatte, und hielt ihr zwischen dicken Handschuhen die Auflaufform hin, aus der es verlockend duftete. Unter der leicht gebräunten Käsekruste knisterten Kartoffelspalten und Schinkenstückchen. »Weißt du was? Wir essen zusammen. Bei dir oder bei mir, du kannst es dir aussuchen.«

Aber Helene blieb in der Tür stehen, ihre jammervolle Miene unbewegt und geistesabwesend. »Ick kann nix essen. Ick muss dauernd an die Ingeborg denken und daran, dit wir so auseinandajejangn sind.«

»Das kannst du auch nach dem Essen weiterdenken«, erwiderte Hilde begütigend. »Und irgendwann wirst du das alles vergessen, Lenchen.«

»Na toll! Musst du mir dit jetz ooch noch inne Haare schmiern, dit ick allet verjesse?«

»Das hab ich doch gar nicht gemeint«, erwiderte Hilde verblüfft und verletzt. »Ich wollte sagen, du hast so viele gute Jahre mit der Ingeborg erlebt, an die du dich erinnern kannst, da fallen diese paar Monate doch gar nicht ins Gewicht.«

»Na, dit sacht die Richtije«, stänkerte Helene. »Als ob du dir an jute Dinge erinnerst! Du siehst doch immer nur in allem dit Schlechte. Jenau deshalb is mit dir ja ooch keen Auskommen.«

Hilde schnappte nach Luft. »Was fällt dir ein?«

»Du kannst dir nich freun, du kannst nich ma lachen! Hör dir doch mal zu! Jemecker von früh bis spät!«

»Ich hab es im Leben nicht so leicht gehabt wie du, das weißt gerade du sehr gut.«

»Du hast et dir schwer *jemacht*, Hildchen. Dit is wat anderet.«

»Du«, schleuderte Hilde ihr entgegen, »hast überhaupt keine Ahnung!« Erregt wich sie zurück; keinen Augenblick länger wollte sie sich diese Unverschämtheiten anhören. Den unerwarteten, herzschlaganhaltenden Tritt ins Nichts führte sie im ersten Augenblick auf den freien Fall zurück, der sich in ihrem Inneren abspielte.

»Vorsicht!«, schrie Helene, packte sie an beiden Armen und zog sie mit unerwarteter Kraft aus dem leeren Raum über der Treppe.

Schwankend fand sie das Gleichgewicht wieder.

»Ick hab immer jesacht, irjendwann passiert ma wat hier oben«, sagte Helene nüchtern, als Hilde wieder fest auf dem Boden stand.

Hilde hielt immer noch den Auflauf umklammert, dabei hatte sie plötzlich größte Lust, ihn klirrend auf die Treppe zu schmettern. »Hat um mich eigentlich jemand geweint? Damals, als ihr mich abgeschoben habt? Mit zehn?«, fragte sie bebend.

»Jetz hör abber ma uff. Dir hat et jefallen im Internat.«

»Darum geht es nicht!«, schrie Hilde.

»Sach ma, wat willst du eijentlich von mir? Dit is siebzich Jahre her! Dit war nich meene Entscheidung!«

»Aber es war *wegen dir*!«

»Sachst du! Sachst du deen Leben lang! Es war wejen dir selber, Hilde, jeht dit endlich ma in deenen Kopp?«

Hilde drehte sich um und ging die Treppe hinunter. Sehr vorsichtig und tastend, denn sie fühlte ihre Beine nicht; eine Taubheit des ganzen Körpers ergriff von ihr Besitz, die sie einmal gut gekannt, aber lange nicht mehr verspürt hatte.

»Hör endlich uff, dir leidzutun!«, rief Helene hinter ihr her, was dem Ganzen noch die Krone aufsetzte. Hilde war nicht einmal mehr in der Lage zu antworten.

In ihrer Wohnung schob sie den Auflauf krachend zurück in den Backofen. Ein Schwall heißer Luft stand noch darin und streifte sie, bevor sie die Klappe wieder zuknallte, aber es hätte genauso gut der Schwall der Wut sein können, der in sie fuhr und das schlechte Gewissen ein für alle Mal vertrieb.

Ingeborg war tot. Sie, Hilde, lebte! Es war niemand mehr da, von dem sie sich noch in Frage stellen lassen musste. Familie Sauter hatte ausgespielt.

Wie um diese Wende zu besiegeln, rief am Nachmittag der Gutachter an und vereinbarte mit ihr einen Termin in der folgenden Woche.

»Vielleicht können Sie in der Zwischenzeit schon einmal anfangen, auffällige Beobachtungen schriftlich festzuhalten«, schlug er vor. »Eine Begutachtung ist ja immer nur eine Momentaufnahme. Zumal die begutachtete Person erfahrungsgemäß versucht, ihre Probleme herunterzuspielen und sich in einem normalen Zustand zu präsentieren.«

Es erleichterte Hilde ungemein, diese Aufgabe bekommen zu haben. Was sich bisher wie die Abschiebung von Helene angefühlt hatte, wurde dadurch zu einem wichtigen Beitrag, ja einem Dienst! Jeden Abend setzte sie sich an den Küchentisch und schrieb den Tag mit Helene auf; oft griff sie auch zwischendurch zum Schreibblock, da sie merkte, welch beruhigende Wirkung es auf sie ausübte, den Belastungen, mit denen Helene sie konfrontierte, durch Datum und Uhrzeit Ordnung und Sinn zu verleihen.

25.8. Helene mit Hühnern von 15:15 bis 15:35 Uhr in der Garage.

26.8. Helene ohne Hühner von 11:00 bis 11:10 Uhr
und mit Hühnern von 15:00 bis 15:40 Uhr in der
Garage.

Vorübergehend hielt sie auch die provokanten Aktionen fest, die Helene nicht persönlich, sondern über andere gegen sie ausübte.

26.8. Graues Huhn um 15:50 Uhr im Liegestuhl. Um
17:00 Uhr zweiten Versuch gerade noch verhin-
dert.

27.8. Graues Huhn verweilt um 16:10 und 16:45 Uhr
längere Zeit an der Küchentür und starrt in die
Wohnung.

28.8. Graues Huhn schleicht sich gegen 16:25 Uhr an
und bringt mich fast zu Fall. Tatort: Terrasse.

Aber nach reiflicher Überlegung vernichtete sie diese Einträge wieder. Der Verdacht gegen ein Huhn musste dem Gutachter so absurd erscheinen, dass er womöglich Hildes eigene Glaubwürdigkeit in Frage stellte.

Dessen ungeachtet war sie absolut sicher: Die Viecher hatten sie auf dem Kieker, sie terrorisierten sie mit voller Absicht! Dieses dreiste Quartett, das nach Herzenslust wühlte und kackte und sich in ihrem Garten breitmachte, das sich in Sicherheit wähnte, wenn es gemeinsam mit Helene aus den Vorratsregalen klaute.

Was die Viecher nicht wissen konnten, war, dass sie ihren Raubzug direkt neben der frisch eingetroffenen neuen Tiefkühltruhe begingen, in der sie, wenn alles glattlief, in wenigen Wochen selbst liegen würden! Hilde freute sich schon jetzt darauf, das Gerät aus seiner Verpackung zu befreien und anzuschließen. Und dann gab es kein Pardon mehr, dann würde sie die anderen drei zusehen lassen, wenn es der großen Grauen als Erste an den Kragen ging!

Je länger sie darauf wartete, dass der Gutachter sie von Helene erlöste, desto mehr Gefallen fand sie an der Idee, die Hühner selbst zu erledigen. Interessiert und schadenfroh schaute sie sich auf dem Handy Anleitungsfilme im Internet an; mit nur wenigen, beinahe noch unbeabsichtigten Klicks wurde sie anschließend direkt zu der Ausrüstung geleitet, die man dafür benötigte.

Unschlüssig schwebte ihr Zeigefinger einige Sekunden über dem »Kaufen«-Button, dann hackte sie entschlossen zu und merkte, dass die bekannte Redensart zutraf: Rache *war* süß.

Zufrieden ging ihr Blick durchs Wohnzimmerfenster in den Garten, wo Helene unter dem Kirschbaum in ein Buch vertieft war, während die beiden weißen Hühner dem Rasen Schaden zufügten. Früher hätte Helene sie wenigstens aufgescheucht, bevor die Löcher zu tief wurden, inzwischen machte sie sich nicht einmal mehr diese Mühe. Offensichtlich ging ihre Schwester davon aus, dass dies in Kürze sowieso ihr Reich sein würde, Hilde also schon jetzt nichts mehr zu sagen hatte und der Rasen nach Herzenslust ruiniert werden durfte.

Wie lange konnte es dauern, bis der Gutachter Helene aus dem Verkehr zog? Sie musste ihm unbedingt klarmachen, dass sie sich mit ihrer Schwester nicht mehr sicher fühlte, sonst zog sich die Heimeinweisung unter Umständen monatelang hin!

Die Frage, wie Helene auf das Auftauchen des Gutachters reagieren würde, stellte sie sich mit zunehmender Sorge, je näher der Tag der Wahrheit rückte. Einerseits fürchtete sie nichts mehr als Chaos und Gefühlsausbrüche, andererseits musste sie auf eine heftige Reaktion ja geradezu hoffen. Bestenfalls rastete Helene dermaßen aus, dass man sie gleich mitnahm!

Hoffentlich sehen keine Nachbarn zu, dachte Hilde bang und ohne Illusionen, während ihr Blick auf der arglos lesenden Schwester ruhte.

Da passierte etwas Seltsames: Rechts neben dem Haus tauchten die grauen Hühner auf, durchquerten den Garten und schienen sich kurz mit den weißen zu unterhalten. Dann übernahmen sie deren Platz in Sichtweite von Helene, die nur flüchtig von ihrer Lektüre aufschaute, und die weißen Hühner eilten in genau die Richtung zurück, aus der die grauen soeben gekommen waren.

Hilde erkannte sofort, welche Richtung das war.

Der Stift fiel ihr beim Aufspringen aus der Hand und rollte über den Tisch. Als sie die Terrassentür aufriss, erhaschte sie gerade noch einen Blick auf zwei emsig wackelnde Hühnerhintern bei ihrem zielstrebigen Ausflug in den Hinterhof.

Diese Biester! Diese fiesen kleinen Monster! Hilde griff nach dem Besen und eilte die Treppe hinunter, woraufhin die Grauen auf der Wiese augenblicklich ihre tiefen Warnschreie hören ließen.

Helene schreckte hoch.

»Kannst du nicht aufpassen?«, schrie Hilde sie an, während sie um die Hausecke hastete. »Deine Scheiß-Hühner rennen herum, wo sie wollen! So war das nicht ausgemacht!«

Dass Helene und die grauen Hühner nun ihrerseits Hildes Verfolgung aufnahmen – geschenkt. Hilde schwang den Besen wie einen Tomahawk oder als wäre er das Hackebeil, von dem sie seit Wochen im Zusammenhang mit den Hühnern phantasierte. Die Weißen, die bereits im Komposthaufen zu graben begonnen hatten, erkannten sofort, was die Stunde geschlagen hatte, und trafen die einzig richtige Entscheidung: Sie ergriffen die Flucht.

Es verschaffte Hilde erhebliche Genugtuung, das Dickerchen, das sich nicht ganz so schnell bewegte, von hinten zu erwischen. Der Besen war ein Tomahawk, ein Hackebeil, ein Tennisschläger. Da sollte noch mal einer sagen, Hühner fliegen nicht!

»Meene Susi!«, schrie Helene und versuchte, ihr die Mehrzweckwaffe aus der Hand zu reißen, woraufhin Hilde so abrupt losließ, dass Helene mitsamt dem Besen zu Boden ging.

Es fehlte nicht viel, und sie hätte sich die Hände gerieben. So etwas hätte sie schon viel früher tun sollen!

»Habt ihr endlich genug?«, zischte sie sowohl ihre Schwester als auch die grauen Hühner an, die unverfroren vor ihr standen und offenbar nicht ahnten, wozu sie in dieser Stimmung imstande war.

Hilde machte einen schnellen Schritt auf die beiden zu. »Kusch!«

Die Hühner wichen nicht einen Zentimeter. Und da war er wieder, dieser Blick, der ihr schon einmal einen Schauer über den Rücken gejagt hatte. Jetzt hätte sie doch gern wieder den Besen in der Hand gehabt.

Auf dessen Stiel stützte sich Helene, während sie sich mühsam aufrappelte. »Langsam gloob ick, dit nich ich diejenige bin, die hier verrückt wird«, sagte sie und humpelte zurück in den Garten, um nach den weißen Hühnern zu sehen.

Die Grauen blieben. Zwei Paar braune Augen musterten Hilde kalt und unergründlich, bis sie dem Blick auswich, zum Komposthaufen hinüberschaute … und feststellte, dass sich dieser an einer anderen Stelle befand.

Ja, es konnte kein Zweifel bestehen: Der Komposthaufen war nicht einfach planlos durchwühlt, er war *umgesetzt* worden, von unten nach oben gekehrt und dabei ein gutes Stück nach hinten in Richtung Wald verschoben.

Mit offenem Mund drehte sie sich zu den Hühnern um. Die Grauen standen nicht mehr, sondern hatten sich in demonstrativer Ruhe hingelegt, als wollten sie zu verstehen geben, dass nicht sie diejenigen waren, die Grund zur Sorge hatten. Herausfordernd starrten sie Hilde an. Sie blinzelten nicht ein einziges Mal.

Woher in aller Welt wussten die Hühner vom Komposthaufen?

Wie auf Watte stolperte Hilde zurück zum Haus. Sie war sich im Klaren, wie absurd der Gedanke war, den sie sich da erlaubte, aber eine andere Erklärung wollte ihr partout nicht einfallen. Diese Hühner hatten etwas über sie herausgefunden.

Und Helene? War das der Grund, warum sie glaubte, sich schon alle Freiheiten nehmen zu können? Aber wie …?

Plötzlich beschlich Hilde ein weiterer erschreckender Verdacht. Konnte man Hühner *abrichten*? War so etwas möglich? Ja, waren dies überhaupt normale Hühner? Diese unheimlichen Stimmen der beiden Grauen, die sie anfangs gar nicht mit einem Huhn in Verbindung gebracht hatte … zu wem gehörten sie wirklich?

Halt, versuchte sie sich zu bremsen, hör sofort auf zu spinnen!

Aber etwas stimmte nicht, daran führte kein logischer Erklärungsversuch vorbei.

23

Einige Tage später saß Helene auf ihrem Lieblingsplatz unterm Kirschbaum und ertappte sich dabei, dass sie immer wieder von ihrem Buch aufschaute und zur Terrasse hinüberblickte. Es war Ende September, Altweibersommer. Die leise Wehmut hatte schon eingesetzt, die einen beschleicht, wenn man merkt, dass die Tage kürzer und die Sonnenstrahlen kühler werden, dass das Sitzen auf der Wiese oder der Terrasse nicht mehr lange möglich sein wird, dass der Herbst und dann der lange, dunkle nordostdeutsche Winter bevorstehen.

Altweibersommer, letzte Wärme vor der Dunkelheit; sie dachte nicht gern daran, was darin noch mitschwang. Und ihre Schwester kam nicht mehr nach draußen, obwohl es im Garten nie schöner war als jetzt; Hildes Terrasse war verwaist, stillgelegt wie ein Strandhäuschen nach dem Ende der Saison. Sie hatte die Polster hereingeholt, die Tischdecke abgenommen, die Rollläden an den Fenstern waren halb und der an der Küchentür sogar ganz heruntergelassen. Das Erdgeschoss, ohnehin verschattet von den hohen Bäumen, die das Haus an drei Seiten umgaben, musste jetzt dunkel sein wie eine Gruft.

Helene hatte erst angerufen, dann dringlich geklopft. Schließlich hatte Hilde einen Spaltbreit die Tür geöffnet und behauptet, sie sei nicht krank, sie wolle einfach ihre Ruhe haben.

Helene war es lange nicht mehr so gut gegangen. Als hätte es noch eines Beweises bedurft, dass Hilde diejenige war, die die Ausfälle und Abstürze der letzten Monate verursachte, stellte sie fest, dass sie nach wie vor in der Lage war, einen Roman zu lesen. Die Unfähigkeit, sich Handlung und Figuren zu merken, buchstäblich über Nacht zu vergessen, worum es in einer Geschichte überhaupt ging, war damals das erste Anzeichen für Mutters Demenz gewesen. In den letzten Wochen hatte Helene das Lesen wiederentdeckt, und sie konnte gar nicht mehr aufhören, weil es ihr nun so viel mehr bedeutete.

Altweibersommer. Ein Kirschbaum, ein Stuhl, ein Buch. Auf der Wiese Hühner, die sich jetzt auskannten, die hier ebenso zu Hause waren wie sie selbst und auf die man nicht mehr jede Minute aufpassen musste. Die Hühner frei umherstreifen zu lassen, auch das gehörte zu dem Glück und der Dankbarkeit, die sie wieder zu empfinden begonnen hatte, wenn sie an die Zukunft dachte.

Sie würde Hilde nicht drängen. Die geschlossenen Rollläden, die verwaiste Terrasse waren Hinweis genug, dass ihre Schwester bereits im Gehen war und keinen Anstoß mehr benötigte. Ihre gemeinsame Zeit war vorüber. Nur der Abstand, den sie bald gewinnen würden, konnte jetzt noch dafür sorgen, dass sie irgendwann vielleicht wieder zueinanderfanden.

Hatte sie Hilde zu viel an den Kopf geworfen? Ihre Schwester gehörte nicht zu den Menschen, die Worte der Kritik verziehen, auch solche nicht, die sie keinesfalls verletzen, sondern nur dazu anregen sollten, einmal einen frischen Blick auf sich selbst zu werfen. Wider besseres Wissen wünschte Helene sich dennoch, dass Hilde diesmal über sich selbst hinauswachsen und wieder auf sie zukommen würde, wenn sie den Wunsch ihrer Schwester respektierte und sie in Ruhe ließ.

Sie wollte Hilde in ihrem Leben behalten – sie musste es aber nicht, wenn diese sich dagegen entschied. Sie würde freundlich bleiben, zurückhaltend, aber nicht abweisend. Mit der Dankbarkeit für ihr Leben kehrte das Selbstvertrauen zurück, mit dem Selbstvertrauen der Friede in ihrem Herzen. Sie würde die richtigen Worte finden, wenn Hilde wieder aus dem Haus kam. Sie konnte warten.

Ein Motorengeräusch erklang und verstummte vor dem Tor. Man musste jetzt nach vorne gehen und öffnen, um zu erkennen, wer zu Besuch kam.

»Grässlichet Ding«, sagte Fredi sichtlich erschüttert. »*The Wall!* Tach, Helene, allet jut? Ick hab wieda 'ne Sendung für deene Schwesta. Macht se jetz doch wieda mit bei denne Hühna?«

»Nee, wieso?«

Fredi wies auf den Aufkleber auf dem großen Karton, und verdutzt identifizierte Helene einen bekannten Anbieter für »Tier, Agrar und Technik«.

»Hm. Ick hab zwar keen Jeburtstach, aber vielleicht will se mir wat schenken?«, rätselte sie und wusste selbst, wie abwegig das war.

Fredi sah zur Terrasse hinüber. »Isse da, oder nimmst du an? Soll ick's jleich nach hintn tragn?«

»Dit war lieb.«

Die Hühner kamen herbeigeeilt, während Fredi das Paket auf seiner Sackkarre in den Hinterhof brachte; sie wussten, dass er Sonnenblumenkerne dabeihatte, wenn er hier vorbeikam. Neugierig wanderte Helenes Blick von der heiteren Szene »Postbote füttert Hühner« zu dem Karton, der erstaunlich groß und schwer war und dessen Inhalt leise gescheppert hatte, als Fredi ihn über die holprige Wiese gerollt hatte.

»Wat hat se da bloß bestellt?«, rätselte sie. »Wir brauchen doch jar nüscht mehr für de Hühner.«

»Vielleicht will se ja Alpakas haltn«, witzelte Fredi. »Sin jetz der jroße Renner. Meen Kumpel Vincent, der wo die Enten hat, baut jrad een Stall, der will Alpaka-Kanalwanderungen anbietn, stell dir dit mal vor! Und ick verrat dir noch wat.« Er beugte sich vor und raunte: »Der hat wat erfundn. Ick darf nich sagen, wat, aber wenn dit klappt ... dit wird die Weltsensation.«

»Weltsensation? Wohnt der nich in Hennigsdorf?«

»Doch, aber wart's ma ab.« Fredi kicherte. »Wenn dit klappt ... ick freu mir schon uff deen Jesicht.«

Mehr verriet Fredi nicht; auf einmal hatte er es sogar ziemlich eilig, zu verschwinden, als täte es ihm leid, die Existenz eines Geheimnisses überhaupt erwähnt zu haben. Sie musste schmunzeln. Auf welch kreative Ideen die Leute doch kamen! Sie hoffte, dass es bei der Weltsensation aus Hennigsdorf ausnahmsweise mal um etwas wirklich Weltverbesserndes ging.

Immer noch wanderte ihr Blick routinemäßig zu Hildes Fenster, wenn sie sich im Hinterhof aufhielt, aber auch die Beobachtung aus dem »Wachturm« war Geschichte, der Rollladen auch hier fast zur Hälfte heruntergelassen.

»Hilde, du hast een Paket!«, rief sie.

Hinterm Fenster rührte sich nichts. Das ließ nur eine Erklärung zu. Kopfschüttelnd betrachtete Helene den Karton und dachte: Typisch Hilde. Dass ihre Schwester etwas für die Hühner bestellte, musste ein Versöhnungsangebot sein. Statt den ersten Schritt zu tun, kaufte sie etwas, sorgte dafür, dass es vor Helenes Nase abgestellt wurde, und spielte den Ball damit wieder ins andere Feld.

Die Neugier siegte, wie von Hilde bestimmt vorausgesehen. »Na gut«, sagte Helene und öffnete den Geräteschuppen, um das Teppichmesser zu holen. »Passt schön auf«, rief sie dabei den Hühnern zu, die mal wieder in den Komposthaufen abgerückt waren. Offenbar fanden sie dort immer noch den einen oder anderen Wurm, obwohl sie in letzter Zeit ständig darin herumwühlten.

Zuoberst lag ein großer metallener Trichter im Karton. Ratlos nahm sie ihn in die Hand, drehte und wendete ihn. Sie hatte das unbestimmte Gefühl, so etwas schon einmal flüchtig gesehen zu haben, aber kam nicht darauf, wozu er gut sein sollte. Der Trichter hatte in einem großen Topf mit der Aufschrift »Brühkessel 80 Liter« gesteckt, der mit weiterem umfangreichem Zubehör wie Deckel, Siebeinsatz und Ablaufhahn daherkam, Helene aber ebenfalls auf keine verwertbare Spur führte.

Sie hörte die Hühner aufgeregt gackern, während sie mit Mühe den nächsten und schwersten Bestandteil des Pakets heraushob; er steckte in einem eigenen Karton, der kaum schmaler war als die Umverpackung, und sie musste das Teppichmesser benutzen und den Außenkarton seitlich aufschlitzen.

»Rupfmaschine Hobby«, stand auf dem Karton.

Selbst da begriff sie noch nicht. Sie las den ersten Satz der Beschreibung wieder und wieder, ohne dass er sich in ihrem Kopf mit einem Sinn verband. Helene mochte die Fähigkeit wiederentdeckt haben, Romanzusammenhänge zu verstehen, aber diese erstreckte sich noch lange nicht auf eine solche grauenvolle Lektüre.

Die Rupfmaschine ermöglicht dem Hobby-Geflügelhalter, nach dem Brühvorgang den Schlachtkörper vom Federkleid zu befreien.

Gedämpft, praktisch ohne Ton auf den Ohren, als hätte sie einen betäubenden Schlag auf den Hinterkopf erhalten, sah sie die Hühner um den Schuppen herum auf sie zurennen. F-u-c-h-s? Die Buchstaben setzten sich in ihrem Hirn zu einer Bedeutung zusammen, automatisch griff sie nach dem Besen, der an der Wand lehnte. Zweimal griff sie daneben. Aber die Hühner flüchteten dann doch nicht, sie schienen ihr voller Aufregung etwas anderes mitteilen zu wollen und, man konnte es nicht anders deuten, schoben eine von ihnen, die dicke Susi, nach vorn.

Schlachtkörper! Ganz langsam, als drehte jemand in Zeitlupe einen Schalter, kam wieder Ton auf Helenes Ohren, und der Schock nahm die Gestalt von Kälte an, die ihre Vorderzähne aufeinanderschlagen ließ. Dass das rundliche Sundheimer etwas im Schnabel hielt, fiel ihr erst auf, als es unmittelbar vor ihr stand, wie um ihr feierlich etwas zu überreichen. Sie griff danach.

Gelbe Mappe. Die nächste Keule traf sie von vorn. Vor ihren Augen blitzte es, entlud sich ein Gewitter des Verrats und Betrugs und der tiefen Reue, weil sie Mutter so unrecht getan hatte. An der Wand des Schuppens sank sie zu Boden, hockte zwischen ihren Hühnern und starrte fassungslos auf den Papierschnipsel in ihrer Hand.

Ein geschwungener Bogen war auf dem verblichenen Papier zu sehen, ein einsames J, das sich der Vernichtung entgegengestemmt hatte; Mutters J, ohne jeden Zweifel. Verloren war der ganze Rest, der Zusammenhang, nur in Helenes Kopf gab es noch das Wort und den Satz, der zu diesem J gehört hatte.

Mein Grundstück in der Waldsiedlung Hakenfelde und das darauf stehende Wohnhaus vermache ich meiner Tochter Helene zum Dank für die Jahre liebevoller Fürsorge.

Hilde, wild geworden, die die Hühner mit ihrem Besen aus dem Kompost jagte. Hilde, die sie zur Verwendung sauberer, gebrauchsfertiger Gartenerde gedrängt und diese nebst teurem biologischem Dünger in ungewohnter Großzügigkeit Jahr für Jahr hatte liefern lassen – nicht aus Achtsamkeit, sondern damit Helene den Komposthaufen in Ruhe ließ!

Wie die Teile eines Puzzles fügten sich Erinnerungen zu einer Antwort zusammen, und jetzt sah Helene auch wieder den ersten von den Hühnern gefundenen Papierschnipsel vor sich, den sie selbst eingesteckt hatte. Er hatte ihr ein Rätsel aufgegeben, das sie später noch zu lösen gehofft hatte, war ihr aber nie mehr in die Hände gefallen. Hilde musste ihn mitgenommen haben, als sie die falschen Spuren in der Wohnung gelegt hatte; wohl wissend, dass Helene in ihrer wachsenden Angst vor all den Überraschungen, die sie dort vorfand, nicht mehr an ein kleines Stück Papier denken würde.

Helene beugte sich zur Seite und kotzte in den Brühkessel. Danach fühlte sie sich stark genug, um aufzustehen und den Kessel über den Zaun in den Wald zu schleudern. Es gelang erst beim zweiten Versuch. Umso entschlossener und kraftvoller war der Ruck, mit dem sie das Beil aus dem Holzpflock zog, um der Rupfmaschine Hobby zu Leibe zu rücken.

»Aus dem Weg, Hühner«, befahl sie, holte aus und ließ das Beil zwischen die metallenen Spitzen krachen. Die Bilder, die sich dabei aufdrängten – denn sie konnte sich während der Zerstörung sehr gut vorstellen, wie das Gerät funktioniert hätte –, reichten aus, um die Schmerzen vergessen zu machen, die der harte Abprall des Beils in ihren Knochen und das ohrenbetäubende Klingen von Eisen auf Metall in ihren Ohren verursachten.

Die Hühner waren eng zusammengerückt, flüchteten aber nicht, sondern schauten der Zerstörung mit wachsamen Gesichtern zu, was Helene als Zustimmung empfand. Auch als das zerbeulte Etwas, dessen ursprünglicher Zweck den Tieren hoffentlich entgangen war, dem Brühkessel hinterher in den Wald flog, rührten sie sich nicht; ihnen wie Helene schien klar zu sein, dass dies erst der Anfang war.

»Du Monster!«, brüllte sie mit überschlagender Stimme zum Fenster hinauf, hinter dem es still geblieben war, obwohl Hilde den Radau hier draußen unmöglich überhört haben konnte. »Komm raus!«

Als nichts geschah, schleuderte sie das Beil, und es war nicht zu fassen: Sie, die es von Klasse 5 bis 13 Jahr für Jahr verlässlich geschafft hatte, Ball, Kugel oder Schleuder beim Sportunterricht in die falsche Richtung loszulassen, traf exakt den fünfzig Zentimeter breiten Spalt zwischen Rollladen und Fensterrahmen. Die Scheibe zerbrach mit hellem Klirren, Scherben regneten auf sie herab, das Kriegsbeil fiel in Hildes Wohnung auf den Boden.

»Wenn du nicht rauskommst, komm ick rin!«, drohte Helene.

Sekunden später krachte der Rollladen herunter, und während Helene sich in fieberhafter Eile im Geräteschuppen neu bewaffnete, kam dasselbe Geräusch von den Fenstern seitlich am Haus und an der Terrasse. Anscheinend hatte ihre Schwester die ganzen letzten Tage nur deshalb still in ihrer Wohnung gehockt, weil sie auf genau das gewartet hatte, was jetzt passierte.

Helene hätte so etwas nie von sich selbst gedacht – was Hilde wieder einmal einen Vorteil verschafft hatte, leider, denn nicht alles, was Helene zu finden erwartete, hing im Schuppen an seinem gewohnten Platz. Die Mistforke war weg, der Spaten ebenfalls, Hilde hatte ihr nicht einmal den Hammer gelassen.

Hilde war vorbereitet. Helene nicht. Ihr blieb nichts anderes übrig, als mit den restlichen Geräten und Werkzeugen zu improvisieren, und als das Glas der Haustür Minuten später ihr martialisches Spiegelbild zurückwarf, musste sie sich einen Augenblick lang vergewissern, dass das wirklich sie war. In ihrer linken Hand befanden sich eine Brechstange und drei metallene Zaunpfähle, die sie im Vorbeilaufen aus dem Forstzaun gerissen hatte. Sie war im Besitz einer rostigen Hacke, eines Teppichmessers, einer Kombizange, einer Dose Blauspray und des Schlachttrichters. Um ihren Hals hing der Rest einer Rolle Spanndraht, unter ihrem rechten Arm klemmte die Gaskartusche des Abflammgeräts. Der Stab des Unkraut-Flammenwerfers lag in ihrer rechten Hand wie ein Speer.

Sie bedauerte, dass sie das Beil so unüberlegt aus der Hand gegeben hatte. Kurz erwog sie, mit all ihrer Ausrüstung noch rasch hoch in ihre Wohnung zu klappern und einen Hammer aus der Werkzeugkiste zu nehmen, aber sie hätte gar nicht gewusst, wie sie diesen auch noch tragen, in die Taschen stopfen oder an dem Seil um ihre Hüften befestigen sollte, unter dem etwas unzuverlässig Hacke, Zange und Messer klemmten.

Mit einigen Schwierigkeiten schloss sie die Haustür auf. Als sie den Abflammstab wieder aufhob, den sie dafür hatte ablegen müssen, fand sie sich zu ihrer Überraschung in Gesellschaft eines Huhns wieder. Amy, die Schwerere der Amrocks, die Fuchs-Kriegerin und Katzen-Bezwingerin, drängte mit ihr in den Hausflur.

»Meene Jüte, du hast wirklich Kampfhuhn-Jene«, entfuhr es Helene.

Das Huhn antwortete mit einem heiseren, markerschütternden Schlachtruf. Helene griff gleichzeitig nach Hildes Türklinke und dem Brecheisen, denn natürlich würde Hilde abgeschloss…

Der Schlag warf sie fast um, lähmender Schmerz fuhr in ihre Arme und Hände, umklammerte ihr Herz und raubte ihr für Sekunden den Atem. Klirrend fiel das Brecheisen zu Boden, und als Helene wieder Luft bekam, sah sie die Verbrennungen an beiden Händen.

Das Aas hatte die Türklinke unter Strom gesetzt! Mit einem Wutschrei setzte Helene das Brecheisen an und warf sich einige Male dagegen, dann brach das Holz, und die Tür ließ sich unter viel Kraftaufwand einen schmalen Spalt öffnen. Hinter der Tür befand sich eine Barriere aus Esstisch,

Couchtisch, den beiden Sofas und den Küchenstühlen. Ein dünnes, mit Isolierband umwickeltes Kabel hing tückisch zwischen Türklinke und Steckdose.

Hilde hatte die Tage, an denen sie die Wohnung nicht verlassen hatte, also genutzt, um sich zu verbarrikadieren – während Helene, die im Garten gesessen und sich über den Altweibersommer gefreut hatte, von dem Lärm, den das Verschieben der schweren Möbelstücke zweifellos verursacht hatte, nicht das Geringste mitbekam!

Was würde sie hier drinnen noch erwarten? Bevor sie das Stromkabel mit dem Fuß aus der Steckdose trat und sich durch den Türspalt zwängte, richtete sie den Blick vorsichtshalber nach oben, und tatsächlich, eine weitere Falle lauerte direkt über ihr. Sie rüttelte an der Tür, der schwere kupferne Blumenkübel geriet ins Wanken und stürzte mit lautem Getöse zwischen die aufgetürmten Möbelstücke.

Wenn sie noch irgendwelche Skrupel gehabt hatte – spätestens jetzt war es damit vorbei. Die rechte Hand kampflustig am Drücker ihrer einzigen wirklich gefährlichen Waffe, die Blicke wachsam nach rechts und links richtend, zwängte Helene sich durch die Tür, vorbei an dem ungeschickt gestapelten Mobiliar, und tappte geradewegs in die nächste Falle. Die Angelschnur – vermutlich dieselbe, die sie vor Kurzem benutzen wollte, um Hilde zu Fall zu bringen – war einmal quer durchs Zimmer gespannt, und Helene stolperte prompt darüber. Sie fing sich gerade noch, doch ihr gesamtes Arsenal provisorischer Hieb-, Stich- und Schlitzwaffen löste sich vom improvisierten Waffengürtel und fiel klappernd auf den Boden.

Zum Aufheben blieb keine Zeit. Eine kreischende Furie sprang hinter dem Kamin hervor und schleuderte Helene den Inhalt eines vollen Ascheeimers ins Gesicht.

Hilde kreischte noch lauter, als Helene hustend, spuckend

und vorübergehend erblindet den Stab des Abflammgerätes in Richtung der Angreiferin hielt und abdrückte. Das Kreischen ging in ein Winseln über, um dann jäh zu verstummen, während Helene, die orientierungslos auf dem Boden herumkroch, fieberhaft versuchte, sich die Augen sauber zu wischen, ohne ihre Zaunpfosten oder das Abflammgerät loszulassen.

Der entsetzliche Schmerz, der ihren Rücken traf und sich an mehreren Stellen gleichzeitig in ihr Fleisch bohrte, verriet ihr, wo die Mistforke hingekommen war. Helene brüllte und warf sich zur Seite, um das Ding abzuwehren und von Neuem ihren Abflammstab zum Einsatz zu bringen, aber der Drücker machte nur noch »klack«; sie hatte die Gaskartusche verloren. Nur die Zaunpfähle waren jetzt noch da, und sie stach wild, aber ziellos mit ihnen durch die Luft, bis sich von hinten ein Gewicht auf sie warf und etwas sich um ihren Hals legte.

Zwei arthritische Hände drückten zunächst kraftlos zu, fanden dann die Spanndrahtrolle und rissen daran, während Helene ihre Umwelt schemenhaft wieder zu erkennen begann und das verlorene Teppichmesser ein Stück entfernt auf dem Boden liegen sah. Unter Schmerzen und nach Luft japsend kroch sie mit Hilde auf dem Rücken auf das Messer zu, aber weit kam sie nicht, denn ihre Schwester ging dazu über, von unten einen Arm gegen Helenes Kehlkopf zu pressen.

Der Griff saß, man konnte es nicht anders sagen. Verzweifelt versuchte Helene, ihren Kopf in einen Winkel zu drehen, aus dem sie hätte zubeißen können, aber ihre Kraft schwand jetzt sehr schnell, Druck legte sich auf ihre Ohren, vor ihren Augen verschwamm das Muster des Laminats, wurde dunkler, dunkler …

Dann war ihr Hals auf einmal frei, Hilde fuchtelte wild mit den Armen, und während Helene japsend einen ersten tiefen Luftzug tat und das Leben in sie zurückkehrte, spürte sie die peitschenden Flügel und scharfen Krallen des Amrocks zwischen sich und dem Gewicht der Frau, die sie töten wollte. Hilde geriet ins Wanken und rutschte von Helenes Rücken, und diese nutzte die Gelegenheit, um benommen und auf Knien, die ihr kaum gehorchten, weiter in Richtung Teppichmesser zu kriechen, das vor den Kamin geschlittert war.

Sie packte es, drehte sich mühsam um und lehnte sich mit dem Rücken, der wie Feuer brannte, gegen den Kamin. Hilde war nicht mehr zu sehen, doch von der anderen Seite des Kamins hörte sie schweres Atmen. Es klang nicht weniger angestrengt als Helenes eigener Atem, obwohl sie, wie sie nüchtern überschlug, viel schwerer verletzt sein musste. An ihrem Rücken klebte feucht, heiß und schmierig das T-Shirt, und als sie eine ihrer verbrannten Hände nach hinten streckte, zog sie sie blutüberströmt zurück.

Erst jetzt erkannte sie, was die vier Spitzen der Mistforke angerichtet hatten, und der Schmerz setzte ein. Mit zusammengebissenen Zähnen versuchte sie, den Rücken zu entlasten und sich seitlich an den Kamin zu lehnen, nur um festzustellen, dass sich unter ihr eine Blutlache auszubreiten begann. Ein Zinken der Mistgabel musste eine Arterie erwischt haben.

Für sie war der Kampf vorbei, das wusste sie. Sie hatte noch die drei Zaunpfähle, die sie erstaunlicherweise nicht losgelassen hatte, sie hatte das Teppichmesser, das in ihrer Hand zitterte, und auch die Dose mit dem albernen Blauspray, von dem sie gar nicht mehr sagen konnte, warum sie es überhaupt mitgenommen hatte, war in greifbare Nähe gerollt. Das Abflammgerät, ihre brauchbarste Waffe, die sie irgendwo in der Mitte des Zimmers verloren haben musste, war verschwunden.

»Trotzdem danke, Amy«, flüsterte sie heiser.

Das Huhn stand hoch aufgerichtet an der von Blut verschmierten Stelle, an der Hilde Helene überfallen hatte, Flügel, Halskrause und Schnabel in Kampfstellung, und jetzt entdeckte Helene auch die anderen drei, die ihren Weg durch den Türspalt gefunden hatten und mit gesträubtem Gefieder zwischen den Stühlen der Möbelbarriere standen.

»Meene Hühner. Es tut mir so leid. Ihr wart die Besten.«

Eine Träne rollte ihre Wange herab. Aus Hildes Deckung vernahm sie ein leises, hastiges Klicken: die Gaskartusche, die zurück in die Halterung am Abflammstab gesteckt wurde.

Das musste wohl so kommen, dachte Helene und schloss die Augen. Ich hab ja noch nie einen richtigen Plan gehabt, bin immer alles spontan und ein wenig kopflos angegangen. Aber war das so schlimm? Ich hatte es gut, ich hatte ein schönes Leben, schöner als das meiner Schwester, die das alles hier vorbereitet hat. Die das hier *wollte*! Die tagelang im Dunkeln gehockt und auf mich gewartet hat, während ich bis gerade eben Freude an meinem Garten hatte, meinem Kirschbaum, meinen Hühnern. Wie lange ist das her – eine Stunde? Besser geht es doch gar nicht!

»Hilde?«

Keine Antwort.

»Na los. Bring's hinter dich. Ick hab nich mehr viel, womit ick mir noch wehren könnte. Aber eens versprech ick dir: Jewinnen wirst du nich. Du wirst nie een jlücklicher Mensch werden, ooch nich, wenn ick weg bin. Du wirst nich mal so jlücklich werden, wie ick jetz, in diesem Aujenblick, immer noch bin.«

Ein lautes Poltern ließ sie zusammenfahren. Jemand war auf der Terrasse und klopfte und hämmerte an den Rollladen.

»Frau Mattern, sind Sie da? Hier ist Wolfgang Heinze. Ist alles in Ordnung?«

»Wer is'n dit? Kennen wir een Wolfjang Heinze?«, fragte Helene verdutzt.

Hilde antwortete noch immer nicht, aber wie ein zweiter Stromschlag durchfuhr Helene auf einmal die Erkenntnis, dass sie gerettet war. Sie öffnete den Mund, um zu rufen: Wir sind hier!, als die Stimme ihr zuvorkam und weitersprach.

»Frau Mattern? Ich bin der Gutachter vom MDK. Wir waren für heute verabredet, vierzehn Uhr, erinnern Sie sich? Die Haustür ist zu, aber ich kann durch die Scheibe erkennen, dass etwas nicht stimmt. Sind Sie in der Lage, sich bemerkbar zu machen, Frau Mattern? Ist Ihre Schwester bei Ihnen?«

»MDK? Wat hast du jetan, du Irre?«, fragte Helene. »Is der wejen mir hier? Ick bin nich varrückt, dit warst allet du! Jloobste, ick hätt dit nich längs kapiert?«

So laut sie konnte, schrie sie: »Hilfe! Ick bin Helene Faber! Ick bin schwer verletzt, meene Schwester is bewaffnet! Ick bin nich dement, ick kann allet erklären ...«

Eine Bewegung, aus den Augenwinkeln wahrgenommen, dann traten Beine in ihr Sichtfeld; blutverschmierte Kleidung, darüber ein wutentstelltes, grotesk verzerrtes Gesicht, das sie kaum als das von Hilde erkannte. Noch weiter oben schwebte zwischen hochgerissenen Armen etwas Großes, Braunes, raste auf sie zu und traf ihre Stirn. Helene hörte ihren Schädelknochen brechen.

Kaminholz. Das hatte Hilde also auch noch gehabt.

Das Letzte, was Helene sah, bevor sie zur Seite fiel, waren die Hühner, die auf sie zugelaufen kamen. Sie wollte die Hand nach ihnen ausstrecken, aber die Welt begann sich vor ihren Augen aufzulösen, und dann, es war allerhand, hatte sie das Gefühl, selbst zu fliegen. Sie konnte sich in einer Blutlache auf dem Fußboden vor dem Kamin liegen und zwei weiße und zwei graue Umrisse an ihrer Seite kleiner und kleiner werden sehen. Hilde war nicht mehr da. Etwas klirrte laut, das registrierte sie noch, vielleicht das zersplitternde Glas der Haustür, und ein Gedanke wehte durch ihren Kopf und flog dann rasch mit ihr davon: die mittlere Zeile eines Gedichts.

Old age should burn and rave at close of day.

Dylan Thomas. Endlich fiel ihr der fehlende zweite Satz wieder ein.

Gewaltausbruch in der Waldsiedlung Hakenfelde
72-Jährige von ihrer Schwester ermordet?

Für eine schwerverletzte 72-jährige Spandauerin kam am frühen Mittwochnachmittag jede Hilfe zu spät. Ein Besucher fand die aus mehreren Wunden heftig blutende Helene F. im Erdgeschoss des Hauses in der Waldsiedlung Hakenfelde, das sie zusammen mit ihrer Schwester bewohnte. Der herbeigerufene Notarzt konnte nur noch den Tod feststellen. Ihre Schwester, die 77-jährige Hilde M., wurde unter dringendem Tatverdacht verhaftet und bis auf Weiteres in einer psychiatrischen Anstalt untergebracht.

Wolfgang H. (64), Gutachter des Medizinischen Dienstes der Krankenkassen, der unmittelbar nach der Tat als Erster vor Ort war und vergeblich versuchte, der sterbenden Helene F. Erste Hilfe zu leisten, steht der Schock auch einen Tag später noch deutlich ins Gesicht geschrieben.

»Hilde M. hatte mich bestellt, da sie die später Verstorbene begutachten lassen wollte. Ihren Angaben zufolge war Helene F. dement, aber der Hilferuf, den ich von der jüngeren Schwester noch deutlich gehört habe, ehe ich mir Zugang zum Haus verschaffte, lässt mich sehr stark daran zweifeln. Sie war erheblich verletzt. Hilde M. schien eine ganze Reihe von Waffen gegen sie eingesetzt zu haben, während die Verletzungen, die sie selbst davongetragen hatte, meiner Ansicht nach von einem Abwehrkampf stammten. Sie glauben nicht, was da alles herumlag. Ich darf nichts weiter dazu sagen, die Polizei ermittelt ja noch, aber ich werde keins meiner Gartengeräte mehr zur Hand nehmen können, ohne daran zu denken.«

Die Spurenlage im Haus, auf dem Grundstück und im angrenzenden Wald ließ offenbar genügend Rückschlüsse auf eine geplante Tat zu, um Hilde M. trotz ihres hohen Alters wegen Mordverdachts in Gewahrsam zu nehmen. Was die Auswertungen im Einzelnen angeht, hält sich die Kriminalpolizei aus ermittlungstaktischen Gründen noch bedeckt. Eine Befragung der Verdächtigen zum Tathergang sei bislang ohne Erfolg geblieben, so der Pressesprecher des Berliner Landeskriminalamts. Rolf P. (76), der langjährige Anwalt der Familie, sagt dazu: »Meine Mandantin hat beschlossen zu schweigen, und außer ihr kennt nun einmal niemand den Tathergang.«

Hilde M., die von den alarmierten Ersthelfern und der Polizei in ihrem Schlafzimmer aufgefunden wurde und sich widerstandslos abführen ließ, hat sich bislang nicht zum Geschehen geäußert.

»Fragen Sie mal die Hühner von Helene F.«, sagt Rolf P. mit einer Ironie, die der Tat wenig angemessen scheint. »Die waren nämlich dabei, und meine Mandantin wies bei ihrer Festnahme neben Brandverletzungen durch ein Unkraut-Abflammgerät auch Kratzspuren auf, die nachweislich am Tatort entstanden sind und von der Polizei den Krallen eines der Hühner zugeordnet werden konnten. Es handelt sich dabei um ein Amrock, wenn Sie es genau wissen wollen.«

Der Polizeisprecher wollte diese verblüffende Aussage auf unsere Nachfrage hin nicht kommentieren und bestätigte lediglich, dass die beiden alten Damen vier Hühner auf ihrem Grundstück hielten, die am Tattag aus nicht rekonstruierbaren Gründen im Haus vorgefunden wurden. Wie der Redaktion zugetragen wurde, hat man Rolf P. außerdem aufgefordert, Spekulationen über den Tathergang und insbesondere die Beteiligung von Hühnern zu unterlassen. Solche Äußerungen seien der Aufklärung dieser schwerwiegenden Tat nicht dienlich.

Die Spurensicherung im Haus und auf dem Grundstück ist inzwischen abgeschlossen, die Auswertung wird den Beamten zufolge aber noch einige Zeit in Anspruch nehmen. Ob die Polizei die Umstände, die zum Tod von Helene F. geführt haben, restlos aufklären kann, hängt wohl nicht zuletzt davon ab, ob Hilde M. ihr Schweigen brechen und sich auf Fragen zum Tathergang einlassen wird.

24

Jemand hatte etwas von Tierrettung gesagt.

Reglos und unter Schock stehend verharrten Heidi, Susi und ich auf der Terrasse, während Amy von einem der überall herumwuselnden, von Kopf bis Fuß in Weiß gekleideten Wesen untersucht wurde, die mich an Männer erinnerten, die Ställe desinfizieren. Diese neuen Wesen, die wie aus dem Nichts aufgetaucht waren und durch das Haus und den Garten krochen wie ein Schwarm übergroßer Ameisen, der maß, fotografierte, an Boden, Wänden, sämtlichen Gegenständen und an den Füßen von Amy herumkratzte, knisterten bei jeder Bewegung. Augen, Nase und Mund waren durch eine ovale Öffnung im weißen Gewand zu erkennen, und ihre Stimmen klangen wie die von Menschen, aber keine von uns hätte eine Kralle darauf gewettet, dass es welche waren.

Als Mensch war eindeutig nur der zu erkennen, der als Erster ins Haus gestürzt war und versucht hatte, He-Lene zu helfen. Wir Hühner waren lange vor ihm zu der Überzeugung gelangt, dass nichts mehr zu machen war, aber es schadete auch nicht, jemandem zuzusehen, der nicht weniger verzweifelt war als wir, obwohl er He-Lene gar nicht persönlich gekannt hatte.

»Zu spät, zu spät, nur ein paar Minuten zu spät«, rief er außer sich und wiederholte die gleichen Worte auch dem weißen Wesen gegenüber, das am meisten redete und wohl das Oberhuhn der anderen war.

Das Wort Tierrettung kam auch von ihm, wenn ich mich recht erinnere, aber es war an niemand Spezielles gerichtet, weshalb es dann wohl alle wieder vergaßen. Am Abend, als die weißen Wesen, der verzweifelte Mann, Hilde und

He-Lene, die noch lange drinnen auf dem Boden gelegen hatte, fort waren, als das Haus, der Garten, die Bäume, der Himmel und der Wald still an ihren Plätzen standen, als wäre überhaupt nichts passiert, waren wir Hühner jedenfalls noch da. Niemand hatte in all der Aufregung, die ebenso überraschend vorbei gewesen war, wie sie begonnen hatte, daran gedacht, unsere Futter- und Wassertröge aufzufüllen, geschweige denn uns in der Voliere einzuschließen, wo unsere Feinde nicht an uns herankamen.

Unter dem Kirschbaum stand immer noch der Hocker, auf dem He-Lene so gern gesessen hatte. Ihr Buch, in dem sie bis vor wenigen Stunden gelesen hatte, lag aufgeschlagen darauf.

»Mir könnde versuche, in de Kriesibaum ze fliege«, meinte Heidi und wies ins Geäst des Kirschbaums hinauf.

Dass sie, unsere Klügste, so etwas Aussichtsloses vorschlug, hieß nur, dass wir alle völlig durcheinander waren. Keine von uns war in der Lage, irgendetwas zu dem zu sagen, was mit He-Lene passiert war. Ich lüge nicht, wenn ich behaupte, dass Sie der Erste sind, mit dem ich darüber spreche.

Kein Huhn sollte miterleben müssen, was wir an diesem Tag gesehen hatten. Ich machte mir Sorgen um meine Schar, besonders um Susi, die ja bereits einen möglicherweise lebensverkürzenden Schock hinter sich hatte. Unser Herz hält weniger aus, als Sie vielleicht denken. Bei besonders sensiblen Hühnern reicht allein der Anblick eines Fuchses, um sie für immer die Augen schließen zu lassen.

Uns ums eigene Überleben kümmern zu müssen, lenkte wenigstens für kurze Zeit von den bösen Bildern in unserem Kopf ab. Leider gab es in meinen Augen nur eine einzige Möglichkeit, die nächste Nacht vor Feinden geschützt zu verbringen. Ich war sicher, dass die anderen, zumindest Heidi, ebenfalls darüber nachdachten, aber keine von ihnen würde freiwillig einen Fuß an diesen Ort setzen wollen.

»Nein, auf keinen Fall!«, lehnten meine drei Gefährtinnen denn auch sofort ab, als ich, das Oberhuhn, an dem das Unliebsame wieder mal hängen blieb, den Vorschlag machte.

»Ich wäre dankbar für bessere Ideen«, erwiderte ich streng und wurde niedergegackert von spontanen, jedoch unbrauchbaren Alternativen.

Wir sollten die Hühnerleiter abwerfen, meinte Amy, dann sei der Stalleingang zu hoch für die Waschbären – leider wäre er das dann auch für uns, nicht aber für den Fuchs. Wir sollten uns in den offen stehenden Geräteschuppen zurückziehen und die Tür ins Schloss schnappen lassen, fand Susi – dass wir uns damit selbst einschließen würden, hatte sie nicht bedacht. Heidi wiederum berechnete die erforderliche Anzahl der Sprünge auf dem Weg zu unserem Volierendach: Wenn es uns gelänge, vom Wald aus den nicht sehr hohen Holzzaun zum Sperrmüllgrundstück zu überwinden, könnten wir denselben Weg nehmen wie seinerzeit der Fuchs, erklärte sie. Wir sollten also erst auf das Gerümpel, von dort aufs Schuppendach und im nächsten Schritt in unser eigenes Gebälk fliegen. In der Mitte unseres Geflügelnetzes seien wir dann sicher.

Ich räumte ein, dass ihr Vorschlag für fliegende Hühner tatsächlich eine Möglichkeit darstellte. Allerdings sei keine von uns ein fliegendes Huhn.

»Vielleicht schaffe mir's, weil mir müsse!«, verteidigte sich Heidi.

»Dann schaffen wir das andere auch«, sagte ich. »Es gibt nichts anderes für heute Nacht. Morgen haben wir vielleicht eine bessere Idee, aber es wird bald dunkel, und wenn wir jetzt nicht gehen, ist es zu spät.«

Ich konnte meinen Hühnern ansehen, wie sie mit sich rangen. Schließlich fragte Susi zaghaft: »Heidi, meinsch, mir sollde des mache?«

»De Roggy hat recht«, gab Heidi endlich zu und senkte schicksalsergeben den Kopf. »Mir müsse.«

Ich schritt energischer voran, als ich mich fühlte. Vor der Haustreppe drehte ich mich sicherheitshalber noch einmal um, doch meine Hühner waren tatsächlich mitgekommen. In geringem Abstand zu mir drängten sie sich furchtsam zusammen, aber waren alle noch da.

Unter einem rot-weißen Flatterband hindurch hüpfte ich die Stufen hinauf. Jemand hatte die Glasscherben vor der Haustür beiseitegefegt; ein weißer Streifen, auf dem etwas geschrieben stand, klebte Tür und Rahmen aneinander. Aber das große Loch, das der verzweifelte Mann in die Scheibe geschlagen hatte, war offen.

Ein unerträglicher Geruchsmix schlug uns entgegen und wurde schärfer, je weiter wir uns ins Haus vorwagten: Blut, Angst, Entsetzen, Tod, dazu die unterschiedlichsten Gerüche, die von den weißen Wesen aus Dosen versprüht und auf Boden und Mobiliar gepinselt worden waren.

Die zerbrochene Tür zu Hildes Wohnung war nur angelehnt, und die Möbelstücke, mit denen sie die Barriere davor errichtet hatte, standen jetzt aufeinandergestapelt vor der Küchenzeile: kleiner Tisch auf großem Tisch, die Stühle auf den Sofas. Der Raum hinter der Küche, in dem die Menschenschwestern gekämpft hatten, war leer. Nur die Blutlache vor dem Kamin war noch da, der große verschmierte Fleck, den He-Lenes Rücken an den Mauersteinen hinterlassen hatte, und die kleineren, schon trockenen Blutschlieren, die von der Mitte des Raums bis zu der Stelle führten, an der sie gestorben war.

»Fuck!«, fluchte Amy heiser. »Geh weiter, Rocky, hier schlafen wir ganz bestimmt nicht!«

»Nein, aber ich überlege gerade ... warum hat Hilde eigentlich das ganze Zeug vor die Tür gestellt? Wieso hat sie die Klinke knallen lassen? He-Lene sollte nicht hereinkommen. Das hieße aber doch …«

»Dass d' Hilde d' He-Lene vielleicht gar ned hed abmurggse wolle«, beendete Heidi meinen Satz. »Aber wieso hed se dann all die Waffe ausm Schubbe hier neig'schlebbd? Des heisch doch 's Geeggedeil.«

»Oder es heißt, dass Hilde Angst davor hatte, dass He-Lene hereinkommt.«

Heidi sah mich verblüfft an. »Roggy, i denk, du hasch recht! D' Hilde hed uff de Düb g'waarded, wo uff emol an d' Fenschder g'hämmerd hed. Der solld d' Hilde geege d' He-Lene helfe, weil d' Hilde Angschd vor d' He-Lene g'habd hed!«

»Wegge denne Babbedeggele«, vermutete Susi.

»Und den komischen Sachen im Paket«, erinnerte sich Amy. »Was immer da drin war, hat He-Lene so wütend gemacht, dass sie …«

»… de Waffe oig'steggd hed un eifach neidabbd isch«, sagte Heidi erschüttert. »Und d' Hilde hed mit all denne bess're Waffe scho g'waarded. Alderle!«

»Wieso isch se auch weidderdabbd?« Susis schüttelte den Kopf. »Mir sen ja für d' He-Lene, des isch klar, aber i dääd doch ned wo neidabbe, wo i grad g'merkd hab, dass scho die Dür g'fährlich isch.«

Ratlos und erschüttert standen wir noch für kurze Zeit im Raum, nicht zu beantwortenden Fragen ausgesetzt, und machten uns schließlich auf die Suche nach einer geeigneten Bleibe für die Nacht.

In Hildes Wohnung fanden wir sie nicht. Die Gerüche überwältigten uns – nicht nur die schauerlichen Aromen am Tatort, sondern auch der Gestank der Wut, der wie eine dünne Schicht an den Wänden haftete. Er klebte selbst in dem Zimmer, in dem Hilde nur geschlafen hatte. Ob sie ihre Taten gegen He-Lene hier geplant hatte – nachts, während uns draußen vor dem Fenster die Waschbären und der Fuchs überfielen?

»Hier kann niemand mehr wohnen«, entschied Amy, wartete meine Antwort – die zustimmend ausgefallen wäre – nicht ab, drehte sich um, ging durch die Schlafzimmertür, den Flur, den großen leeren Raum und führte uns aus Hildes Wohnung, die keine von uns je wieder betreten würde.

Hintereinander hüpften wir die Treppe zu He-Lenes stillem Zuhause hinauf, wo es nach Blumen und ihrem letzten Mittagessen roch, einer Reis-Gemüse-Pfanne, deren Reste, mit einem Teller abgedeckt, neben der Spüle standen. Wir flatterten hinauf, warfen den Teller auf den Boden und pickten die Mahlzeit hungrig direkt aus der Pfanne.

Die Nacht verbrachten wir auf der Rückenlehne des Sofas unter dem halb offenen Dachfenster, darauf vertrauend, dass sich weder Fuchs noch Waschbär in ein Haus hineinwagen würden, in dem es so stark nach Mensch roch.

Am nächsten Morgen hörten wir eine dünne Stimme nach uns rufen. Als wir wachsam die Treppe hinunterflatterten und nach draußen lugten, entdeckten wir einen Mann in unserem Auslauf. Er war sehr alt, älter als irgendein Mensch, den wir je gesehen hatten, und schob ein Gestänge auf Rollen vor sich her. Als wir seine Stimme aus der Nähe hörten, stellten wir fest, dass wir ihn kannten. Außer »Tuck, tuck« hatte er uns zuvor nie etwas mitgeteilt, nun stand er vor uns.

Der alte Sperrmüllbesitzer hatte sich mit Hilfe seines Rollwägelchens durch die Lücke in der Hecke gezwängt und von dort durch den Forstzaun geradewegs in den Auslauf hineingeschnitten. Das Werkzeug hielt er noch in der Hand. Es glich dem, mit dem He-Lene vor einigen Monaten Teile des schweren Zauns abgeknipst hatte, um sie leichter in den Garten transportieren zu können.

Der alte Mann rollte zu der Stelle, an der der Forstzaun an den Volierendraht geknüpft war, bog den Draht auseinander und öffnete für sich selbst eine Tür. Erst kam das Wägelchen, dann er, und dann sahen wir, dass sich vorn am Wägelchen ein Korb befand, in dem mehrere Wasserflaschen steckten. Wir gackerten erleichtert. Es war uns nämlich nicht gelungen, herauszufinden, wo es in He-Lenes Wohnung Wasser gab.

»Dann suche ich jetzt wohl mal besser euer Futter«, meinte er.

Da konnten wir ihm helfen! Eilends liefen wir zum offen stehenden Geräteschuppen, und er verstand sofort, schob seinen Roller mit kleinen Tippelschritten und unter mehreren Verschnaufpausen Stück für Stück hinter uns her.

Ein einziger Blick in den Schuppen reichte, um zu erkennen, was die Bären letzte Nacht mit den noch übrigen Werkzeugen, Blumentöpfen und vor allem im Hühnerzubehörregal angerichtet hatten. Diese Burschen haben keinerlei Respekt vor fremdem Eigentum, von Pietät ganz zu schweigen. Wenngleich wir, das muss ich zugeben, nicht sicher waren, ob sie den Tod der einen und das Verschwinden der anderen Menschenschwester überhaupt mitbekommen hatten – und wenn es noch ein paar Tage dauerte, bis sie dahinterkamen, konnte es uns nur recht sein!

Den Verschluss der Tonne hatten die Vandalen nicht geknackt, unser Futter war noch da. Allerdings würde es, wie der alte Mann beim Blick in den Vorratsbehälter sorgenvoll bemerkte, nicht mehr lange reichen. Mit nur einer Hand zog er den Sack aus der Tonne. Er war fast leer.

Der Anblick war für uns aber nicht niederschmetternd, wie Sie vielleicht glauben, der Anblick weckte Hoffnung. »Bestimmt hat He-Lene schon nachbestellt!«, rief Amy. »Und dann kommt Fredi und bringt den Sack und rettet uns!«

Es war eine Hoffnung, an die wir uns die nächsten Tage

klammerten. Der alte Mann kam jeden Morgen durch den Zaun zwischen den beiden Grundstücken, füllte den Wassertrog und brachte uns altes Brot, Nudeln oder Kartoffelschalen. Er wusste sogar, dass er die Schalen kochen musste, damit wir Hühner sie fressen durften. Tagsüber fanden wir im Garten Insekten und Würmer; nicht mehr so viele wie früher, aber wir litten keinen Hunger.

Einige Male hörten wir Stimmen vor dem Tor, aber es war abgeschlossen, und niemand kam herein außer einem fremden Mann, der zu unserem Erstaunen einen Schlüssel besaß. Er ging mit einer großen Kiste mit allerlei Flaschen und Lappen und einem Eimer darin in Hildes Wohnung, blieb einige Zeit und verschwand schließlich unter Zurücklassung neuer seltsamer Gerüche. Für uns Hühner interessierte er sich nicht, und wir gingen nicht nachsehen, was er drinnen gemacht hatte. Diese Wohnung wollten wir einfach nie wieder betreten.

Der alte Nachbar war der einzige Mensch, den wir zu Gesicht bekamen, nachdem He-Lene tot und Hilde weggebracht worden war. Abends hüpften wir vor Beginn der Dämmerung hinauf in He-Lenes Wohnung, die, das muss ich ehrlich sagen, mittlerweile auch nicht mehr besonders gut roch. Durch das offene Dachfenster regnete es manchmal auf das Sofa, aber das störte uns nicht; auf den Lehnen am Rand gab es für jede von uns ein beinahe trockenes Plätzchen.

So vergingen die letzten warmen Tage. Es war ein seltsames neues Leben, so still, als wären wir vier Hühner und der alte Mann, der uns versorgte, nicht mehr Teil der Welt.

Eines Morgens warteten wir vergebens auf ihn. Vorsichtig wagten wir uns durch die Hecke auf sein Grundstück, das sogar noch größer war als das der Menschenschwestern. Hohes Gras, verwilderte Sträucher, Apfelbäume, unter denen heruntergefallene Früchte verrotteten – eine neue Schatzkammer!

Der alte Mann kam auf die Terrasse, als er uns seine Äpfel verschlingen sah. Er saß in einem Stuhl auf Rädern und hatte einen Topf auf dem Schoß, in dem eine der vertrauten Wasserflaschen stand. Rasch hüpften wir die Treppe hinauf und begrüßten ihn.

»Es tut mir leid«, sagte er, während er sich herunterbeugte und das Wasser für uns in den Topf goss. »Heute schaffe ich keine einzige Stufe.«

Von da an gingen wir jeden Tag zu ihm hinüber – nicht nur, weil wir dort frisches Wasser und in seinem verwilderten Garten mehr Futter vorfanden als in unserem eigenen oder weil der Fuchs uns in Ruhe lassen würde, solange wir in der Nähe eines Menschen waren. Wir gingen auch, um ihm Gesellschaft zu leisten. Sobald die Frauen verschwunden waren, die den alten Mann abwechselnd am Morgen versorgten, waren wir zur Stelle, und genau wie He-Lene freute er sich, wenn wir in seinem Garten arbeiteten. Ab und zu machten wir Pause und ruhten uns neben seinem Rollstuhl auf der Terrasse aus.

Der alte Mann wollte auf keinen Fall, dass die Frauen uns zu Gesicht bekamen; er fürchtete, man würde uns ihm wegnehmen. Obwohl wir woanders schliefen, waren wir jetzt also die Hühner des alten Mannes.

Einmal hörten wir durch die Hecke, wie er mit einer der Frauen über He-Lene und Hilde sprach.

»Eine grässliche Geschichte«, sagte sie. »In der Zeitung steht, dass die Täterin noch immer kein Wort sagt.«

»Die hat nie viel geredet«, erwiderte der alte Mann. »Die andere war nett, aber von der hab ich zuletzt auch nichts mehr gesehen. Schauen Sie sich nur dieses Tor an, das die beiden im Sommer hingestellt haben! Als ob sie mit niemandem mehr etwas zu tun haben wollten.«

»Denken Sie, es gibt Verwandtschaft? Wer erbt wohl das Haus?«

»Keine Ahnung, aber ich hoffe, es steht nicht lange leer. Ich würde es gern noch mal erleben, neue Nachbarn zu bekommen.«

Wir hätten gern gewusst, ob die neuen Nachbarn zusammen mit dem Haus der Schwestern auch uns erben würden, aber darüber redeten die beiden nicht.

Als der Regen nicht mehr aufhören wollte und es auch tagsüber kühl war, blieb die Terrassentür geschlossen. Der alte Mann musste noch im Haus sein, denn die Frauen besuchten ihn weiterhin jeden Tag. Sie hatten einen Schlüssel, mit dem sie jeden Morgen, Mittag und Abend durch die Haustür gingen, und etwas später kamen sie wieder heraus. Manchmal schauten wir durch die Terrassentür in ein leeres Zimmer. Er wohnte jetzt wohl weiter hinten im Haus.

Wir sahen ihn nie wieder. Wir tranken Regenwasser aus Blumentöpfen, pickten vom Baum gefallene Äpfel und zogen Regenwürmer aus der Erde. Wir hatten genug zu essen, wir hatten einen guten Schlafplatz, aber wir ahnten, dass es nicht mehr lange so weitergehen würde. Jeden Morgen, wenn wir nach draußen kamen, rochen wir die frischen Markierungen des Fuchses am Haus, an der Terrasse und unserem alten Stall. Wir rochen, dass die Waschbären Hildes Wohnung entdeckt hatten.

Die Bären konnten sich eigentlich nicht beklagen: Sie fanden nun jeden Tag nicht nur ein, sondern zwei Eier, erst unter den Sträuchern, dann, als es den Sundheimern auf dem blanken Boden zu nass und ungemütlich wurde, im Legenest, das die Alte und die beiden Halbwüchsigen ungehindert plündern konnten. Natürlich musste ihnen allein deswegen schon längst der Verdacht gekommen sein, dass die Menschenschwestern verschwunden waren. Aber war das ein Grund, unseren Deal aufzukündigen?

Nicht dass wir uns ernsthaft der Illusion hingegeben hätten, mit Gaunern wie ihnen auf Dauer zusammenleben zu können – aber was sie uns vorschlugen, nachdem sie Hildes verlassene Wohnung entdeckt hatten, hätten wir ihnen dennoch nicht zugetraut. Ihr Vorschlag, den sie uns einmal mehr als großzügiges Entgegenkommen verkaufen wollten, war simpel, grausam und schlau zugleich. Die böseste Mischung überhaupt, wenn Sie mich fragen.

»Eine für alle«, verlangte die alte Bärin.

Sie stand uns auf der anderen Seite des Forstzauns gegenüber, wohl weniger aus Tradition, als um fies zu untermalen, was wir Hühner nur allzu gut wussten: Es gab kein schützendes Gehege mehr zwischen uns. Wenn die Bären wollten, konnten sie einfach durch die Tür spazieren und ein Blutbad anrichten.

Die drei hatten uns abgepasst, als wir aus dem Haus kamen. In den Tagen zuvor war ja gut zu beobachten gewesen, dass wir morgens als Erstes in die Voliere marschierten, weil es nicht ausgeschlossen war, an der einen oder anderen Stelle noch ein paar Körner im Mulch zu finden. Früher waren Würmer der große Knaller gewesen, inzwischen freuten wir uns weitaus mehr über die Entdeckung eines schnöden alten Weizenkorns, das irgendwann einmal über den Rand unseres Futtertrogs gefallen war. Von vereinzelten Sonnenblumenkernen ganz zu schweigen!

»Deal?«, fragte die Bärin streng, während wir wie vom Donner gerührt dastanden.

Schneller als erwartet fand ich meine Sprache wieder. »*Forget it*«, pokerte ich. »Unsere Halterinnen kommen jeden Augenblick zurück.«

»Da haben wir im Haus aber andere Beweise gesehen, Chicken«, erwiderte sie höhnisch. »Hör auf, dich dumm zu stellen, ein besseres Angebot werdet ihr von uns nicht bekommen. Soll ich es noch einmal wiederholen? Hat irgendeine von euch es nicht verstanden?«

Sie kam so nah heran, dass ihre Nase den Draht des Forstzauns berührte, und knurrte mich an. »Gib freiwillig eine von euch heraus, dann lassen wir die anderen am Leben. Das ist ein sehr, sehr gutes Angebot, wenn man in so einer beschissenen Lage ist wie ihr. Der Fuchs kommt nicht ins Haus, wir schon. Und dann …«

Ihre beiden Jungen schmatzten provozierend. Sie hatten, obwohl inzwischen genauso groß wie sie, die Rolle des Publikums ihrer eigenen Mutter angenommen und merkten gar nicht, wie doof sie dabei wirkten. Unter anderen Umständen hätte Heidi angemessene Worte gefunden, aber meinen Hühnern hatte es ohne Ausnahme die Sprache verschlagen. Blieb nur noch ich. Und ich … sagte auch nichts.

»Deal? Oder brauchst du Hilfe bei der Auswahl?«, fragte die Bärin ungeduldig. »Bitte, kannst du haben.«

Ihre Pfoten umklammerten den Draht, während sie uns abschätzend durch das Gitter musterte. Über jede Einzelne glitt ihr Blick und kehrte dann zu einer zurück.

»Gebt uns die Dicke«, forderte sie. »Die könnt ihr am ehesten entbehren.«

Susis Schnabel entschlüpfte ein kleiner, kaum hörbarer verzweifelter Laut, dann senkte sie demütig den Kopf, als hätte sie mit nichts anderem gerechnet.

»Heute Abend, wenn es dunkel wird, kommen wir zur Übergabe«, sagte die Waschbärin an das dicke Sundheimer gewandt und fügte in beinahe sanftem Ton hinzu: »Es wird schnell gehen, das verspreche ich dir. Wir sind keine Katzen.«

25

Heidi, Amy und ich hörten nicht mehr auf, uns zu putzen. Keine sagte auch nur ein einziges Wort, nachdem die Waschbären sich wieder in den Wald verzogen hatten, um der nächsten räuberischen Nacht entgegenzuschlafen. Wir drei gaben uns unserer klassischen Übersprungshandlung hin, Susi grub das tiefste Loch aller Zeiten.

Als sie fertig war, guckte sie aus ihrem Loch und sah mich an. »I du mi am beschde flach neileegge«, sagte sie. »Dann gehd's am schnellschde.«

Ich war ganz froh, dass ich endlich mit dem Putzen aufhören und auf irgendeinen anderen Input reagieren konnte als auf den lähmenden Satz: »Gebt uns die Dicke.«

»Wovon redest du, Susi?«

»I weiß, des i niggs B'sonneres bin«, erwiderte das Sundheimer. »I bin ned schlau wie d' Heidi oder du, i bin ned stargg wie d' Amy. De Bär hat recht, mich brauchds ned. I hend nur oi Bidde, Roggy. Duu's mir ned aa noch saage. Des isch ned nedd.«

»Susi, ich würde nie …«

»I duu's«, sagte sie mit festerer Stimme. »I bin b'reid. Wenn's des isch, was de Bäre wolle, und wenn se dann z'friede sin, dann isch's mir recht.«

Amy und Heidi kamen näher. Stumm und voller Trauer standen sie neben mir, und wir alle blickten auf Susi hinab, die geduckt in ihrem Loch lag, als wäre es schon so weit, als stünden nicht wir, sondern die Waschbären vor ihr.

»Jetzt ist es aber mal gut«, erklärte ich, doch Susi war noch nicht fertig.

»I heb e fein's Lebe g'het mit euch. Mir ware e subber

Trubbe. Alderle, am End bin i sogar noch Leegghenne worde! Mehr kann i ned verlange. Un wissder was? I hädd nie g'dacht, des i aa mol wen redde könnd! Un nu kann i doch, nu gehd's hald so.«

Amy legte sich neben Susi an den Rand des Lochs und begann zu weinen, und als ich Heidi tief Luft holen sah, wurde mir klar, dass auch sie zu einer Abschiedsrede ansetzte.

»Stopp!«, rief ich laut. »Es reicht! Ich bin das Oberhuhn, und ich sage: Hier wird keine Henne geopfert. Keine einzige!«

»Nicht?«, fragte Heidi verdattert, und gleichzeitig sah ich, wie ihr Blick sich aufhellte. Ausnahmsweise waren die Emotionen dieses Huhns einmal schneller als sein Verstand.

»Susi hat recht damit, dass wir eine Supertruppe sind«, fuhr ich fort. »Und warum sind wir das? Weil jede von uns ihren Wert hat! Weil jede von uns ihren Platz hat! Wir haben ein Huhn unter uns, das besonders klug ist, was uns allen zugutegekommen ist. Wir haben ein Huhn, das besonders stark ist, was uns mehrfach den Hals gerettet hat. Und wir haben ein Huhn, das nicht so auffällt, weil seine Stärke woanders liegt. Es ist ein geduldiges Huhn, das so lange buddelt, bis es findet, was wir gesucht haben. Ein Huhn, das als Erstes Eier gelegt und uns damit seit Wochen die Bären vom Hals gehalten hat. Ein tapferes Huhn, das sogar bereit ist, für seine Herde das Kostbarste zu geben, was es besitzt: sein Leben.«

Meine Hühner nickten gerührt und murmelten zustimmende und dankende Worte über Susi. Die schaute errötend aus dem Loch, in dem sie sterben wollte, ein wenig erschrocken über all das Lob, das ihr zuteilwurde.

»Susi will sich für uns opfern«, fuhr ich fort. »Die Waschbären behaupten, sie lassen uns danach in Ruhe. Sie sind tatsächlich der Meinung, sie bräuchten hier heute Abend nur aufzutauchen und würden von uns eine *Übergabe* bekommen! Einfach so!«

Jetzt hatte ich die volle Aufmerksamkeit meiner Hühnerschar. Ich holte tief Luft und gackerte aus voller Kehle: »*Are they out of their fucking minds?*«

Amy war die Erste, die kapierte. Sie stand auf. »Übergabe? *No way!*«, schrie sie.

»Du meinsch … du willsch …«, stammelte Heidi.

»Keine Übergabe. Das wird nicht passieren«, erklärte ich mit fester Stimme. »*Not on my watch.* Kein Huhn, nicht ein einziges, wird hier freiwillig ausgeliefert.«

Stille senkte sich über den Auslauf. Ich wollte schon fragen, ob irgendetwas an meiner Entscheidung unklar geblieben war, als Heidi die Stimme erhob.

»Subber Aaspraach, Roggy, aber du hasch oins vergesse. Koi Herde kann e guude Herde werdde, g'schweige denn e subber Trubbe, wenn's koi guuds Erschdes Huhn het. Un mir hend 's allerbeschde Erschde Huhn, des hemma wohl graad widda mol g'mergd.«

Die anderen nickten eifrig und ergriffen.

»Mir hadde koi oifache Somma«, sprach Heidi weiter. »Mir hend vieles besser g'het wie annere Hiehner, abber wenn mer ehrlich sin … vieles war b'schisse. Nu isch's graad widda b'schisse. Abber was de Roggy saage duud, isch wahr. Was die Bäre da vorschlaage, isch's Allerledschde, und des solldde se ned aa no freiwilligg griegge. Sonsch wär's«, sie dachte kurz nach und sagte dann empört, »erschd recht b'schisse!«

»Danke, Heidi. Noch Fragen?«

»Mir due doch kämpfe?«, vergewisserte sich Susi zaghaft.

Eine kleine Pause entstand. Sollte ich wirklich in Worte fassen, was jedes Huhn weiß? Kein Huhn kann gegen Waschbären »kämpfen«, das ist völlig ausgeschlossen.

»Sagen wir lieber, wir wehren uns, so gut wir können«, formulierte ich schließlich zurückhaltend. »In He-Lenes Wohnung kennen wir uns besser aus als die Bären. Vielleicht ist das ein Vorteil, vielleicht nicht. Wir sind im Dunkeln blind, sie sehen alles. Aber auch im Dunkeln können wir gut hören und riechen und werden immer wissen, wo sie sind.«

Etwas anderes wollte ich lieber für mich behalten: dass ich nicht glaubte, dass wir alle vier die Nacht überlebten.

Es war Amy, die es aussprach. »Wir geben unser Bestes. Welche von uns dran glauben muss, soll das Schicksal entscheiden, nicht die *fucking raccoons*.«

Sehen Sie? Alles, was danach passierte, war unsere Entscheidung. Unser Wille, unser Plan, unsere eigene, freie Wahl, die wir den Bären abgenommen hatten. Nicht mehr und nicht weniger.

Ich kann Ihnen eine Menge übers Warten erzählen. Das schmerzhafte Warten, wenn Sie so intensiv wie nie erleben, wie der Tag voranschreitet, wie die Sonne Stück für Stück ums Haus wandert, um bald, allzu bald, hinter dem Nachbargrundstück zu versinken. Wenn Sie mit ansehen müssen, wie die Schatten auf der Wiese wachsen und unaufhaltsam mit der Schwärze zu verschwimmen beginnen, die der Himmel über den Boden wirft.

Das leidvolle Warten, wenn Ihnen klar wird, dass Sie vielleicht zum letzten Mal Licht sehen. Dass das der letzte Wurm sein könnte, den Sie ausgegraben, das letzte Insekt, das Sie aus der Luft gefangen haben. Dass Ihre Krallen sich gerade zum letzten Mal in die Erde wühlen und Ihre Nase den herrlichen Duft atmet, der dabei dem Boden entsteigt.

Das grausame Warten darauf, im Dunkeln gepackt und getötet zu werden. Wie wird es riechen, sich anfühlen? Wird es so schnell gehen, wie sie versprochen haben, oder ist dieser Deal hinfällig, weil wir unseren Teil nicht eingehalten haben? Denkt man noch irgendwas? Woran denkt man zuletzt? Ist man feige oder tapfer?

Wir blieben dicht zusammen an diesem letzten Tag, es war kein einsames Warten. Doch mit seinen Gedanken war jedes Huhn schon so allein, wie es in dem Augenblick sein würde, wenn die Waschbären es packten und töteten. Über unsere Gedanken beim Warten sprachen wir nicht.

Und wissen Sie was? So wichtig es ist, dass diese Geschichte bis zum Ende erzählt wird – ich warte jetzt wirklich schon lange genug darauf, aus dieser Küche herauszukommen! Ich weiß, dass meine Schwestern da draußen sind, ich höre sie manchmal, und es gibt nichts Schöneres, als zu wissen, dass ich sie bald wiedersehen werde. Hoffentlich haben Sie Wort gehalten und ihnen gesagt, dass ich auch noch da bin! Ja, schon gut, natürlich vertraue ich Ihnen. Ehrlich gesagt, werde ich die Küche vielleicht sogar vermissen, vor allem die Musik und die »Happy-Huhn«-Videos. Ich will mich ja auch gar nicht beklagen. Denn das Warten hat jetzt bald ein Ende, wir sind fast am Ziel.

Bevor wir an diesem Abend ins Haus gingen, nahm Amy mich beiseite. »Die Sundheimer sollen hinter uns sitzen, sonst haben sie keine Chance«, raunte sie.

»Du hast recht. Sie kriegen die Rückenlehne, wir warten an den Seiten. Die Alte wird als Erste kommen …«

»… und wenn sie aufs Sofa springt, schnappen wir sie uns«, flüsterte Amy. »Wir prügeln sie windelweich, vielleicht kriegen die Kleinen dann Schiss.«

»So klein sind sie gar nicht mehr …«

»Aber ohne jede Erfahrung. Gut, wir auch. Aber gemeinsam auf die Alte, das ist die beste Taktik.«

»Dürf mer frooge, was ihr da ohne uns schwäddsd?«

Heidi und Susi waren unbemerkt hinter uns aufgetaucht, und ich berichtete, was Amy und ich soeben beschlossen hatten. Die Sundheimer waren sofort einverstanden, wollten aber keinesfalls untätig auf der Rückenlehne sitzen, sondern beabsichtigten, während wir Amrocks die Alte übernahmen, den Jungbären geradewegs ins Gesicht zu springen.

»Mir müsse se von vorn erwische, dann pfeddse mer se schee in d' Augen und d' Nas«, malte Heidi uns grimmig aus. »Z'erschd des kloine Aarschloch, dem i 's Leebe g'reddd heb! Des nemmi persönlich, des de Seggl mi jetz aagreife duud.«

»Okay! Nicht abwarten, sondern Überraschungsangriff«, sekundierte Amy. »Damit rechnen die Viecher nicht.«

Schade bloß, dass wir im Dunkeln nichts sehen können, dachte ich, und als hätte ich es laut ausgesprochen, meinte Heidi: »Die finne mer scho. Die rieche mer guud g'nug.«

Vor dem Fenster hörten wir die Geräusche der Nacht. Das Rascheln kleiner Mäusefüße im Laub, das Knacken trockener Zweige, und irgendwo weit entfernt das helle, heisere Bellen eines Fuchses. Der Flügelschlag einer Eule, kaum mehr als ein Lufthauch, strich direkt am Haus vorbei. Unsere Mutter hatte erzählt, dass Eulen Katzen fangen und aus großer Höhe fallen lassen, um sie zu töten. Die Ideen, auf die Tiere kommen, um Beute außer Gefecht zu setzen …

Ich dachte an die Tage nach unserer Ankunft, als wir den nächtlichen Atem des Waldes zum ersten Mal gehört hatten. Ich erinnerte mich daran, wie glücklich wir gewesen waren, aus dem Stall hinauszukommen und zu entdecken, wo wir waren, an unsere ersten Blicke auf den Ort, der unser Leben und unser Schicksal sein würde. Was hatte unsere Mutter gesagt? *Ein Huhn weiß erst, welche seiner Fähigkeiten gebraucht werden, wenn es am Ort seiner Bestimmung angekommen ist.*

Ich dachte an den Stall, den die Menschenschwestern für uns gebaut hatten. Wie schön er gewesen war, wie sorgfältig und liebevoll eingerichtet! He-Lene und Hilde hatten nicht vorhergesehen, was über sie und uns hereinbrechen würde, sonst hätten sie uns keine so schöne Anlage gebaut. Sonst hätten sie die Finger lieber weggelassen von der »Hühnerhaltung im eigenen Garten«.

Während wir auf dem Sofa auf die Waschbären warteten, kam ich zu dem Schluss, dass das für alle Beteiligten das Beste gewesen wäre. Obwohl He-Lene so glücklich gewesen war über uns und wir lange Zeit über sie! Ich konnte noch ihre Stimme hören, den warmen, singenden Ton, mit dem sie uns rief. »Meene lieben Hühner!«

Amy und ich waren verblüfft und überhaupt nicht begeistert gewesen, als sie von einem Tag auf den anderen angefangen hatte, anders zu sprechen – wo wir uns gerade erst an das Genuschel der Sundheimer gewöhnt hatten! Aber die Sundheimer hatten das sofort verstanden. Es sei die Sprache, in der He-Lene zu Hause sei, erklärten sie uns. Es ging darum, wer sie war.

Als ich gerade überlegte, wie schade es war, dass He-Lene uns weder in der einen noch in der anderen Sprache irgendeinen Anhaltspunkt gegeben hatte, was genau wir eigentlich im Kompost für sie ausgegraben hatten, hörte ich ein neues Geräusch: die Bewegung dreier Bären durch das Loch in der Haustür und dann die raschen Schritte auf der Treppe. Die anderen hörten es auch, ich konnte fühlen, wie auch sie zusammenzuckten und sich versteiften.

Ich zog die Beine unter mein Gefieder, so dicht es ging. Die Sofalehnen, auf denen Amy und ich saßen, befanden sich in einer Höhe, in der die Waschbären uns von der Seite nur angreifen konnten, indem sie ein Bein erwischten und uns daran auf den Boden zerrten. Wenn wir auf unsere Beine aufpassten, mussten sie von vorn kommen, sie hatten keine andere Möglichkeit.

»Chicken!«, brüllte die Alte durch den Hausflur. »Die Dicke ist nicht da!«

Sie kamen oben an, blieben in der Tür stehen und witterten. Wir verhielten uns ganz still. Würde die Alte wirklich als Erste aufs Sofa springen? Wenn nicht, fiel unser einziger Plan ins Wasser, dann bliebe Amy und mir nichts anderes übrig, als uns um die Kleinen zu kümmern, während Heidi und Susi es mit einer ausgewachsenen Bärin zu tun bekamen, gegen die sie nicht die geringste Chance haben würden.

Ruhig bleiben, dachte ich. Natürlich kommt die Alte zuerst! Keine Mutter schickt ihre Kinder vor.

»Die Dicke ist abgehauen«, knurrte die Bärin, während sie durch den Raum auf uns zukam – erst langsam, dann schneller, als sie erkannte, wo wir waren. »Jetzt seid ihr dran.«

Heidi gab einer spontanen Idee nach. »D' Susi isch bschtimmd ned abg'haue! Du hasch hald ned guud g'nuug g'suchd«, gackerte sie vorwurfsvoll.

»Es war nicht abgemacht, dass wir suchen!«, schimpfte die Bärin zurück, blieb zu meiner Überraschung aber stehen.

»Alderle, nee! D' Susi isch do ned bleed und leegd sich oifach uff d' Gass«, erwiderte Heidi. »D' Susi muss do wennigschdens e aaschdendige Schongs kriege, dass ihr drei Debbe se ned finde duud.«

»Vorsicht, Chicken«, warnte die Bärin.

Sie waren jetzt so nah, dass ich auch die Jungen riechen konnte, die sich rechts und links von ihrer Mutter auf uns zuzubewegen begannen. Die Zeit, die Heidi uns verschafft hatte, reichte, um zu erkennen, welcher Bär sich wo befand.

»Drei Debbe«, bekräftigte Heidi. »Drei dabbiche Bäre geege oi kloines Huhn, un du findsch es ned emol. Reschpeggd.«

Übergangslos sprang die Alte aufs Sofa und griff an. Ich weiß nicht, ob sie noch realisierte, dass der weiße Umriss auf der Rückenlehne nicht zu einem, sondern zu zwei Hühnern gehörte, die so dicht nebeneinandersaßen, wie es ging. Aber bevor sie gegen die Rückenlehne springen und es herausfinden konnte, stürzten Amy und ich uns von beiden Seiten auf sie, schlugen unsere Krallen in ihren Pelz, der leider viel dichter und dicker war, als wir erwartet hatten, und umgaben sie mit einem wilden Taumel aus Flügelschlägen und allem, was wir an Schnabelhieben aufbieten konnten.

Miteinander verknäult fielen wir vom Sofa und machten Platz für die Jungen, die das vermeintlich einzelne Huhn auf der Rückenlehne ansprangen. Sie gingen den Sundheimern geradewegs in die Falle. Ich hörte noch das entsetzte Fiepen und Quieken mindestens eines Jungtiers, dem Krallen und Schnabel ins Gesicht fuhren. Dann fühlte ich den Biss, der meinen Flügel zermalmte.

Mein Flügelgelenk – die Stelle, die die Bärin nach ihrer ersten Überraschung zu packen bekam und an der sie festhielt, zerrte und riss, während ich vor Schmerzen brüllte und Amys Entschlossenheit noch weiter anstachelte. Das Letzte, was ich mitbekam, bevor der Schmerz mir die Sinne raubte, waren die Wut und die Verzweiflung, mit der dreieinhalb Kilo Amrock-Wucht auf die Bärin einschlugen, -kratzten und -hackten.

Ich glitt in einen seltsam gleichgültigen, schwebenden Zustand hinüber. Was danach kam? Bis ich in Ihrer Küche aufwachte, dachte ich, ich wäre gestorben; dass ich das alles in den letzten Sekunden meines Lebens nur noch geträumt hätte. Weil jedes Huhn, das weiß ich jetzt, bis zum Ende hofft.

Ich, Rocky, sah in meinen vermeintlich letzten Sekunden, dass es plötzlich, ohne jeden Übergang, taghell wurde. Dass zwei Menschen im Raum standen und schrien. Und dass einer davon ein Freund war.

Waschbär von Adler angegriffen?

Aufmerksame Gassigänger fanden am Donnerstagmorgen an einem Waldweg im Spandauer Forst einen schwer verletzten Waschbären und alarmierten die Tierrettung. Das Jungtier wurde in die Tierklinik nach Düppel gebracht, wo es notoperiert wurde. Nach seiner Genesung soll es wieder ausgewildert werden, wie Tierärztin Claudia F. mitteilte.

»Der etwa sechs Monate alte Waschbär hatte Verletzungen am Kopf und im Gesicht, ein Auge war leider nicht mehr zu retten. Was die Umstände betrifft, stehen wir bisher vor einem Rätsel. Die Art der Verletzungen lässt auf den Angriff eines großen Raubvogels schließen, doch es ist äußerst unwahrscheinlich, dass die in unseren Wäldern heimischen Vogelarten einen fast ausgewachsenen Waschbären auf diese Weise attackieren.«

Im Pelz des Waschbären fand die Ärztin Hühnerfedern – wurde der kleine Räuber beim Überfall auf einen Hühnerstall ertappt und von Menschenhand so schwer verletzt? Claudia F. glaubt das nicht. »Es handelt sich nicht um saubere Schnitte, wie sie ein Mensch mit einer Waffe zufügen würde.« Grundsätzlich könne man die Attacke eines Tierhassers zwar nie ganz ausschließen, in diesem Fall sei ein Kampf mit einem Raubvogel jedoch weitaus plausibler.

Spaziergänger werden gebeten, ungewöhnliche Tierbeobachtungen im Spandauer Forst zu melden und diese nach Möglichkeit zu fotografieren. Wie der Berliner

Wildtierbeauftragte Derk E. mitteilt, versucht man zurzeit herauszufinden, ob aus einem Zoo oder einem privaten Gehege ein großer Raubvogel entflogen sein könnte.

Hundebesitzer sind angehalten, wachsam zu bleiben und ihre Tiere im Bereich des Evangelischen Johannesstifts und der Waldsiedlung Hakenfelde nicht unangeleint laufen zu lassen. Katzenhalter sollten Freigänger nachts nach Möglichkeit im Haus behalten, bis der Angreifer des jungen Waschbären gefunden ist.

»Auch mit nur einem Auge«, versichert Tierärztin Claudia F., »wird das Jungtier später in freier Wildbahn gut zurechtkommen.«

26

Nehmen Sie es nicht persönlich, dass ich Sie immer noch sieze. Ja, es stimmt: Sie haben eine Menge von mir erfahren, Sie kennen mich gut. Sie wissen, wer Amy, Heidi, Susi und ich sind, wie es mit unserer Schar angefangen hat und aus welchem Grund ich in Ihrer Küche gelandet bin. Sie wissen als Einziger außer meinen Schwestern und mir, was wirklich mit He-Lene und Hilde passiert ist. Aber Sie sind ein Mensch, und ich bin ein Huhn. Es gibt – trotz aller entstandenen Vertrautheit – Grenzen.

Haben Sie sich eigentlich je gefragt, warum das Sprechen mit Ihren Enten nicht funktioniert hat, obwohl denen diese Haube mit Sicherheit besser passt als mir? Ihre Enten sind nicht dumm, Vincent, sie wollten einfach nicht. Sie haben Ihnen nichts zu sagen.

Ich schon. Genau darin liegt der Unterschied. Sie und Fredi haben mir und meinen Schwestern das Leben gerettet, Sie haben meinen Flügel operieren lassen und mich gesund gepflegt. Mehr noch, Sie sorgen dafür, dass ich mich bei Ihnen wohlfühle. Sie lassen mich am Fenster sitzen, damit ich meine Schwestern zumindest aus der Entfernung sehen kann, Sie spielen Musik für mich und zeigen mir Hühnervideos, damit ich mich weniger allein fühle. Ich bin dankbar! Wie konnte ich mich da verweigern, als ich sah, mit welcher Hoffnung Sie mir von Ihrer Erfindung erzählten und mir schließlich diese Haube aufgesetzt haben?

Abgesehen davon brauchte ich jemanden zum Quatschen. Ich bin ein Huhn. Ich bin daran gewöhnt, mich auszutauschen, ich muss reden.

Mit Erinnerungen wie meinen sollte man ohnehin nicht

allein bleiben. Ich hatte also selbst etwas von unseren Gesprächen.

Doch ist das ein Grund, es mit der Vertraulichkeit zu übertreiben? Es muss eine gewisse Distanz zwischen uns bleiben, trotz allem, und nein, das heißt nicht, dass Sie jetzt Ihrerseits anfangen müssen, mich zu siezen. Sie dürfen zur Frage unserer Distanz selbstverständlich stehen, wie Sie wollen. Auch wenn ein Huhn wenig damit anfangen kann, dass ihm das Du angeboten wird, hat es überhaupt nichts dagegen, geduzt zu werden. Die Distanz liegt im Huhn, verstehen Sie?

Aber dass Sie Aufzeichnungen unserer Gespräche an die Polizei geschickt haben, war nicht abgesprochen, und das regt mich wirklich auf, weil es, mit Verlaub, dumm und unüberlegt war. Was glauben Sie, was passiert, wenn die Ihnen glauben? Genau: Es würde bekannt werden, was für ein Gerät Sie erfunden haben. Und dann? Weltsensation?

Druff g'schisse, wie Heidi sagen würde. Vielleicht machen die meisten Hunde mit, möglicherweise auch die eine oder andere Katze oder ein einsamer, nicht artgerecht gehaltener Wellensittich. Aber was ist mit den Tieren, die nicht mit ihren Haltern reden wollen? Werden die dann dazu gezwungen, Ihre Haube zu tragen? Werden sie getötet oder ausgesetzt, wenn sie sich weigern zu sprechen?

Ich sage Ihnen, Vincent: Diese Haube ist keine Investition in den Tierschutz, wie Sie glauben. Sie ist gefährlich. Das Beste, was Ihnen, mir und dem Rest der Welt jetzt passieren kann, ist, dass die Polizei Sie für einen Betrüger hält oder einen armen Irren. Bestenfalls kriegen Sie einen Buchvertrag. Gegen so etwas habe ich nichts.

Aber die Existenz dieser Haube muss unter uns bleiben. Ich gebe Ihnen mein Wort darauf: Wenn jemand anders als Sie oder Fredi im Raum ist, sage ich nichts. Keinen Ton und erst recht kein verständliches Wort. Ich werde jeden mir möglichen Beweis erbringen, dass Ihre Erfindung nicht funktioniert.

Und ich verbiete Ihnen, das sage ich noch einmal ganz ausdrücklich, ich *verbiete* Ihnen, mit Heidi zu reden!

Nun schauen Sie doch nicht so niedergeschlagen. Schlafen Sie ein paar Nächte drüber, dann werden Sie einsehen, dass ich recht habe. Sie sind ein anständiger Typ, Vincent, das hab ich gleich gemerkt. Genau wie der Fredi. Und warum wollen Sie überhaupt etwas anderes, als Sie jetzt schon haben? Es ist doch schön hier! Ein Entenparadies, der Wald Gott sei Dank weit entfernt, und jetzt haben Sie auch noch uns nette, dankbare Hühner.

Stellen Sie sich mal vor, Fredi wäre nach seinem Urlaub nicht aufgefallen, dass keine Pakete mehr für He-Lene kamen. Er hätte nicht am Tor geklingelt, er hätte sich nicht erkundigt, warum niemand öffnete, und er wäre ganz bestimmt nicht auf den Gedanken gekommen, dass meine Schwestern und ich noch auf dem Grundstück sein könnten! Sie und Fredi wären nicht eingebrochen, um uns zu holen, und wir vier wären inzwischen bestimmt tot. Dass Sie auch die Schatzkammer geräumt haben, war übrigens äußerst clever. So kommt niemand auf die Idee, Ihren Einbruch mit uns in Verbindung zu bringen. Keiner weiß, dass wir bei Ihnen sind – außer neuerdings der Polizei, die Ihnen hoffentlich kein Wort glaubt.

Wie wäre es mit einem Deal? Sie halten den Mund, was die Haube angeht, und ich werde mich weiter von Ihnen einfangen lassen, damit wir hier im Haus heimlich quatschen können. Ich will schließlich wissen, was die Zeitungen noch schreiben; was mit Hilde passiert und ob sie doch noch ins Gefängnis muss. Da bin ich nämlich dagegen. In der psychiatrischen Einrichtung ist sie richtig, wenn Sie mich fragen. Weil es genau das ist, was sie für He-Lene wollte. Weil es nur gerecht ist, dass sie am Ende selbst dort landet.

Wow! Was ist das, ist das etwa Schnee? Sieht so Schnee aus? Mutter hat uns davon erzählt. Amy und ich waren noch im Brutkasten, als es zuletzt geschneit hat, und ich würde so gern …

Ha! Da ist sie, ich hab's mir doch gedacht. Da ist Amy und rennt gleich mit den ersten Flocken auf die Wiese. Sie wird Schnee lieben, meine Amrock-Schwester. Die Sundheimer weniger, sehen Sie sich die beiden nur mal an, wie sie sich unterm Scheunendach herumdrücken! Wenn Sie den Sundheimern einen Gefallen tun wollen, streuen Sie bei Schnee und Matsch eine Lage Stroh aus, das schützt die Federfüßchen.

Wenn Sie mir einen Gefallen tun wollen, lassen Sie mich bitte jetzt, genau jetzt wieder zu meinen Schwestern, auch wenn mein Flügel vielleicht noch ein wenig über den Boden schleift. Warten Sie nicht darauf, dass ich anfange zu fliegen – das konnte ich schon vorher nicht. Überhaupt wird mein Flügel bestimmt schneller wieder beweglich, wenn ich ihn bewege. Ich sag nur: Krankengymnastik.

Diese Luft, diese herrliche frische Luft! Danke, Vincent, setzen Sie mich einfach hin, gern direkt hier, wo wir stehen. Sehen Sie? Meine Schwestern haben mich schon entdeckt. Schneller werden Sie ein Amrock nie wieder rennen sehen, und …

What the fuck!

Fliegende Sundheimer?

Ja, ja, filmen Sie, aber nehmen Sie mir vorher endlich die Hau–

Ende